CIDADE DE POEIRA E DOR

HAYLEY SCRIVENOR

CIDADE DE POEIRA E DOR

Tradução de Waldéa Barcellos

Rocco

Título original
DIRT TOWN

Copyright © Hayley Scrivenor, 2022

O direito moral de Hayley Scrivenor de
ser identificada como autora desta obra foi assegurado.

Todos os direitos reservados. Nenhuma parte deste livro pode ser
reproduzida ou transmitida por meio eletrônico, mecânico,
fotocópia, ou sob qualquer outra forma, por qualquer pessoa
ou entidade (incluindo Google, Amazon ou organizações similares),
sem a prévia autorização do editor.

Direitos para a língua portuguesa reservados
com exclusividade para o Brasil à
EDITORA ROCCO LTDA.
Rua Evaristo da Veiga, 65 – 11º andar
Passeio Corporate – Torre 1
20031-040 – Rio de Janeiro – RJ
Tel.: (21) 3525-2000 – Fax: (21) 3525-2001
rocco@rocco.com.br | www.rocco.com.br

Printed in Brazil/Impresso no Brasil

CIP-BRASIL. CATALOGAÇÃO NA PUBLICAÇÃO
SINDICATO NACIONAL DOS EDITORES DE LIVROS, RJ

S441c

    Scrivenor, Hayley
        Cidade de poeira e dor / Hayley Scrivenor ; tradução Waldéa Barcellos. - 1. ed. - Rio de Janeiro : Rocco, 2023.

        Tradução de: Dirt town
        ISBN 978-65-5532-319-1
        ISBN 978-65-5595-167-7 (recurso eletrônico)

        1. Ficção australiana. I. Barcellos, Waldéa. II. Título.

22-81260   CDD: 828.99343
                             CDU: 82-3(94)

Gabriela Faray Ferreira Lopes - Bibliotecária - CRB-7/6643

O texto deste livro obedece às normas do
Acordo Ortográfico da Língua Portuguesa.

Este livro é uma obra de ficção. Personagens, instituições e organizações
mencionadas nele são produtos da imaginação da autora, foram usadas de
forma fictícia, sem qualquer intenção de descrever conduta real.

*Para minha mãe, Danina. Em primeiro lugar e sempre.
E para Daniel, por me dizer que eu deveria.*

*Para todos nós e nossos desastres.
E para os que não sobrevivem.*

NÓS

Terça-feira, 4 de dezembro de 2001

Estávamos esperando que as coisas se resolvessem.
    Ainda estava escuro. Mesmo que o sol já tivesse nascido, nós não precisávamos olhar ao redor. Era a mesma terra batida, ociosamente salpicada aqui e ali com capim seco, o mesmo bebedouro de cimento com sua mancha de ferrugem, perto da cerca, os mesmos ciprestes azuis dispersos nas propriedades das nossas famílias. Uma paisagem para nós tão conhecida quanto o lado de dentro de nossas pálpebras. E sabíamos ter encontrado o lugar de novo pelo cheiro. Ele entrava à força pelo nariz e pela garganta como um canudinho de lenço de papel torcido, empurrado com tanta violência que doía. Era o cheiro de cordeiros mortos deixados a apodrecer ao sol.
    Os pontos no braço do homem repuxavam enquanto ele girava o volante da picape compacta. Da sua posição privilegiada no banco do motorista, a sede da fazenda não era mais do que um borrão ao longe. O sol estava nascendo agora. O homem verificava as cercas depois do tempo em que esteve ausente. Se estivesse seguindo só um metro mais perto da cerca – um metro não era nada numa propriedade como a dele –, ele nunca a teria encontrado. Entretanto, a cabine da picape se inclinou ligeiramente quando ele passou por um trecho de terra macia. O homem ficou parado no espaço entre a porta aberta do veículo, e o cheiro o atingiu exatamente como tinha nos atingido. Ele deu a

volta e pegou uma pá na caçamba. Nós, as crianças, ouvimos e vimos tudo. A respiração forçada do homem só era interrompida pelo eventual chiado da pá enfiada no solo. Observamos seu rosto conforme ele se encolhia de dor. Reparamos no ângulo de seus ombros quando a lâmina da pá bateu em alguma coisa que não cedeu, alguma coisa que não era terra, nem raiz. Vimos que ele se agachou para afastar a terra com uma das mãos, passando os dedos por um plástico preto brilhante. Fazia quatro dias que ninguém, nem mesmo nós, via Esther Bianchi.

Agora o sol já estava a uma altura razoável. O suor gotejava nos olhos dele, escorria pelas costas. Notamos que ele piscava. Ele se empertigou, usou a pá para afastar a terra solta da borda do buraco. Havia só uns doze ou quinze centímetros de terra por cima do embrulho, que parecia ser muito mais comprido do que largo. O plástico escorregava de suas mãos.

Mais tarde, a polícia repreenderia o homem por ter mexido no corpo. Assim que suspeitou do que tinha encontrado, deveria ter chamado alguém.

– E se fosse só um bezerro ou coisa que o valha, e eu lhes chamasse aqui e vocês viessem por nada? – diria o homem, com os olhos muito arregalados.

Por que um bezerro estaria embrulhado em plástico preto?, questionaria a investigadora, sem dizer nada.

Com o braço bom, o homem deu um puxão no embrulho. A terra soltou do pacote e o homem caiu para trás, por cima da perna dobrada de um jeito estranho. Ele se afastou, com os pontos repuxando, a dor desabrochando como uma flor. Levantou-se e olhou para a casa distante antes de avançar. O homem desenrolou o plástico, ignorando a dor no braço, com engulhos por causa do cheiro. Quando o conteúdo do embrulho ficou visível, o homem se virou para o outro lado, tapando a boca com a mão.

O que quer dizer isso tudo? Por enquanto, só podemos lhes dizer que estávamos lá, que vimos o sangue se infiltrando pela manga da camisa do homem, enquanto ele ia se afastando do corpo de Esther Bianchi e olhava ao redor, como se a resposta pudesse ser encontrada em algum lugar no descampado.

RONNIE

Sexta-feira, 30 de novembro de 2001

Certa vez, Esther fez tantas cócegas em mim que molhei as calças. Nós estávamos na casa dela, no quintal.
– Para, Esther! – falei, rindo, mesmo sentindo dor.
– Sem dó nem piedade! – gritou ela.
Ela era o vilão quando a gente brincava, a pessoa que fazia a história avançar enquanto eu me preocupava com detalhes. Estávamos com oito anos.
Eu tinha caído no chão num trecho de terra batida. Esther estava em cima de mim. Agora já faz muitos anos, mas me lembro de como a dor da risada ia aumentando enquanto ela enfiava os dedos na massa macia da minha barriga. Aquilo não terminava nunca, como quando se pula no lado fundo da piscina e se fica esperando, esperando para tocar o fundo e poder usá-lo para voltar à superfície. Olhei para baixo e vi a mancha de umidade se espalhando pelo meu short de ginástica, antes de sentir o molhado. Esther também viu. Fui me arrastando dali, com o bumbum no chão. Eu já estava grande demais para fazer xixi na calça.
Nunca vou me esquecer do que ela fez naquela hora. Esther se levantou e recuou um passo. Esperei que começasse a gritar ou a zombar de mim. Em vez disso, vi um líquido da cor de âmbar escorrer da bainha da sua saia de jogar netball e pela parte interna da perna comprida. A pele branca tinha contusões: estava salpicada de marquinhas roxas e marrons, como a anca de um cavalo

malhado. As meias brancas do uniforme escolar ganharam vida com uma mancha da cor das cortinas da sua cozinha – um amarelo de botões-de-ouro.

Ela abriu um sorrisão e pegou a mangueira, abrindo a torneira ao máximo e direcionando o esguicho com os dedos, como uma arma. A gente se atracou pelo controle da mangueira, aos gritos. A água levou embora meu constrangimento, com a poeira girando na superfície da poça que se espalhava antes de ser tragada pela terra.

A mãe de Esther, Constance, nos fez tirar a roupa na porta dos fundos, demonstrando sua reprovação. Ela me deu uma das suas camisas para eu poder ir para casa. Era tão comprida que chegava abaixo dos meus joelhos, como um vestido, e eu estava sem nenhuma roupa de baixo. Constance não pensou em me emprestar alguma de Esther, e eu não pedi. E me lembro do arrepio de emoção quando me sentei no banco traseiro da picape do pai de Esther, sem nada entre mim e o assento a não ser o fino algodão branco. Eu sempre adorava ser levada para casa por Steven, como ele insistia em que eu o chamasse. Quando estava sozinha com ele, eu podia fingir que era sua filha e que nós estávamos indo a algum lugar. Ele nunca falava muito, mas parecia gostar de me ouvir. Eu teria feito praticamente qualquer coisa para fazê-lo rir. E nunca poderia contar à minha mãe o quanto eu gostava dele; ela sempre perdia o controle quando eu perguntava quem era meu pai. Essa era mais uma coisa que Esther tinha conseguido e eu não – um pai –, mas eu não me ressentia disso. Ela merecia um pai forte, que a levantava do chão e a fazia rodopiar. Um pai que a amava como eu.

Minha melhor amiga portava seu nome, *Esther*, como uma rainha que usa a coroa num ângulo irreverente. Ela só me chamava de Ronnie. Eu não me encaixava no nome de adulta que me deram. As sílabas cheias de glamour de *Ve-ro-ni-ca* nada tinham a ver comigo. Estávamos com doze anos quando ela desapareceu. Eu era mandona e maciça, mais baixa do que Esther, mas determinada a ditar os termos das nossas brincadeiras, a criança que distribuía os papéis na hora do recreio, quando fazíamos de conta que éramos Power Rangers, batendo com os pés no chão, indo embora contrariada, se outras crianças tivessem suas próprias ideias. Só que, boa parte do tempo, eu não estava impondo minha própria vontade a Esther, mas apenas dizendo em voz alta o que ela já tinha decidido que queria fazer. Ela entrava correndo numa sala, mostrando a língua, e dava um salto para aterrissar com os joelhos flexionados e as pernas muito abertas. Revirava os olhos e dizia "Hah!" a plenos pulmões, antes de sair correndo da sala de novo. Eu precisava obter coisas das pessoas, e Esther não, de jeito nenhum, e acho que era por isso que ela me atraía.

Não era surpresa que a mãe de Esther me considerasse uma má influência. Mas era Esther quem começava qualquer coisa atrevida e tudo que fosse engraçado. Às vezes, bastava que eu olhasse para ela – com o canto do olho, quando os alunos estavam reunidos no vestiário da piscina da vizinhança, do outro lado das mesinhas baixas do tempo do jardim da infância – para eu começar a rir. Nós estávamos sempre rindo, e eu estava sempre correndo atrás, tentando dar a impressão de que era eu quem liderava.

Na tarde daquela última sexta-feira de novembro, o dia em que Esther desapareceu, eu deveria estar fazendo meu dever de casa à mesa no meu quarto. Parávamos cedo às sextas – às 14h30 – e mamãe gostava que eu fizesse todo o dever da escola antes do fim de semana. Todos na turma tinham de criar um cartaz sobre um país da América do Sul, e eu tinha conseguido fisgar o Peru. Foi por pouco: um dos gêmeos Addison tentou pegá-lo, apesar de todo mundo *saber* como eu adorava lhamas. Eu tinha fotos delas coladas em todos os meus livros escolares. Agora, parecia que eu não conseguia fazer o lápis acertar o desenho de uma lhama. Ela saía vesga, e as pernas atarracadas de um jeito ruim, apesar de eu ter copiado o desenho com o maior cuidado possível, de exemplares antigos da *National Geographic* que minha mãe tinha trazido para casa da banca ao lado do seu trabalho. Flea, nosso gordo gato caramelo, veio se enroscar nas pernas da minha cadeira. Coloquei a revista por baixo do papel do cartaz, mas ele era grosso demais para eu conseguir decalcar o contorno da lhama. Desistindo, resolvi ir à cozinha pegar um pacote de macarrão instantâneo.

Flea saiu em disparada de baixo da cadeira, fazendo a curva para passar pela porta quando eu a abri. Avançou veloz pelo corredor e chegou à cozinha antes de mim. Seu nome completo era Sr. Mistoffelees, mas "Flea" era o máximo que eu conseguia pronunciar quando pequena, e o nome tinha pegado. Mamãe estava em pé junto ao telefone de parede na cozinha, com o fone branco à orelha, de costas para mim. Fui descalça na sua direção, e Flea seguiu adiante, empinado, com a cabeça inclinada para trás para me ver.

– Esther saiu da escola com você? – perguntou mamãe, tapando o fone com a mão.

– Saiu. – Passei por ela e fui até a pia, peguei um copo emborcado no escorredor e o enchi de água.

– Seguiram por qual caminho?

– Até a igreja.

Como eu ia conseguir pegar o macarrão do armário sem mamãe perceber?

– E então vocês se separaram?

– Isso aí.

Havia maçãs lustrosas na fruteira sobre o balcão da cozinha. Se eu dissesse que estava com fome, mamãe ia dizer para eu comer uma delas. Mantimentos eram caros. Principalmente frutas frescas. Alguns dias, mamãe se mantinha à base de chá e biscoitos recheados com creme de menta e cobertura de chocolate, mas ela queria que eu tivesse uma alimentação "decente".

Mamãe estava impaciente, o telefone ainda tapado.

— Para que lado ela foi?

— Para a esquerda. Ela sempre vai para a esquerda na igreja.

— Tomei toda a água do copo.

Mamãe fixou em mim um olhar firme e prolongado.

— Veronica Elizabeth Thompson, você tem certeza?

Mudei o peso de um pé para o outro. Quando eu era menor, pensava que *Elizabeth* acrescentado ao nome significava que você estava encrencado. Cheguei a usar o recurso com um dos meus primos quando ele surrupiou um ovo de Páscoa da minha cesta na grande caça aos ovos que ocorria todos os anos na fazenda do vovô. Todo mundo riu de mim.

Lavei meu copo.

— Certeza absoluta — confirmei, estendendo a mão para pegar um pano de prato. Enxuguei o copo e fui até o armário.

Mamãe deixou que minhas palavras pairassem ali por um segundo, esperando que se transformassem em silêncio. Empurrou uma mecha de cabelo ruivo para trás da orelha. Minha mãe nem mesmo tinha um segundo nome. Era simplesmente Evelyn Thompson. Por algum motivo, só os meninos ganhavam um segundo nome na família dela. O segundo nome do seu irmão Peter era Reginald, o que já me parecia um castigo em si. Dos meus tios, ele era meu preferido, e eu tinha ficado indignada por ele quando descobri esse nome. Flea estava roçando na perna dela, mas mamãe nem sequer olhou para ele. Em qualquer outra tarde, ela o teria pegado no colo, arrulhando para ele, dizendo que ele era *seu bebê peludo* e *seu filhinho de quatro patas*. Ou teria levado a mão espalmada ao coração, fingindo estar morrendo com o choque de me ver lavar meu próprio copo. Em vez disso, ela se virou de costas para mim e disse ao telefone alguma coisa que não consegui ouvir.

Guardei o copo. Quando estava voltando para o quarto, havia um pacote de macarrão instantâneo enfiado na cintura da minha calcinha.

Agora é impossível desvincular minhas lembranças de Esther umas das outras. Como vagões de trem com seus engates soldados, cada lembrança dela traz junto outra, avançando sem parar, numa longa fila barulhenta. Desde que éramos pequenas, ela estava ali, tão importante e não reconhecida como a casa em que se passa a infância. O pai de Esther nasceu em Durton, como minha mãe, mas não tinha nenhum laço de parentesco com minha família, os Thompson – sempre fáceis de identificar graças ao nosso cabelo ruivo. Ela não era parente dos Rutherford, que eram ricos, nem dos McFarlane, que eram sovinas. Havia alguns Bianchi nos arredores – conhecidos principalmente por serem italianos –, mas eles eram mais velhos, e seus filhos já tinham todos deixado Durton. Tanto Esther quanto eu éramos filhas únicas, o que era incomum na nossa escola. Até mesmo Lewis era estranho porque só tinha um irmão. Eu, muito mais do que Esther, gostava de ser filha única. *Você não gostaria de um irmãozinho ou irmãzinha?,* mamãe me perguntou um dia. *Não, obrigada,* respondi. *Como se estivesse recusando educadamente um sanduíche de pepino,* mamãe recordava, rindo.

Esther teria adorado ter quatro ou cinco irmãos e irmãs, ou pelo menos um monte de primos, como eu tinha (se ela tivesse, eles poderiam ter ido com ela para casa naquele dia). Tudo de que eu precisava, tudo o que eu no fundo sempre quis, era ela.

Mamãe não falou muito durante o jantar, nem mesmo me atormentou para comer o milho. Milho me lembrava de dentes de alienígenas. Eu estava esperando que ela me desse licença para me levantar da mesa.

– Esther ainda não chegou da escola – disse mamãe.

Eu já tinha afastado minha cadeira da mesa. O sol continuava no céu, mas já passava das seis. A mãe de Esther devia estar surtando.

— Ronnie, você tem certeza de que ela não disse que ia fazer alguma coisa ou ir a algum lugar depois da aula? Ela pode ter decidido ir à piscina ou fazer uma caminhada?

Nós tínhamos ido à piscina na véspera, mas nunca íamos às sextas. Naquela tarde, o calor estava insuportável; só um idiota teria ido a pé a qualquer lugar aonde não fosse obrigado. Além do mais, o pai de Esther sempre ia com a gente à piscina.

Tínhamos saído pelo portão junto com a leva de outras meninas do sexto ano. O que foi mesmo que Esther me disse antes de seguir na direção da casa dela enquanto eu vinha para a minha? *Tchau*, supus. Ela teria se virado para acenar depois que nos separamos? Eu tinha me virado?

Esther não tinha jogado netball naquele dia porque tinha se esquecido de levar os tênis. Ela não gostou, como eu teria gostado. Ficou sentada com a cabeça apoiada nas mãos, assistindo com avidez do lado de fora da quadra. Quando nos separamos, tratei de me lembrar de usar *meus* sapatos escolares de couro no próximo dia de atividades esportivas.

— Ela só foi para casa. — Meu pé esquerdo bateu na madeira debaixo da mesa. — Como todos os dias. — Parecia que mamãe estava esperando mais detalhes. — Dei tchau para ela, e ela me deu um tchauzinho. — Quando eu disse isso, o detalhe se concretizou na minha memória. O aceno discreto, mas certo, como as linhas de um desenho decalcado.

O abajur de pé num canto da sala de jantar entrou em foco. Eu descobri o que poderia fazer com o desenho da lhama. Podia segurar a revista e a cartolina acima da abertura do abajur. Com a luz por trás, a imagem conseguiria ficar visível através da cartolina. Ficaria tão bom que as pessoas iam achar meu cartaz o melhor. Meus pensamentos se atropelavam, ensaiando conversas possíveis, encontrando os obstáculos que precisei superar. Se alguém perguntasse se eu o tinha decalcado, eu teria de falar a verdade, mas, se eu só dissesse que desenhei à mão, não seria uma mentira, seria?

Mamãe não disse nada. Com um gesto de cabeça, ela indicou que eu podia me levantar.

Alguma espécie de pânico deveria ter me dominado quando fiquei sozinha no quarto. Sei que não faz sentido. Como posso explicar eu estar tão despreocupada por ninguém saber onde estava minha melhor amiga? O fato de eu ficar ali sentada, me dedicando à minha tarefa? Só posso dizer que parecia que alguém estava tendo dificuldade para encontrar o oceano. Era óbvio para mim que eles simplesmente não estavam procurando com atenção suficiente, ou nos lugares certos.

O telefone tocou na cozinha e, depois de um tempinho, mamãe entrou no meu quarto.

— Vamos visitar Mack. Ele quer falar com você.

Eu estava escrevendo *PERU* em letras grandes e gordas no meio da cartolina. Letras gordas eram a minha especialidade.

— Sobre Esther? – perguntei.

Eu não queria que mamãe me visse mexendo no abajur. Ia precisar acertar a lhama numa tarde em que ela estivesse no trabalho.

Mamãe deu um sorriso sem graça.

— É, Bup. Sobre Esther.

Bup era o apelido que minha mãe me dera. Às vezes, eu a chamava de Mucca. Em certas ocasiões, como quando partíamos numa longa viagem de carro – talvez para visitar minha tia Kath, que morava em Victoria – ela dizia: *Olha só pra nós, Bup e Mucca, se lançando numa aventura.*

Mamãe estava com o queixo todo retesado enquanto dirigia até a delegacia. Uma veia saltava no pescoço, como se um tubinho de plástico reforçado tivesse sido inserido por baixo da pele, feito do mesmo material das cordas de pular usadas na escola: firmes, mas flexíveis. Eu nunca tinha entrado na delegacia, e só tinha visto o policial Macintyre pela cidade ou quando ele ia à escola falar do perigo de desconhecidos. Minha mãe o chamava de Mack. Ele morava ao lado da delegacia com a mulher, Lacey, que veio correndo e nos recebeu quando chegamos. Passamos pela mesa da recepção e entramos numa pequena cozinha. Lacey tirou uma garrafa de leite de um frigobar e serviu um pouco numa caneca que dizia POLICIAIS SÃO D+. Ela acrescentou cinco colheradas generosas de achocolatado e pôs a xícara no micro-ondas. Alguém na escola tinha me contado que o policial Macintyre e a mulher não podiam ter filhos por causa de algum problema com ela. Eu a examinei dos pés à cabeça enquanto ela me entregava a xícara. Era magricela, mas minha mãe também era, e ela me teve.

O policial Macintyre entrou na sala e se sentou.

– Oi, Evelyn – disse ele, cumprimentando minha mãe. – Olá, Veronica.

Ele cheirava a suor e água-de-colônia e estava precisando se barbear.

– É só Ronnie – eu o corrigi.

– Sem problema, Ronnie – disse ele, apoiando-se nos antebraços, com um sorriso para mamãe. – Você pode começar me dizendo o que você e Esther fizeram hoje de tarde? – Ele perguntou isso do jeito que alguém fala quando só resta um quadradinho de bolo e você quer ficar com ele, mas, se o pegar, vão dizer que está sendo gulosa; e em vez disso, então, você pergunta, como quem não quer nada: *Alguém vai querer esse pedacinho de bolo?*

Ele me fez as mesmas perguntas que mamãe tinha feito, enquanto eu bebericava o achocolatado. Eu disse que tínhamos tido netball, e que Esther não tinha jogado. Que cada uma seguiu seu caminho na altura da igreja. Que ela parecia normal. O que não lhe disse, ou não pude dizer, foi que, mesmo num dia normal, ainda emanava de Esther uma espécie de magia, como se ela pudesse fazer qualquer coisa. Ela conseguia dobrar a língua em U, conseguia se curvar para a frente e pôr a palma da mão direto no chão, mantendo as pernas esticadas, sabia cantar. E nunca decalcava.

— Esther gosta de esportes? — perguntou ele.
— Gosta — respondi. — Ela está encrencada?

Os olhos do policial Macintyre se desviaram para mamãe, que estava com a cadeira bem afastada para trás, fora do meu campo de visão.

— Não, Ronnie, Esther não está encrencada. De jeito nenhum.

Depois, do lado de fora da delegacia, minha mãe me abraçou e ficou assim, me segurando até aquilo ficar cansativo e eu tossir.

— Bup — disse essa palavra no alto da minha cabeça, com os fios do meu cabelo se movimentando quando sua respiração os tocava. — Quero que você vá para a casa do tio Peter enquanto eu ajudo na busca.

— Mas eu quero ir com você.

Eu sempre encontrava Esther quando brincávamos de esconde-esconde, com o cabelo escuro aparecendo atrás de alguma árvore, impaciente demais para ficar escondida por muito tempo.

— A última coisa que eu preciso é que você também se perca — disse mamãe, afagando meu cabelo com a mão.

Meu tio Peter veio nos encontrar na frente da casa. Ele era o irmão mais velho da minha mãe, e era dele que ela mais gostava. Eu podia perceber porque ele era a única pessoa que eu conhecia que realmente conseguia fazê-la rir, além de mim. Ele deu seu sorriso torto – tinha sofrido um choque violento quando jogava futebol australiano aos vinte e poucos anos, e o lado esquerdo do seu rosto era um pouco caído – e a abraçou. Quando eu era pequena, ele me deixava puxar sua barba, um cavanhaque que agora já tinha alguns fios brancos. Ele estava usando uma camisa polo, gravada com o logo da transportadora para a qual trabalhava, e foi andando ao lado de mamãe até a porta da frente. Os pelos ruivos nos braços reluziram à luz do sensor que foi acionado quando nos aproximamos.

– É medonho só de pensar, Pete – comentou ela.

Ele concordou.

– Shelly foi para lá.

Minha mãe nunca tinha feito amizade com a mãe de Esther, mas Constance e minha tia Shelly eram boas amigas. Esther passava muito tempo na casa dos meus tios e adorava o caos que era lá. Esther tinha o talento de sempre ser ela mesma, ao contrário de mim. Quando eu ficava lá, percebia que minha tia Shelly me achava sonsa; e, quando alguém pensa esse tipo de coisa de você, aquilo se torna verdade. Eu sentia que ela andava sorrateira pelo quintal e, quando eu me esgueirava na cozinha para pegar alguma coisa para beliscar, parecia que era sempre flagrada. Não que tia Shelly se importasse, mas simplesmente dava para saber que me achava um pouco mimada.

Não era assim com meu tio. Ele ria das minhas piadas. Uma vez, me fez rir tanto que soltei um pum, o que fez com que nós dois ríssemos ainda mais, até que nenhum dos dois conseguisse respirar – o que provavelmente foi bom, porque o cheiro era horrível. Em outra ocasião, ele trouxe para mim, de algum lugar na rota do seu caminhão, um chapéu que dava a impressão de que havia um carneiro dormindo no alto da minha cabeça. Eu o usava todos os dias até mamãe dizer que ele tinha sido perdido na lavagem da roupa.

Meu tio me deu um abraço apertado.

A claridade do dia estava se dissipando quando entramos na casa do meu tio. Eu esperava que, a qualquer instante, Esther saísse pulando de trás de uma cerca, revirando os olhos, mostrando a língua, rindo.

Ela estava desaparecida havia seis horas.

SARAH

Sexta-feira, 30 de novembro de 2001

A sargento investigadora Sarah Michaels parou o sedã branco descaracterizado ao lado de uma bomba de combustível disponível. Seu investigador assistente, Wayne Smith, dormia de boca aberta no banco do passageiro. Estavam umas sete horas a oeste de Sydney. Voltavam de outra missão quando chegou uma ligação do seu superior. *Vocês vão passar mais um tempinho aí no interior, Michaels!,* Kinouac tinha anunciado. Sarah ficou satisfeita por eles não terem coberto toda a distância até a sede antes de serem obrigados a dar meia-volta.

– E aí, chefe, tudo em cima? – perguntou Smithy, esfregando os olhos enquanto saía pelo lado do carona.

– Muito calor – disse Sarah, abrindo a tampa do tanque de combustível.

Sarah tinha dirigido a maior parte da viagem, com o lado direito do corpo pegando sol o tempo inteiro. Antes de sair de Sydney, ela tirou a pulseira que Amira lhe dera, deixando-a na bandeja de copos na cabeceira da cama, e pôs no braço o relógio de pulso da mãe. Agora aquele braço ardia e já estava ficando vermelho.

Quando Smithy entrou para pagar pelo combustível, Sarah aproveitou a oportunidade e estendeu o braço por cima do banco do motorista para agarrar o aromatizador de ambientes de baunilha que ficava pendurado no espelho retrovisor, puxando-o com força até o fio se partir. Ela o jogou numa lata de lixo de plástico escuro ao lado de um balde de água estagnada e um esfregão em péssimo estado. A lasca de espuma perfumada vinha lhe dando dor de cabeça. Fazia com que pensasse em Amira e seus incensos intermináveis.

Instantes depois, Smithy saiu pelas portas automáticas do posto de combustível, e Sarah deu a volta para o lado do carona. Eles estavam apenas a meia hora do destino; Smithy podia dirigir no trecho restante.

Uma mulher magra com olheiras escuras abastecia na bomba do outro lado. Apesar do calor, ela usava um cardigã comprido com a malha cheia de bolinhas. Um bebê berrava no assento traseiro. A mulher repôs o bocal da bomba no lugar e olhou para onde Sarah estava. Sarah teve a sensação de que, se não estivesse ali – não fardada, mas ainda obviamente uma policial –, a mulher teria deixado o bebê, com a porta entreaberta, enquanto entrava para pagar.

Smithy sentou-se no banco do motorista e lançou um olhar para Sarah.

– Anime-se, sargento, pode ser que não aconteça.

Sarah não tinha percebido que estava de cara amarrada, mas, por princípio, se recusou a alterar a expressão.

– Olho na estrada, policial.

Smithy mascava chiclete. Seu bigode louro avermelhado se contorcia, e o som de estalido do chiclete era mais irritante para Sarah como passageira do que tinha sido quando estava atenta à estrada. Qualquer sabor já devia ter desaparecido fazia tempo. Foi um alívio quando avistaram uma placa desbotada de BEM-VINDOS A DURTON! e saíram da rodovia.

Smithy parou diante do menor posto de polícia que Sarah já tinha visto.

– Onde foi parar o aromatizador? – perguntou ele, olhando para o espelho retrovisor.

– Deve ter caído – respondeu ela.

Smithy se esticou para a frente para olhar debaixo do banco, e Sarah desceu do carro.

O sargento local veio recebê-los à porta e se apresentou como Mack, forçando os olhos enquanto falava. De início, ele dirigiu os comentários a Smithy. E então Smithy fez as apresentações formais, incluindo a patente dos dois, e Sarah captou a sombra de um sorriso escondido pelo bigode dele enquanto Mack girava quarenta e cinco graus para olhar de frente para ela. Pelo menos, o sargento teve a decência de não erguer as sobrancelhas. Ela imaginava que, num local tão distante, eles não tivessem muitas policiais mulheres. Ou talvez aceitassem o que chegasse a eles.

Mack era um homem compacto, bronzeado, com uma barba já despontando, que tinha seguido o protocolo com exatidão. Melhor do que muitos dos policiais locais com quem Sarah tinha trabalhado nos seus dois anos no setor de Pessoas Desaparecidas. Ele tinha recolhido as informações de que precisavam para dar os primeiros passos. A mulher de Mack tinha ficado na delegacia, dando telefonemas. Sarah a conheceu quando entrou. Lacey Macintyre era magra, mas vigorosa. Com seu bronzeado e seu cabelo louro quase branco, ela não teria parecido deslocada assistindo a uma partida de polo, até que abriu a boca, e o que saiu foi um forte sotaque do interior.

Era um mito que o setor de Pessoas Desaparecidas precisava esperar vinte e quatro horas para começar as buscas, principalmente quando se tratava de crianças. Às vezes, Sarah chegava exatamente quando a criança acabava de ser encontrada, dormindo numa casinha no quintal ou tentando não chamar a atenção na casa de um amiguinho. Nesses casos, ela sorria, cumprimentava os policiais locais com apertos de mão e apresentava um relatório sucinto quando voltava para sua sede. Com exceção de disputas pela guarda, a maioria das crianças não recuperadas nas três primeiras horas já se encontraria morta. Nesse caso, já fazia mais de quatro horas desde que a criança tinha sido vista pela última vez. Mack entregou o registro de ocorrência, e Sarah procurou ignorar o calor no seu braço direito enquanto folheava o documento. Mack disse que se encontraria com os dois policiais no local da busca mais tarde, e os acompanhou de volta ao seu Commodore branco.

A claridade estava se dissipando num nevoeiro azul. Smithy baixou as janelas. A cidadezinha era plana, parda, com uma sugestão de morros ao longe. Eles seguiram direto do posto policial para a pequena casa de fibrocimento, onde os pais de Esther Bianchi esperavam. À luz acesa do alpendre, Sarah viu que eles tinham uma caixa de correspondência inovadora: da caixa, se erguia a silhueta de uma palmeira, com as letras B-I-A-N-C-H-I ligeiramente visíveis por baixo dela.

Havia uma mulher em quem Sarah pensava sempre que se encontrava diante de uma porta de entrada. Sarah tinha acabado de ser transferida para o setor de Pessoas Desaparecidas depois de trabalhar no Proteção à Infância. Carla, a filha de dezessete anos da mulher, tinha desaparecido. Uma cozinha atulhada, uma coleção de abafadores de chá. A mãe disse a Sarah: *Quando seu filho desaparece, você olha pela casa, e algumas coisas ali lhe fazem mal. Se você perdeu tempo colecionando bibelôs de gatos, tudo aquilo parece idiota. Você nunca mais vai voltar a ser aquela pessoa.*

Eles nunca encontraram Carla.

Uma mulher olhava do seu lugar na varanda, enquanto eles vinham andando pelo caminho. Sarah ficou feliz por ter se lembrado de jogar o paletó por cima da camisa social manchada de suor. Era importante ter uma aparência adequada.

Smithy se encarregou das apresentações, e a mulher os convidou para entrar.

— Steve ainda está por aí, procurando — disse a mulher. — Quer dizer, o pai de Esther.

Ouviu-se o ruído de um carro parando do lado de fora.

Eles passaram por um par de botas de plástico estampadas com margaridas no piso do hall de entrada; um casaco de alta visibilidade pendurado junto da porta. O ar-condicionado instalado na janela da sala de jantar zumbia, mas a sala estava quentinha e aconchegante.

— Ela está aqui? — gritou uma voz grave de lá da porta da frente.

Um homem em uniforme de trabalho da cabeça aos pés surgiu na entrada. Tinha em torno de 1,85 m, era bronzeado, cabelos e olhos escuros.

— Perfeita sincronia — disse Smithy, olhando para Sarah.

Ela fez que sim.

— Sr. Bianchi, pode me acompanhar? — sugeriu Smithy.

O pai da menina acompanhou Smithy pelo corredor. Sarah sentiu nele o cheiro de suor, em parte desagradável, ligeiramente adocicado — um cheiro que lhe lembrou de seu próprio pai, quando voltava de uma partida de squash com um colega ou outro que também era policial. Ela ouviu o que pareceu ser uma porta dos fundos sendo fechada. Sarah interrogaria a mãe da menina, e era sempre melhor que os pais não se ouvissem. Quando a mulher fez menção de se sentar, Sarah olhou de relance para sua pasta: *Constance Bianchi*. A sargento sentou-se com ela à mesa de jantar, forrada com uma toalha verde que Constance não parava de amarfanhar com a mão. As marcas no tecido acetinado formavam um círculo do tamanho da cabeça de um bebê.

Sarah pediu para verificar a identidade da mulher.

A carteira de habilitação confirmava o que as raízes de um castanho acinzentado sugeriam — o louro da mulher não era natural. Havia algo de duro na sua expressão que não fora captado na foto, mesmo que ela fosse bochechuda e seu rosto estivesse inchado de chorar. Rímel borrado escorria dos olhos grandes e escuros, que se recusavam a se fixar num único ponto. A boca e o nariz eram um pouco exagerados. O batom tinha se apagado, mas uma sombra escura de delineador de lábios permanecia. No aparador à esquerda de Constance, havia uma fotografia grande da menina cujo retrato estava na pasta de Sarah, Esther pendurada de um trepa-trepa, com o brilhante cabelo preto emoldurando o rostinho. Seus olhos transmitiam o orgulho pela façanha realizada. Sarah não viu uma semelhança imediata entre a menina e a mulher à sua frente.

Veio um ruído da cozinha.

– Quem está aí? – perguntou Sarah.

– É minha amiga, Shelly Thompson; ela veio me fazer companhia.

– Certo, vamos querer falar rapidinho com ela daqui a pouco, também.

Constance deu de ombros.

– Claro.

– Esther é um nome fora do comum – observou Sarah.

– Sim – respondeu a mãe da menina. – Eu lhe dei o nome da minha avó, do lado paterno.

– Vocês são judeus?

– Não, e meu pai também não era, mas minha avó sim. As pessoas costumam fazer essa pergunta. Para ser franca, eu nem mesmo cheguei a pensar que esse fosse um nome judeu. Pode parecer tolice. É que eu simplesmente gostava muito da minha avó. – Constance parecia frustrada com aquele papo furado, apesar de ela mesma estar falando.

– Você se importa se a gente colher uma amostra da sua boca? Vai ser útil ter seu DNA no arquivo.

Constance concordou, e Sarah colheu a amostra, sempre um momento de uma intimidade estranha.

Havia coisas que Sarah precisava confirmar. Esther já havia saído por aí antes? Ela algum dia tinha falado em fugir? Havia mais alguém que estivesse reivindicando sua guarda? Sarah fez essas perguntas a Constance, que passou a mão ao longo da beira da mesa e respondeu com uma negativa a cada uma delas. Tudo batia com o que a mulher já havia dito a Mack.

– Houve alguma mudança recente na vida de Esther? Ela fez novos amigos, entrou para uma escolinha de natação nova, esse tipo de coisa? – perguntou Sarah.

– Não.

– Houve alguma obra na casa nos últimos doze meses?

– Não. Já me fizeram todas essas perguntas. Isso não é nem um pouco típico dela. Não conhecemos ninguém que a pegaria.

Sempre tinha sido útil a Sarah *manter-se neutra,* como seu antigo sargento instrutor costumava dizer. Ela se esforçava para manter esse equilíbrio porque isso a tornava uma policial melhor. Procurava não se envolver com a dor da mãe, mesmo enquanto falava em tom baixo, dando à mulher desesperada bastante tempo para responder. A contragosto, Sarah pensou em Amira. O jeito de Amira beliscar o braço de Sarah quando tentava falar com ela sobre essas coisas, sobre como se excluir da equação. *Para mim, parece carne humana,* dizia Amira, apertando os olhos e farejando até Sarah rir. Sarah gostaria de poder pegar o cérebro das pessoas e simplesmente abri-lo, ver todos os pequenos detalhes que elas tinham medo ou se esqueciam de compartilhar, para transcrevê--los direto para seu caderno.

– Alguém entrou no quarto de Esther desde que ela saiu para a escola hoje de manhã?

– Não.

Sarah podia perceber a crescente impaciência de Constance.

– Você não entrou lá em nenhum momento? Para guardar alguma roupa? Passar o aspirador no carpete?

– Espere. – Constance ergueu a mão, como um pedestre que busca desacelerar um carro que está vindo. – Eu entrei lá, sim. Quando já eram três horas e ela não tinha chegado, entrei no quarto para ver... para ver se ela não tinha entrado pela porta dos fundos ou coisa assim.

— E fez o que lá?

— Pensei em fazer a cama, mas não fiz, porque essa é uma tarefa que cabe a Esther. Recolhi algumas coisas do chão. — Sua voz subiu uma oitava no final da frase, tornando suas palavras uma pergunta, ou um apelo.

— Tudo bem. Nós vamos entrar lá juntas daqui a pouco e verificar se alguma coisa está faltando.

— Você tem filhos, investigadora Michaels?

Sarah achava que, em geral, na sua especialidade, as pessoas desconfiavam menos de policiais femininas solteiras e sem filhos do que de homens solteiros. Mesmo que algumas imaginassem que ela podia ser gay, mesmo que essa não fosse a praia delas, elas suspeitavam menos dela do que de Smithy. Não conseguia imaginar fazer esse tipo de trabalho e depois ir para casa reunir-se aos seus próprios filhos. *Não é normal,* sua própria mãe dissera. *Simplesmente há alguma coisa que não é normal em alguém que se dispõe a fazer esse tipo de trabalho.* E ela não sabia sequer a metade do que acontecia. Sarah nunca tinha comentado com a mãe nada sobre o tempo em que trabalhou no Proteção à Infância.

Constance estava esperando pela resposta dela.

— Não, não tenho — respondeu Sarah.

— Está achando que alguém pegou minha filha, não está? — Ela ergueu o queixo.

— Constance — Sarah fitou seus olhos —, não estou achando nada, assim no início da investigação. A única coisa de que tenho certeza é que agora temos uma parceria. Nós duas queremos a mesma coisa. Nós duas queremos Esther em casa.

Sarah procurava evitar chegar a conclusões cedo demais. O que realmente a preocupava no momento não era que Esther pudesse estar morta, mas que estivesse viva, sendo mantida em algum lugar. Só que não ia ser ela a entrar nesses detalhes com a mãe da menina.

Constance permaneceu calada.

— Você tem outra foto? — perguntou Sarah, mostrando um retrato que Mack lhe dera. — As crianças nunca são, de fato, como aparecem nas fotos da escola. Já percebeu isso?

Com uma foto diferente de Esther Bianchi enfiada no caderno, Sarah seguiu pelo corredor rumo ao ruído que supôs estar vindo da cozinha.

Ela parou na soleira do cômodo de piso vinílico e se deparou com as costas largas de uma mulher tão alta que parecia estar quase encurvada por conta do teto baixo. Sarah pigarreou, e a mulher se voltou para ela.

— Shelly Thompson? Eu estava pensando em lhe fazer umas perguntas.

Havia um copo na mão da mulher. Parecia estar cheio de vinho tinto.

— Desculpe — disse a mulher, assentando o copo.

Estava usando leggings pretas e uma camiseta roxa. Uma cabeça de tigre cinza, contornada com pequenas imitações de diamante, esticava-se de um lado a outro do busto. Sarah tinha percebido que, em sua maioria, as pessoas ficam retraídas diante de policiais. Essa mulher sorriu.

— Não bebo muito. Só que estava *precisano*. — A mulher terminou a frase com um sotaque carregado. — A garrafa estava aberta, mas acho que pode estar estragado. O gosto está horrível.

Ela poderia ter escondido a bebida com facilidade, Sarah avaliou, mas não tinha se dado ao trabalho. A mulher tinha o cabelo curto, tingido de ruivo, e estava visivelmente trêmula, mas Sarah podia perceber que não era porque estava diante de um policial. Alguma coisa no mundo dessa mulher tinha mudado quando Esther não voltou para casa. Ela pegou o copo e o pôs na pia.

— Mas preciso me controlar, por ela. — Com a cabeça, ela indicou o corredor.

— Conhece a família há muito tempo? — quis saber Sarah.

— Constance é minha melhor amiga. Nós nos conhecemos no dia em que ela se mudou para cá — respondeu a mulher, levantando o queixo, como se fosse algum motivo para orgulho. — Esther é como se fosse uma filha.

— E Esther é que tipo de criança?

— Das boas. Alguns filhos únicos podem ficar metidos, mas Esther se dá com os meus como se fosse da família. — A mulher enxugou os olhos com o dorso da mão e se controlou. Estava claro que ela queria que Sarah soubesse que a menina era fora do comum. — Ela é dessas crianças que se dispõem a tentar qualquer coisa. E confia nas pessoas, vê o que há de bom nelas.

Sarah tinha visto isso antes, essa necessidade de fazer com que os policiais entendessem que a criança desaparecida não era igual a nenhuma outra. Sarah poderia dizer que isso não fazia diferença, mas é claro que fazia. Você se esforçava mais na busca pelos que tinham quem os amasse.

— Você sabe de alguém que poderia querer fazer mal a Esther? — perguntou Sarah com delicadeza.

A mulher fez que não, com vigor, como que repelindo a ideia.

— E onde você estava hoje à tarde?

— Fui pegar meu neto na casa da minha filha pouco depois das duas. Fiquei lá por mais umas duas horas. Caleb é só um bebê, e minha filha Kylie está tendo uma certa dificuldade. Gosto de dar uma ajuda para ela. Eu trouxe Caleb para casa comigo... É o que faço quase todas as sextas-feiras. Quando cheguei, as crianças me disseram que Constance tinha ligado.

— E isso foi a que horas?

— Um pouco antes das cinco.

— Você consegue ser mais precisa?

— Não tenho certeza, mas não podia ter passado das cinco, porque tive tempo para receber o recado, vir dirigindo e chegar aqui às 17h07. Lembro de ter olhado para o relógio porque queria calcular o quanto Esther estava atrasada.

Sarah anotou tudo isso em taquigrafia no caderno. Ela conseguia continuar a encarar o interlocutor enquanto anotava, um talento especial que possuía.

— E de onde Constance ligou para você?

— Daqui.

— Tem certeza?

— A gente tem identificador de chamadas no telefone fixo. Eu tentei ligar para ela antes de sair de casa e vi o número na lista de chamadas. — Não havia nada de agressivo no tom da mulher. Ela dava a impressão de estar lutando para manter o equilíbrio.

— E Steven? Onde estava quando você chegou aqui?

— Era para estar no trabalho. — O jeito com que a mulher disse "era para estar" surpreendeu Sarah.

— Mas ele não estava?

A mulher levou um tempinho para responder.

— Constance disse que demorou muito para conseguir falar com ele. — E então, como que adivinhando o que Sarah poderia estar pensando, ela prosseguiu. — Ela nunca consegue entrar em contato com ele quando precisa.

— Qual é a sua opinião sobre Steven?

Uma expressão estranha passou pelo rosto da mulher.

— Procuro não ser enxerida. — Ela estendeu a mão para a pia e levou à boca o copo, que ainda estava com vinho tinto pela metade. Tomou um gole e despejou o resto na pia, com uma careta. — Meu marido, Peter, e Steve não são muito amigos, mas Esther e Constance vão à minha casa o tempo todo. Meus filhos adoram Esther. E ela os adora.

— Onde estava seu marido hoje à tarde?

– Peter? Estava em casa com nossos filhos enquanto eu fui pegar meu neto. – Sarah desenhou um triângulo rápido ao lado dessa informação no caderno.

A mulher se empertigou como se estivesse se preparando para um combate.

– Certo. Posso entrar para ver como ela está? Ela não deveria ficar sozinha neste momento.

– Pode me dar o telefone de Kylie?

Sarah sabia, por experiência, que eram as histórias dos mais próximos da pessoa desaparecida que precisavam ser verificadas com maior cuidado.

– Kylie não tem telefone lá. Estamos providenciando. Posso lhe dar o endereço dela?

Sarah assentiu, e Shelly Thompson lhe deu o endereço da filha, repetindo-o para se certificar de que Sarah tinha anotado tudo, antes de passar, desajeitada, por ela para entrar no corredor.

Na sua picape, Steven Bianchi acompanhou Sarah e Smithy quando eles foram embora da casa dos Bianchi. Sarah se opunha a que pais participassem de buscas por uma série de motivos – o menos importante deles sendo a possibilidade de encontrarem o corpo –, mas tinha sido impossível deter Steven.

O sol ainda não tinha se posto totalmente e Sarah podia discernir casas abrigadas contra a noite iminente, com as luzes apagadas, sem nenhum movimento do lado de dentro. Eles seguiram até chegar a uma avenida larga que se dividia em torno de um longo canteiro gramado, com árvores adultas plantadas a intervalos regulares. Antigas fachadas de lojas, embora recém-pintadas com esmero em cores nostálgicas, aparentavam, em sua maioria, estar vazias.

– Se eu os visse andando no mesmo corredor de supermercado, nunca os teria considerado um casal – disse Smithy.

Ele sempre começava conversas, ou recomeçava outras que Sarah achava que tinham terminado, como se esperasse que ela soubesse do que ele estava falando. Ela concluiu que ele se referia a Steven e à mulher.

– O sacana é bonitão – prosseguiu Smithy. – Só que é meio burro, se você quer saber.

– Como assim?

– Bem, ou é burro ou espertinho.

Andando de um lado para outro no uniforme de trabalho, Steven Bianchi tinha se mantido à curta distância das pessoas responsáveis por encontrar sua filha. Ele trabalhava para a prefeitura e tinha dito a Smithy que estava com uma equipe durante a tarde inteira numa estrada próxima. Smithy já tinha telefonado e pedido a Mack para verificar. Às 14h30, Constance Bianchi saíra do consultório médico onde trabalhava, e não havia ninguém que confirmasse seu paradeiro entre aquela hora e as três, quando ela começou a dar telefonemas. Sarah olhou para trás por cima do ombro. Steven, na sua picape, estava tão grudado neles que a sargento achou que ele poderia encostar no seu para-choque.

– Como você vai fazer para conseguir uma amostra de DNA dele?

– Sem problemas – disse Smithy. – Só estou pensando se deveria providenciar perícia no carro do pai e no da mãe da menina.

– É claro que podemos perguntar se eles permitem sem um mandado – respondeu Sarah. Ela devia ter pensado nisso antes.

– A gente devia ter começado por aí, né? – Os olhos de Smithy se desviaram para o espelho retrovisor, tornado inoperante pelo clarão dos faróis de Steven Bianchi.

– É. – Ele tinha razão. Sarah precisava se concentrar. O pensamento ficou zumbindo como fiação elétrica velha por baixo da pele dela. *Você sabe fazer seu trabalho, Michaels. Então faça.*

Ela gostaria de ter mais agentes, mas havia mais duas meninas desaparecidas – gêmeas – em outro lugar no estado. Um caso alvo de muita atenção. Até mesmo Sarah, que evitava a mídia ao máximo – o que incluía a cobertura dos seus próprios casos, quando possível –, sabia disso. Era assustador concluir que grande parte era sorte. Do mesmo jeito que, num hospital, um setor de emergência lotado determinava a qualidade do atendimento que você receberia. Era pura matemática, uma questão de recursos limitados. E as pessoas já estariam tentando discernir um padrão, calcular se havia relação entre o desaparecimento das gêmeas e o de Esther Bianchi. Sarah sabia que era improvável, mas anotou a ideia no caderno.

Embora não pudesse recorrer a muitos agentes experientes, a investigadora tinha à disposição um bom contingente de pessoas, ao que parecia. Dezenas de carros estavam enfileirados ao longo da estrada de terra perto do riacho, que – por ser o caminho pelo qual Esther teria ido para casa – era o local da busca. Atrás deles, Steven entrou com destreza numa vaga apertada entre outras duas picapes. A primeira coisa que Sarah fez depois que Smithy estacionou foi procurar um policial fardado e lhe dizer que pegasse a chave do carro de Steven, que ela identificou com um aceno.

– Pergunte com gentileza se podemos dar uma verificada rápida. Chame-o de *senhor*. Diga a ele que você o levará para casa quando ele estiver disposto a ir.

Por experiência, sabia que seria melhor que essa pergunta fosse feita por alguém com a aparência desse agente – um cara comum, um pouco bobo.

O rapaz olhou à esquerda e à direita, como se não soubesse ao certo se Sarah tinha autoridade para lhe dizer o que fazer. Ela lhe deu as costas, tornando a ordem incontestável.

– Apareceu alguém interessante? – Sarah perguntou a Mack num canto tranquilo do galpão do Serviço Rural de Combate a Incêndios.

O galpão tinha sido designado para ser o QG das buscas em razão de ser o prédio mais próximo do riacho que Sarah queria inspecionar. À sua volta, um conjunto de voluntários e agentes fardados se preparava para começar a varredura. Havia muitos moradores do local, bem como bombeiros emprestados das áreas vizinhas, voluntários do Serviço Estadual de Emergências e policiais de Rhodes, a cidadezinha maior mais adiante na rodovia. Sarah vinha coordenando a equipe de Rhodes desde antes de chegarem ali, tendo até mesmo trabalhado com alguns dos seus agentes, quando outros casos a levaram para aquelas bandas.

– Um cara que eu nunca tinha visto disse simplesmente "Sou o Stan", e se recusou a me dar qualquer outro detalhe quando estava se registrando. – Os lábios rígidos de Mack mal se movimentavam enquanto ele falava. Como ela não respondeu, Mack continuou: – Eu lhe disse que, se ele não tinha documento de identidade, não poderia participar da busca. – Quando Sarah ergueu as sobrancelhas, ele completou: – Não se preocupe, tirei uma fotografia dele antes que saísse.

Sarah concluiu que gostava de Mack. Estava satisfeita por ele ser seu contato local.

– Bem, não faz sentido esperar mais – disse ela.

Sarah subiu na caçamba de uma picape próxima e encarou a multidão de bom tamanho. Era sempre fácil reunir um grupo grande para procurar crianças. Smithy gritou para que as pessoas no fundo fizessem silêncio.

– Quero agradecer a cada um de vocês aqui presentes pela sua paciência à medida que os registramos e preparamos. Se tiverem dúvidas sobre qualquer uma das instruções que receberam, procurem um responsável. – Com um gesto, ela indicou uma fileira de funcionários do Serviço Estadual de Emergências, com coletes amarelos por cima dos chamativos macacões cor de laranja. – Agora, mãos à obra.

A busca teve início. Enquanto a fila de homens e mulheres passava bruxuleante por entre as árvores, Sarah se permitiu, só por um instante, o lampejo de um propósito. A sensação de que talvez encontrassem a menina e a trouxessem para casa naquela noite. Eram mais de cem pessoas procurando.

Naturalmente, todos os moradores da área precisariam ser verificados nos dias seguintes. Se as pessoas soubessem com que frequência o sequestrador se apresentava para buscas, talvez nem se oferecessem como voluntários, para começo de conversa.

Sarah tinha recorrido a alguns favores que lhe deviam e conseguiu deslocar para ali uma equipe de cães, por apenas vinte quatro horas. Ela viu sua chegada e se encaminhou até o furgão. No caminho, Sarah avistou Steven à frente da fila que avançava. Havia um espaço em torno dele, como se as pessoas estivessem com medo de se aproximar demais. Ela já tinha pedido a outro policial fardado que fosse pegar o carro da mulher, caso ela concordasse, e que o levasse direto para o hotel onde Smithy e ela poderiam inspecioná-lo quando tivessem interrompido as buscas.

Depois de orientar a equipe de cães para o início do trabalho, Sarah voltou a procurar Mack. Ele tinha elaborado um resumo de todas as propriedades pelas quais Esther poderia ter passado no caminho da escola para casa. A cabeça de Sarah estava fazendo o que sempre fazia nessas situações – cotejando mentalmente suas ações com uma lista que havia esboçado no caderno – mesmo enquanto acompanhava o que Mack dizia.

— Lacey falou com todos os que estavam em casa e marcou uma hora para eles virem à delegacia amanhã. O dono dessa propriedade – ele fez um gesto na direção de um pasto ressecado, com uma casa ao longe que mal se conseguia discernir no crepúsculo; por trás dela, a propriedade continuava até chegar à estrada de terra batida pela qual tinham enviado viaturas –, eu o conheço. Chama-se Ned Harrison. No momento, está viajando. Um policial fardado foi lá bater à porta, só para constar.

— O que você sabe sobre Peter Thompson? – perguntou Sarah. – É o marido da melhor amiga de Constance Bianchi, certo?

— A casa dos Thompson fica do outro lado da cidade. Peter é um cara legal. – A expressão de Mack dizia: *Nada com que se preocupar por aí.* – Ele é caminhoneiro – prosseguiu. – Tem cinco filhos. Um cara normal.

— Ele vai estar na nossa lista de álibis para amanhã?

— É uma lista comprida – comentou Mack. – Mas, sim, é claro que vai.

— Certo, vamos acrescentar a filha dele a essa lista. Acho que o nome dela é Kylie. Gostaria que você falasse com ela. Precisamos checar o álibi da melhor amiga.

— Nenhum problema, sargento investigadora.

Sarah era sensível a qualquer sugestão de ressentimento – alguns policiais do interior precisavam ser mais domesticados do que outros –, mas ali não havia nada.

— Eu queria lhe fazer uma pergunta: você acha que poderia haver alguma ligação entre este caso e o das gêmeas desaparecidas? – quis saber Mack.

Era espantoso como ele conseguia manter a boca quase fechada e ainda se fazer entender.

— É improvável, mas não excluí a possibilidade – respondeu Sarah.

Mack esfregou a nuca.

— Fico nervoso de pensar em algum maluco à solta por aí, pegando meninas.

Sarah concordou em silêncio.

Já estava totalmente escuro quando os cães encontraram uma pista de Esther Bianchi: seu cheiro perto da escola, então começaram a se dirigir para o riacho, só para se espalharem em direções diferentes, levando seus condutores a andar em círculos. Ninguém encontrou nada na busca linear, e não surgiu nada na reunião de avaliação do fim do dia que lhes proporcionasse base para prosseguir. Trabalhadores do Serviço Estadual de Emergências ocuparam o pequeno salão dos escoteiros perto da escola, e lá foram armadas camas improvisadas para quem precisasse. Eles voltariam às buscas à primeira luz do dia.

Enquanto Smithy e Sarah iam saindo do local das buscas, uma mulher de cabelo escuro estava se desvencilhando de uma jaqueta de tamanho exagerado, com o microfone já na mão. Era uma equipe de duas pessoas: do noticiário local, imaginou Sarah. Ela se perguntou quanto tempo levaria para repórteres de Sydney aparecerem por ali. Olhando para trás, enquanto entrava no carro, Sarah não tinha como ouvir o que a repórter dizia, mas via a mulher iluminada por um círculo de luz forte. Com a mão, dedos estendidos, a mulher fazia um gesto para o chão. O movimento pulsante da mão dizia *bem aqui.*

Eles voltaram para o posto policial e ficaram lá com Mack até tarde da noite, completando uma lista de pessoas a serem interrogadas no dia seguinte. Policiais fardados patrulhariam Durton a noite inteira. Lacey tinha providenciado acomodação no hotel local para todos os que não estivessem designados para o turno da noite. A equipe de cães ficaria hospedada, com dois integrantes em cada quarto, mas iria embora no segundo dia, quer encontrassem alguma coisa ou não. Embora tanto Sarah quanto Smithy tivessem outros casos na cidade grande, estava parecendo que poderiam ficar por ali mais alguns dias, no mínimo. Os carros dos pais da menina tinham sido estacionados atrás do prédio, fora do campo visual da estrada.

Não era longe do posto policial até a larga entrada de carros do Hotel Horse and Cane. Sarah e Smithy se registraram no bar, a única parte do prédio que ainda estava iluminada, com um homem que afirmou ser o proprietário. O tecido manchado da sua camiseta sem mangas descrevia um caminho nítido em meio aos pelos escuros nos seus ombros, como uma estrada que atravessasse o mato. Ele fez com que Sarah se lembrasse de uma personagem da qual Amira gostava de se fantasiar para suas apresentações como *drag king*. Filha de imigrantes sírios, Amira adorava se vestir como um australiano palerma numa camiseta regata manchada, popularmente conhecida como "mamãe sou forte". *Que nome horrendo para uma peça de vestuário,* dizia ela, enrugando o nariz como fazia quando considerava alguma coisa absurda. O proprietário disse algumas sílabas ininteligíveis ao lhes entregar as chaves e vendeu a Smithy uma embalagem de meia dúzia da cerveja Victoria Bitter. A partir da sólida recepção de concreto, uma série de quartos se estendia em linha reta.

No quarto designado para ela – uma relíquia embolorada do início da década de 1980 –, Sarah se livrou dos sapatos, se deitou na cama e fechou os olhos. Levou a mão esquerda ao braço queimado de sol, parando no relógio da sua mãe. Ela o usava no braço direito, assim como a mãe.

Sua mãe gostava de Amira. "*Ela*, sim, é uma bela mulher." Sua mãe sempre dava ênfase ao "ela", como se estivesse comparando Amira a Sarah, ou talvez até a si mesma. Sarah era mais parecida com o pai – reta de cima a baixo. Ela desconfiava que a mãe ficara contrariada por Sarah não ter seguido seu exemplo em termos genéticos, além de ser canhota, mas era um alívio não ter herdado o peito da mãe, seu jeito exagerado e arrogante de entrar num lugar, obrigando em silêncio a todos os olhos a se voltarem para ela. Mas é claro, não era exatamente esse o tipo de mulher que Sarah sempre namorava? Ela suspirou. Aquela realmente não era a hora para pensar em Amira. E não era a hora de dormir. Sarah tinha providenciado a perícia para o dia seguinte, mas eles podiam fazer uma inspeção inicial nos carros. Ela se levantou da cama e revirou a bolsa em busca de uma lanterna.

Sarah foi ao quarto seguinte no corredor e bateu à porta de Smithy.

– Precisamos verificar os carros dos pais.

Smithy abriu a porta de camiseta e cueca samba-canção. Havia uma cerveja aberta na mesa atrás dele.

– Putz, sargento, assim não dá.

– Te espero lá fora.

Sarah circundou os veículos, com suas portas metálicas refletindo com pouca nitidez o letreiro fluorescente do hotel, erguido acima do prédio. Ela respirou fundo e alongou os ombros. Queria que fosse ela a fazer a busca no carro de Steven. Calçou as luvas. Smithy veio se aproximando atrás dela, e Sarah lhe entregou a chave do Corolla da mãe de Esther. A sensação era a de uma cena dos programas de investigação de crimes que Amira insistia para que Sarah visse, muito embora Sarah os achasse irritantes e coalhados de imprecisões.

– Você é minha investigadora destemida – tinha dito Amira uma vez, passando as mãos pelo cabelo curto de Sarah. – Só que eles não iam permitir que você fosse gay num programa de televisão.

– Nesses programas, os policiais estão sempre à beira de um colapso nervoso – comentou Sarah. – Não sou nem um pouco parecida com eles.

Amira simplesmente riu com isso.

Sarah se agachou para olhar debaixo do banco do passageiro da frente da picape de Steven, e sua lanterna iluminou o contorno de alguma coisa que estava ali. Era quase meia-noite, mas Sarah se sentia perfeitamente alerta. Até Amira teria considerado aquilo fácil demais. E *era mesmo* ridículo, no fundo, que Steven não tivesse feito o menor esforço para esconder o objeto. Com cuidado, Sarah estendeu a mão enluvada e puxou. Era um sapato escolar de menina: de couro preto com uma fivela do lado. Pela descrição detalhada que Constance lhes dera, Sarah soube que Esther estava usando aquele sapato quando saiu de casa.

Foi Steven quem veio à porta, como se estivesse esperando por eles. Eram alguns minutos depois da meia-noite; falando estritamente, já era a manhã de sábado.

– Será necessário que nos acompanhe à delegacia – informou Sarah.

– Por quê? – O tom agudo da voz de Steven pareceu a Sarah ao mesmo tempo receoso e petulante.

Essa era uma boa hora para ele sentir medo. Mack tinha confirmado que ninguém foi capaz de garantir que Steven Bianchi estivera onde dizia ter estado. Mack também providenciara uma sala de interrogatório para Sarah no centro do comando regional em Rhodes. O posto policial de Mack não tinha as instalações de que eles precisariam para um interrogatório como aquele, e fazê-lo numa delegacia de polícia adequada tornava a experiência mais intimidante. Na realidade, Steven ainda não estava sendo detido, mas Sarah queria que ele tivesse a impressão de que sim. Ele permaneceu em silêncio no banco traseiro do Commodore. A noite escura passava veloz pelas janelas fechadas. Sua perna esquerda, a que estava mais perto da alavanca do câmbio, quicava sem parar, num ritmo acelerado. Smithy e Sarah deixaram que ele se preocupasse sozinho.

A perna de Amira costumava quicar daquele jeito. *É porque somos bissexuais*, ela fazia um gesto elaborado na direção de si mesma, *nós – como é que se diz? – simplesmente temos mais energia*. Amira imitava o sotaque forte do seu pai, sírio, para pronunciar essas frases. *Não somos como vocês, lésbicas*, Amira dizia, revirando os olhos, *sempre cansadas*. Parecia que Amira nunca imitava a voz da mãe, soprada e aguda no vídeo que ela tinha mostrado a Sarah, de Amira dançando para eles nas bodas de trinta anos. Sarah não tinha conhecido os pais de Amira. E agora nunca viria a conhecer. Fazia duas semanas desde que Amira dissera o nome de Sarah e prometera que aquela seria a última vez. Duas semanas desde que qualquer pessoa tinha chamado Sarah de outra coisa que não fosse "Michaels" ou "chefe".

Sarah fechou a porta da sala de interrogatório e foi se sentar à mesa, com Smithy e Steven. Ela olhou para Steven e se perguntou, sem finalidade, como um júri iria encarar um homem tão bem-apessoado. O queixo dele se retesou quando ela se sentou. Ele devia estar supondo que Smithy fosse interrogá-lo de novo.

Sarah ligou o equipamento digital de gravação e recitou o aviso necessário.

– Pronto, Steven. Por que você não me conta como foi sua sexta-feira? – Sarah manteve um tom leve.

Steven disparou um olhar para Smithy, como se recorresse a alguém com mais bom senso para vir salvá-lo.

– Eu já disse a vocês. Eu estava no trabalho. Só cheguei em casa pouco antes das cinco. Na hora em que acabei voltando para o escritório da firma e soube que minha mulher vinha tentando entrar em contato comigo, já estava no final do expediente, de qualquer forma.

– Vamos voltar um pouco mais no tempo. O que você fez hoje de manhã? Bem, ontem de manhã, agora – disse ela, olhando para o relógio na parede.

– Como eu disse a ele – Steven inclinou a cabeça na direção de Smithy –, pego tarde no serviço às sextas, não antes das dez.

– Dá para dormir até bem mais tarde – comentou Sarah.

Steven piscou os olhos e os fechou, como se estivesse apagando Sarah por um instante.

– Quem leva Esther à escola?

Seus olhos voltaram a se abrir.

– Constance leva. Isso vocês já sabem.

Ele parecia muito à vontade. Ela queria perturbá-lo um pouco.

– Você e Constance brigam muito? – perguntou Sarah.

– O normal.

– E como é isso para Esther? Isso de vocês dois brigarem?

– Ela achava muito legal – retrucou ele, olhando de novo para Smithy.

Sarah registrou o uso do verbo no passado.

– Você sempre acreditou que Esther fosse sua filha, Steven?

– É claro que ela é minha.

Agora ele parecia estar em terreno mais firme do que antes e se recostou na cadeira. As mãos estavam espalmadas na mesa.

– O que você estava fazendo às 14h30, Steven?

– Como eu disse ao seu parceiro, eu estava instalando fiação nova na rodovia.

– É procedimento padrão as pessoas na sua equipe trabalharem sozinhas? – perguntou Sarah.

– Não. – Steven encolheu os ombros, como se relutasse em admitir isso. – Geralmente, alguma outra pessoa está junto. Mas um dos caras faltou por motivo de saúde. Eu só estava dando cabo dela. – Steven a encarava.

– Dando cabo do quê? – Sarah olhava direto para o caderno enquanto ele falava. *Colega doente?* Ela anotou.

– Da fiação. – As palavras de Steven estavam impregnadas de superioridade.

— E exatamente onde você estava trabalhando?

Ele suspirou.

— Perto dos limites da cidade, no trecho de estrada próximo à placa que informa que se está saindo de Durton.

Isso batia com o que o chefe de Steven tinha dito acerca do local onde ele deveria estar, mas Sarah só tinha a palavra de Steven garantindo que ele, de fato, tinha estado lá.

Era chegada a hora de lhe mostrar a prova.

— Steven — disse ela —, sua mulher confirmou que este sapato pertence ao par que sua filha estava usando quando saiu de casa às oito da manhã na sexta-feira, dia 30 de novembro.

Smithy colocou na mesa o saco plástico de provas com o sapato de Esther.

— Fica registrado para a gravação que o investigador assistente Smith está mostrando ao sr. Bianchi a peça de prova de número DN quatro-seis-seis — disse Sarah. — Gostaria de saber se você pode explicar como esse sapato foi parar no seu carro, Steven.

As narinas de Steven se dilataram.

— Onde vocês encontraram isso?

— Debaixo do banco do carona da sua picape — respondeu Sarah.

Ele olhou de Sarah para Smithy e, quando nenhum dos dois se pronunciou, curvou-se para examinar o saco plástico com a atenção meticulosa de um homem que procura uma nota de cinquenta dólares em capim alto. Ele baixou os ombros.

— Parece o dela. Mas não sei como poderia ter ido parar lá. — Seu tom tinha mudado; estava mais abatido, menos atrevido.

— No mínimo duas pessoas da escola perceberam os sapatos que ela estava usando, Steven. — Ela baixou os olhos para verificar as anotações de Mack. — Sua filha não pôde participar da partida de netball porque tinha se esquecido de ir de tênis. A professora de Educação Física deu uma boa olhada nos sapatos dela enquanto avaliava se Esther poderia jogar com eles.

— Você entendeu tudo errado — disse ele, como se só agora se desse conta da gravidade da situação. Mas nele havia alguma coisa impassível. Alguma coisa dissimulada. A expressão *sua vaca* pairou no final da frase, não pronunciada, mas palpável.

— Você realmente não tem nenhuma explicação? — perguntou Sarah.

Ela precisava fazer com que ele começasse a falar, o tipo de fala em que ele se esquecesse de parar. Steven tinha recusado a presença do advogado quando lhe ofereceram, mas poderia mudar de ideia a qualquer instante.

Silêncio.

— Steven...

— Não importa o que eu diga, não é mesmo? — disse ele, sem pensar, olhando para Smithy, que estava com a cabeça baixa sobre a papelada à sua frente. — Qualquer coisa que eu diga, vocês vão simplesmente deturpar tudo. — Steven ficou de boca aberta enquanto seus olhos iam de Smithy para Sarah.

— Estamos tentando solucionar as incoerências no seu relato, sr. Bianchi — disse ela. — É o nosso trabalho. Sem dúvida, você tem como perceber que o fato de este sapato ter sido encontrado no seu carro complica essa sua afirmação insistente de que não esteve em nenhum lugar próximo de Esther às duas e meia.

A lembrança de uma sala de interrogatório diferente começou a entrar em foco para Sarah. O suéter marrom de um homem sentado diante dela. Ele estava com as mãos entrelaçadas. A extremidade das suas mangas tinha um acabamento verde e amarelo, alguma coisa semelhante a um velho suéter de escola, bastante característico. O homem negava ter vendido filmes da sua neta de cinco anos, sem saber que Sarah tinha visto os vídeos e que num deles havia tomadas de um homem sem calças. Não se via seu rosto, nem mesmo ou torso. Mas, como o técnico de vídeo tinha indicado, dava para ver a borda de um suéter marrom, com o acabamento verde e amarelo aparecendo no enquadramento de vez em quando.

– Tudo o que eu quero é que vocês a encontrem, mas estão ocupados demais perdendo tempo aqui dentro. – Um tom agudo, de pânico, surgiu na voz de Steven. E fez Sarah pensar em como, quando uma criança leva um tombo, ela olha em volta para ver se está sendo observada, pronta para começar a gritar de dor se houver alguém que venha correndo.

Steven fechou os olhos e encostou a cabeça na mesa. Smithy olhou para Sarah. Ela sabia o que ele estava pensando, porque pensava a mesma coisa. Aquilo estava demorando demais. Eles não podiam prender Steven com o que tinham. O sapato tinha sido examinado a uma luz boa, forte – não havia sangue nele, e nenhum sangue que pudessem ver no carro. Já tinham convocado uma equipe móvel de perícia, e alguém tinha concordado em trabalhar no caso durante a noite, mas ela só teria esses resultados no dia seguinte, na melhor das hipóteses. Eles entregariam o sapato assim que tivessem terminado com ele, mas ela queria que Steven o visse, que soubesse que o sapato estava com eles.

Steven permanecia com a cabeça encostada na mesa.

Smithy apontou para Steven com a cabeça como que perguntando *posso tentar?*.

Sarah afastou a cadeira da mesa. *Vai em frente.*

– Qual caminho você pegou para ir até o riacho? – perguntou Smithy.

Steven ergueu a cabeça para olhar para Smithy.

– Já lhe disse: eu estava no trabalho. – Seus dentes estavam cerrados.

Smithy se debruçou e disse alguma coisa no ouvido de Steven, tão baixo que nem Sarah nem o gravador conseguiram ouvir.

De um salto, Steven se pôs de pé. Sarah sentiu um desânimo antes mesmo que ele armasse o golpe. Em algum momento, isso teria de ser explicado diante de um juiz. Sarah teria dito que Smithy tinha reflexos bastante bons, acima da média, mas o soco inesperado o acertou direto no nariz. Ela se lançou da cadeira e deu a volta à mesa, agarrando Steven em torno dos antebraços e o puxando para trás.

As palavras vieram automaticamente:

— Steven Bianchi, você está sendo detido por agredir um agente policial. Você tem o direito de não dizer ou fazer nada a menos que queira. Qualquer coisa que fizer ou disser poderá ser gravada e usada como prova em um tribunal. Você está ciente disso?

Steven deu uma violenta cabeçada para trás. Se Sarah fosse mais alta — tipo um homem grande e musculoso — a cabeça dele teria colidido com o rosto dela. O que aconteceu foi que ela evitou o choque com facilidade.

Ela olhou para a câmera de segurança no alto, num canto da sala, registrando a luz vermelha intermitente. Empurrou Steven para o corredor escuro e encontrou um policial fardado a quem o entregou para os procedimentos necessários.

Voltando à sala de interrogatório, ela perguntou:

— Tudo bem com você?

— Tudo certo — respondeu Smithy, com a voz engrolada. Sangue escorria do seu nariz.

— Vamos cuidar disso — disse ela.

— Agora ele não vai a lugar nenhum. — Smithy sorriu, com os dentes ensanguentados surgindo por trás do bigode. Sarah pensou em Amira, reluzindo de suor no palco, os braços muito abertos, o bigode colado meio caído, enquanto o público embriagado aplaudia.

LEWIS

Dezembro de 2000

Se antes daquela tarde de sexta-feira você tivesse perguntado a Lewis Kennard qual era sua lembrança mais importante de Esther, ele teria respondido sem hesitação. O que ele mais se lembrava acerca da tarde em que quebrou o aquário de peixinhos dourados é que a sala de aula estava tranquila. Fresca e escura. Mesas e cadeiras paradas na penumbra como se esperassem por um instante a sós para se reorganizarem em desenhos mais empolgantes.

Isso foi um ano antes de Esther desaparecer, quando ela e Lewis tinham acabado de ser designados parceiros para a Tarefa dos Cágados. Todas as duplas que cuidavam dos cágados tinham de ser compostas de um menino e uma menina. Essa era uma das muitas diretrizes inflexíveis da sra. Rodriguez. Ronnie Thompson costumava ficar por ali quando era o turno de Lewis e Esther, conversando com eles através da porta da sala de aula. Com grande frequência, a sra. Rodriguez enxotava Ronnie dali, dizendo que ela deveria se juntar aos colegas do Desfile do Casuar para recolher lixo, se estava com tempo para ficar à toa.

– Quer servir a alface hoje, Lewie? – Estie tinha perguntado ao abrir a tampa do terrário de Reggie. Quando estavam sozinhos, eles se chamavam de Estie e Lewie. Era bom usar um apelido com alguém, mesmo que fosse uma garota.

Lewis tinha concordado, empurrando os óculos para o alto do nariz enquanto estendia o braço. É claro que seu cotovelo tocou no aquário de peixinhos dourados bem ao lado do terrário do cágado. Em que mundo algo semelhante não teria acontecido? Virando-se, ele olhou para baixo a tempo de vê-lo bater no chão. Estilhaços de vidro, uma poça d'água e dois peixinhos dourados que abriam e fechavam a boquinha, olhos arregalados na direção de algum lugar atrás dele, enquanto ele se mantinha ali, paralisado. Estie pegou um porta-lápis da mesinha baixa ao lado do terrário – era de lata, do tipo de embalagem de feijão cozido. O rótulo tinha sido retirado, e a lata, pintada de verde com tinta guache escolar. Ela abaixou a lata até o chão e fez deslizar primeiro um e depois o outro peixinho para dentro, ajudando com o dedo indicador, sem nem mesmo se retrair com sua textura viscosa. Olhando ao redor, pegou a velha garrafa de Sprite que usavam para a água de Reggie e despejou um pouco na lata.

A sra. Rodriguez surgiu ameaçadoramente à porta.

– O que aconteceu aqui, Lewis? – perguntou ela em tom áspero, olhando do chão para a dupla.

Parecia que ele não conseguia se mexer nem falar. Tinha a impressão de que suas vísceras estavam prestes a escorrer por baixo das unhas dos dedos dos pés.

– Eu derrubei o aquário, fessora, mas acho que salvamos os peixes. – Estie olhava com firmeza para a sra. Rodriguez enquanto falava, com o porta-lápis na mão.

Um borrifo de água irrompeu de dentro da lata, um sinal de vida, corroborando a afirmativa de Estie de que os peixes tinham sobrevivido ao desastre.

Depois, Lewie tentou falar com Estie sobre o acontecido, para agradecer, mas ela só riu e deu de ombros, como se não tivesse nenhuma importância.

* * *

Não foi muito depois disso – mais para o fim do quinto ano – que todos os garotos da turma pararam de jogar com Lewis, como se tivessem acendido um barbantinho cheiroso escondido debaixo da sua pele. No começo, ele percebeu alguma coisa estranha na quadra de handebol escolar. Os alunos do quinto e do sexto ano usavam a série de lajes de concreto entre o pátio quadrangular e a cantina. O melhor quadrado era o mais próximo do prédio de telhado plano da cantina. À medida que alguns jogadores eram eliminados, outros se encaminhavam na direção do quadrado, como bolhas subindo e estourando no gargalo de uma garrafa, só para serem substituídas por mais bolhas ascendentes. Havia uma regra tácita de que os garotos fariam as garotas serem excluídas primeiro.

Lewis pôde se lembrar de que foi quase exatamente um ano antes do desaparecimento de Estie, porque todos estavam esperando pelo início das férias de verão. Eles vinham fazendo todas as coisas que os professores sempre os pediam para fazer nas semanas que antecediam o Natal – construindo cabanas de troncos de madeira com palitos de picolé, colorindo folhas que suspeitavam ser muito parecidas com as que tinham feito no ano anterior.

A sra. Rodriguez os liberou cedo para o almoço, e a maior parte da turma se espalhou pela quadra de handebol. Lewis foi o primeiro jogador a ser eliminado da partida, por conta de um lance baixo que ele não estava esperando tão cedo no jogo. Foi até o bebedouro tomar um gole de água e se sentou no banco para esperar que a partida fosse retomada. Na hora do almoço, eles conseguiam encaixar algumas partidas. Lewis assistiu enquanto os dois últimos jogadores se enfrentavam. Os quadrados se reorganizaram. Camisas polo brancas saíram correndo do banco, demarcando quadrados. Quanto maior seu sucesso, mais pessoas torciam contra você. Ele escolheu um quadrado perto do final. Os lances dos garotos que vinham na sua direção eram baixos e cruéis. Eles riam quando Lewis tentava pegar a bola. Um dos seus retornos foi considerado "fora" quando não tinha sido.

— O que é que é isso, pessoal? — Ele pôde ouvir o tom agudo na sua voz.

Os garotos abafaram risinhos. Alguém gritou — "Você foi eliminado, meu rapaz" — numa imitação exagerada do sotaque britânico que herdara da mãe, e do qual não conseguia se livrar. Ele também era parecido com ela: pequeno, pálido e com o mesmo bonito cabelo castanho.

Ele se voltou para ir rumo ao banco.

— É isso aí, Louise — gritou outra pessoa, pelas suas costas.

Pareceu ter sido Alan Cheng. Lewis sempre fora simpático com ele. Ele tinha ido algumas vezes à casa de Lewis quando o pai de Lewis estava trabalhando até tarde. Uma vez, eles assistiram a um documentário sobre desastres naturais. Lewis lembrou ter visto o que acontece antes de um tsunami, quando o oceano suga a água de volta para si, e a areia e corais que normalmente não podem ser vistos ficam à mostra. Simon, o irmão de Lewis, adorava o som da voz de David Attenborough e tinha ficado sentado no assoalho perto da televisão durante o programa inteiro. Depois disso, Alan nunca disse nada acerca dos sons que o irmão de Lewis fazia, ou sobre o jeito como se sentava curvado para a frente, quase tocando na televisão.

Lewis chegou ao banco e continuou andando. Ele se dirigiu ao pátio da frente.

— É isso aí! — alguém gritou de novo.

Risadas acompanharam Lewis quando ele contornou o prédio da escola. Estie e Ronnie estavam sentadas à sombra da figueira lá na frente. Enquanto ele se aproximava das garotas, o riso da quadra de handebol foi se distanciando, exatamente como a água sugada por um tsunami. Estie levantou os olhos da careta que estava fazendo para provocar risos em Ronnie e chamou Lewis para ficar com elas.

* * *

Durante o resto da semana depois daquela partida de handebol, os garotos o chamavam de "Louise" e lhe davam as costas quando ele vinha se aproximando. Costumavam zombar dele de vez em quando – principalmente quando o irmão de Lewis acabava de ter sido visto, como quando sua mãe levou Simon ao piquenique do Dia da Austrália. Mas agora a atitude era mais agressiva do que antes. A sensação era a de que se tratava do próprio Lewis. Ele continuou a se sentar com as garotas. Se pudesse se manter fora de vista na frente da escola, calculava que talvez tudo se resolvesse.

Na segunda da semana seguinte, Seamus chegou ao bebedouro atrás de Lewis.

– Sai da frente, seu *bicha* de merda – disse ele, arrastando a voz.

Lewis foi embora, enxugando a boca com o dorso da mão.

Ele começou a ouvir aquela palavra por toda parte. Baixinho, de início, e depois gritada do outro lado do pátio. Ficar sentado com as garotas não era tão ruim assim. Ronnie era legal com ele, como quando lhe dava metade do seu sanduíche de Nutella. Ela tomava essa atitude de um jeito tal que dava para se perceber que estava impressionada com a própria generosidade. Ele pensava no que seu pai diria se soubesse que o filho ficava na companhia das garotas. Houve um incidente desagradável com o pai de Estie, quando o sr. Bianchi contou que o pai de Lewis lhe vendera um tratorzinho cortador de grama com defeito. E o pai de Lewis não teria ficado nem um pouco satisfeito se soubesse que Lewis era amigo de Ronnie. Sempre que via a mãe de Ronnie pela cidade, seu pai dizia a palavra *viciada* com violência, alto o suficiente para ser ouvido do lado de fora das janelas do carro. Mas Ronnie era legal, desde que você não prestasse atenção a tudo o que tinha a dizer. Uma boa prática era parar de escutar depois de uns dez segundos.

Havia quatro lajes de concreto perto da recepção que eram do tamanho perfeito para jogar handebol. Lewis e as garotas começaram a jogar ali. As duas eram péssimas, mas Estie foi melhorando depois de uns dias. Quanto mais Estie melhorava, mais frustrada Ronnie ficava, e seu jogo ia piorando. Seu rosto tinha a mesma expressão dos tenistas que Lewis via quando seu pai mudava a TV de canal. Seu pai não suportava tênis. *Se eu quisesse ficar aqui sentado assistindo a pessoas resmungando umas com as outras, tenho opções melhores que o tênis.*

Seria mais exato dizer que todos os garotos pararam de jogar com Lewis *na escola*. Na última semana daquele trimestre, Lewis já vinha ficando na companhia de Ronnie e Estie havia quase duas semanas. No caminho para casa, ele viu Campbell Rutherford adiante dele. Isso não era incomum. A casa de Campbell ficava do mesmo lado da cidade que a de Lewis. Lewis andava num ritmo que mantinha a distância entre os dois, mas Campbell se virou e olhou para ele.

— E aí, tá curtindo ficar lá com suas garotas, Lewis? — gritou Campbell. Campbell Rutherford era musculoso, mesmo naquela época em que a maior parte da turma ainda tinha uma maciez de bebê no rosto. Ele tinha repetido um ano, então era mais velho do que todos os outros. O cabelo de Campbell tinha sido cortado tão curto que dava para ver a linha lisa da parte traseira do crânio. Ele diminuiu o passo para poder falar com Lewis, e agora tinha parado de uma vez. Os dois estavam em pé muito perto um do outro, e os cílios de Campbell eram tão claros que Lewis só conseguia vê-los se olhasse detidamente. Lewis receou que, se respondesse, sua voz o comprometeria mais uma vez.

— Ah, é mesmo — sussurrou Campbell, como que respondendo a alguma coisa que Lewis tivesse dito. — Bichas não têm garotas — disse, esboçando um sorriso.

Lewis manteve a voz tão baixa e grave quanto possível.

– O que você quer, Campbell?

– Ora, só estou brincando. Quer vir à minha casa jogar bola?

– Vai à merda. – Lewis recomeçou a andar.

– Que isso?! Não fica assim, não.

Campbell podia jogar bola com qualquer um dos seus colegas. Lewis tentou se lembrar de onde ele estava durante aquela partida de handebol.

– Sério, vai ser chato pra cacete quando eu chegar em casa. Vem à minha casa pra gente jogar bola.

Lewis continuou calado, examinando a expressão de Campbell em busca de sarcasmo.

Um vento quente veio soprando pela estrada, levantando a poeira das faixas largas de terra batida ao longo. Os dois moravam adiante do ponto em que o asfalto terminava.

– Preciso ir à minha casa primeiro – disse Lewis. Ele hesitou, esperando que Campbell risse na sua cara.

– Tá bom. Você sabe onde fica minha casa?

Lewis sabia. Na maior parte dos dias, ele via Campbell virar diante da caixa de correspondência e atravessar um gramado aparado que era de um verde suspeito, considerando-se as restrições ao uso da água. O pai de Lewis imaginava que eles o irrigavam na calada da noite.

Lewis fez que sim.

Foram andando em silêncio até chegarem à entrada de carros de Campbell.

– Até daqui a pouco – disse Campbell.

Entrando no corredor de casa, Lewis podia ouvir sua mãe na cozinha. Seu irmão só chegaria dali a algum tempo. A escola de Simon era em Rhodes, perto do hospital. O ônibus recolhia alunos de todos os cantos, e a viagem levava quase uma hora e meia. A mãe de Lewis estava fazendo massa folhada. Havia tiras estendidas sobre o balcão. O ar-condicionado estava ajustado para muito frio, para facilitar o trabalho na massa. Seu pai vivia se queixando do ar-condicionado. "É o preço que eu pago por me casar com uma rosa inglesa", ele dizia, revirando os olhos. Mas, se estivesse de mau humor, simplesmente o desligava.

A mãe de Lewis era linda, com o pescoço longo e esguio e mãos frias. Sophie Kennard morava na Austrália havia dezessete anos. Ela conhecera o pai de Lewis durante uma viagem de um ano ao exterior e nunca voltou para seu país. Lewis tentava imaginar como era a mãe antes de conhecer seu pai, mas não conseguia visualizar nada melhor do que uma imagem desfocada. Uma coisa que ele sabia com certeza era que ela sempre tinha tido dificuldade com o calor australiano.

— Papai está em casa? — perguntou Lewis.
— Não, querido, hoje ele trabalha até as dez.
— Posso ir à casa de Campbell Rutherford?

Sua mãe tentou ler sua expressão.

— Vai fazer o que lá?
— Jogar um pouco de bola.

Era um ponto positivo para ele que fossem praticar algum esporte. E seu pai se dava bem com o pai de Campbell. Eram boas probabilidades, ele pensou.

— Não sei, querido. É um pouco em cima da hora.
— Por favor! Não preciso demorar lá.

Sua mãe olhou para as próprias mãos na bancada da cozinha pelo que pareceu muito tempo antes de lavá-las e pegar o telefone na outra ponta.

— Vou precisar que você me ajude a dar banho em Simon hoje à noite — disse ela. — Você tem de estar em casa antes das seis.

Ele concordou. Qualquer coisa.

Simon era quatro anos mais velho do que Lewis, o que queria dizer que seus pais sabiam que ele tinha algum problema antes de decidirem ter Lewis. Lewis era a oportunidade para sua mãe ajeitar tudo, dar ao pai um filho certo. Mas ela não tinha realmente acertado, não é? Lewis precisava usar óculos. Quando assistia ao futebol com o pai, às vezes Lewis tinha dificuldade para acompanhar a pequena bola na tela, o que deixava o pai contrariadíssimo. Lewis sabia que não era o filho que seu pai teria escolhido.

A mãe de Lewis endireitou os ombros enquanto digitava no telefone um número do caderninho. Ele supôs que ela estivesse ligando para a mãe de Campbell, porque estava falando na voz que usava quando falava com mulheres. Era mais grave do que sua voz habitual.

– Certo, pode ir – disse a mãe, devolvendo o fone ao gancho. – Mas, antes, troque de roupa.

No quarto, Lewis vestiu um short azul-marinho e uma camiseta. Tinha largado os sapatos do uniforme à porta da frente. Pegou os tênis e hesitou. Seria melhor deixar os sapatos da escola, que seu pai estava acostumado a ver, na sapateira na entrada? Desse modo, se o pai chegasse de modo inesperado, não pensaria que Lewis tinha usado os sapatos do uniforme para sair. Mas não. Seria melhor guardar os sapatos pretos da escola no armário e, quando voltasse, levaria os tênis para o quarto e devolveria os sapatos pretos para o local junto da porta. Era o que fazia mais sentido.

Dali a pouco tempo, Lewis e Campbell estavam correndo para lá e para cá pelo quintal de Campbell. As pernas magricelas de Lewis cortavam o ar quando ele corria atrás da bola, como um raio. Campbell era mais forte, mas Lewis conseguia ultrapassá-lo no campo aberto. Lewis se movimentava velozmente em torno de Campbell, que segurava a bola no alto, fora do alcance de Lewis. Ele tentou agarrá-la. Tinha planejado jogá-la para cima e, então, agarrá-la com perícia, mas tropeçou e se estatelou no chão. Os óculos saíram voando do seu rosto e ele ouviu o tecido rasgar, apalpou o entrepernas e encontrou o buraco. O short estava destroçado.

Rindo, Campbell se aproximou de Lewis, curvando-se para pegar os óculos do chão antes de estender a mão e ajudar o amigo a se pôr de pé. Ficaram assim parados por meio segundo, com as mãos unidas, como irmãos de sangue. Lewis sentia o cheiro do suor e da terra abaixo dos pés, quase conseguia ouvir os estalidos das ruas que se estendiam em torno deles, a cidadezinha de repente distante. Campbell entregou os óculos a Lewis, e ele voltou a pô-los no rosto.

Quando Lewis foi embora, Campbell o acompanhou pela entrada de carros. Lewis se voltou para dar um tchau, e Campbell acenou com a cabeça: havia algo de sério nessa atitude que fez com que ele parecesse ainda mais velho. Lewis foi correndo para casa e escondeu o short no fundo da gaveta do armário para esperar o dia do lixo. Felizmente, era um short velho – ninguém daria por sua falta.

Lewis ficou olhando para o teto enquanto seu irmão chapinhava na banheira naquela noite. Parecia que Simon não se dava conta de que Lewis estava sentado ali, mas Lewis ainda não gostava de ver o irmão daquele jeito. Os pneus macios de pele branca, as bolhas nos ombros de Simon, seu jeito de rir com prazer e brincar com o pênis até que a mãe lhe afastasse a mão dali. Simon gostava de ir se deitando devagar e, de repente, se lançar para o alto, fazendo a água transbordar pelos lados da banheira. A mãe estava ocupada no outro quarto, pegando um pijama limpo, porque Simon tinha respingado água no primeiro. Desde o início, ela esteve sempre ocupada com Simon. Ele ainda não sabia andar, muito tempo depois de Lewis já ter começado; e usou fraldas até quase completar sete anos. A mãe dizia que Lewis aprendia a fazer alguma coisa – servir o próprio suco, amarrar os próprios sapatos – e então fingia ter se esquecido porque Simon não conseguia. *Eu ficava esgotada, Lewis. Você não parava de esquecer de propósito.*

Pelo menos dessa vez, Lewis não rosnou para Simon quando o irmão lhe enfiou as unhas enquanto ele o tirava da banheira. O ódio que geralmente irrompia quando ele estava a sós com o irmão não estava lá. Lewis nem pensou em cravar as próprias unhas na carne de Simon, que era o que ele teria feito se aquela tarde com Campbell não estivesse aninhada no seu peito. Era boa a sensação de trazer dentro de si alguma coisa que sua família não podia ver. Alguma coisa quente e radiante.

No dia seguinte, realmente o último dia daquele ano letivo, Lewis olhou de lá do bebedouro e viu Campbell atravessando o pátio. A primeira campainha ainda não tinha tocado.
— Minha mãe ficou uma fera por causa do short — gritou Lewis, mentindo só para ter alguma coisa a dizer, querendo ver o sorriso de Campbell ou aquele cumprimento sério outra vez.
Campbell abaixou a cabeça e disse alguma coisa para o garoto ao seu lado. Eles riram e seguiram rumo à cantina. Lewis foi se sentar com Estie e Ronnie. Pensou em Campbell levantando-o do gramado e virou a mão para olhar para a palma. Ronnie ficou irritada ao perceber que ele não estava prestando atenção e começou a contar a história desde o início.

As férias escolares começaram. Lewis encontrava razões para passar pela frente da casa de Campbell até que o menino o visse e o chamasse. Se houvesse mais alguém por lá, ele continuava andando. Era assim que funcionava. Campbell convidava Lewis para ir à sua casa, e os dois jogavam bola ou ficavam à toa no quarto de Campbell. As férias de verão inteiras, praticamente uma vida. Passavam horas no quintal, no chão da sala de estar. Quando começaram o sexto ano, Lewis achou que as coisas seriam diferentes. Mas Campbell não tomava o menor conhecimento de Lewis, como antes, e Lewis parou de tentar falar com ele durante o horário escolar.

À altura em que Estie desapareceu, sentar-se com as garotas na hora do almoço já se tornara uma constante para Lewis, e tudo o que importava para ele era o tempo que passava na casa de Campbell depois da escola. Foi assim que ficou entre os dois o fato de que, naquela tarde de sexta-feira em fins de novembro, Campbell e ele viram Estie num lugar onde nenhum deles deveria estar. Ela estava com um homem que não era o pai dela, nem um homem que ele reconhecesse dos arredores – um cara de camisa quadriculada azul. Por causa do que Lewis fez naquela tarde, e do que ele disse e não disse nos dias que se seguiram ao desaparecimento de Estie, tudo o que aconteceu mais tarde – especialmente com Ronnie – foi por culpa exclusiva dele.

NÓS

Sexta-feira, 30 de novembro de 2001

A nossa não era o tipo de cidadezinha que as pessoas visitavam. Não havia bancas à beira da estrada vendendo cerejas, e nossos pais não tinham salões de chá onde se pudessem comprar bolinhos com geleia e creme. Éramos crianças e teríamos dificuldade para lhes dizer qual era a principal atividade ali. Só sabíamos que novembro era mais um mês em mais um ano em que o preço do trigo determinava a felicidade de nossos pais. Nossa cidadezinha estava instalada em torno da linha do trem, com a rua principal se estendendo de um lado da passagem de nível até a escola. As árvores grandes e velhas ao longo da rua principal sempre estiveram ali, e sempre estariam, mantendo o centro no devido lugar. As lojas ficavam do mesmo lado dos trilhos que a escola e o Hotel Horse and Cane. Do outro lado dos trilhos, depois da rodovia que seguia ao longo da estrada de ferro, ficavam o posto policial e o cemitério. O trem da Country Link parava na velha estação desde que se ligasse com antecedência para pedir.

O verão nem tinha começado oficialmente e a cidade já dava a sensação de pele avermelhada e queimada até descascar. O calor irradiava do concreto da rua principal. A tinta da banca de jornais se encrespava, soltando-se das paredes. Fragmentos dela eram levados pelo vento, salpicando a rua com pequenos ciscos brancos até lá na escola. Havia uma lojinha que vendia peixe com batatas fritas. Só que um dos nossos pais disse que ela não deveria ser chamada de "lojinha de peixe e fritas" se estava a mais de trezentos quilômetros do oceano. Por isso, nós a chamávamos de "lojinha de fritas" ou, às vezes, de "lojinha de rolinhos fritos". Nós sentíamos o calor e o cheiro das frigideiras borbulhando enquanto a água escorria das nossas roupas de natação, gotejando no piso de linóleo, e o proprietário nos entregava os sorvetes.

Durton tinha duas igrejas. Em uma delas havia um salão anexo e, em certas noites durante a semana, nós nos reuníamos em torno da bandeira nacional, das bandeirantes, que uma das mães trouxera, e jurávamos lealdade à Rainha, apesar de nunca a termos conhecido. Uma vez, quando ninguém estava olhando, Ronnie Thompson devorou uma caixa inteira dos biscoitinhos a serem vendidos para levantar fundos e foi proibida de voltar. Esther Bianchi abandonou o grupo em protesto. Nos fins de semana, a outra igreja recebia o grupo de jovens, onde éramos persuadidos a aceitar o amor de Jesus, com rosquinhas de geleia e limonada morna.

Havia outra linha de trem que passava pelos arredores do parque de exposições. Tinha sido construída pela indústria do trigo, que a certa altura possuía a maior parte da terra para aquele lado. Nenhum trem jamais voltaria a passar por ali, mas, por conta do hábito, todos ainda reduziam a velocidade para se certificar de que nada estava vindo antes de atravessar para o outro lado.

Havia uma distinção entre nossa pequena cidade e a outra maior, mais adiante na rodovia. Nossos pais faziam a mesma palavra soar diferente, e com eles aprendemos a dizer *Cidade* com uma certa ênfase, certa importância, quando nos referíamos ao lugar que envolvia uma viagem de vinte e cinco minutos, espremidos num carro sem ar-condicionado. Na Cidade, havia um cinema, uma loja de departamentos e uma loja de roupas e calçados. Havia também um hipódromo, e às vezes nós implorávamos que nosso pai nos levasse para ver os cavalos.

— Se quiser ir à Cidade, vai precisar se comportar e parar de ser tão cruel com seu irmãozinho.

Nós, crianças, tínhamos nosso próprio nome para Durton: Cidade de Poeira. Ninguém sabia quem tinha começado a usar esse nome — alguém devia ter tido a ideia, ostentando a invenção como uma bola de gude que brilha no pátio — mas, à época em que entramos para a escola, era assim que todo mundo falava. Não com rancor, nem com afeto, só de um jeito que demonstrava que nunca pensávamos no lugar em que vivíamos em termos de bom ou ruim. Nossa cidadezinha não era uma escolha para nós. Ela simplesmente existia.

Havia quem resmungasse, queixando-se de que a cidade estava morrendo.

Havia cada vez menos trabalho e cada vez mais drogas. A cidadezinha inteira soube quando um cara surtou — alterado como ele só, alto como os preços dos combustíveis no velho posto Brooks — e deu um soco em cada janela do prédio da Associação de Triticultores, perdendo toda a pele da mão como uma luva enquanto fazia isso.

Mas nós éramos crianças, de modo que, na realidade, tudo que pensávamos sobre aquele novembro era no calor que nos seguia no caminho até a escola, que nos acompanhava quando atravessávamos a linha do trem ou quando percorríamos estradas vicinais empoeiradas. Nossas salas de aula eram fornos sob o sol, embora, pelo menos, as do velho prédio de pedra permanecessem escuras e frescas. Nas construções desmontáveis, o calor se infiltrava pelas paredes e subia do piso. Os professores suavam enquanto nos ensinavam a fazer a divisão longa ou nos explicavam o que era uma símile e nos pediam que criássemos nossas próprias. "Ele era alto como um abajur de 1,80 m de altura" era o melhor que conseguíamos bolar. Se tivéssemos a falta de sorte de precisar ir para casa a pé, em vez de pegar o ônibus, voltávamos para casa corados e respirando com dificuldade; e nos postávamos diante do freezer aberto. Plumas brancas de ar gelado saíam sinuosas pela porta do freezer para o ar da cozinha antes de desaparecer. Aquilo nos fazia pensar naquela cena de *A história sem fim,* que assistíamos no videocassete todos os dias depois da escola.

Naquela tarde de sexta-feira, estava tão quente que a beirada da estrada se esfarelava. Nós íamos de bicicleta da escola para casa, triturando pedaços de asfalto derretido que nossas rodas lançavam para a terra batida. Ou saltávamos do pequeno ônibus escolar branco que também servia de transporte para a Liga dos Veteranos nas noites de sexta-feira e sábado. Dávamos um chute no tornozelo do nosso irmão mais novo com tanta força que ele tropeçava e caía, fazendo voar seu chapéu escolar de aba larga. Quando chegávamos ao fim da nossa longa entrada de carros, nossa mãe nos servia copos frescos de um ponche aguado, que vinha de uma jarra cujo desenho de rodelas de limões e laranjas tinha sido apagado pelo uso havia muito tempo.

 O último paciente do dia não tinha comparecido à consulta, e o médico na clínica na qual Constance Bianchi era recepcionista permitiu que ela saísse mais cedo. O médico era velho. Era provável que a clínica fechasse quando ele se aposentasse ou morresse, e as pessoas, então, precisariam rodar os vinte e cinco minutos até a Cidade para avaliar seu tornozelo torcido ou aferir a pressão arterial. Constance teria ido apanhar a filha na escola, mas, quando chegou ao carro, achou melhor simplesmente ir para casa. Eles liberavam as crianças às 14h30 nas sextas, e Esther não estaria sabendo que Constance tinha parado cedo. Se saísse agora, era provável que a filha e ela se desencontrassem, porque nos dias de muito calor Esther gostava de cortar caminho passando pelo riacho. Em vez disso, Constance iria para casa, pegaria um pacote de biscoitos e serviria dois copos de leite bem gelado, tudo pronto para a chegada de Esther. Uma boa surpresa.

Ficamos observando Constance Bianchi quando ela se sentou à mesa da cozinha. Estava ansiosa para ver a filha. Tinha sido uma manhã difícil e uma tarde perturbada. Constance tinha se desentendido com sua amiga Shelly Thompson. Sua vontade era abraçar a filha e se deixar perder um pouco no relato animado que Esther lhe faria do dia. Pouco tempo depois, Constance se levantou. Deveria ir à porta da frente ou à dos fundos? Ficou ali, hesitante. Talvez Esther tivesse, de algum modo, ido direto para o quarto sem ser vista. E Constance devia entrar lá para ver? Ou quem sabe o melhor era ficar onde estava, onde poderia ouvir Esther se aproximando pelo cascalho da entrada de carros? Cada segundo em que não se mexia não representava uma única decisão, tomada uma única vez, mas uma série de possibilidades oscilantes.

Constance começou a dar telefonemas por volta das três, sentindo que talvez estivesse se aproximando do instante em que tudo se esclareceria a cada chamada. Talvez ela tivesse estado distraída de manhã e tivesse se esquecido de alguma coisa que sua filha dissera sobre o que ia fazer naquela tarde. Deixou recados para Steven no trabalho, mas ele raramente ligava de volta, como se estivesse executando alguma cirurgia, em vez de estar parado à beira de alguma estrada, em uniforme de alta visibilidade, com uma pá na mão. Mas a culpa não era dele, ela pensou, desesperada para encontrar alguma coisa mais delicada, mais suave, do que seu próprio julgamento tão severo. Talvez fosse só porque os outros homens não lhe passassem os recados. Não importava. Logo, uma das mães da escola, de uma fazenda grande, com dinheiro suficiente para ter um celular, ligaria de volta para ela, dizendo: *Você não lembra que eu disse que ia levar Esther junto quando fôssemos a Rhodes?*

Os copos de leite foram suando até ficarem mornos.

Nós? Nós estávamos atrapalhando enquanto nossa irmã mais velha tentava se arrumar para ir ao cinema na Cidade. Estávamos com inveja porque nós também queríamos ver *Sob a luz da fama*. Pedimos ao nosso irmão mais velho que nos deixasse dar uma volta na sua moto e prometemos que a limparíamos para ele depois. A primeira coisa que fizemos ao chegar em casa foi pular na piscina plástica, do mesmo azul e branco do creme dental Colgate, sem sequer nos dar ao trabalho de tirar a roupa. E mamãe saiu correndo da casa, gritando que o cloro ia destruir nossos uniformes, e torcemos para que eles derretessem, para que as fibras se dissolvessem, e nós não precisássemos mais ir à escola.

Quando nos sentamos para jantar, Esther ainda não estava em casa, e foi espaguete à bolonhesa com aqueles cogumelos miúdos que detestávamos – mas tudo bem porque tinha pão de alho e nós simplesmente catamos os cogumelos, deixando-os em pilhas na beira do prato. Ou nos sentamos na cozinha do restaurante chinês dos nossos pais e comemos porco agridoce com o garfo, porque era nosso prato predileto, apesar de mamãe e papai tentarem nos fazer comer o que eles comiam, do jeito que eles comiam, com palitos. Pusemos nossa refeição pronta no micro-ondas – frango à parmegiana, a melhor – e adoramos, já que nosso irmão acabou ficando com o escondidinho de carne. Ou era uma torta de atum de novo. Ou mamãe estava fazendo dieta e tivemos de comer peito de frango seco com salada e rodelas grossas de cenoura. Nós as mastigamos com força e, quando a cenoura se partia, tínhamos a impressão de que nossa cabeça talvez tivesse rachado. Como se fossem precisar recolher as duas metades, nossa mandíbula um troço carnudo no chão da cozinha.

Uma das nossas mães, ao voltar à mesa de jantar depois de falar ao telefone, disse:

– Alguém pegou a menina dos Bianchi.

– Quando? Onde? – nosso pai perguntou, com o tom de voz insinuando que mamãe devia estar enganada.

Em sua maioria, as pessoas em Durton não tinham celulares na época. Sem dúvida, nenhum de nós tinha. Ninguém pronunciou o nome de Esther, pelo menos não que nós ouvíssemos. Não tínhamos visto uma quantidade suficiente de filmes, nem lido livros em número suficiente para saber o que acontecia quando uma menina desaparecia. A palavra "pegou" não significava grande coisa para nós na época.

– Quem? – perguntamos de cara, mas nossos pais não responderam.

– Coitada da mãe dela – disse mamãe.

Ela, às vezes, dizia isso de si mesma, como em: *Vocês nunca pensam na coitada da sua mãe?* Por isso, imaginamos que a menina tivesse feito alguma coisa errada.

Ou entendemos perfeitamente do que nossos pais estavam falando. Tínhamos visto a série policial *Crime Stoppers*. Imaginamos a cena não como tinha sido, mas como pareceria ao ser reencenada. Um homem de touca ninja, uma mudança de ângulo de câmera que mostrava uma menina com o vestido azul do uniforme escolar. Então, um ângulo mais aberto para mostrar como seria a cena, vista de longe. Uma estrada empoeirada. Eucaliptos a perder de vista.

Uma das nossas mães ouviu dizer que a menina só tinha se perdido. Ou nossos pais nos disseram o nome dela e nos deixaram em casa enquanto iam participar das buscas. Ou, ainda, nós morávamos longe da cidade e nenhum dos nossos pais nos disse nada, ninguém ligou para o telefone do corredor de entrada e nós só descobriríamos na escola, na segunda-feira.

CONSTANCE

Sexta-feira, 30 de novembro de 2001

Agora, quando perguntam a Constance Bianchi se ela tem filhos, ela responde que sempre quis ser astronauta. Não é uma resposta à pergunta que fizeram e, na maior parte das vezes, eles riem. No seu trabalho agora, ela precisa sorrir, brincar, e assim acrescenta: *É difícil levar um carrinho de bebê para o espaço, sabe?* O que ela não pode lhes contar é que ainda quer ser astronauta.

É tranquilizadora a ideia de orbitar a Terra – planando em algum lugar frio e limpo, sem precisar falar com ninguém além do comando da missão. Torna os dias mais fáceis. Não há bebês no espaço. Constance sempre achou que as garotas da sua escola exclusiva para meninas eram bobas por quererem filhos, por estarem tão loucas para trocar uma vida asfixiada por outra. Mas, na verdade, vejam onde Constance tinha ido parar. Se, no final da década de 1990, ela ainda estivesse em contato com qualquer uma das suas colegas de escola, elas bem poderiam ter se perguntado o que afinal ela estava fazendo naquela cidadezinha. Ela era o tipo de mulher que se sentiria à vontade numa cidade grande. Quando vissem Steven, parte daquilo tudo teria feito sentido. O belo marido italiano de Constance era explicação suficiente. Quem não acompanharia aquele homem aonde quer que ele quisesse ir?

Quando Constance desligou depois daquele primeiro telefonema para Evelyn Thompson na tarde de sexta, para saber se Esther tinha voltado para casa com Ronnie, ela teve uma sensação ruim, como se um bicho a estivesse devorando, abrindo caminho desde a boca do seu estômago. Em pé na cozinha, de repente, ela percebeu: tinha dado à filha um daqueles nomes que parecem nome de criança desaparecida. Constance o pronunciou em voz alta para o aposento vazio: "Esther Bianchi". Dera à filha o nome da mãe do seu pai. Era comum comentarem que esse era um nome que já não se dava a meninas. E, no entanto, o som do nome dito em voz alta tinha aquele ritmo medonho, que pareceria inevitável quando ele fosse ouvido no noticiário, como se Esther já tivesse partido. Ela voltou a andar pela casa, abrindo e fechando as portas de cada aposento, de cada armário.

Constance nunca teve vontade de segurar no colo os bebês de outras mulheres. Os filhos dos outros olhavam fixamente para ela, e ela lhes dava as costas, procurando pela sua taça de vinho ou por outro adulto. Só que, no instante em que Esther foi deitada de um lado a outro do seu peito, fios de um amor irresistível começaram a se torcer para formar uma corda. Nesse amor, havia medo também. Impossível separar um fio do outro. A mãe Constance nasceu naquele dia. Ela segurou a filha e pensou: *Esta aqui é minha.*

O pai de Steven faleceu quando Esther estava com quatro anos. Eles foram de carro de Melbourne a Durton para o funeral, e a mãe de Steven parecia muito só e fragilizada. Constance ainda se lembrava de Esther, usando uma blusa de gola rolê cinza porque não tinha nenhuma roupa preta. A gola rolê era quente demais para o clima, e Esther disse que ela lhe dava coceira. Depois do serviço fúnebre, Constance deixou que ela a tirasse. Esther corria só de camiseta branca entre os presentes à cerimônia. Alguma coisa fez Constance querer passar as mãos ao longo da pele da filha, tocar as concavidades por baixo das omoplatas frágeis.

Depois do enterro, Steven não parava de falar sobre sua infância, como queria o mesmo para Esther. Queria que ela pudesse ir a pé à escola e andar de bicicleta por toda parte. Uma cidadezinha seria mais segura, dizia ele. Constance concordou, porque estava tentando ser o tipo de mulher que dizia sim.

Constance conheceu Shelly Thompson no verão de 1995, quando Esther estava com seis anos. Naquele primeiro verão em Durton, suada e cansada da mudança, de toda a limpeza pesada, do uso do aspirador de pó e da organização das caixas da mudança, Constance tinha ido ao supermercado. Estava nos fundos da loja, que tinha aquele cheiro de loja da esquina – uma mescla de latas empoeiradas e produtos baratos de limpeza; um cheiro que combinava perfeitamente com o linóleo bege e estoque prestes a vencer. Ela estava agachada junto a uma prateleira comparando os dois tipos de xampu à venda – Pêssegos do Campo ou Pura Maçã – quando uma mulher alta se aproximou.

– Tem uma britânica que é dona do salão de beleza por aqui, Sophie Kennard. Ela pode lhe fazer um preço ótimo no material exclusivo para profissionais. Faz maravilhas.

Sem que ela quisesse, os olhos de Constance se ergueram até o corte replicado da mulher alta. O cabelo curto era tingido de um vermelho nada natural, tipo de caminhão de bombeiro, salpicado de mechas louras e castanho-avermelhadas. Era um desses cortes pelos quais, não importa qual seja o resultado, você não pode ser acusada de não ter se esforçado. Mais tarde, Constance descobriria que o "salão de beleza" era simplesmente um galpãozinho no quintal da tal britânica. Mulheres com capas de plástico preto jogadas sobre os ombros e tiras de papel-alumínio dobradas no cabelo ficavam em pé ali no gramado e fumavam, jogando as guimbas nos canteiros.

– Você é nova por aqui – disse a mulher. Não foi uma pergunta, e Constance não respondeu. – Sou Shelly Thompson. Pode me chamar de Shel.

Quando Constance se ergueu, viu que mal chegava aos ombros de Shel.

– Quer seguir meu carro para tomar um chá lá em casa? – perguntou Shel.

Ela tinha uma van verde-escura com grossos frisos cromados na parte externa, do tipo que acomodava dez passageiros. Dava uma vaga impressão de ser uma espaçonave, que havia sobrevivido ao retorno à atmosfera. Humilde, Constance embarcou no seu Toyota Corolla azul-metálico e foi atrás dela.

A cozinha de Shel era limpa, mas não arrumada. Havia lancheiras, garrafas de plástico e cumbucas de frutas apinhadas nas bordas do balcão mais perto da parede. Na época, o caçula de Shel, Ricky, ainda usava fraldas, e sua mais velha estava com catorze anos. Kylie tinha uma informalidade exagerada nos movimentos, quadris largos e pernas finas. Usava delineador e rímel espesso e grumoso, que roubava a cena das sobrancelhas de um louro-avermelhado. Como tantas meninas de catorze anos antes dela, Kylie tinha começado a se tornar um tanto selvagem. Depois daquele primeiro encontro, Constance via Kylie andando com o cós da saia do uniforme enrolado três ou quatro vezes, as coxas reluzindo brancas ao sol. Constance tinha se esquivado da rebeldia de garotas adolescentes em um sentido facilmente reconhecível. E Steven nunca permitiria que uma filha dele usasse maquiagem daquele jeito. Shel era só seis anos mais velha que Constance, o que queria dizer que era muito jovem quando teve Kylie. Em questão de cinco anos, Shel começaria a lidar com fraldas ainda mais uma vez, quando Kylie tivesse Caleb, seu primeiro neto. O pai do bebê desapareceu na direção de Victoria antes de Caleb nascer.

– Quer um salgadinho, querida? – perguntou Shel enquanto a filha saía desfilando da cozinha, segurando um pacote preto e branco de salgadinhos de milho.

Constance fez que sim e aceitou um saquinho de batatas chips com sabor de cebolinha.

Havia um pano de prato estampado com tirinhas de história em quadrinhos pendurado no fogão. Constance apontou para ele, para Shel saber do que estava falando, e disse:

– Como é colorido! Não tenho nenhum pano de prato alegre como esse. – Mal disse isso, ela se preocupou com a possibilidade de parecer exibir um ar de superioridade.

Shel deu uma gargalhada. Ela abriu uma gaveta atrás da outra, revirando pilhas de panos de prato cuja estampa eram tirinhas de desenhos animados australianos de "caras" e "minas". Um dos casais exibia a bandeira da Austrália.

– Você compra um pano de prato que seja com tema australiano e todo mundo acha que você é louca por panos de prato australianos, e é só isso o que você ganha em todas as drogas de Natal e aniversário. Mas eu já disse a todos eles que, neste ano, se eu sequer sentir o cheiro de um pano de prato, eles vão ficar em maus lençóis. – Ela se sacudiu, trêmula, enquanto soprava o ar, naquilo que Constance viria a saber que era sua risada.

Quase exatamente seis anos mais tarde, Constance dirigiu até a casa de Shel para tomar um chá depois de deixar Esther na escola, como fazia na maioria das manhãs. Constance deixava Esther antes da hora, às oito, para ela poder brincar com os amigos antes que a campainha tocasse. Shel estava habituada a pôr a chaleira para ferver antes que Constance chegasse, a lhe dar a mesma xícara todas as vezes, de tal modo que só o fato de entrar pela porta já a relaxava.

Naquela manhã de sexta-feira, elas se sentaram a uma mesa no espaço aberto ao lado da cozinha de Shel, armários de pinho e ladrilhos brancos quadrados. Constance podia ver os novos canteiros elevados no centro do quintal. Shel era muito mais habilidosa do que Constance; fazia tudo render mais. Shel era uma mulher acostumada a se virar. A ir a lojas que só abriam quatro dias na semana e fechavam às quatro da tarde. A levar uma caixa térmica às grandes lojas em Rhodes para as compras não derreterem na volta para casa.

Shel colocou quatro saquinhos de chá de rótulo amarelo num bule branco, derramando água fervente dentro antes de pôr a tampa no lugar. Com uma das mãos, ela segurava alguma coisa atrás das costas.

Com um floreio, ela a pôs em cima da mesa.

– Não posso deixar os pestinhas verem isso. – Um pacote de biscoitos de chocolate, com cobertura e recheio de chocolate.

Os braços de Shel eram fortes e bronzeados, mas a pele do rosto era clara, e Constance podia ver as veias nas suas têmporas, subindo sinuosas por baixo da franja curta, tingida. Tinha o nariz largo e as sobrancelhas ralas, fracas, que iam sumindo nas extremidades. O marido de Shel, Peter, era um caminhoneiro que raramente estava em casa, o que tornava mais fácil o fato de Steven nunca vir à casa dos Thompson, de Constance nunca querer que ele viesse. O mais costumeiro teria sido organizar churrascos para as duas famílias, mas Constance tinha a sensação de que podia ser alguma outra versão de si mesma na casa de Shelly, alguém menos exigente, menos esganiçada e meticulosa, de algum modo menos feminina, e mais o tipo de mulher que queria ser. Shel era o centro da casa. Todos os filhos e todas as coisas giravam em torno dela, como se exercesse sua própria atração gravitacional, e isso dava a Constance uma sensação de segurança.

Shel passava a mão para lá e para cá no bule enquanto conversavam, como se estivesse afagando um pequeno animal. Ela deu um biscoito para Constance, seus dedos aquecidos deixando marquinhas na cobertura de chocolate.

As duas mulheres tomaram mais um bule de chá antes que Constance se sentasse no banco do motorista do seu Toyota. O formigueiro num canto do pátio da frente de Shel estava aumentando. No verão anterior, os meninos de Shel tinham enfiado a mangueira na entrada dele, e a casa tinha sido invadida por legiões das formigas expulsas. Shel gostava de propor uma troca a Constance: *Que tal meus cinco monstros por sua menininha, hein?*, dizia ela, piscando um olho. Shel sempre tinha adorado Esther, e o resultado ao longo dos anos foi que Esther corria primeiro para Shel com um arranhão no joelho ou alguma coisa interessante que tivesse encontrado no jardim de Shel. Constance deu tchau a Shel, chupou o chocolate do biscoito que estava na articulação do dedo e virou a chave na ignição. O carro fez um ruído, o equivalente mecânico de um cavalo refugando num salto, então crepitou e morreu. Quando ela virou a chave de novo, houve apenas um pequeno estalido.

– Tudo certo aí, querida? – perguntou Shel, vindo na direção do carro.

– Seria melhor eu chamar Steve – gritou Constance, em resposta.

– Logo, logo Pete vai estar em casa. Ele pode dar uma olhada nisso para você.

Agora Shel já estava junto da janela do carro.

– Daqui a pouco preciso ir trabalhar, e Steve só pega às dez hoje – disse Constance. – Obrigada por oferecer, de verdade, mas Steve vai gostar de ajudar. Dá para você imaginar como os italianos são em relação a esse tipo de coisa.

Pelo rosto de Shel passou uma expressão que Constance não foi capaz de identificar.

– Então você vai precisar do telefone.

Shel virou-se para entrar, e Constance abriu a porta do carro. Antes que Constance a alcançasse, Shel já tinha fechado a porta da frente da casa. Constance voltou para ficar junto do carro como se esse tivesse sido o plano o tempo todo. Shel trouxe o telefone para fora de casa e esperou que Constance fizesse a ligação. Nunca, nem uma vez nos seis anos que elas se conheciam, Constance tinha visto Shel ficar tanto tempo sem sorrir.

Constance se aproximou mais da porta da frente para pegar um sinal melhor no telefone sem fio. Quando terminou, Shel pegou o telefone de volta. Constance continuava sem conseguir interpretar a expressão de Shel.

— Bem, me avise se precisar de alguma coisa — Shel disse, e voltou a entrar.

Quando Steven chegou, Shel saiu até a varanda, mas não acenou nem se aproximou, como Constance poderia ter esperado. É claro que Steven não a cumprimentou também. Mesmo quando eles moravam em Melbourne, ele nunca tinha se interessado em conversar com amigas de Constance.

— Preciso de uma chave menor do que a que eu trouxe — falou Steven em voz alta por baixo do capô. — Tenho que voltar para pegar uma.

— É só pedir à Shel — respondeu Constance pela janela aberta. — Tenho certeza de que Peter deve ter uma em algum canto.

Enquanto Steven se aproximava da varanda, Shel parecia ... se preparar. Essa era a palavra exata para sua postura. Ela estufou o peito, com os ombros para trás. Steven disse alguma coisa que Constance não conseguiu ouvir. Depois, o rosto contraído de Shel dizendo alguma coisa entre dentes. Do que eles estariam falando?

Constance saiu do carro, com o instinto natural de se interpor entre os dois. Shel lhes deu as costas e falou em voz bem alta, e Constance não pôde deixar de pensar que era para que ela própria ouvisse:

— Vou pegar a tal chave.

Steven não se virou quando Constance se aproximou. Ela ficou ali parada, sem saber a melhor forma de romper o silêncio.

Quando Shel voltou, ela deu um sorriso.

— Aqui — disse ela, sem cerimônia, entregando a ferramenta a Steven. O estranho momento que Constance tinha testemunhado do carro começou a se dissolver. O que mesmo ela tinha acabado de ver?

Steven fez o que achou necessário fazer com o carro de Constance e foi dirigindo para casa para ouvir o motor. Ela pegou a picape dele, de cabine dupla, embora já não estivesse acostumada a dirigir com o câmbio manual. Torceu para ele, que vinha atrás, não ouvir como ela arranhava as passagens de marcha. Algumas das suas melhores conversas tinham ocorrido enquanto ela e Steven estavam no carro juntos. Alguma coisa relativa a estar perto em termos físicos, mas sem a obrigação de encarar o outro, facilitava falar sobre coisas importantes. Enquanto o mundo passava pela janela, as coisas pareciam temporárias, as palavras podiam ser experimentadas. Na sua picape velha – ele tinha comprado uma maior, com banco traseiro, quando Esther nasceu –, eles tinham falado pela primeira vez em se casar. Constance lhe disse que não era importante para ela, mas, se ele quisesse, tudo bem. Ele prestou atenção, fazendo que sim, pensativo, atento às faixas brancas ao longo do meio da estrada. Acabou a pedindo em casamento na praia de St Kilda, num dia de inverno seis meses depois. *Você acha que poderia se casar comigo?*, disse ele. Era a mesma pergunta que tinha feito na picape, mas dessa vez ele estava segurando uma aliança.

Constance pensou em Shel se despedindo deles com um aceno, um sorriso forçado no rosto.

– Eu não sabia que você e Shelly McFarlane eram tão amigas – disse Steven, enquanto Constance entrava na cozinha atrás dele. Ele pendurou as chaves do carro dela no gancho acima do telefone.

– Eu vou muito lá – retrucou ela.

Sem saber por que, ela nunca tinha de fato contado para Steven que Shel e ela eram boas amigas. Por anos, deixara que ele pensasse que ela estava na rua realizando tarefas diversas. Não,

não era exatamente certo dizer que não sabia por que; a mãe dele tinha se mantido tão ocupada com assuntos da casa, que Constance sentiu-se pressionada a agir do mesmo modo. Logo no início, ela teve a impressão de que Shel e Steven não tinham se entendido bem no ensino médio. Shel nunca tinha ido nem uma única vez à casa de Constance.

— E agora é Shelly Thompson.

— Eu não lhe daria importância — disse ele, passando por ela para abrir a geladeira.

Ela se virou e o observou enquanto ele avaliava o conteúdo da geladeira.

— Como assim?

Steven fechou a porta sem pegar nada.

— Aquela ali só se importa consigo mesma. É uma verdadeira encrenqueira.

— É, hoje de manhã ela estava meio esquisita — Constance comentou, já contrariada com sua própria fraqueza em concordar com Steven acerca da amiga.

Por que, sendo quem era, num dado momento ela dependia tanto do outro? Sentiu repulsa por si mesma.

— Você não pode não gostar da minha única amiga aqui, Steven. — Ela tentou manter o tom leve e gentil.

Sempre tinha sido os Bianchi contra o mundo. Steven abraçaria o lado da sua família em qualquer discussão, ela sabia. Talvez fosse isso. A mãe de Steven, Maria, tinha morrido uns dois anos antes, de um colapso cardíaco. Foi Steven quem a encontrou.

Constance imaginara que isso poderia significar que eles sairiam dali. Poderiam retomar sua vida em Melbourne e deixar Durton para trás. Mas Steven quis ficar. Mesmo com a partida da mãe, ele ainda tinha uma tia e alguns primos que moravam ali. Constance se sentia deslocada nas barulhentas reuniões italianas. De início, acharam que ela era tímida. Depois, acharam que era fria. Agora, ela quase tinha certeza de que a achavam uma vadia.

Ela entregou as chaves a Steven, deixando seus dedos roçarem nos dele.

– Você acha que consigo ir com o meu carro para o trabalho?

Seis anos era bastante tempo. Ela realmente nunca tinha visto Shel e Steven falando um com o outro até hoje? Era mais um aspecto pelo qual seu casamento não era normal. Não era normal não ter amigos fora da família. Por que eles nunca tinham ido visitar os Thompson para um churrasco? Constance não conhecia Peter muito bem, mas ele sempre era bastante simpático. Ela nunca teve a sensação de que ele se irritava com a presença dela ou de Esther por lá. De repente, ocorreu a Constance como era estranho que Shelly, com sua hospitalidade descontraída, nunca tivesse convidado a família inteira, sempre só Constance e a filha. E Shel nunca queria vir à sua casa.

– Já está resolvido – disse ele, com frieza, e saiu da cozinha.

Ela começou a lavar a louça do jantar da véspera, deixando a gaveta de talheres bater com força e as panelas colidirem entre si. Não alto demais, não tão alto que fizesse Steven entrar ali, mas o suficiente para desabafar a raiva que sentia de si mesma.

Pela janela acima da pia da cozinha, ela viu quando Steven se sentou no banco do motorista da picape. Ele tinha saído pela porta dos fundos para evitar passar por ela de novo. A surpresa de ver como ele era bonito nunca passou. Os fatos do seu rosto eram inevitáveis, os olhos castanho-escuros e o queixo marcante. Era como se fosse uma maldição ter o tipo de marido cuja foto outras mulheres viam e comentavam, "Ora, como *você* é sortuda!" Essa era mais uma coisa de que ela gostava em Shel – ela nunca insinuava que Constance teria tirado alguma espécie de sorte grande. Shel escutava quando ela se queixava de como Steven queria que tudo fosse de um jeitinho certo, como sua mãe teria feito, algo que tinha se exacerbado depois da morte de Maria. Constance não tinha como competir com Shel – o marido dela estava viajando o tempo todo e ela tinha cinco filhos –, mas Shel nunca tentava fazer parecer que os problemas de Constance eram menores, dizendo que os dela própria eram maiores. Constance nunca tinha tido muito sucesso em fazer ou em manter amigas, mas Shel era tranquila, amenizando tudo com aquela sua risada, um som semelhante a um respirador pulmonar sendo desligado.

Constance tinha pensado em ligar para Shel, mas sabia, por experiência, que o melhor era deixar a poeira baixar. A perspectiva de que ela conversaria com Shel e tudo ficaria bem ficava ainda mais provocante por ser protelada. Às dez, Constance já estava vestida para o trabalho – às sextas, ela começava às onze – e estava lidando com a pilha de roupa lavada em cima do sofá quando ouviu uma batida à porta da frente. Logo pensou que fosse Steven. Ele teria voltado para fazer as pazes com ela. Ela não estava a fim de fazer as pazes como ele preferia, embora soubesse que acabaria se deixando convencer, se fosse o que o marido, de fato, quisesse. Ela abriu a porta.

– Shel! Eu esqueci alguma coisa? – Fazia menos de uma hora que ela saíra da casa de Shel.

– Constance.

O som do seu próprio nome fez com que ela hesitasse. Shel sempre a chamava de "querida". Chamava todo mundo assim, embora isso não diminuísse em nada o prazer de Constance.

– Tudo bem?

– Você tem tempo para mais um chá? – perguntou Shel.

– Claro que sim. Vamos entrando! – Constance disse, chamando-a com um aceno.

Shel a seguiu pelo corredor até a cozinha, e Constance viu as horas no relógio na parede. Ela ligou a chaleira e preparou uma caneca para a amiga e uma xícara mais rasa, mais delicada, para si mesma.

Silêncio.

– Obrigada de novo por hoje cedo. Desculpe todo o incômodo. – Uma pausa enquanto Constance esperava que Shel a contradissesse, mas não veio nada. – No fundo, é bom você ter vindo. Eu queria pedir desculpas por Steve. Sei que ele não é dos mais sociáveis.

Shel continuou calada.

A chaleira emitiu um estalido – ela já estava quente antes –, e Constance serviu a água nas xícaras. Ela levou a xícara de Shel até a mesa, com a garrafa de leite na outra mão.

– Ele foi grosseiro com você hoje de manhã? Ele tem esses acessos de mau humor de vez em quando. Sinto muito que você tivesse de presenciar – comentou ela.

– Não, não é nada disso. E eu também peço desculpas. Sei que estava com uma atitude estranha.

Constance sentiu o alívio inundar seu corpo. E respirou fundo.

– O que ele lhe disse? – perguntou ela, ansiosa para resolver a questão. – Às vezes, ele é tão resmungão. – Ela sorriu.

– Constance – começou Shel.

Sem saber exatamente o que Shel estava prestes a dizer, Constance pressentiu que fosse alguma coisa que ela talvez não quisesse ouvir.

– Tem uma coisa que preciso lhe contar – disse Shel. – Eu devia ter contado antes. Só que nunca soube como começar.

– O que é? – Ela tentou demonstrar receptividade, querendo ser o tipo de amiga que acolhia coisas difíceis.

Shel se sentou à mesa da cozinha.

– Preciso saber se você algum dia ouviu alguma história a meu respeito.

Constance também se sentou. Shel olhava atentamente para ela.

– Não – respondeu Constance.

Shel respirou fundo.

— Uma noite, quando eu tinha dezoito anos, houve uma festa lá na fazenda de Toni Bianchi — começou ela.

Toni era um dos tios de Steven, Constance sabia. Ela nunca o conheceu. Ele tinha morrido não muito depois de quando ela e Steven se conheceram. Steven voltara para casa para o funeral, sem convidá-la para vir junto, e ela não tinha feito questão.

— Nós estávamos num canto da propriedade de Toni, mais para perto dos galpões de tosquia. Toni já tinha ido dormir. Havia uma fogueira. Alguém tinha trazido umas garrafas de licor. A maioria das outras garotas da escola estava numa excursão para a Exposição Real de Páscoa, em Sydney. Meus pais não tinham condições para me mandar, e eu não me importava. Preferia beber com os rapazes. De garota, era só eu lá.

"Não percebi que a garrafa só era passada até a metade da roda antes de voltar para mim. Chegou a um ponto em que os garotos a passavam para mim antes que eles mesmos bebessem. Eu mal tomava um gole de uma garrafa e eles já me entregavam outra. Eles riam de mim, e eu ria junto porque estava achando engraçado também. Eu estava me soltando porque, pelo menos daquela vez, meu irmão mais velho não estava lá, enxotando todo mundo. Meu Peter também não estava lá naquela noite. Ele era um ano mais velho que eu. Tinha terminado a escola e ido trabalhar numa fazenda no norte por um tempo."

Shel sorriu e olhou para as mãos sobre a toalha verde antes de continuar:

— Naquela época, ele não era meu Peter, é claro. Só Peter Thompson, mais um garoto da escola. Nós andávamos nos falando, sorrindo um para o outro. Achei que ele gostava de mim, mas, nem que me custasse a vida, eu poderia dizer por quê. Eu era a garota altona para quem ninguém olhava duas vezes. Ele me escreveu uma carta de lá do norte, disse que queria se encontrar comigo quando voltasse. Disse que vinha pensando em mim. Acho que Peter nunca mais me escreveu outra carta na vida, mas essa eu ainda guardo.

Constance resistiu ao impulso de se levantar e finalmente pegar sua xícara de chá da bancada da cozinha. Descobriu que não conseguia olhar nos olhos de Shel, de modo que ficou observando sua boca. Ela tinha lido em alguma revista que olhar para a boca de uma pessoa enquanto ela está falando faz com que ela sinta que está sendo ouvida com atenção. O que Shel estava dizendo, não importava o que fosse, parecia importante para ela.

– Continue, por favor, Shel – disse Constance.

Shel não tinha servido leite no seu chá. Ela segurava a xícara fumegante entre as mãos.

– Ou seja, eu estava feliz porque estava pensando nisso. Talvez tenha sido por isso que bebi tanto. Porque estava com tanta vontade de ver Peter, e era como se os outros pudessem ver que eu estava feliz e quisessem estar perto de mim. Seja como for, foi ficando tarde. Deve ter sido às quatro da manhã. Ainda me lembro do que eu disse: *Esta menininha deveria estar indo para casa, rapaziada.* E ri da minha própria piada porque eu era muito mais alta do que uma boa parte deles. Então tentei ficar em pé e caí no chão. Nós estávamos rindo, uns garotos me levantaram e saímos andando. Entramos na picape de alguém. Todos os garotos tinham picapes. Já tentei... tentei lembrar quem era o dono do carro. Os garotos se amontoaram na caçamba, não sei quantos. Eu adormeci na cabine e, quando acordei, supus que tivéssemos parado porque estávamos na minha casa. A porta se abriu, e eu caí. Estávamos perto do riacho, eu podia sentir o cheiro da água. Eu estava caída de bruços na terra. Estava frio.

Constance estava atenta ao máximo para a expressão no próprio rosto, para a posição das mãos sobre a mesa.

– Alguém tocou na parte de trás da minha perna. Levantaram minha saia e puxaram minha calcinha enquanto eu me arrastava para me afastar deles. Eu estava coberta de lama. Mãos passaram pelo meu rosto e cobriram minha boca, porque eu gritava para valer. – Ela hesitou. – Machucou. Eu era virgem, sabe? E doeu. Com todos os quatro, doeu. Pode ser que tenham sido só dois, e cada um foi duas vezes. Nunca vou saber ao certo.

Constance queria se levantar e ligar a chaleira, como se seu cérebro lhe estivesse oferecendo outro caminho, alguma outra coisa em que pensar em vez das palavras, mas Shel continuava a falar.

– E, então, no final, eles me puseram de volta na picape. Fiquei deitada na caçamba e, quando pararam no fim da minha rua, eu saltei. Devia ser cinco da manhã. Eu estava toda enlameada, toda a frente do meu corpo, meu rosto e minhas mãos. Ninguém desceu comigo, mas eu me lembro de que Steven olhou para mim pela janela do carona quando o carro foi embora. Ele era um deles. Tinha só quinze anos, mas participou com os outros. Ele me estuprou.

A última frase era a que Constance tinha começado a recear que seria a conclusão natural da conversa. O sentimento que se avolumava dentro dela roubou o alento do seu corpo.

– O que foi que Steve lhe disse hoje de manhã? – quis saber Constance.

– Ele me disse para ficar longe de você, foi isso – respondeu Shel. Sua voz estava neutra. Parecia que contar a história a esvaziara. Ela estava encurvada sobre o chá. Ainda não o tinha levado à boca. – Escondi isso dos meus pais. Dei a volta pelos fundos quando cheguei em casa. Tomei um banho de chuveiro. Joguei fora as roupas. Eu não queria que ninguém soubesse. Nem tinha certeza de quem mais estava lá, fora Steve.

Bem atrás de Shel, na parede, estava um quadro de uma fotografia que Steven tinha dado a Constance de presente no Dia das Mães. Eles três, Constance, Steven e Esther, todos usando jeans e camisetas brancas, posando diante de uma tela de fundo de estúdio fotográfico.

– O que você quer que eu faça com essa informação? – A voz de Constance dava a impressão de que ela acabava de subir correndo uma longa escadaria.

Shel se contraiu, como quando se cutuca uma lesma com uma vareta e ela se contorce para se esquivar, a primeira reação veloz, com partes da lesma ainda se movimentando depois que a vareta já foi retirada.

Constance se levantou. Parecia que tinha bebido um copo de água gasosa depressa demais. A raiva chiava efervescente no fundo da garganta.

– Afinal, que porra eu devo fazer com essa informação?

Nenhuma expressão no rosto de Shel.

– Achei que você devia saber.

– Saber? O certo seria acreditar. Você acha que vou *acreditar* nisso?

Shel se levantou. A linha da sua boca estava tensa, contorcida para a parte baixa do rosto. Embora Shel fosse uns trinta centímetros mais alta do que a mãe de Constance, seu jeito de ficar ali em pé com o peso numa única perna, como se estivesse pronta para decolar, fez Constance se lembrar da mãe, e isso a tirou do sério.

– Suma da nossa casa. – Era como se Steven estivesse ali atrás dela, de braços cruzados. Ela nunca estivera tão certa do seu amor quanto naquele momento. As coisas ruins se dissiparam, e tudo em que conseguia pensar era *eu amo esse homem*.

Shel recuou alguns passos sem se virar – mantendo os olhos em Constance, como se poderia fazer quando se está diante de uma pessoa enlouquecida.

Constance alcançou Shel bem quando a amiga saía da casa. Constance bateu com força a porta da frente, ouviu o trinco se fechar. Respirava com esforço, parecia estar tendo dificuldade para obter oxigênio suficiente. Ouviu o som do carro de Shel indo embora.

Pensou na pele macia ao longo das costelas do marido, como ela o cutucava ali quando se provocavam com as briguinhas do início do casamento. Steven era tão carinhoso naquela época, tão brincalhão. Ela não tinha ideia do que fazer agora, a não ser pegar o chá da bancada da cozinha. E então estava parada no quarto, com uma xícara de chá na mão esquerda, olhando para a luz que entrava pela janela e tão imersa em pensamentos que soltou a xícara. Ela caiu no seu pé antes de pousar no fino carpete cinza – que tinha sido aplicado direto no piso de concreto da casa – e se quebrar em três pedaços. A louça quebrada parecia a casca de uma laranja que tinha sido descascada, como se, com esforço suficiente, ela pudesse se recompor e voltar à forma de uma laranja. O líquido quente subiu entre seus dedos como a água da maré. A dor cintilava de um lado a outro do pé. Foi preciso um momento de imobilidade concentrada para ela controlar o impulso de pisar nos cacos, moê-los no chão com os pés descalços.

Pisando em torno dos estilhaços, Constance seguiu cambaleando pelo corredor até o banheiro. Ela não se deu ao trabalho de fechar a porta. Shelly Thompson não ia voltar. O elástico da calcinha de Constance estava cedendo. O tecido frouxo parecia pele descartada à luz fluorescente que dominava o pequeno compartimento. Ela se enxugou, deu a descarga e depois lavou e secou o rosto. Voltou ao quarto e, com uma esponja, absorveu o chá do carpete, pôs a xícara quebrada na lata de lixo. Ia se atrasar para o trabalho se não saísse logo.

Constance passou o resto da manhã em meio a um nevoeiro. Não parava de cometer erros bobos. Durante a hora do almoço, quando não havia nem pacientes, nem papelada para perturbá-la, resolveu que precisaria conversar com Shelly. Certificar-se de que ela não ia repetir a acusação para mais ninguém. Quase sentiu pena da outra, mas a imagem de um Steven de quinze anos a impediu todas as vezes. Na ocasião, Shelly estava bêbada. Estava confusa. Ela mesma disse que não sabia ao certo quantos tinham sido. Constance não permitiria isso. Então eram duas e meia, e o dr. Spalding disse que ela podia sair cedo, e Esther não voltou para casa na hora em que deveria. Dez minutos de atraso. Vinte minutos. Meia hora. Ela ligou para todo mundo que lhe ocorreu, mas não conseguiu falar com duas das pessoas com quem realmente queria. Ninguém no trabalho de Steven tinha certeza absoluta sobre onde ele estava, e Constance tinha discado o número de Shelly, sem nem mesmo pensar na discussão. Os filhos de Shelly lhe disseram ao telefone que Esther não estava lá e que a mãe deles tinha saído para ir apanhar Caleb. Constance ligou para Mack, que disse que queria chamar especialistas em buscas por crianças desaparecidas e que faria isso de imediato.

— Mas não é cedo demais?

— Veja bem, eu prefiro me sentir um pouco envergonhado por uma reação exagerada e saber que não deixei nada ao acaso. Você não concorda?

Quando ela finalmente conseguiu entrar em contato com Steven, pouco antes das cinco, dentro de minutos ele já estava em casa e saiu de volta imediatamente para procurar, retornando à casa a intervalos para ver se Esther tinha voltado antes de sair de novo. Constance estava consciente de cada minuto que passava.

Então Shel chegou, puxando Constance para um grande abraço no corredor de entrada. Constance não parava de chorar.

— Me desculpa por ter demorado tanto. Kylie ainda está sem telefone por lá — comentou Shel. — Os meninos me contaram assim que cheguei. — Ela hesitou, como que tentando ouvir ruídos em outras partes da casa. — Steve está aqui?

— Está participando das buscas — respondeu Constance. Naquele instante, houve um acordo mútuo de que elas não falariam sobre o que tinha acontecido naquela manhã. Por enquanto, não. Tudo o que importava era Esther.

Constance tinha a impressão de que suas mãos estavam translúcidas; dava para ela sentir seu coração pulsando nelas.

– Não posso acreditar – Shel disse. – Ela deveria estar no quarto. Devia estar aqui.

Constance soluçava no ombro da amiga.

– Vai dar tudo certo, Constance. Vai, sim. – As duas continuavam abraçadas. As lágrimas quentes e o muco de Constance se derramavam na blusa de Shel. – Vai dar tudo certo, querida – repetiu Shel.

Constance não conseguia aceitar a ideia de sair da casa quando Esther podia voltar a qualquer instante. Nos intervalos entre voltas no pátio da frente e no quintal, ela assistia às notícias, como se fosse ver a filha no segundo plano de uma reportagem local sobre o atraso na reforma do cinema em Rhodes. Ela pensava sobre onde Esther poderia estar e o que poderia estar lhe acontecendo; pensava nas meias que Esther estava usando, nas meias limpas na gaveta da filha. Ninguém pronunciou a palavra *estupro*, mas era nisso em que pensavam: a investigadora da cidade grande que a entrevistou, horas depois que Esther deveria supostamente estar em casa; a mulher da assistência social que falou sem parar até Constance conseguir encerrar a ligação.

Shel desaparecia, entrando de mansinho no banheiro ou num dos quartos quando um veículo chegava pela entrada de carros, e Constance se sentia grata. Steven tinha pegado emprestado o carro de alguém, porque a polícia havia recolhido o dele. Ele só chegava para ver se Esther estava ali, antes de voltar a sair. Às oito e meia, parte da família de Steven, os que não estavam participando das buscas, chegou para lhe fazer companhia. O som de alguém à porta era doloroso, porque o corpo de Constance não parava de achar que era Esther. Ela podia se sentir esperando, com uma vontade tão forte que parecia vibrar de necessidade.

O tempo continuava a transcorrer, não tendo a decência de permanecer congelado, minuto após minuto, após minuto. Shel enxotou os parentes de Steven. Ela atendeu o telefone e disse a um jornalista que a família não faria nenhum pronunciamento. Então apareceram retratos de Esther no último noticiário do dia. Esses em si foram chocantes, com o cérebro de Constance disparando por um instante: *Pronto! Aí está ela! Eu a encontrei!*

Ela sentia uma necessidade incontrolável de estar em movimento. Entrou no quarto de Esther para repassar a conversa com a investigadora Michaels, para descobrir o detalhe esquecido, para encontrar a pista. Como se ainda pudesse encontrar Esther escondida ali. Em vez disso, o que viu foi Steven, sentado no escuro, encostado no armário embutido branco. A entrada de carros estava vazia, e ela não o tinha ouvido entrar. Ele soluçava. Soluços secos que sacudiam seu corpo inteiro, mas não produziam nenhum som. Ele não a viu, porque estava com a mão tapando os olhos, mantendo-os fechados. Ele parecia tão digno de dó, tão parecido com alguém que tentava ficar em silêncio enquanto engolia soluços, que ela recuou, com todo o sentido de propósito arrancado dela com crueldade. Entrou na cozinha e disse a Shel, sem olhar nos seus olhos, que Steven tinha voltado das buscas e que ela devia voltar para casa, para seus filhos. O relógio na parede da cozinha marcava onze da noite.

– Não quero te deixar aqui, querida.

– Só quero que você vá, Shel. – O tom foi grosseiro, mas Shel não pareceu ter se ofendido.

– É claro que você quer ficar com Steve. Mas eu estou a um telefonema daqui, está bem? – Tudo o que ainda não tinha sido dito pairava no ar. – Vai dar tudo certo – Shel disse. – Sei que vai.

Sua amiga tinha vindo, era isso o que importava.

Constance lhe deu um abraço apertado.

– Shel, hoje de manhã...

– Não pense nisso, querida. Vamos só nos concentrar em passar por isso.

Constance se sentiu mal ao vê-la ir embora. Assim que Shel entrou no carro, Constance quis chamá-la de volta.

Foi logo depois da meia-noite que os investigadores voltaram. Já fazia cerca de uma hora que Shel tinha ido embora e só Constance e Steven estavam na casa. Eles ouviram a batida na porta, bem quando ele estava se preparando para sair de novo. Quando Steven se deu conta do que estava acontecendo, perguntou tranquilamente se poderia entregar a lanterna na sua mão para a mulher. Constance pegou a lanterna sem conseguir falar, enquanto ele era levado porta afora. Quando mostraram a Constance o sapato escolar preto da filha – lacrado num saco plástico de provas, com números escritos numa etiqueta branca –, ela não fazia ideia do que significava. A investigadora disse a Constance que o sapato de Esther tinha sido encontrado no carro de Steven. O outro investigador já tinha saído com Steven pela frente.

– Mas ele estava no trabalho hoje de tarde.

– Escute, sra. Bianchi, sinto muito. O melhor a fazer agora é simplesmente deixar que nós resolvamos o caso. Alguns agentes fardados vão fazer uma busca na casa. Alguma coisa que queira nos contar antes que comecem?

Constance pensou no que Shel tinha dito acerca de Steven. As palavras se repetiam nos seus ouvidos, mas ela não conseguia forçá-las a sair. Ela fez que não com a cabeça.

A investigadora perguntou se havia alguém que ela pudesse chamar, e Constance recitou o número de Shel. A investigadora Michaels disse a Constance que, se mais tarde fosse descoberto que ela deixara de lhes passar qualquer informação, isso poderia ser uma prova contra ela. Por um instante, ela pensou em contar à investigadora o que Shel lhe dissera, mas não: ela não podia falar contra o marido enquanto ele estava sendo levado numa viatura da polícia. Ela ainda não sabia o que pensar.

Os investigadores saíram. Constance ficou sentada à mesa da cozinha enquanto os agentes fardados faziam a busca. Era ridículo, mas, mesmo ali sentada, ela ainda tinha a sensação de que eles poderiam encontrar Esther na casa – do jeito que certas coisas só aparecem quando uma segunda pessoa as procura.

Mais tarde, Constance achou que já tinha tomado sua decisão. No momento em que deu o número de Shel à investigadora, em seu subconsciente, já escolhera um lado. Alguma coisa já tinha mudado, já tinha desaparecido, quando ela viu o sapato dentro do saco lacrado, e essa coisa não haveria de voltar.

Quando Shel chegou, Constance a recebeu, certificando-se de que a porta não se trancasse atrás dela. Parecia muito importante não trancar a porta da frente nem a dos fundos, como se Esther fosse simplesmente dar meia-volta e sumir de novo noite adentro, caso experimentasse abrir a porta e não conseguisse. Shel tratou de se ocupar, lavando louça e fazendo chá, e Constance olhava fixo para a escalação de serviço de Steven na geladeira. Ele estava no trabalho naquela tarde, é claro que estava. Aquilo era só um mal-entendido. Suas chaves de casa ainda estavam na bancada.

Shel não perguntou o que tinha acontecido. Constance estava sentada à mesa da cozinha, na mesma cadeira em que vinha se sentando a intervalos, desde as três da tarde, na esperança de que, a cada vez que se levantasse, seria para ver que Esther tinha voltado para casa. Difícil acreditar que tivesse sido nove horas atrás. A toalha de mesa verde tinha marcas nos lugares em que os parentes de Steven, constrangidos por estarem ali sentados sem nada a fazer, tinham derramado chá na pressa de tomá-lo e de se livrar de tudo. Já estava tão tarde, mas ela ainda tinha a impressão de que, a qualquer momento, Esther poderia entrar correndo pela porta com alguma história sobre como tinha perdido o sapato e não tinha vindo para casa porque achou que a mãe fosse ficar uma fera com ela. Steven voltaria e acabaria se revelando que investigadores eram impostores, realizando uma investigação de mentira. Eram trapaceiros de fora, mas agora tinham ido embora e tudo poderia voltar a ser como antes. A conversa de Constance com Shel naquela manhã tinha sido um sonho que contaminara sua vida real, do mesmo jeito que Constance às vezes acordava irritada com Steven por alguma coisa que ele de fato não tinha feito.

Shel estava na cozinha. Era uma da manhã. Constance se levantou para entrar no quarto e ligar para a mãe. Elas normalmente se arranjavam com um telefonema por ano, no aniversário de Esther. Constance ligou para a mãe naquela hora porque, apesar de tudo – apesar de a mulher nunca ter desempenhado esse papel para Constance –, ela esperava que a mãe resolvesse todos os seus problemas. Esperava que lhe desse um atestado de imunidade, um aviso que ela pudesse levar consigo que dizia: *Agora chega. Isso é tudo que Constance consegue aguentar.*

Quando a mãe atendeu, com sono e frieza na voz, Constance rompeu a chorar. Seus soluços eram tão altos que Shel entrou correndo no quarto. Shel pegou o telefone e falou em voz baixa enquanto explicava a situação.

– Diz para ela não vir, Shel. – Constance estava desesperada. Precisava fazer Shel entender.

Shel olhou para ela, com uma expressão confusa, mas transmitiu a mensagem.

Depois de alguns instantes, Shel fez que sim e desligou o telefone.

– Ela diz que não virá – informou Shel, como se não pudesse acreditar no recado, apesar de estar dizendo as palavras. – Pediu para você ligar assim que tiver notícias.

Constance já podia imaginar o efeito da presença da mãe ali: ela sugaria do ambiente todo o oxigênio que restasse.

Essa era sua maldição, ser assim tão consumida pelas pessoas ao seu redor.

Ela voltou à cadeira.

Constance queria perguntar o que Shel achava que ela deveria fazer a respeito de Steven, a respeito do que aquilo significava, mas ela sentia seu rosto inchado e não sabia como pôr a pergunta em palavras. Também havia lágrimas no rosto de Shel, ela percebeu. E Constance teve a necessidade súbita, urgente, de falar sobre alguma coisa, qualquer coisa que não fosse o que estava acontecendo. Seu pé ainda doía no lugar onde tinha deixado cair a xícara naquela manhã. Parecia que fora séculos atrás.

– Eu já lhe contei por que minha mãe e eu não nos falamos? – perguntou Constance. Ela sabia que não tinha contado, mas pareceu o jeito mais simples de começar.

Shel fez que não, enxugando o rosto com o dorso da mão.

– Meu pai morreu quando eu era pequena, mas não tão pequena que não me lembre dele. Ele era tudo o que minha mãe não era. Carinhoso, amoroso. Quando ele prestava atenção em você, era como se vocês fossem as duas únicas pessoas no mundo.

A chaleira deu seu aviso, e Shel se levantou para fazer o chá. Constance não virou a cabeça para olhar; simplesmente continuou a falar para a toalha da mesa.

– Minha mãe ficou sozinha por muito tempo depois da morte do meu pai. Mas aí ela começou a namorar um dos amigos dele. Foi tudo correto. Ele vinha ver como ela estava, e os dois começaram a se tornar íntimos. Mas mantiveram o namoro em segredo. Eu só tomei conhecimento quando ele se mudou para a nossa casa.

Constance se lembrava da adolescência. Aparentemente, ela tinha sido uma boa filha. Era impossível ser qualquer outra coisa na atmosfera gélida que emanava da sua mãe. Às vezes, num canto secreto de suas profundezas, ela se permitia sentir raiva, se espojar na injustiça de ter sido sua mãe que estava viva.

– Frank era como meu pai sob muitos aspectos – continuou Constance. – Ele era gentil.

— Nunca ouvi você falar dele – disse Shel, pondo na mesa duas xícaras de chá puro. O leite tinha acabado.

Na presença da mãe, Constance sentia terror, mas, na realidade, quando o padrasto pôs a mão nas suas costas, foi como se eles estivessem numa bolha. Tinha sido macio e aconchegante, matizes de vermelho, riscas de violeta: uma daquelas nebulosas gigantes que se viam em fotos.

Shel mudou a cadeira de lugar para ficar sentada ao lado de Constance, com o corpo encostado ao dela.

— Você pode me contar – disse Shel.

— Ela nos encontrou juntos. Eu tinha quinze anos. Foi só um abraço. Acho que ele calculou que um pouco de afeto me faria bem. Mas mamãe imaginou que fosse muito mais que isso, e fez o maior escândalo, sem querer nos ouvir. Ela nunca perdoou nem a ele, nem a mim.

A única coisa que ela não poderia ter encarado era a pena de Shel. Mas Shel disse:

— Bem, lá se foi seu cartão de Natal, pelo visto.

Constance riu. Um som alto e estranho na cozinha escura. Uma onda de gratidão a cobriu. E inundou o que tinha acontecido depois. Sua mãe a tinha mandado para um colégio interno. Ela não tinha ninguém no mundo até conhecer Steven. Ele foi a primeira pessoa em muito tempo que lhe deu a sensação de que talvez ela pudesse se apegar a alguém.

— Sinto muito – disse Shel. – Deve ter sido difícil. Você era só uma criança.

Ocorreu a Constance que a última vez em que tinha pensado sobre a distância que mantinha entre Esther e a avó tinha sentido tristeza, mas não de um jeito que se registrasse no seu corpo. Agora, parecia que a grossa camada de isolante que existira entre ela e o fato tinha desaparecido. Ela se sentia como uma cabeça recém-raspada exposta ao vento. Constance imaginou Esther em algum lugar, nua e com frio. E começou a soluçar.

Shel esperou que Constance conseguisse voltar a falar.

— E nunca contei a Steve. Ele simplesmente aceitou que minha mãe e eu não nos falamos. O que nos leva a pensar, sabe? Como foi possível que eu não contasse uma coisa como essa ao meu marido? Como pude não contar? Do que mais nós não falamos?

Constance tinha certeza de que Shel sabia o que ela realmente estava perguntando.

Shel mudou o braço de posição e passou a palma da mão para lá e para cá pela omoplata direita de Constance. Era difícil dizer se ela fez aquilo porque Constance tinha começado a chorar novamente, ou se Constance tinha começado a chorar porque ela fez aquilo.

— Ele ainda não ligou. Mas eu nem mesmo sei se quero falar com ele. Shel, encontraram o sapato dela no carro dele. Não consigo pensar em como foi parar lá.

Espantada, Shel arregalou os olhos, mas não disse nada.

Constance continuou:

— Ele diz que não a viu desde a hora em que a levei para a escola. Não sei no que acreditar. Só não paro de pensar: *Se ele pôde fazer mal a Shel, poderia fazer mal a ela.*

Shel sustentou o olhar.

— O que eu deveria fazer? — Constance baixou os olhos para as mãos. Queria que Shel decidisse por ela.

— Você não precisa pensar nisso agora, querida — Shel respondeu, dando-lhe um abraço.

Pouco depois das duas e meia da manhã, o telefone tocou. Constance o pegou da parede da cozinha.

— Constance? — Era Steven.

— Steve. Você está bem?

— Estou. Desculpa ter demorado tanto para ligar.

— O que houve?

— Eles me mostraram o sapato dela, Con, e por um segundo eu me empolguei, sabe? Achei que a tinham encontrado. Mas aí um dos policiais, bem, ele disse uma coisa medonha. Não me controlei. Dei um murro no sacana. Suponho que fosse esse o plano dele.

— Como? Onde você está? — Steven tinha *esmurrado um policial*?

— Estão prestes a registrar a ocorrência. Ouça, preciso que você entre em contato com nosso advogado.

— E quem seria ele? — O único advogado de que Constance tinha conhecimento era o cara que lhes tinha dado documentos para assinar quando eles compraram a casa.

— O telefone está na minha mesinha de cabeceira.

Mais tarde, ela perceberia que Steven não tinha dito nada sobre o sapato, sobre o que estava fazendo no carro.

— Preciso ir. Te amo. Diz para eles que precisam continuar a procurar. E não se esqueça do advogado. — Havia outras vozes ao fundo.

— Certo. Também te amo. — As palavras dela e o sinal de discagem se confundiram.

Constance esperava que Shel não tivesse ouvido o que ela dissera. Ela pôs o fone no gancho.

— Vou ligar para Pete. Posso passar esta noite aqui.

Constance olhou para Shel, que se agigantava acima dela, e percebeu que estava sentada no piso da cozinha.

— Vou ficar bem.

— Sem problema — Shel disse, pousando a mão no ombro de Constance. — Só vou estar ao seu lado enquanto você fica bem.

— Preciso ligar para o advogado para Steve.

Shel fez que sim com a cabeça.

Constance se levantou, passou por Shel e entrou no quarto. Shel não a seguiu. Constance remexeu na gaveta de Steven e encontrou o pedaço de papel. Ela pretendia pegar o telefone no quarto, mas, em vez disso, foi pelo corredor e entrou no quarto de Esther. Ali havia uma janela grande. Steven a tinha comprado de segunda mão e feito a instalação ele mesmo, retirando o caixilho da janela antiga e serrando a parede para abrir espaço. O peitoril estava apinhado de objetos que Esther havia encontrado e achado bonitinhos: brinquedinhos de plástico de Kinder Ovo, pauzinhos interessantes e um par de bonequinhos colecionáveis. Ao longo da sua vida, Constance tinha lido livros sobre crianças desaparecidas. Neles, o quarto da criança era sempre mantido como um santuário. Mas a cama de Esther tinha sido desfeita; os lençóis, acondicionados em sacos e levados pela polícia. Como Constance dissera à investigadora, a cama tinha sido deixada por fazer. Os filhos de Shel faziam a própria cama todos os dias de manhã, mas tinha sido uma luta conseguir que Esther fizesse igual. *Eu simplesmente vou dormir nela de novo hoje de noite, mamãe,* ela dizia.

Enquanto estava parada no quarto da filha, com os pés descalços firmes contra a densidade dos pelos do tapete branco felpudo, a ânsia de vômito veio tão de repente que ela recuou um passo.

Correu ao vaso sanitário, tentou vomitar, não conseguiu.

Era aquele momento do esconde-esconde em que se diz "Tá bom, pode aparecer", mas ninguém surge, e você continua sozinho.

Já fazia horas agora.

Shel entrou e encontrou Constance ainda ajoelhada diante do vaso. Ajudou a amiga a se levantar e sugeriu que Constance se deitasse de olhos fechados, só um pouco.

– Tenho uns analgésicos, querida. Poderiam ajudar.

Constance não respondeu.

– Vou estar aqui quando Esther chegar – disse Shel, para tranquilizá-la. – Ela vai me ver na sala de estar. – Havia um toque de tristeza na voz de Shel que fez com que Constance concordasse.

Constance acompanhou Shel ao seu quarto. O medo de não saber onde Esther estava atingia picos em ondas desordenadas, como o gráfico de um monitor cardíaco. A necessidade de mergulhar em um estado de não-pensar e não-sentir era forte. A visão embaçou um pouco quando os analgésicos começaram a fazer efeito, mas dormir era impensável. O que Steven estava fazendo agora? Era estranho estar deitada na cama do casal e não conseguir visualizar o lugar onde ele se encontrava, mas isso era menos premente do que no caso de Esther. Alguém estava com ele. Ele estava em segurança. O sapato surgiu de relance no seu pensamento. Como era possível que o tivessem encontrado no carro dele?

Constance pegou do suporte o telefone sem fio e gritou para Shel trazer lençóis e um cobertor do armário de roupa de cama. Ficou em pé no quarto de Esther enquanto Shel refazia a cama da sua filha. Shel a cobriu, esticando bem a borda do cobertor em torno dos seus ombros. O rosto de Shel reluzia branco ao luar que entrava pela janela, e a boca era uma mancha escura. O cheiro de Esther estava por toda parte no quarto pequeno. Na cama menor, não parecia estranho Steven não estar ali ao seu lado. Constance enroscou-se em torno do telefone, desejando que tocasse.

Deve ter adormecido de algum modo, porque teve um sonho em que procurava alguma coisa. Esther estava no sonho, gritando instruções que Constance não conseguia ouvir, de algum lugar que Constance não conseguia ver. Ela acordou e, por alguns instantes, a consciência era apenas uma nuvem espessa, sem traços significativos. Maravilhosamente vazia e amorfa. Então, Constance sentiu a parede às suas costas e se lembrou com um forte tremor de onde estava e do que tinha acontecido. Eram quatro da manhã. Ela se levantou, saiu e ficou andando em volta da casa, voltas e mais voltas, chamando o nome da filha, segurando a grande lanterna que Steven mantinha no alto da geladeira para a eventualidade de faltar energia. Shel tinha estacionado perto da cerca viva, na travessa que seguia ao longo da casa, em vez de estacionar na entrada de carros, para mantê-la desimpedida. A consideração demonstrada nessa atitude, principalmente levando em conta o comportamento de Constance naquela manhã, fez com que ela repuxasse as próprias roupas.

Quando o sol nasceu na manhã de sábado, toda uma noite escura desde que sua filha tinha sido vista pela última vez, Constance foi à porta da frente e girou a maçaneta para ver se estava destrancada. Ela já tinha ligado e deixado uma mensagem para o advogado. Esther estava desaparecida. Esse pensamento ofuscava tudo o mais.
    Shel surgiu da sala de estar. Tinha dormido lá, apesar de a cama de Constance e Steve estar desocupada. *É claro que ela não quis dormir lá,* pensou Constance.
    Esther tinha se perdido, mas fora encontrada e recebera cuidados de pessoas boas, que não tinham conseguido telefonar ou fazer contato por algum motivo que, em retrospectiva, faria total sentido. Como alguém passando a mão pelas estacas de uma cerca, uma a uma, sentindo com os dedos os limites familiares de cada, antes de seguir adiante, Constance tateava em busca de esperança.
    Com aquele solavanco nauseante que se dá quando alguém retira uma cadeira depois que você começou o movimento para se sentar nela, Constance descobriu que ela não estava lá. A polícia suspeitava de que Steven tivesse feito alguma coisa com a filha. Que ele a tivesse visto depois da escola e que estivesse mentindo a respeito disso. O corpo de Constance estava saturado de um líquido ácido que era sua vergonha, sua raiva, seu medo, a energia não dissipada da sua discussão com Shel. Estava revoltada com o fato de eles terem um dia vindo para ali – esta era a cida-

dezinha de Steven. Ela berrou. Berrou até finalmente ser capaz de vomitar, mal conseguindo chegar a tempo ao canteiro junto da escada da frente. Enquanto esvaziava o estômago, só conseguia pensar no sapato da filha.

Constance voltou cambaleante para a cozinha. Percebeu que segurava na mão direita o cartão que a investigadora Michaels lhe dera. Como é que ela deveria iniciar essa conversa? *Alô, tem uma coisa que vocês deveriam saber sobre meu marido.*

Constance concluiu que não conseguiria. Apesar de tudo. Não agora. Ela ligaria um pouco mais tarde. Num momento em que talvez tivesse condições de encontrar as palavras certas.

Ela ouviu Shel às suas costas.

As duas se entreolharam.

– Shel, sinto muito – começou Constance. – Sinto muito pelo que aconteceu com você.

Ela já estava soluçando no peito de Shel antes de conseguir dizer qualquer outra coisa. Shel acolheu Constance com o corpo generoso, os longos braços envolvendo as costas da amiga. Constance sentia as lágrimas de Shel lhe escorrendo pelo pescoço.

Mais tarde, num artigo de revista sobre a história – que se tornará bem famosa, com Constance sendo convidada a participar do programa *60 Minutes*, mas se recusando a tanto – haverá uma foto dela em algum momento naquela semana. Ela reconhecerá a frente da sua casa, mas não terá nenhuma recordação de a foto ter sido tirada. A legenda dirá: *Constance Bianchi, mãe da menina desaparecida, Esther Bianchi, e o que ela nunca chegou a prever.* Na foto, Constance parece gorda e exausta, como se a gravidade fosse maior ali onde estava em pé.

– Não vou ficar do lado dele – disse Constance enquanto Shel a abraçava.

Pássaros cantavam lá fora, anunciando a manhã.

RONNIE

Sexta-feira, 30 de novembro de 2001

Quando minha mãe voltou das buscas, eu estava na cama. Era a cama do meu primo Ricky e tinha um daqueles lençóis plásticos por baixo que protegem o colchão de manchas, se você se fizer xixi. Não sei que horas eram exatamente – o relógio com mostrador fluorescente no quarto de Ricky tinha parado – mas, àquela altura, Esther devia estar desaparecida havia cerca de oito horas. O medo pela minha amiga tinha aumentado no quarto pequeno, desconhecido. Eu me retorcia e me debatia, sem conseguir me acomodar, suando e escutando o som de amarfanhado provocado pelos meus movimentos. Num velho colchão de berço no chão, Ricky dava chutes e choramingava dormindo. O quarto tinha um leve cheiro de xixi.

A porta se abriu. Um feixe de luz. Mamãe.

Minha voz saiu desafinada.

– Por que não vamos para casa, mamãe? Podemos dormir lá.

Ela fechou a porta, tirou a calça jeans e entrou na cama, com o corpo em torno do meu.

– Estou cansada, Bup – respondeu baixinho. – De manhã, vamos para casa. – Ela me puxou mais para junto dela.

– Encontraram Esther?

– Hummmm.

Depois, mamãe ia jurar que não disse sim. Mas ela não disse não, porque naquele instante me convenci de que tinham encontrado Esther. O mundo tinha se mexido, só para voltar a se encaixar perfeitamente no lugar. Minha amiga estaria encrencada, não teria permissão para sair por um tempo, provavelmente não poderia vir passar o domingo comigo como eu esperava que viesse, mas na segunda-feira estaria na escola.

Eu queria perguntar onde tinham encontrado Esther, mas mamãe já estava com a respiração pesada. O quarto estava quente e abafado. Abracei minha mãe, encostando a cabeça no seu peito, escutando os batimentos do seu coração. Parecia impossível dormir com outro corpo assim tão perto. Levantando minha camiseta, grudei as costas na parede divisória, que irradiava um frescor. O ritmo regular da respiração de mamãe no meu rosto não me ajudava a relaxar totalmente. Quando ela inspirava, eu prendia minha própria respiração, esperando que ela soltasse o ar. Por mais que tentasse, não conseguia sincronizar nossa respiração. Tentei inspirar quando ela soltava o ar, mas isso me deu dor nos pulmões. Virando de frente para a parede, eu me estendi ao longo dela, até meus dedos chegarem a um lugar fresco no alto do colchão.

Quando acordei, tinha o lençol de cobrir enrolado nas pernas. A luz se infiltrava pelas cortinas ralas do quarto de Ricky.

— Mamãe — chamei.

Ela abriu os olhos de repente e se lançou para se sentar na cama.

— Que foi?

— Você sabia que as lhamas dormem em pé?

O relógio digital no seu pulso apitou. Ela já estava fora da cama e vestindo os jeans.

— Vamos, filha, é melhor nos apressarmos.

— Você sabia que o nome científico da espécie das lhamas é *Lama glama*? — perguntei, me arrastando da beira da cama. Ricky não estava no colchão no chão.

– É mesmo? – O tom de mamãe dizia que ela não prestava atenção.

Eu tinha passado a Esther a mesma informação no dia anterior. Ela dissera que o nome da minha espécie seria *Ronnie gronnie*. Eu disse que, se eu era *Ronnie gronnie*, ela era *Esther gesther*.

Mamãe saiu do quarto. Vesti minha calça e corri para alcançá-la.

Todos os outros na casa já estavam de pé. Tio Peter já tinha saído para o trabalho, mas todos os meus primos estavam na sala de estar ou na cozinha.

– Cadê a tia Shelly? – perguntei a Ricky, que estava sentado à mesa da cozinha.

– Ela passou a noite na casa de Esther – respondeu ele. Como tinha a língua presa, pareceu ter dito *Ethter*.

A casa foi se relaxando em torno de mim.

Mamãe estava ao telefone perto da chaleira. Falava em voz baixa, e eu tentava escutar. Na bancada, havia cereais de chocolate e Froot Loops. Saber que minha tia não estava por ali escancarava as possibilidades.

Ricky levantou a mão sardenta para chamar a atenção de minha mãe.

– Tia Evelyn, Ronnie está pegando os dois tipos de cereal.

– Veronica. – Havia um tom de advertência na sua voz.

Mamãe nos deu as costas, escutando quem quer que fosse que estava com ela ao telefone. Encostou-se no balcão da cozinha. Sua xícara de chá, com a ilustração de um coala gordo usando um colete com a bandeira da Austrália, estava pousada ao lado ali na bancada.

O leite que ficou na cumbuca depois que comi o cereal era de um verde arroxeado, amarronzado.

– Você não vai beber? – perguntou Paul, um dos mais velhos.

— Eu nunca bebo o leite — respondi.

Ele se debruçou sobre a mesa, pegou minha cumbuca, levou-a à boca e inclinou a cabeça para trás. Um filete de leite verde escorreu do canto da sua boca para o cabelo ruivo, comprido até os ombros.

— Ah! — Ele lambeu os beiços.

— Que nojo — respondi.

Mamãe desligou o telefone.

— Vamos à escola hoje de manhã — disse ela, olhando para mim.

— Mas hoje é sábado — retruquei.

Paul inclinou-se para a frente no seu lugar, como se não houvesse nada que apreciaria mais do que repetir minhas palavras de volta para mim.

— Os investigadores encarregados de procurar por Esther estarão lá. Eles querem falar com você sobre o que você contou a Mack — disse mamãe.

— Mas você disse que eles a encontraram. — Dava para eu ouvir o pânico na minha própria voz.

O rosto de mamãe se encolheu como se ela tivesse levado uma pancada no joelho.

— Não, meu amor. Não encontramos.

A presença de outras pessoas ali foi a única coisa que me impediu de sair gritando e batendo os pés. Eu estava com raiva de mim, dela, dos tontos dos meus primos, todos ali sentados com expressões idiotas, sonolentas. Alguma coisa se espalhou dentro de mim, como ponche vermelho derramado num livro da biblioteca, empapando inabalavelmente as páginas brancas. Ninguém sabia onde minha amiga estava.

O trajeto até nossa casa não demorou o suficiente para o ar-condicionado do carro de mamãe começar a soprar ar fresco. Eu não parava de tentar fitá-la nos olhos. Queria que reconhecesse o que tinha feito, que me pedisse desculpas, mas nós seguíamos em silêncio.

Quando chegamos em casa, não tivemos tempo para discutir o que eu tinha ou não tinha ouvido.

— O policial Macintyre não pode contar a eles o que eu disse ontem? — perguntei enquanto minha mãe me apressava para eu entrar no quarto e trocar as roupas que tinha usado no dia anterior.

Ela remexeu as coisas para escolher algumas para mim.

— Eles precisam ouvir diretamente de você — respondeu ela naquela sua voz de *e-já-chega*, jogando uma blusa na cama. Flea, enrodilhado no edredom amassado, levantou a cabeça para lançar um olhar contrariado para ela e, então, pulou de cima da cama, saindo de modo arrogante do quarto.

A blusa era de mangas curtas, abotoada na frente. Havia fiozinhos metálicos entremeados no xadrez rosa e verde-limão.

— Não quero usar essa — eu disse.

— A última coisa de que eu preciso é que eles pensem que não cuido direito de você. — Mamãe se sentou atrás de mim, puxando meu cabelo para o alto num rabo de cavalo apertado.

As cerdas da escova arranhavam meu couro cabeludo. Reclamar só pioraria as coisas, de modo que me contive até ela terminar.

Quando fomos até o carro, ela ainda estava usando o que tinha usado no dia anterior: jeans e camiseta, com uma camisa masculina de manga comprida jogada por cima. Abri a porta do passageiro, e mamãe chamou meu nome.

Ela se abaixou para olhar para mim através das portas abertas do carro.

— Você tem de contar a verdade, Ronnie. O único jeito de você se encrencar é se não disser a verdade.

O interrogatório foi no escritório da sra. Worsell. Eu só tinha estado lá uma vez, quando desafiei Esther a escrever um palavrão no quadro-negro durante o recreio. Ela ergueu uma sobrancelha e perguntou se era uma ideia tão boa assim, por que eu mesma não experimentava primeiro. A sra. Rodriguez adivinhou que tinha sido eu por causa do giz no meu short de ginástica.

Uma mulher estava sentada na cadeira da diretora. Tinha o cabelo curto que fazia com que parecesse ser um garoto e examinava a papelada com óculos de armação preta retangular. Eu gostaria de usar óculos, mas mamãe disse que não havia necessidade. A mulher sorriu para mim e disse o dia e a hora para um gravador sobre a mesa. Como mamãe, ela não tinha peito. Fez um gesto de cabeça para minha mãe enquanto dizia meu nome e o nome de mamãe, e informou que ela estava presente para o interrogatório. Havia um homem num canto, com roupas semelhantes às da mulher – calça escura, camisa branca de colarinho. A única diferença era que ele usava gravata. Ele não falou comigo, nem olhou para mim.

– Oi, Veronica – disse a mulher.

– Oi.

Tive a sensação de que não poderia pedir a essa mulher que me chamasse de Ronnie. Olhei para mamãe, e ela sorriu para mim.

– Sou a sargento investigadora Sarah Michaels, mas você pode me chamar de Sarah. Eu estava querendo lhe fazer algumas perguntas. Mas, antes disso, preciso saber uma coisa: você sabe o que é uma mentira?

Fiz que sim. Pergunta idiota.

– Você e sua mãe vieram aqui de carro hoje, estou certa?

Fiz que sim.

– Logo, se eu dissesse que vocês vieram aqui a pé hoje, isso seria uma mentira, não é?

– Sim.

– E se eu amanhã lhe perguntasse como vocês vieram aqui, o que você responderia?

— Que vim de carro?
— E se você não se lembrasse?
— Do quê?
— Se você não se lembrasse de como chegou aqui, o que você faria?
— Eu ia perguntar à mamãe. — Essa mulher era meio pateta?
— Só estou dizendo que você não precisa responder, se não se lembrar. Você pode simplesmente dizer *não me lembro*.
— Ah, certo.
— Então, ouvi dizer que Esther é sua melhor amiga. — Como não respondi, ela continuou: — Como é ela é?
— Ela é divertida, de verdade. — Olhei direto nos olhos da mulher. Ela precisava saber esse dado importante sobre Esther.
— Por que ela é divertida?
— Ela sabe imitar vozes e sai pulando e se contorcendo na sua frente até você rir.
— Ela parece incrível — disse a investigadora.
Concordei.
— Ela é.
— Esther alguma vez falou sobre o pai e a mãe? — perguntou.
— Falou.
— O que ela disse sobre eles?
— Bem, só coisas normais. A mãe dela se preocupa muito com ela.
— Com o que a mãe de Esther se preocupa?
— Com tudo — respondi.
— E o pai dela?
— Ele não se preocupa tanto, mas grita muito mais do que a mãe.
— E por que ele grita?
— Esther é muito esquecida, ou ela não ouve quando você chama pela primeira vez. Às vezes, isso deixa ele zangado. — Hesitei. Olhei para minha mãe, que estava olhando para a investiga-

dora. – O pai de Esther entra no vestiário da piscina e grita com a gente quando a gente demora demais.

– Ele entra no vestiário das meninas? – ela perguntou.

– Hum-hum. Na última vez, uma das mães mandou ele sair, e ele se irritou com aquilo.

A mulher estava escrevendo alguma coisa no caderno.

– Sabia que as lhamas cospem umas nas outras quando brigam? – perguntei. – É assim que elas resolvem os problemas delas. Só que não consigo descobrir como se *vence* uma briga de cusparadas.

– Não – ela disse. – Eu não sabia.

Eu queria ter dito mais sobre Esther para a investigadora. Que seus pais se preocupavam demais com ela, que não percebiam que ela, de fato, podia fazer qualquer coisa. É claro que eu não poderia ter dito que eu às vezes fingia que o pai de Esther era *meu* pai quando ele nos levava e nos buscava da natação. Como ele me chamava de "menina das lhamas" e sempre adorava quando eu tinha algum fato novo sobre as lhamas para contar. Até mesmo seus eventuais silêncios e sua raiva – aquele estranho fenômeno masculino – não chegavam a ser assustadores, e sim, fascinantes.

Certa vez, numa carona para casa, quando o pai de Esther estava contrariado com a enorme demora dela para sair do vestiário, eu tinha curtido fazer o papel da filha obediente, mandada lá dentro para apressar Esther. Eu não tinha transmitido para a polícia como foi empolgante quando ele veio atrás de mim. Ficou ali parado no vestiário da piscina, com os dedões peludos que mal cabiam nos chinelos de dedo, a pele branca de um tornozelo que geralmente ficava escondido dentro de uma bota de trabalho. Aquela coisa de ser homem era estranha. Eu não sabia bem como entender direito.

Mais uma coisa que dava um pouquinho de magia a Esther – ela ser a origem de todo esse alvoroço.

* * *

Depois da entrevista, mamãe me fez esperar do lado de fora. Não demorou muito, e a investigadora acompanhou-a até a varanda. Quando ela voltou a entrar no escritório, minha mãe tirou da bolsa um pacote de salgadinhos de milho com queijo.

– Sei que tudo isso deve ser bem apavorante, Bup – ela disse.

Andamos até o carro, e me acomodei no banco do passageiro. Foram necessárias algumas tentativas para o carro ligar.

– Droga – disse mamãe, com um sorriso para mim. – Sorte que já encomendamos o Lamborghini.

Mamãe dizia que tínhamos um Lamborghini encomendado desde quando eu era pequena o suficiente para acreditar.

Enquanto o motor engasgava até ganhar vida, eu só conseguia pensar nas coisas que Esther e eu deveríamos fazer juntas. Queríamos conseguir atravessar a piscina de uma extremidade à outra num único fôlego, antes do final do verão. Queríamos descobrir aonde o marido da sra. Rodriguez tinha ido parar. Tínhamos um plano de libertar o cachorro do hotel que sempre se podia ver da rodovia, de aparência magricela e triste, e, de algum modo, convenceríamos os pais de Esther a permitir que ela ficasse com ele. Porque esse cachorro seria mais feliz com eles. Porque ela sempre tinha querido ter um animal de estimação só para ela. Sempre que passávamos pelo hotel, dizia *coitado daquele cachorro. E vamos dar um jeito naquele cara.* Parecia que o dono do hotel sabia o que estávamos pensando e sempre nos acompanhava com um olhar vigilante, de modo que não sabíamos quando teríamos nossa oportunidade. Mas nós esperávamos a hora propícia. No ano seguinte, iríamos para o ensino médio juntas – o que era um pouco menos empolgante do que poderia ter sido porque ainda frequentaríamos a mesma escola, apesar de que alguns dos nossos colegas de turma iriam pegar o ônibus para ir à grande escola de ensino médio em Rhodes – mas nós teríamos acesso aos laboratórios de ciências e teríamos tempos vagos; e pelo menos Esther e eu teríamos uma à outra. E talvez Lewis, também. Ainda não tínhamos conseguido descobrir para que escola os pais de Lewis o mandariam. O principal era que Esther e eu estaríamos juntas, e nós *íamos* atravessar a piscina de uma vez, e *íamos* soltar aquele cachorro; e, juntas, seríamos irrefreáveis, sempre.

Enquanto minha mãe dirigia, eu me demorava mordendo cada salgadinho pela metade, sentindo a superfície rugosa na língua. Peguei um grande, com a forma de uma maça de homem das cavernas, coberto com um fino pó laranja que grudou nos meus dedos. Eu o parti ao meio, e o pó penetrou nas minhas gengivas. Nesse momento, perdoei mamãe pelo que ela tinha ou não tinha dito no escuro do quarto de Ricky. Comi os salgadinhos um a um, e minha barriga se encheu de certeza. Esther apareceria a qualquer instante. Eles não a conheciam como eu.

Mamãe me levou junto para seu turno no supermercado. Ela queria, nas suas próprias palavras, ter um controle *visual constante*. Isso queria dizer que eu precisava ficar sentada no banco logo ali do lado de fora do supermercado, para que ela pudesse ver a parte de trás da minha cabeça do balcão.

Quando me viu, o chefe dela resmungou, carrancudo, consigo mesmo.

Eu não gostava de como os homens tratavam minha mãe. Eles sorriam demais, ou falavam com ela como se mamãe fosse uma criancinha.

Eu tinha trazido um livro de fatos sobre animais. Mamãe o tinha comprado depois que o indiquei para ela no catálogo do Clube do Livro e a atormentei por semanas. Acabou que havia somente uma página de fatos sobre lhamas, e eu já sabia todos eles, menos um. A parte de trás das minhas pernas suava e se grudava no banco.

Eu me levantei e fui entrando no mercado.

— A prenhez das lhamas dura 350 dias — falei.

Mamãe olhou de lá da prateleira que estava arrumando.

— Ui! — ela disse. — Não parece justo.

Quando minha mãe estava grávida, me esperando, nós moramos com minha tia Kath em Victoria — *porque ela tinha ar-condicionado,* mamãe sempre dizia. Ela dava a impressão de que essa era a única razão para ela ter saído de Durton, mas eu desconfiava que o assunto fosse mais complicado que isso. Às vezes, eu achava que meu pai devia ser de Melbourne. Tanta gente morava lá que parecia ser alta a probabilidade. Nós voltamos para Durton quando eu estava com apenas um ano de idade.

O chefe de mamãe passou por mim. Era um homem grande, com a pança caída sobre a fivela do cinto. Quando ele se esticava para pegar alguma coisa numa prateleira mais alta, dava para ver uma águia de bronze. Eu me perguntava se as pontas das asas não espetavam aquele seu barrigão. Se ele fosse meu pai, eu seria obrigada a deixar a cidadezinha.

— Melhor você esperar lá fora. Já vou ter um intervalo — disse mamãe.

Voltei para o banco.

— Mamãe, isso aqui é muito chato — falei, quando ela saiu pouco tempo depois.

— Eu sei, Bup. Eu a levaria para a casa dos seus primos, mas seu tio já está ocupadíssimo. Tia Shelly está dando uma força na casa da mãe de Esther.

Se vovô ainda estivesse vivo, mamãe teria me levado para lá, mas o enterro dele tinha sido em setembro. Lola, sua golden retriever, morreu dois dias depois da sua morte. Eles eram muito parecidos, vovô e Lola. Os dois cheiravam a molho de tomate.

— Não quero ficar aqui — exclamei. — É quente demais.

Ela me entregou um sorvete com a cara de um caubói e eu o ataquei, rasgando a embalagem de plástico sedoso para revelar o nariz de goma de mascar. Eles tinham arrumado o sorvete sem cuidado, e as linhas marrons e cor-de-rosa do rosto do caubói estavam deformadas. Pelo menos, o buraco da bala no chapéu estava no lugar certo.

– Ouça, vou te levar para casa, está bem? Mas você tem de me prometer que vai ficar lá e manter a porta trancada. Você pode ligar o ventilador.

Concordei, animada, chupando a bola de chiclete azul do meu sorvete. Eu estava farta do banco.

Quando chegamos, minha mãe se despediu de mim com um beijo, e eu abri a porta de casa sozinha. Entrei na sala. Ainda havia maçãs na fruteira, o jogo americano continuava empilhado na ponta da mesa de jantar. Flea estava enrodilhado numa das cadeiras. Eu o chamei, fazendo uns *pssts*. Ele saltou da cadeira e passou por mim, arrogante, ondulando o rabo caramelo. Eu queria isso demais.

Eu me atirei no nosso sofá superfofo.

A casa de Esther era melhor do que a nossa. Os pais dela eram donos da casa em que moravam. Nossa casa era *moradia subsidiada*. Descobri isso quando estava bisbilhotando uma pilha de papéis em cima do balcão da cozinha. Precisei procurar no dicionário o que significava. O relógio na parede dizia que era pouco mais de meio-dia e meia. O ventilador de teto girava. Estava ligeiramente fora de prumo, de modo que oscilava um pouco. Tudo o que fazia era passar o ar quente de um lado para o outro. Eu ainda estava chateada com mamãe por me dizer que tinham encontrado Esther. Mas também sabia que, se alguma coisa tivesse acontecido a minha amiga, eu sentiria. Meus dedos formigariam, meu nariz coçaria.

Meu pensamento percorreu todos os lugares onde ela poderia estar.

Então, me sentei de repente. Não podia acreditar que não tinha me ocorrido verificar antes.

Não tínhamos deixado bilhetes lá uma para a outra o tempo todo no verão anterior? Haveria um bilhete, e ele diria onde Esther estava. Eu precisava ir. Agora. Peguei minha mochila e pus dentro dela minha garrafa de água e um pacote de macarrão instantâneo.

Andei tanto que, preocupada, achei que tivesse deixado passar o lugar. O capim alto perto do riacho arranhava minhas pernas. Mas, então, o toco já conhecido apareceu, empoleirado num banco alto de areia no meio da água. Tentei pular por cima do canal raso de águas lentas do riacho, mas não consegui transpô-lo. Um dos meus tênis ficou encharcado. O pote de sorvete estava lá, por baixo das folhas que tínhamos posto sobre ele, encoberto nas entranhas esfareladas da árvore. Ali dentro, estavam coisas das quais só Esther e eu sabíamos. Naquele momento, estava muito claro para mim o que aconteceria. Haveria um bilhete dela – ela estaria esperando em algum lugar ali por perto – e nós voltaríamos para casa juntas, seus pais comprariam peixe com fritas para nós, e cada uma teria permissão de beber uma lata de refrigerante, e tudo ficaria perfeito. Minha mãe iria até lá com sorvete napolitano, e eu só comeria o chocolate e o morango.

Mas não havia nenhum bilhete. Lá estavam as duas metades de um pingente destinado a ser usado em duas correntes diferentes. Nós as tínhamos chamado de nossos pingentes "Melami horesgas" – porque era isso o que estava gravado no lado esquerdo e no lado direito quando separados, com as letras coloridas empilhadas umas sobre as outras. Eu fiquei com MELAMI, e Esther, com HORESGAS.

Durante muito tempo, tínhamos nos habituado a dizer coisas como *você sabe que é minha Melami Horga, certo?*, a escrever *Melami Horesgas pela vida inteira* em caligrafia caprichada nos bilhetes de uma para a outra. Por baixo das metades do pingente, havia um desenho de um pirata que eu tinha feito para Esther.

Ela não disse nada, mas eu sabia que podia ver que eu tinha decalcado. No pote, havia também duas cartas de Pokémon: um Jigglypuff e um Ponyta. Não falei em voz alta, mas perguntei ao conteúdo do pote: *Esther, onde você está?*

Tateei no bolso em busca de alguma coisa, qualquer coisa para deixar ali, e Esther saber que devia escrever um bilhete. Ela adivinharia que eu queria saber onde ela estava, que eu sentia sua falta. Eu não tinha nada no bolso, mas bem no fundo da mochila havia um pacote de biscoitinhos de ursinhos. A embalagem branca sobressaía contra o plástico azul do pote, que fechei bem e devolvi para o lugar no toco – não tinha como ela não ver. Saí andando para um local onde pudesse me acomodar direito. Ficar sentada vigiando era como ficar olhando para a torradeira depois que se baixou o pão. Era certo que Esther iria surgir de repente.

O riacho estava em silêncio a não ser pelo farfalhar das folhas. Parecia o som de alguém esmigalhando e alisando um pacote de balas de goma, sem parar. Dava para eu ouvir o calor, um zumbido grave que enchia meu corpo inteiro como o achocolatado quente enche uma caneca. Tirei o macarrão instantâneo da mochila e o comi. Uma vez, mamãe fez uma foto minha e de Esther em pé, com maiô de natação, no nosso quintal. Esther olhava ao longe, para alguma coisa atrás de mamãe. Eu estava dando meu melhor sorriso forçado para a câmera, um sorriso tão largo que parecia doer. Estávamos uma de frente para a outra, o cabelo molhado, grudado na cabeça. Os braços e pernas de Esther, magrinhos e compridos; os meus, gorduchos. Pensando na foto, quase pude senti-la ali ao meu lado. Depois, a imagem da orelha de Esther foi entrando em foco, a dobra da pele ali dentro que formava o contorno de outra orelha menor, mais pálida. Seu jeito de rir se eu soprasse nela quando sua cabeça estava de lado, talvez deitadas no chão, com nossas pernas para o ar.

De repente, me dei conta de que estava sentada ali havia algum tempo. Que horas eram? Corri para a margem. Seria mais rápido se eu voltasse correndo ao longo do riacho. Minhas costas estavam úmidas por baixo da mochila. Olhei para trás para o toco, com uma parte de mim ainda esperando ver se Esther sairia de trás dele. Nada aconteceu, e tratei de escalar o barranco com esforço. Uma ave saiu voando à minha direita, com as asas batendo de um jeito que pareceu o barulho de alguém jogando uma grande pilha de papéis no chão. O suor escorria pelas minhas costas enquanto eu corria por entre as árvores. Eu estava atrasada.

Assim que entrei pelo portão lateral, eu soube que estava encrencada. Mamãe, sentada na escada dos fundos, fumava um cigarro. Ela tinha parado de fumar quando entrei para a escola fundamental. Olhava fixamente para nossa cama elástica que ficava, bamba e enferrujada, num trecho empoeirado no meio do quintal. Flea estava sentado na escada que levava à lavanderia anexa, balançando o rabo. Meu tio Peter apareceu atrás de mamãe, com a porta de tela batendo com violência atrás dele, o telefone sem fio junto da orelha. Mamãe levantou os olhos e me viu. De um salto, ela estava de pé, jogando o cigarro no concreto. Tio Peter disse alguma coisa ao telefone e desligou.

Mamãe veio correndo pelo caminho, com tio Peter atrás.

– Veronica Elizabeth, onde *foi* que você se meteu?

– Ela está bem, Ev – disse tio Peter.

Ele pôs a mão no ombro de mamãe, talvez para retê-la, mas ela se jogou para a frente, me abraçando com tanta força que desabamos, caindo na grama morta de um lado do caminho.

– Só fui dar uma volta – disse eu.

– Você *nunca* mais me faça uma coisa dessas! – rosnou mamãe. – Nós combinamos que você *ficaria em casa*. – Estávamos de joelhos, e ela me segurava pelos ombros.

Ela grudou o rosto na minha camiseta.

– Ela está bem, Ev – tio Peter repetiu. – Ela está bem.

Tio Peter se ajoelhou, pôs uma das mãos na minha cabeça e a outra no ombro de mamãe mais uma vez.

– Tudo está bem, Ev. Ela está bem. – Meu tio levantou as sobrancelhas ruivas e sorriu para mim por cima do ombro de minha mãe. Eu sabia que ele não ia deixar que ela pegasse pesado demais comigo.

– Bom dia, meu amor. – Mamãe afagou meu cabelo enquanto punha o leite diante de mim. Manhã de domingo, na nossa cozinha.

Meus cereais matinais retiniam ao cair na cumbuca. Servi o leite e fiquei olhando enquanto as trouxinhas desbotadas flutuavam acima da superfície, e eu as empurrava com as costas da colher para que absorvessem parte do líquido e afundassem. Flea ziguezagueou entre as pernas da cadeira, um tubarão peludo. O trilho caramelo das suas costas se arqueou, afastando-se de mim, quando me curvei para afagá-lo, de modo que rocei no ar cheio de penugem.

– Você sabe que te adoro mais do que biscoitos, não sabe? – Mamãe olhava para mim com um ar meloso, do outro lado da mesa.

– Desculpa por ontem – falei.

O recheio de uma das trouxinhas de trigo estava grudado num molar lá no fundo. Deveria ter o sabor de "amora-preta", mas eu nunca tinha comido uma amora-preta, e não poderia dizer se o gosto era parecido.

– Eu entendo, Bup – disse mamãe, servindo leite na xícara de chá.

– Vou ter de ir ao trabalho com você hoje? – Eu não estava a fim de mais um dia no banco, mas achei que era o que merecia.

– Não. O tio Peter ligou de manhã cedo. Ele tirou alguns dias de licença e perguntou se você gostaria de ir à piscina com seus primos.

– Legal. A tia Shelly vai também?
– Não, ela ainda está na casa de Esther. Não que fizesse alguma diferença ela estar junto. Ela é da família, Bup. E preciso que você se comporte hoje.
– Eu prometo. – Enfiei um monte de cereal na boca antes que as trouxinhas ficassem moles demais.
Mamãe sorriu para mim. Já fazia um tempo que eu não me arriscava, e resolvi tentar logo de uma vez.
– Mamãe, você vai me contar quem é o meu pai?
Era um risco fazer a pergunta logo depois de me meter em tamanha encrenca, mas talvez ela estivesse com a guarda baixa.
Ela suspirou.
– Já lhe disse, Bup, ele não é ninguém. Ninguém com quem você precise se preocupar. – Ela se levantou, entrou na cozinha, e a conversa estava encerrada.

Mamãe me deixou na casa de tio Peter, dizendo que me apanharia na piscina depois do trabalho, para ele não precisar mudar seu trajeto. Fiquei sentada no sofá de veludo cotelê marrom na sala de estar. Demorou um tempão para todos se aprontarem. Mamãe já estava trabalhando havia umas duas horas quando nós finalmente saímos para a piscina.
Tio Peter deixou que eu me sentasse no banco da frente da sua grande van verde. Pude ouvir meus primos mais velhos se queixando atrás enquanto eu afivelava o cinto de segurança.
Tio Peter piscou um olho para mim e disse:
– O chefe não gosta que eu tire folgas assim, mas ele que se dane! – Como eu não disse nada, ele prosseguiu: – Você deu um baita susto na sua mãe ontem.
Concordei, sem falar.
– Está calada hoje, hein? – disse ele. – Você não é assim!
Ele começou a me fazer cócegas. Tentei amarrar a cara para que parasse, mas ele conhecia meu ponto fraco no lado esquerdo, e eu me derreti em risadas a contragosto.

Ele sorriu.
— Assim está melhor.

Fui atrás dos meninos mais velhos quando entramos no prédio baixo de tijolos que abrigava a cantina da piscina. A mulher do velho que dava as aulas de natação pegou minha moeda de dois dólares e acenou para eu passar pela roleta. Tentei me lembrar de alguma vez que eu tivesse vindo à piscina sem Esther e não consegui. Tio Peter montou acampamento na área mais distante, à sombra das árvores. Ele sacudiu a toalha, acompanhando-a com os olhos enquanto ela flutuava até o chão. Meus primos espalharam suas toalhas ao redor, dando berros estridentes uns com os outros. Entrei de mansinho na água e nadei até o meio da piscina, que ali era funda demais para os primos menores e não interessava aos maiores, que preferiam o lado mais fundo.

    Pratiquei o movimento através da água como um golfinho, juntando bem minhas pernas e as empurrando para cima e para baixo. Esther sempre tinha sido melhor do que eu nisso. Depois de um tempo, deixei que as pernas se abrissem e simplesmente mergulhei até o fundo para voltar a subir como uma rolha, sentindo o ar nos pulmões sair pelo nariz num forte sopro. Lewis e eu nunca íamos à piscina só nós dois. Uma vez, ele tinha ido à minha casa jogar UNO comigo e com Esther. Estar com Lewis no meu quarto tinha sido menos emocionante do que eu tinha imaginado. Eu achava que o fato de não termos nos tornado mais íntimos estava relacionado à intensidade dos nossos sentimentos um pelo outro, do jeito que é incômodo ficar perto demais de uma fogueira. Mas, quando eu estava *com* ele, era difícil ter convicção da ligação singular e inabalável que em outras situações eu tinha certeza absoluta de compartilharmos. Naquela tarde, ele nos disse que jogávamos UNO com as regras erradas e me acusou de roubar. No dia seguinte, levei um recreio inteiro para desculpá-lo. Não que ele tivesse pedido perdão; ele não era assim. Na verdade, ele percebeu meu silêncio e me fez perguntas, de modo que eu soube que estava arrependido.

Eu subia e descia dentro d'água, irrompendo pela superfície, desejando que Esther ou Lewis estivessem ali para me ver. Pensei em como, num rebanho de lhamas, a posição de um dos animais no grupo pode mudar a qualquer momento. Elas têm briguinhas que fazem com que subam ou desçam na hierarquia social. Às vezes, me preocupava porque Lewis conseguia fazer Esther se dobrar ao meio de tanto rir. Ele gostava de fazer piadas às minhas custas, o que eu considerava um sinal de intimidade, prova da nossa ligação. Às vezes, doía quando Esther ria, mas eu podia me dar ao luxo de ser generosa porque era Lewis o agregado, o de fora. Eu tinha certeza de que o amava. Ele me dava arrepios – os dois davam, Lewis e Esther, mas Lewis era um *garoto*. Concluí que eu podia estar acima daquilo tudo, que podia deixar que ele zombasse de mim e saísse impune.

Ouvi tio Peter me chamar para almoçar. Ele usava calção de banho largo, as coxas brancas como leite acima dos joelhos. Gotejando água na toalha de piquenique, mordisquei meu sanduíche de pasta de extrato de levedura e queijo. Assim que terminei, voltei depressa para a água.

Eu adorava o jeito com que todos os barulhos da piscina – os gritos estridentes das crianças, os avisos do alto-falante para não se correr perto da borda – desapareciam quando se colocava a cabeça debaixo d'água. E não se sentia o cheiro do cloro quando se estava *dentro* d'água. Eu sabia que crocodilos tinham dois pares de pálpebras – eles mantinham um par fechado para não deixar a água entrar nos olhos quando mergulhavam. Será que minhas narinas tinham tampas? Um pedacinho fino que impedia toda a água de me invadir? Com os pés, usei os azulejos para dar impulso e boiar de costas, com os olhos fechados para me proteger do sol, minhas orelhas dentro d'água.

Tio Peter acenou para mim da lateral da piscina.

— Sua mãe deve estar chegando, Ronnie — disse ele, com uma das mãos nos quadris, a outra coçando o cavanhaque.

Ainda molhada, passei pela roleta e avistei o carro vermelho de mamãe, estacionado do outro lado da rua.

— Pode entrar, Bup. — Ela estava com a boca tensa, reta, quando eu abri a porta do carona.

No instante em que afivelei meu cinto, ela se afastou do meio-fio.

— Nós precisamos conversar sobre uma coisa.

Por mais ridículo que pareça, meu primeiro pensamento foi a respeito do decalque do desenho da lhama. Aquela fisgada familiar de consciência pesada me atingiu. Eu não era uma boa pessoa, como os outros eram. Eu tentava ser especial quando não era, e minha mãe sabia.

— O tio-avô de Esther foi hoje ao supermercado. Ele me disse que prenderam o pai dela. — As duas mãos de mamãe estavam agarradas ao volante quando ela fez a curva para entrar na rua principal.

A sensação na minha barriga foi como quando se tenta tirar com jeitinho alguma coisa do paneleiro e tudo desaba de uma vez só.

— Por quê? — Visualizei a sargento investigadora Michaels e seu parceiro, com suas camisas formais.

— Por causa de Esther. Porque não encontraram Esther, e acham que ele sabe o que aconteceu com ela.

— Acham que ele sabe onde ela está?

Mamãe hesitou antes de responder.

— Sim. — Ela disse a palavra como se ela merecesse uma atenção especial.

Parte de ser criança consiste em não pensar sobre como os adultos obtêm as informações. Se naquele momento ela tivesse me contado *por que* Steven Bianchi tinha sido preso, talvez as coisas tivessem sido diferentes.

Lembro-me de que me sentia muito calma. Eu sabia, é claro, que eles estavam errados acerca de Steven. Ele amava Esther tanto quanto eu. Fazia sentido para mim que mamãe acreditasse em qualquer falsidade que tivessem dito sobre ele. Ela estava sempre tirando conclusões precipitadas sobre os homens. Certa vez, ela vociferou contra o vendedor de pirulitos, que só estava me ajudando a amarrar o cadarço do sapato. A escola inteira viu.

Seguimos o resto do trajeto até nossa casa em silêncio. Mamãe estava usando uma camiseta preta desbotada da loja de departamentos. Os ombros tinham um matiz de laranja por ficarem tempo demais secando ao sol. Ela tinha o cheiro de mamãe, a mistura característica do seu desodorante, de chá com leite e biscoitos de menta. Ela parou na entrada de carros, e ficamos sentadas ali dentro. O calor se infiltrava apesar de o motor estar funcionando e o ar-condicionado, ligado. Eu não queria descer do carro. Tinha a sensação de que alguma coisa se encerraria quando meus pés tocassem no chão.

Mamãe se virou no banco. Ela fixou os olhos nos meus para eu saber que aquilo era importante.

– Sei que você a ama, Bup. Sei que ela é sua melhor amiga. Sei que isso não deveria estar acontecendo. Mas sou sua mãe e é minha função manter você em segurança. Algumas pessoas podem achar que você é criança demais para eu lhe contar isso, mas eu acho que você tem idade suficiente para saber. Prenderam Steven porque... porque acham que ele pode ter feito algum mal a Esther.

Uma imagem de Esther daquela vez em que fomos jogar boliche de dez pinos, e ela lançou a bola com tanta força que saltou por cima dos batentes e derrubou os pinos da pista errada. Ela ficou com uma cara de quem tinha feito uma travessura, mas também estava meio orgulhosa. Cobriu a boca com a mão e riu.

– Preciso perguntar, Ronnie... – Mamãe me encarava, atenta. – O pai de Esther, alguma vez, fez alguma coisa que fez você se sentir...constrangida? Alguma coisa que você não gostou?

— Mamãe! Não! — Eu fiz que não com veemência.
— Certo, Bup. Eu precisava perguntar.
— Eles... — Não consegui terminar a pergunta. Mamãe esperou que eu tentasse de novo. — Eles sabem onde ela está?
— Não. É o que estão tentando descobrir.

Comecei a chorar. Eram lágrimas de alívio. Eles não sabiam onde ela estava e isso queria dizer que ela ainda estava viva. Mamãe estava errada acerca de Steven; eles todos estavam.

Mamãe me abraçava enquanto eu chorava. Ela afagava meu cabelo e deixou que eu molhasse sua camiseta inteira. E, a certa altura, nós duas estávamos nos embalando. Mamãe deve ter usado a mão livre para girar a chave na ignição, porque o motor desligou com um tremor. Nós ficamos ali, ainda nos embalando, até o calor dentro do carro se tornar insuportável.

A polícia estava procurando por Esther e ainda não a encontrara. E agora Steven estava com problemas. Ocorreu-me que eu precisava falar com Lewis na segunda. Ele poderia me ajudar a bolar um plano melhor. Minha ida ao riacho tinha sido um erro infeliz, mas ninguém conhecia Esther melhor que eu. No forno daquele carro, compreendi, com meu corpo inteiro, que teria de ser eu quem a traria de volta para casa.

SARAH

Sábado, 1º de dezembro de 2001

O proprietário do Hotel Horse and Cane mantinha seu cachorro acorrentado atrás dos quartos – um *kelpie* australiano da cor de um carro velho abandonado ao tempo para enferrujar. A sargento investigadora Sarah Michaels tinha levado ao animal um pouco do bolinho seco do posto de gasolina que ela não tinha conseguido engolir como café da manhã. O cachorro tinha a cara estreita, de cor avermelhada, e a energia agitada, irritada. A corrente em torno do pescoço era grossa e estava preta onde o galvanizado estava desgastado. Ele devorou o bolinho, mas deu alguns passos atrás quando terminou de comer. Tinha aquela atitude cautelosa, desconfiada, de um animal acostumado a levar um chute inesperado, sem nenhum motivo. Seus olhos acompanharam Sarah quando ela se sentou para repassar a programação de interrogatórios do dia. O ar estava seco. O mato baixo amarelo e a terra batida de um laranja claro se estendiam a partir da varanda do hotel, realçados por um céu totalmente azul. Nenhum som além dos tinidos da corrente do cachorro.

Seu celular tocou.

– Boa quantidade de pele e cabelo da menina – disse a funcionária da medicina legal na outra ponta da linha, uma mulher com quem Sarah não tinha trabalhado antes.

– Bem, é o carro do pai dela. Encontrou sangue?

— Nada do tipo. Estamos trabalhando aqui a noite inteira e não encontramos sangue em nenhum dos carros.

— E quanto ao sapato? — perguntou Sarah.

— Também nenhum sangue. É claro que o DNA dela estava em todos os cantos. Só que nós encontramos uma quantidade significativa de DNA de outra pessoa.

— Algum parente?

— Não, esse é o único ponto de que podemos ter certeza. Quem quer que seja, não se trata de um parente de Esther Bianchi. Mas, a essa altura, é só isso que posso lhe dizer.

— E vocês compararam a amostra de Esther Bianchi com a de Steven Bianchi? Nós temos certeza de que ele é de fato o pai dela?

A mulher deu um suspiro.

— Esse teste não foi um dos que me pediram que fizesse. Só me pediram para procurar uma semelhança com um parente de sangue no sapato.

— Mas vocês têm uma amostra do sr. Bianchi, certo? Quando ela vai poder ser processada? Gostaria de receber esse resultado o mais rápido possível.

A mulher bufou alto e pediu a Sarah que esperasse na linha. Sarah ouviu o tamborilar do teclado do computador. Os patologistas e peritos dos programas sobre crimes que Amira apreciava tinham muito mais iniciativa do que os da vida real.

— Pedido registrado — disse a mulher, e desligou.

O cachorro veio se aproximando dela. Quando chegou ao limite da corrente, parou e rosnou. Alguma coisa no seu jeito de baixar a cabeça lhe disse que deviam se preparar para um dia de calor causticante.

Sarah encostou na lateral do Commodore branco, esperando que Smithy surgisse do seu quarto no hotel. Eles iriam à escola fazer interrogatórios. Ela já estava acordada havia horas, dando telefonemas, trabalhando na sua lista. Nunca tinha confiado nos palpites e superstições dos homens mais velhos com quem tinha trabalhado na polícia. Gostava de anotar as ideias no papel: ver os passos seguintes organizados num caderno a tranquilizava. Escreveu um lembrete para fazer uma ligação de acompanhamento acerca da amostra de DNA de Steven Bianchi.

O ar de esperança no rosto de Constance Bianchi na noite anterior não parava de voltar ao primeiro plano nos pensamentos de Sarah. "É dela", Constance dissera, quando Sarah lhe mostrou o sapato, depois que Steven já estava a uma distância segura, no banco traseiro do carro. Constance aninhou o sapato que estava no saco plástico como se sua filha fosse se materializar ali: um gênio saído de uma lâmpada de formato esquisito.

Sarah balançava os pés no asfalto. Seu braço coçava devido à queimadura de sol, e a pele logo descascaria. Ela abotoou a manga da camisa e resistiu ao impulso de coçar. Não fazia ideia do motivo para Smithy estar demorando tanto.

O sargento instrutor de Sarah costumava dizer: *Dá para você desarrumar uma coisa arrumada, mas não dá para "deslascar" uma coisa lascada.* Ele queria dizer que se deveria estar pronto para desarrumar uma ideia, não mantê-la arrumada só porque parece organizado e conveniente; mas há certas coisas que só se tem a oportunidade de fazer uma vez. Mentes desarrumadas, acontecimentos intactos – era isso que ele lhes havia dito que almejassem. Sarah pensou em Amira. *Você sente tanto medo o tempo todo,* Amira dissera. *Esse trabalho está te prejudicando.* Mas era Amira que se recusava a falar aos pais sobre Sarah. E isso, por acaso, não era medo? *Eles não vão entender. Não faz sentido. Não insista.* No fundo, era só sobre isso que elas brigavam, o trabalho e os pais.

Smithy apareceu, erguendo a mão para Sarah num gesto de desculpas, antes de se acomodar no banco do motorista. Seu nariz estava inchado da noite anterior, mas ele já tinha tirado o curativo. A explosão de Steven tinha lhes concedido algum tempo – agora podiam mantê-lo sob custódia. Não pela primeira vez, Sarah pensou em perguntar a Smithy o que ele tinha dito a Steven. E, não pela primeira vez, calculou que seria melhor se não soubesse.

Quando Sarah entrou no carro, Smithy estava afivelando o cinto de segurança. Ela fez o mesmo. Alguns policiais tinham uma atitude displicente quanto a cintos de segurança, mas eles dois já tinham trabalhado na patrulha rodoviária: Sarah na sua primeira nomeação ao sair da academia, e Smithy antes de deixar a Austrália Ocidental. Ambos tinham visto um monte de gente que estava usando o cinto, mas que tinha morrido ainda assim – um cinto de segurança não ia ser muito útil se você batesse numa árvore a cem quilômetros por hora, Sarah sabia disso melhor do que a maioria –, mas eram os que não usavam o cinto que acabavam espalhados aos pedaços ao longo da rodovia. Se precisasse morrer, ela queria estar inteira. Um bom golpe violento na cabeça, para você poder apagar antes de saber o que estava acontecendo.

Um ar morno soprava pelas aletas de plástico preto no painel.

Sarah virou a cabeça para ver se o caminho estava livre quando Smithy foi entrando na rodovia.

– Nós nunca vamos conseguir uma condenação só com o sapato – disse ela, ansiosa para expressar o pensamento que vinha quicando para lá e para cá na sua cabeça desde que tinha acordado às quatro naquela manhã. – Nenhum júri irá acusá-lo sem o corpo.

– Kinouac vai estar sob muita pressão com esse caso – respondeu Smithy. – As reportagens saem nos jornais hoje.

Como que para ilustrar o que ele dissera, Sarah avistou uma equipe de televisão do lado de fora da escola. Uma loura falava em um microfone, com o portão da frente da escola no enquadramento. Repórteres de Sydney tinham chegado. Nunca se podia ganhar com a mídia. A polícia era castigada quando as coisas davam errado e premiada com o silêncio quando davam certo.

Ela imaginou seu superior sentado no escritório, jornais espalhados à sua frente.

— Seria de esperar que as pessoas se cansassem desse tipo de matéria — disse ela.

— Cativante, não acha? — retrucou Smithy, com os olhos fixos na estrada.

— O quê?

— Menininhas que desaparecem. As fotografias delas acabam no colo de algum sacana maluco em sua sala de estar, a quem ocorre a ideia de que uma menina é algo que se pode pegar. Se os jornais pelo menos nos deixassem fazer nosso trabalho, esse tipo de merda não aconteceria.

Sarah sabia que Smithy acompanhava os jornais e os noticiários. Era uma das razões para ela não precisar fazer isso.

— Você acha mesmo? — perguntou ela.

— Não, pode ser que não. Sempre haverá sacanas malucos. Quer dizer, *ele* é o pai dela. Mas eles não ajudam, esses repórteres. Só incentivam o fascínio.

— Nós ainda não podemos ter certeza de que foi Steven.

Smithy soprou o ar pelo nariz, do mesmo jeito que Amira fazia quando Sarah escolhia um filme entediante.

Quando Smithy e Sarah chegaram à escola, a diretora estava à espera deles. Ela era sua primeira entrevista do dia. Eles cobriram os mesmos assuntos que tinham abordado no dia anterior ao telefone, desta vez para registrar.

— O que pode me dizer sobre Veronica Thompson? — perguntou Sarah, depois que tinham conversado sobre Esther, que era uma *boa criança, embora um pouco rebelde.*

— Bem, ela é uma boa criança também. Um pouco sabichona. Melhor amiga de Esther. Mora com a mãe, Evelyn Thompson.

— Quem é o pai de Veronica? — Essa parte da ficha escolar de Veronica fora deixada em branco.

– Ninguém sabe. Evelyn saiu daqui sem dizer nada e, quando voltou, Ronnie estava com um ano. Todos sempre a chamaram de Ronnie. Até eu a chamo assim, devo confessar.

Ela hesitou, e Sarah pôde ver que estava pensando na palavra "confessar" e em por que a usara. Falar com um policial era um pouco parecido com falar numa linha telefônica que devolve um eco do que você acabou de dizer: tudo parece amplificado e estranho.

– Evelyn está saindo com alguém agora? – perguntou Sarah.

– Não. Se estivesse, saberíamos. – Percebendo a sobrancelha de Sarah arqueada em surpresa, a diretora continuou. – Quer dizer, esta é uma cidade pequena.

– Mais alguma coisa que eu deva saber? – perguntou Sarah.

A diretora fez que não.

Veronica Thompson era uma criança rechonchuda, com o cabelo de um ruivo agressivo que escapava ao controle apesar da óbvia tentativa de forçá-lo a ficar arrumado num rabo de cavalo. Sua mãe era magra, vestia jeans com uma camiseta branca fina e uma camisa masculina de flanela jogada por cima, desabotoada. Sarah não pôde deixar de perceber que ela não estava usando sutiã. Seu cabelo era como o da filha, mas com a cor menos intensa. Pequena e de aparência forte, havia alguma coisa delicada nela, como há em alguém que patina no gelo. Ela mantinha o queixo baixo e seu olhar varria a sala, em busca de ameaças. Sarah podia ver que seus olhos teriam cores diferentes sob outra iluminação. Eram assim os olhos da primeira mulher que Sarah tinha amado. Ela estremeceu por dentro. Essa não era a hora de botar o olho na mãe de alguém que interrogaria. Tratou de concentrar o pensamento na tarefa em questão. Estavam fazendo os interrogatórios no escritório da sra. Worsell, uma das poucas salas na escola com ar-condicionado. Cheirava àquelas balas duras que se compram em latas redondas na farmácia. Sarah percorreu com a garota a sequência dos acontecimentos do dia. Sarah fingiu se confundir acerca do que tinha acontecido, e Veronica a corrigiu nos momentos certos. O que Veronica disse batia com tudo que já dissera a Mack, e com o que a diretora havia dito.

Durante o interrogatório, Sarah pensou em outras crianças com quem tinha falado, em outras escolas. Nos seus tempos no departamento de Proteção à Infância, ela costumava fazer o primeiro interrogatório numa sala de aula. Não havia como um possível agressor saber que alguém tinha conversado com a criança. *Além da sua mãe, você não precisa contar a ninguém que você falou com a polícia hoje. Você não está encrencado(a). Você se comportou bem. Você tem muita coragem.* Ela tinha ficado especialmente impressionada com um menininho por seu grave gesto de "sim", uma criança precocemente amadurecida, assumindo em silêncio mais um segredo. A mãe do menino estava pálida de tanta tensão, sentada num canto da sala numa imitação contorcida de despreocupação, lágrimas escorrendo mudas pelo rosto.

Havia alguma coisa na atitude da mãe de Veronica Thompson ao observar a filha que fez Sarah pensar naqueles interrogatórios em outras escolas. Evelyn Thompson tinha uma postura como se escutasse a leitura de provas contra ela num tribunal. Também estava claro que era uma boa mãe. A facilidade com que Veronica conversava com adultos bastava para demonstrar isso.

Ao final do interrogatório, Evelyn disse:

— Bup, por que você não espera lá fora um instante? Já vou sair.

Sarah notou que Veronica queria reclamar, mas Evelyn a silenciou com um olhar. Não era um olhar de raiva, nem agressivo, mas a garota baixou a cabeça e saiu.

Evelyn voltou-se para Sarah. Os olhos de Evelyn tinham se fixado num tom de avelã, com floquinhos dourados. Seu rosto estava corado e sem maquiagem, e o nariz e as bochechas eram salpicados de sardas. Ela era uns vinte centímetros mais baixa que Sarah.

— Só espero que vocês estejam fazendo tudo o que for possível para encontrar Esther. Ela é tudo para Ronnie.

— Posso garantir que estamos — afirmou Sarah. Havia no ar um leve cheiro de talco.

Evelyn a encarou nos olhos.

— Espero que sim.

Sarah olhou para Smithy, ignorado num canto da sala, tentando esconder um sorrisinho por trás do bigode.

— Como você entendeu o que ela disse sobre Steven Bianchi, em relação ao fato de ele entrar no vestiário? — perguntou Sarah.

— Ronnie adora o pai de Esther. A coitadinha é louca por uma figura paterna, eu acho. — Como se percebesse que tinha se revelado demais, Evelyn acrescentou: — Creio que ela não se deu conta da impressão que causou.

— Você alguma vez se preocupou com Steven Bianchi? — indagou Sarah.

— Veja bem, eu me preocupo com a maioria das pessoas, quando se trata da minha filha. Mas deixo que ele leve Ronnie à piscina porque ela gosta dele e confio nele. Essa é a verdade.

É claro que Evelyn ainda não sabia que Steven Bianchi tinha sido detido. Sarah estava tentando manter isso em sigilo tanto quanto fosse possível.

Quando Sarah e Evelyn saíram do ambiente com ar-condicionado da sala, o calor as comprimiu, pegajoso e musculoso, como uma cobra se enroscando em torno da presa. O sol batia forte na varanda, e Sarah ficou grata porque as mangas compridas da camisa cobriam sua queimadura de sol.

— Obrigada por ter vindo — disse Sarah, cumprimentando Evelyn, que estava tentando alisar o cabelo da filha.

O cheiro de giz do talco permaneceu na sala. Sarah anotou no caderno o que Veronica Thompson tinha dito acerca de Steven Bianchi e traçou um triângulo ao lado. O sargento de instrução de Sarah sempre dizia que era importante conversar com você mesmo por escrito. *É o que nos diferencia dos animais, nossa capacidade de fazer anotações para nós mesmos, de armazenar informações fora do corpo. Essa é a diferença entre nós e a droga dos macacos.* Sarah usava triângulos porque eles eram de fácil visualização quando ela folheava páginas de anotações e porque eles a faziam pensar em conspirações, em coisas complexas, às escondidas.

Sem pensar, Sarah tirou o telefone do bolso e ficou olhando para a telinha verde. Sentiu o peso na mão e pensou mais uma vez em apagar o número de Amira. Muito embora esse fosse um ato, em grande parte, simbólico – ela sabia o número de cor –, talvez abalasse alguma coisa, soltando-a, liberando aquela parte da sua mente que insistia em voltar para Amira e remoer como tudo tinha terminado.

Depois de interrogarem as crianças com quem Sarah mais queria falar – as meninas e professores que tinham estado com Esther nos últimos minutos antes de ela sair da escola, um garoto que lhes disseram que ficava com Esther na hora do almoço – a investigadora conferiu suas anotações. *Ligar para Constance Bianchi, dar notícias.* Não tinha parecido necessário escrever esse lembrete, mas ela estava satisfeita de tê-lo feito. Sarah se orgulhava de manter a família a par dos fatos. Essa era uma prioridade ainda maior, considerando-se que o marido de Constance estava agora detido. Sarah foi relembrada de que precisava registrar tudo externamente. Quando algo era tão importante que ela achava que não era necessário anotar, era quando as coisas acabavam dando errado. No carro, teclou o número dos Bianchi. O telefone foi atendido de imediato.

– Alô, sra. Bianchi. Aqui é a sargento investigadora Sarah Michaels.

– Alguma notícia?

Dava para Sarah ouvir o desespero na voz da mulher.

— Nada a relatar, infelizmente. Só estou ligando para verificar. Tudo bem por aí?

— Sim, mas ...

Sarah se preparou para o que estava por vir. Constance ia querer saber mais acerca do que Steven tinha dito no interrogatório, e Sarah não podia lhe contar. Ela também estava decidida a evitar falar sobre os momentos que tinham levado ao soco.

— Com certeza você tem algumas perguntas a me fazer, Constance — ela começou —, mas devo avisá-la de que há certos pontos que não posso abordar. O mais importante a dizer é que ainda não acusamos seu marido de nada relacionado ao desaparecimento da sua filha...

— Vocês podem vir aqui? — Constance a interrompeu. — À minha casa? Tem uma coisa que preciso lhes dizer.

— É claro que sim. Estamos a caminho — disse Sarah, erguendo as sobrancelhas para Smithy, que já estava corrigindo o trajeto.

O Toyota de Constance Bianchi tinha sido examinado e devolvido a ela. Estava parado na entrada de carros quando Sarah e Smithy chegaram.

— Obrigada por terem vindo — disse Constance enquanto Sarah e Smithy se sentavam na sua sala de estar.

— Sem problema, sra. Bianchi.

— Por favor, pode me chamar de Constance.

— Você disse que tinha alguma coisa a nos contar — começou Sarah.

— Tenho. — A mulher hesitou, como se estivesse procurando pelas palavras certas. — Vocês precisam falar com Shelly Thompson sobre o meu marido. Sobre uma coisa que ele fez.

Sarah e Smithy trocaram olhares.

— Pode nos dar uma ideia do motivo pelo qual deveríamos fazer isso? — Sarah fez a pergunta com a máxima delicadeza possível.

– Ela acabou de sair. – Constance olhou para Sarah. – Mas acho que é uma coisa que vocês deveriam saber.

– Alguma coisa que aconteceu na sexta-feira?

– Não. Só falem com ela, por favor.

– Você quer que nós vamos até lá? – perguntou Smithy.

– Sei que parece tolice, mas eu simplesmente não consegui encontrar um jeito de perguntar a ela se estava tudo bem. É ela quem deve contar a história.

Então, por que Constance tinha pedido que viessem falar com ela?

– Constance, realmente nos pouparia tempo se você pudesse nos contar com suas próprias palavras – disse Sarah. Ela se compadecia, mas, nas circunstâncias, eles já tinham uma longa lista de tarefas a cumprir.

Constance só levou um instante para decidir.

– Quando eles eram jovens, Steve fazia parte de um grupo de garotos que... que estuprou Shelly. Foi numa festa na fazenda do tio dele. Shelly estava no último ano do ensino médio.

Enquanto tentava com cuidado obter de Constance a maior quantidade possível de detalhes, Sarah procurava se certificar de que sua linguagem corporal não mudasse. No entanto, sentia o arrepio de emoção que significava que eles estavam mais perto de apanhar o culpado.

Para encontrar o caminho até a casa de Shelly Thompson, Sarah usou o mapa que Mack, previdente, lhes fornecera.

A casa era longa e baixa, feita de materiais baratos. Havia na frente um pátio largo e ressecado; e uma sapateira junto à porta de entrada estava lotada de sapatos, todos de tamanhos diferentes. Smithy bateu à porta.

A mulher alta e corpulenta, que Sarah reconheceu da cozinha dos Bianchi, a abriu. Ela levou a mão à boca.

– Está tudo bem?

— Nenhuma novidade, sra. Thompson. Só estávamos querendo falar com a senhora de novo.

— Pode me chamar de Shelly — respondeu a mulher, abrindo mais a porta e fazendo um gesto para Sarah e Smithy a acompanharem.

A casa estava escura e agradavelmente mais fresca do que do lado de fora.

— Posso lhes oferecer um chá? — perguntou Shelly.

— Não, obrigada — disse Sarah, respondendo tanto por si mesma quanto por Smithy, que decerto teria aceitado.

Sarah viu uma foto de Shelly e um homem que deveria ser o seu marido, Peter. Examinando arquivos, percebeu que ele e Evelyn eram irmãos, mas a semelhança na foto era imediata e impressionante, embora o cabelo dele ali fosse de um tom mais firme, de um louro avermelhado, um laranja flamejante.

— Onde estava seu marido na tarde em que Esther desapareceu?

— Eu lhe disse: estava em casa com os meninos mais velhos enquanto fui pegar Caleb.

— Ele está em casa no momento? — Sarah não tinha como saber se uma antiga alegação de estupro seria novidade para Peter Thompson. Um pensamento a importunava: era sua intenção verificar com Mack como havia sido o interrogatório dele com Peter.

— Não, ele está trabalhando. Está na rota de Melbourne. Em que posso ser útil?

Não fazia sentido perder tempo com rodeios.

— Constance Bianchi nos deu a impressão de achar que você talvez tivesse alguma informação que ajudaria na nossa investigação.

A mulher congelou o corpo inteiro.

Como ela não disse nada, Sarah continuou:

— A respeito de Steven Bianchi.

– Isso é assunto meu – disse Shelly. Sarah ficou surpresa com a veemência das palavras, com o início da frase quase um silvo. Shelly voltou-se para outro lado, como que procurando se recompor. – Posso entender por que Constance lhes contou, mas não é bom para mim. Não quero voltar a tocar nisso. Não tem nada a ver com o resto.

Sarah achava que tinha a ver, sim. Quando se trata de um julgamento, quaisquer ocorrências de violência sexual na ficha de Steven Bianchi ficariam fora do conhecimento do júri, algo que ela considerava muito frustrante. Era como processar alguém por furto em lojas e não mencionar que ele tinha roubado daquele mesmo estabelecimento dez vezes no passado. Mas fazia diferença quando se tratava de proferir a sentença. Cabia a ela conseguir levar o caso até esse ponto. E, para isso, Sarah precisava saber tudo o que fosse possível sobre Steven.

– Aconteceu alguma coisa entre você e Steven Bianchi?

Shelly pôs-se de pé.

– Gostaria que vocês dois fossem embora, por favor. Acabei de chegar para tomar banho, mudar de roupa e depois vou voltar para fazer companhia a Constance.

Sarah não disse nada, só ficou encarando Shelly.

– Olhe, eu faria qualquer coisa se fosse ajudar Esther. Mas, para mim, não é bom voltar àquela situação. Aprendi do jeito mais difícil. E nunca foi feita uma acusação. Não tenho como provar nada, certo?

– Nós estamos falando de uma coisa que aconteceu há quanto tempo mesmo? Eu me pergunto – disse Smithy, quando eles já estavam dentro do carro.

Sarah examinou as anotações.

– Constance disse que aconteceu quando eles estavam no ensino médio. Steven é alguns anos mais novo que Shelly.

— Precisamos voltar à escola para a próxima sessão de interrogatórios — disse Smithy. — Mas não vamos deixar isso para lá, vamos?

— Vamos fazer mais pressão, se for necessário, mais tarde. — Para Sarah, por ora, só eles saberem já bastava.

Depois de horas de interrogatórios que causaram a sensação de uma perda de tempo, Sarah e Smithy voltaram ao hotel para comer um hambúrguer. Parecia que não havia nenhum lugar aberto para almoço tão tarde assim num sábado. Enquanto comiam, eles especulavam sobre o que fazer acerca de Shelly Thompson.

— Vamos ter de voltar a falar com a sra. Bianchi — disse Sarah.

Por Sarah ser mulher, esperava-se que ela fosse melhor em conversas com crianças e mulheres, mas ela sempre tinha de se esforçar e estava cansada. Pelo menos com crianças, as mentiras costumavam ser óbvias.

— Isso está horrível — comentou Smithy, empurrando o prato. O hambúrguer estava cinza, o pão, velho. — A gente precisa resolver esse caso e se mandar desse inferno.

Sarah concordou perfeitamente.

— Eu me esqueci de lhe contar — disse Smithy. — Lembra aquele colega de Steven Bianchi que faltou ao trabalho por estar doente? Dei uma verificada, como você pediu. Acabou que ele esteve mal, sim. Deu entrada no hospital à uma da tarde naquele dia: parece que foi um caso grave de intoxicação alimentar.

— Como será que ele se intoxicou? — perguntou Sarah, jogando fora o que restava do seu hambúrguer.

Tarde de sábado, e Esther Bianchi estava desaparecida havia vinte e quatro horas. O Commodore estava estacionado junto a uma fileira de árvores que eram a única sombra perto de um açude nos arredores da cidadezinha. Sarah tinha querido falar novamente com Steven de imediato, mas Smithy argumentou que talvez fosse bom ver como a equipe de mergulhadores estava se saindo, deixá-lo cozinhando um pouquinho mais.

— Qualquer prova por aí está se deteriorando a cada instante, eles só vão transferir o Bianchi hoje à noite — ele dissera, e Sarah teve de admitir que estava certo.

Agora Smithy estava encostado numa árvore, passando a mão pelo nariz. Fazia tanto calor que, se quisesse acabar com a própria vida, Sarah só precisaria ficar dentro do carro com as janelas fechadas. Certo dia, sentada num tribunal, ela ouviu a Secretária de Saúde explicar o que teria acontecido ao corpo de uma criança de dois anos que fosse deixada num carro fechado em pleno sol. Não parecia um jeito bom de partir. Ela se lembrou de que a Secretária tinha feito uma piadinha ao falar com o guarda na saída, e Sarah sentira o impulso de agredi-la.

Por mais quente que estivesse, mesmo assim, Sarah não invejava os mergulhadores da polícia que trabalhavam nas águas escuras e turvas do açude. A equipe de mergulho estava em ação desde o início da manhã; já tinham ido a três propriedades diferentes. Com Steven Bianchi detido e sem nenhuma confissão, Sarah precisava que eles encontrassem outra coisa, qualquer coisa, que pudessem acrescentar ao sapato. Embora o mais provável que encontrassem nesse tipo de busca fosse um corpo, Sarah admitia para si mesma.

Os mergulhadores estavam na água havia muito tempo. Pelo menos, ainda podiam contar com muita luz do dia.

— A visibilidade deve estar uma droga lá embaixo — ela disse a Smithy.

Smithy se voltou para olhar para ela.

Por um instante, Sarah imaginou a pressão da água barrenta e se concentrou no som da sua respiração.

Smithy se interessou pelo assunto.

— E, de quebra, você pode trazer à tona *pedaços* de gente.

Às vezes, Sarah pensava no que ela poderia ter sido se não fosse policial. Tinha conhecido uma garota numa agência de empregos que frequentava enquanto esperava a próxima chamada para a academia de polícia. O pai de Sarah tinha acabado de morrer. Ela passou um tempo com essa garota na fazenda dos pais dela nos arredores de Canberra. Elas bebiam muito. Iam dormir muito tarde. Sarah acordava cedo com o cheiro de bosta de carneiro e com uma sensação saburrenta na própria boca. Depois, ficava sentada, de ressaca, na varanda e acompanhava sua respiração no ar frio da manhã. Os pais da garota tinham um açude na propriedade, e Sarah fixava o olhar na sua superfície, exatamente como estava fazendo agora. Ela talvez pudesse ter ficado lá, se tornado fazendeira. *Não estou interessada em namorar uma policial,* a garota disse quando se separaram. Quantas mulheres tinham dito isso a Sarah desde então? Ela perdera a conta.

Ondulações formaram uma crista na água, bordeando a superfície do açude antes de se dissiparem nas margens enlameadas. Os mergulhadores estavam subindo. Sarah e Smithy saíram da sombra, aproximando-se da beira. O par – um homem e uma mulher – emergiram do açude, o homem tirando a máscara do rosto. Ele fez que não, quando viu Sarah olhando. Ela percebeu que ele trazia alguma coisa do tamanho de um livro grosso de capa dura, num embrulho estanque, coberto com fita adesiva de alta resistência.

– Encontramos uma coisa interessante – disse o homem, exibindo o embrulho molhado.

Ele o entregou a Sarah. Lascas de plástico preto brilhoso apareciam através de frestas na fita.

– Pelo peso, aposto que são drogas – arriscou Sarah.

– Eu diria que você acertou – comentou o mergulhador.

– Estava amarrado a isso aqui. – A mergulhadora exibiu o que parecia ser uma pequena boia. Um pedaço de linha de pescar estava enrolado numa pedra que ela trazia na mão esquerda. – Quer dizer, é claro que alguém planejava reavê-lo.

    Os dois passaram por Sarah e se lavaram com a água de um reservatório provido de mangueira da sua van. A mulher tinha uma tatuagem desbotada de um tridente na omoplata direita, seccionada pela alça do maiô. Sua pele reluzia com a água do açude. Sarah se forçou a desviar o olhar.

    Depois de Sarah ter se despedido dos dois com um aceno, com Smithy lhes dando instruções rigorosas de que evitassem a comida do Horse and Cane e fossem a algum lugar à beira da estrada, Sarah avaliou o local. O açude não podia ser visto da estrada, mas não ficava assim tão longe dela. Estava claro que aquele era algum local onde drogas eram depositadas. Um sistema de transferência de drogas entre dois indivíduos sem que ninguém os visse juntos.

    Sem mais nada a descobrir no açude, Sarah e Smithy voltaram para a delegacia de Mack. Não estavam mais perto de uma solução do que haviam estado antes das buscas nos açudes da cidadezinha. Tudo o que tinham era o sapato encontrado no carro de Steven. O assunto que Shelly Thompson tinha se recusado a abordar com eles indicava que Steven Bianchi tinha um passado violento, mas Sarah não faria pressão sobre isso por enquanto. Melhor manter todos com disposição de cooperar pelo maior tempo possível. Àquela altura, havia uma possibilidade muito real de que não encontrassem mais nada. Mas as drogas representavam um desdobramento. Será que Esther poderia ter visto alguma coisa que não devia? Para Sarah, ela parecia ser uma criança cheia de curiosidade. Um roteiro se desenrolou na cabeça de Sarah. Esther voltando a pé da escola para casa. O que aconteceria se ela topasse com uma cena que não devesse ver? Alguém a mataria para impedi-la de falar? Sarah precisava conversar com Mack. Descobrir o melhor modo de seguir a perspectiva das drogas. Seu medo ainda não era o de que Esther estivesse morta, mas o de que estivesse bem viva. Mantida presa em algum lugar. Essa era a pior coisa que Sarah conseguia imaginar. E estava sempre acontecendo na droga daqueles programas de investigações criminais.

— Está pensando em que, chefe? — perguntou Smithy assim que os dois estavam dentro do carro.

Sarah ligou o motor para acionar o ar-condicionado. O sol estava começando a se pôr.

— As drogas seriam um jeito garantido de fazer dinheiro neste fim de mundo.

Com o canivete, fizera um pequeno talho no embrulho para encontrar o revelador pó branco. Estava segura de que se tratava de metanfetamina, e uma quantidade razoável, ainda por cima. O açude ficava numa propriedade desocupada, de modo que não havia um proprietário com quem falar.

— Você acha que o pai dela poderia estar envolvido? — perguntou Smithy.

— Não temos nada que nos permita ligar isso a ele, a menos que seu nome e endereço estejam em algum lugar ali dentro. — Sarah inclinou a cabeça para trás para indicar o embrulho acondicionado num grande saco plástico de provas, no banco traseiro.

— A gente podia fazer uma boa grana com isso por aí — disse Smithy, baixinho.

Quando ela se virou para encará-lo, ele deu uma risada.

— Brincadeirinha, chefe. — Ele se recostou, com um largo sorriso. — É quase fácil demais com você.

As palavras do sargento de Sarah ecoaram na sua cabeça. *Dá para você desarrumar uma coisa arrumada, mas não dá para "deslascar" uma coisa lascada.* Ela pensou em Amira, usando cocaína diante de Sarah numa festa na casa de um amigo, a provocando quando Sarah não quis experimentar. Luzinhas decorativas numa sala escura e a raiva por dentro de Sarah, num turbilhão, mesmo quando tudo o que ela queria era que Amira a puxasse para um abraço, lhe dissesse que a amava. No final, era só isso o que Sarah sempre quis: que Amira a abraçasse.

– Seja como for – disse Smithy –, pelo menos, podemos comer alguma coisa decente em Rhodes quando deixarmos isso por lá.

Sarah fez que sim. Assim que Smithy afivelou o cinto, eles partiram. Imagens de Esther, amarrada e amordaçada, giravam na cabeça de Sarah enquanto dirigia. Quando chegaram à rodovia principal e à sinalização verde e branca, Smithy mexeu as sobrancelhas e disse:

– Todos os caminhos levam a Rhodes, hein? – Sarah se recusou a lhe dar a satisfação de um resmungo.

À luz do dia, Rhodes era surpreendentemente verde, com ruas grandes e livres. Para Sarah, parecia meio vazia, impregnada com uma lentidão rural, apesar de seu tamanho e de todas as vagas de estacionamento ocupadas sugerirem que era um centro movimentado. Smithy disse que sairia à caça de alguma comida razoável para levar.

– Ótimo. Eu me encarrego disso sozinha – disse Sarah.

– É uma pena nossa equipe estar lá para o oeste naquele caso das gêmeas – comentou a jovem policial na recepção do prédio do comando em Rhodes. – Sua garota não teve sorte.

Ela sustentou o olhar de Sarah. Solidariedade feminina num ambiente de trabalho dominado por homens, ou algo mais? Os olhos da mulher eram escuros e penetrantes.

Sarah endireitou a camisa e não disse nada em resposta. A mulher não estava errada. Depois de registrar as drogas como provas e acompanhar seu transporte até a sala de provas nos fundos da delegacia, ela pediu que a jovem verificasse novamente a ficha de Steven Bianchi. Não só não havia nenhuma condenação ligada a narcóticos, mas ele tampouco possuía qualquer condenação de nenhum outro tipo. Naturalmente, qualquer registro de antes dos seus dezoito anos estaria sob sigilo.

— Gostaríamos de falar de novo com Steven Bianchi antes que ele seja transferido — disse Sarah.

— Sem problemas. — A jovem já estava em pé, com as pernas esguias sob a sarja de algodão azul-escuro, que se afunilava até as botas pretas da farda.

A segunda conversa com Steven Bianchi não foi mais proveitosa do que a primeira. Sarah falou com ele sozinha. As juntas na sua mão direita estavam arroxeadas, contundidas pelo soco dado em Smithy. Ele ficou totalmente calado por alguns minutos, se pronunciando apenas para exigir que chamassem seu advogado.

Quando voltou ao carro, para encontrar Smithy encurvado sobre uma embalagem gordurosa de hambúrguer, com um suco da cor de beterraba escorrendo pelos pulsos, Sarah escreveu *Relação com drogas?*, ao lado de uma página no caderno que perguntava *Ligação com o caso das gêmeas desaparecidas?*. Ela escrevia a mesma pergunta na parte inferior de cada página: *Qual é a ligação com Steven Bianchi?*

— Estamos atrás de uma menina desaparecida, não de drogas — disse Smithy, deixando clara sua posição quanto à questão, na cozinha de Mack naquela noite, depois de Sarah ter explicado a Mack que sua recente prioridade seria descobrir como as drogas foram parar no açude.

— Numa cidadezinha tão pequena, alguém deve saber o que está acontecendo — disse ela. — E a probabilidade de que os dois fatos estejam associados é mais do que razoável.

Smithy estava de braços cruzados e demonstrava não estar nem um pouco impressionado com a concentração dos esforços nesse tópico, mas a investigação era dela.

— Vocês podiam perguntar a Evelyn Thompson — sugeriu Lacey. Sarah não a tinha visto na entrada da cozinha. Lacey estava encostada no batente da porta, balançando um braço longo e bronzeado. — Ela está limpa há muito tempo, ao que eu saiba. Mas houve uma época em que não estava...

Sarah achou difícil visualizar Evelyn Thompson, graciosa e senhora de si, como usuária de drogas. Pensou na camisa de flanela de tamanho exagerado que Evelyn estava usando apesar do calor. Ela teria coberto marcas de drogas injetáveis.

— Mais alguma ideia? — Sarah olhou para Smithy e Mack.

Os dois deram de ombros.

Sarah ligou para Evelyn Thompson. Já passava das onze de uma noite de sábado, de modo que Sarah estava pensando em deixar uma mensagem numa secretária eletrônica, mas Evelyn atendeu. Disse que precisava trabalhar no dia seguinte, mas estava em casa naquele momento, e a filha estava dormindo. Se Sarah pudesse ir lá, estava disposta a responder a qualquer pergunta. Smithy estava organizando a papelada, e o dia já tinha sido cheio para Mack, que vinha trabalhando com uma enorme lista de interrogatórios: todos os homens da cidadezinha que tinham um carro, e por lá você precisava ter carro. Logo, Sarah foi sozinha. Esperava não estar perdendo tempo.

Evelyn e a filha moravam numa casa pequena, em péssimo estado de conservação. A grama alta e seca mal estava visível sob o clarão laranja da iluminação pública, chegando a tocar a borda de uma varanda de concreto rachado, com uma árvore enorme no pátio da frente. Ela era tão grande que Sarah não teria adivinhado que se tratava de uma frutífera se não tivesse visto os damascos caídos no chão, partidos e exalando um cheiro doce ruim, muito embora já tivesse anoitecido havia bastante tempo.

— Desculpa, esses dias foram difíceis — disse Evelyn, tirando o que estava em cima da mesa na sala de estar, depois de abrir a porta para Sarah. Evelyn amontoou em cima de uma mesinha lateral as coisas que tinha tirado dali. – Apesar de que, acho que... só faz realmente pouco mais de um dia desde que Esther... – Ela não completou a frase.

Sarah percebeu uma lancheira escolar roxa de plástico e um baralho de tarô na pilha de objetos retirados de cima da mesa. No corredor, havia uma tapeçaria pendurada na parede, visível pela porta aberta. Uma imagem de um sol com boca e nariz, os olhos com pálpebras pesadas, pequenas estrelas cintilando no tecido do firmamento.

– Como Veronica está lidando com isso tudo? – quis saber Sarah.

– Quase me matou do coração hoje de tarde – disse Evelyn.

– O que houve?

– Bem, ela saiu para procurar Esther. Cheguei em casa do trabalho e ela não estava aqui. Meu irmão e eu saímos de carro por aí procurando, mas nós devemos ter nos desencontrado. Ela voltou para casa e eu poderia tê-la esganado. – Ela olhou para Sarah, dando-se conta do que tinha dito.

Sarah sorriu. Estava sentindo o cheiro de talco de novo.

– E Constance, como está? – Evelyn perguntou, esfregando os braços como se estivesse fazendo frio na salinha.

– Está bem, na medida do que se possa esperar. Você esteve com ela?

– Olhe, nós somos forçadas a estar juntas o tempo todo desde que Ronnie entrou para o jardim da infância, mas nunca tivemos uma conversa realmente digna do termo. Constance sempre foi só um pouquinho boa demais para morar aqui. Não a critico por isso, mas seria estranho eu ir até lá se, no fundo, nem somos amigas. – Evelyn sorriu; seu rosto inteiro se iluminou. – Acho que é assim que todos se sentem quando coisas desse tipo acontecem. Como se não quisessem invadir a privacidade. Na realidade, não é a hora de se preocupar com a boa educação, não é mesmo?

— Deve ser difícil, só você e Ronnie — disse Sarah.

— Bem, não tão difícil quanto ser policial, tenho certeza. As pessoas devem ficar ansiosas na sua presença.

Ela estava desconversando.

— As pessoas têm uma atitude diferente, sim — admitiu Sarah.

— E realmente tenho a sorte de ter minha família aqui. — Evelyn envolveu o torso com um braço e encolheu os ombros.

— Posso perguntar quem é o pai de Veronica? — Sarah não tinha querido fazer a pergunta na presença da menina.

— Ninguém que ela fosse querer conhecer — respondeu Evelyn num tom categórico.

— Eu não perguntaria se não fosse útil para a investigação. Uma menina está desaparecida.

— Uma coisa não tem nada a ver com a outra.

Sarah era policial. Estava acostumada a irritar as pessoas, a fazer perguntas que as deixavam perturbadas, mas ela precisou se forçar a fazer a pergunta a Evelyn.

— Está bem. Não quero ser indelicada, Evelyn, mas estou investigando umas drogas que encontramos. Me deram seu nome como o de alguém com quem eu poderia falar. Nós encontramos uma quantidade comercial de metanfetamina.

Evelyn se levantou.

— Eu tenho de falar com você? Quer dizer, por força da lei?

— Não — respondeu Sarah.

— Certo — disse Evelyn. — Então gostaria que você fosse embora. — Ela andou até a porta. Sarah via a determinação no seu rosto.

Sarah se levantou de onde estava e a acompanhou.

— Por favor, sei que deve ser difícil. Não estou dizendo que você está envolvida. Só estou querendo um nome, algum lugar por onde começar a procurar.

— Não uso drogas desde que soube que estava grávida de Ronnie – disse Evelyn, com raiva. – Nem uma única vez.

— Sinto muito se a perturbei. – Sarah pôs a mão no braço de Evelyn.

O ar entre elas crepitou. Sarah conteve o impulso de levar a mão ao queixo de Evelyn, de enlaçar a pequena mulher pela cintura. Não se tratava de Evelyn, não especificamente. Era o desejo de abraçar, de ser abraçada, de sentir o calor da pele de outra pessoa.

Sarah recolheu a mão de repente.

— Você faz alguma ideia do que é preciso para você se livrar daquela merda? – Evelyn tremia enquanto falava.

— Posso imaginar. – Sarah realmente não tinha querido perturbá-la. – Você parece ser uma mãe excelente.

A raiva foi sumindo do rosto de Evelyn.

— Sinto muito. – Sarah não conseguia chegar a dirigir a Evelyn o habitual discurso policial. – Eu não perguntaria se não precisássemos de alguma coisa em que nos basear.

— Clint Kennard foi quem me apresentou às drogas, quando eu ainda estava na escola. Deem uma olhada nele.

O nome era familiar.

— Ele é o pai de um garoto que nós interrogamos. O filho dele está na turma de Veronica, certo?

— Você não deixa passar muita coisa. – Evelyn estava sendo sarcástica, o que não lhe caía bem. – Ele nunca usou drogas, gosta demais de estar no controle para isso, mas ficaria surpresa se ele não estiver envolvido. – Evelyn hesitou. – Se bem que seria bom você saber que minha preferência sempre foi pela heroína, de modo que não posso ter certeza sobre a metanfetamina.

Evelyn a conduziu até a porta de entrada.

— Agradeço sua franqueza – replicou Sarah.

— Boa noite, sargento investigadora – Evelyn disse, cruzando os braços diante do peito.

Não era comum que um civil se lembrasse do posto exato de Sarah.

Sarah saiu e Evelyn fechou a porta. Sarah ouviu o estalido da fechadura. Ela rabiscou as palavras *Veronica Thompson – pai?*, no caderno. Um cheiro doce a acompanhou ao longo do caminho coberto de mato até o portão.

NÓS

Sábado, 1º de dezembro de 2001

Sempre que um dos nossos pais ouvia alguma coisa que achava que não estava certa, ele dizia: *Isso não está se encaixando direito.* Mesmo ainda crianças, começamos a entender que havia enormes trechos de terrenos pantanosos, sem vida, entre o que as pessoas diziam e o que elas pensavam e faziam. Os que mentiam melhor eram os que conseguiam acreditar na própria cascata. Nós nos tornamos peritos em conduzir nosso pensamento para pontos de vista específicos. Diríamos a nós mesmos que não tínhamos entendido o que alguém quis dizer, que a pessoa não tinha sido clara e que nós não tínhamos culpa. Dávamos tanta ênfase ao que dizíamos que acreditávamos naquilo. Outro dos nossos pais falava: *Se você estiver esperando que alguma coisa não tenha acontecido, vai esperar muito tempo.*

Na noite de sexta, vimos Steven ser escoltado de casa pelos dois policiais de algum outro lugar. A cidadezinha reagiu como seria de esperar. Tamanho foi o alvoroço que nos perguntamos como a Cidade de Poeira inteira não se elevou no ar, como uma libélula, e foi levada embora. Talvez fôssemos soprados para tão longe que aterrissaríamos perto do mar, e uma existência nova, infinitamente mais litorânea, poderia começar para todos. Um futuro em que nossos pais pescariam e nossas mães passariam o dia com os dedos dos pés na água fresca de um oceano imenso que avançava com ímpeto no seu desejo de nos abraçar.

A notícia do que os policiais tinham encontrado na propriedade abandonada perto da rodovia não se disseminaria do mesmo jeito, embora fossem poucos os que teriam ficado verdadeiramente surpresos se a tivessem ouvido.

Nossos pais bebiam, fumavam ou eram abstinentes, e mais tarde nós os copiaríamos ou juraríamos nunca fazer o que eles tinham feito. Nós sabíamos o que significava quando as palavras do nosso pai e dos amigos dele começavam a se enrolar umas nas outras – uma aflição que nos gelava até os ossos – e saíamos de perto. Nosso pai detestava drogas, mas bebia que era uma barbaridade. Nas noites em que ele ia longe demais, em que realmente enchia a cara, nós o encontrávamos no banheiro, com a cabeça largada sobre a borda da banheira, cantando baixinho para si mesmo. O vômito chegando em ondas. *Coisa medonha, as drogas.*

LEWIS

Sábado, 1º de dezembro de 2001

Até sábado de manhã, ninguém pensou em contar a Lewis Kennard que Esther estava desaparecida, e, àquela altura, fazia horas que ela sumira. A mãe de Lewis, Sophie, entrou no quarto dele depois que o pai saiu para trabalhar.

— Querido, Esther Bianchi não voltou para casa depois da escola ontem.

A ideia de que Estie não tinha dormido na própria cama parecia ridícula, como ir à escola de pijama ou ir de cara pintada à igreja. O que ocorreu a Lewis em seguida foi o que ele e Campbell tinham visto. O homem de camisa quadriculada azul. *Estie*. Ele quase contou tudo para a mãe, mas pensar em Campbell o impediu. A mãe de Lewis disse que a polícia ia interrogar as crianças na escola e que eles precisavam ir até lá. Um terror enregelante o dominou. Ele precisava falar com Campbell. Normalmente, sempre havia algum fogo no seu corpo, mas a sensação que agora o percorria era uma espécie de dormência. Ele se sentia como um sino pesado que um punho musculoso segurava, com os dedos em torno do badalo para que não produzisse nenhum som.

— Lewis, querido, você precisa se levantar. Temos de sair neste instante.

Agora a mãe estava chamando do quarto de Simon, que tinha feito quinze anos havia uns dois meses, mas passava as manhãs de sábado brincando com Lego Duplo. Lewis ouvia quando ele jogava as peças na parede.

Os gêmeos Addison e sua mãe estavam saindo do escritório da sra. Worsell quando Lewis e a mãe chegaram à escola. Ele tinha se preocupado com a possibilidade de Ronnie estar lá. Não queria vê-la, não queria que ela lhe perguntasse como ele estava. Sua preocupação era dar com a língua nos dentes no instante em que visse um rosto amigo. Mas não havia sinal dela. Havia dois policiais – um homem e uma mulher – na sala, quando a sra. Worsell acenou para que entrassem. Lewis sempre tinha gostado da diretora. Às vezes, quando você passava por ela depois da reunião dos alunos, ela ajeitava seu cabelo, piscando um olho para você, caso olhasse para ela. Os dois policiais usavam camisas sociais, de mangas compridas. Ele tentou imaginar qualquer um dos dois como pai ou mãe de um dos alunos da escola e não conseguiu. O homem ficou sentado num canto, fazendo anotações. Alguma coisa nele – seu jeito de olhar para a mãe de Lewis da cabeça aos pés, sua aparência que vibrava de tanta energia – fez com que Lewis se lembrasse do próprio pai. A mulher deu um sorriso para a mãe de Lewis e se apresentou como sargento investigadora Sarah Michaels. Ela confirmou com sua mãe alguns detalhes sobre seu nome, endereço e data de nascimento.

— Lewis está com onze anos, é o aluno mais novo da série – disse a mãe.

Ele se manteve de cabeça baixa enquanto a investigadora olhava para avaliar sua reação a essa fala. Ele só faria doze anos em março do ano seguinte. Tinha começado cedo por causa do irmão. Alguém devia ter achado que sua mãe precisava de todo o tempo a mais que lhe ficasse disponível.

— Você entende por que preciso falar com vocês hoje? – perguntou a investigadora.

Sua voz era gentil, e dava para ver que ela usava o mesmo tom com todas as crianças que interrogava, como se ela se importasse com você. Isso deixou Lewis com raiva, porque ele sabia que ela não se importava com ele. Como poderia?

– Sim – respondeu ele.

– Ninguém viu Esther desde que ela saiu da escola. Achamos que ela foi a pé para casa seguindo ao longo do riacho Durton.

Ele fez que sim. Sentiu o corpo se retesar diante da menção ao riacho.

– O que você fez ontem de tarde? – perguntou a investigadora quando ele não disse nada.

Sexta-feira era o dia de atividades esportivas. Ele sempre terminava com os garotos no campo oval, jogando futebol australiano com o sr. Rank, e as garotas nas quadras de netball, com a sra. Davidson.

– A gente jogou futebol. Era para eu ir à casa de um colega ficar lá um pouco, depois da escola, mas mudei de ideia e preferi ir para casa. – Ele contou a mentira, falando tão devagar quanto conseguiu e resistindo ao impulso de olhar na direção da mãe.

– Como se chama o garoto? – perguntou a investigadora.

– Campbell Rutherford. – Lewis já não tinha a sensação de ser um sino. Em vez disso, alguma coisa no seu peito parecia ter sido posta num freezer. Um veio de cristais de gelo começava no seu coração e se abria em todas as direções.

– Nós já falamos com Campbell? – a mulher perguntou, olhando para o caderno que estava aberto diante dela sobre a mesa. Estava falando com o homem que fazia Lewis lembrar-se do pai.

O parceiro examinou uma lista de nomes à sua frente.

– Ainda não – respondeu o homem. – Ele está marcado para depois do almoço.

– E Campbell é seu amigo, certo? – A mulher agora estava com a atenção concentrada em Lewis.

— Não — ele respondeu. A investigadora inclinou um pouco a cabeça para o lado, como o cachorro de Campbell quando você segurava uma bola acima da sua cabeça. — A gente só fica de boberia na casa dele, às vezes — acrescentou.

— Você viu alguma coisa estranha quando estava indo a pé para casa? — perguntou a investigadora, franzindo a testa.

Lewis se forçou a levantar os olhos das mãos da investigadora. Suas unhas eram curtas e bem cuidadas. A mão direita estava queimada de sol, mas não a esquerda.

— Não — disse ele, encarando-a nos olhos.

— A que horas você chegou em casa?

Até então, ninguém lhe perguntara a que horas ele tinha saído da escola.

— Por volta das 15h10 — a mãe de Lewis respondeu por ele. — É a hora em que costuma chegar às sextas, quando não vai à casa do garoto Rutherford.

Sua mãe não podia ter sabido o quanto ela o ajudou ao evitar que ele dissesse as palavras por si mesmo. Ela não tinha como saber que o que ela acabava de dizer não era a perfeita verdade. Ela só queria sair dali o mais rápido possível. A sra. Cafree, do outro lado da rua, não se incomodava de ser chamada para ficar sentada na sala de estar nas raras ocasiões em que a mãe de Lewis precisava dar uma saidinha, mas ela devia estar preocupada com o que aconteceria se Simon saísse do quarto. Lewis sabia que Simon ficaria lá dentro, contente, até sentir fome, porque era isso o que Simon fazia todos os sábados.

A investigadora olhou de relance para a mãe de Lewis antes de voltar a ele.

— Por que você não foi à casa de Campbell? — perguntou ela.

— Estava quente — ele respondeu —, e Campbell não tem ar-condicionado.

A si mesmo, ele disse que eles já deviam ter conhecimento do homem. Não iam contar a uma criança tudo o que sabiam. Não precisavam ouvir dele.

Houve um instante em que ele achou que a investigadora fosse fazer mais uma pergunta, mas ela só escreveu no caderno alguma coisa que ele não conseguiu ver e se levantou. Agradecendo à mãe de Lewis, ela os acompanhou à porta do escritório, mantendo-a aberta enquanto eles saíam dali.

No caminho de casa depois do interrogatório, sua mãe dirigia falando sem parar sobre o que ia fazer para o almoço. A mentira tinha funcionado, e os cristais de gelo no seu peito se derreteram, inundando seu estômago com uma sensação de ondas pesadas. Ele olhou pela janela, o rosto perfeitamente sereno para a eventualidade de ela dar uma olhada.

Quando chegaram em casa, sua mãe tinha uma lista de tarefas para Lewis cumprir; e, mesmo quando ele tinha terminado tudo, ela não quis permitir que ele fosse à casa de Campbell.

— Acho que não é uma boa hora para estar andando por aí, querido. Além do mais, você ouviu os policiais: ele também vai ter de ir à escola.

Eram só Lewis, Simon e a mãe deles que estavam em casa naquele dia. Quando ela entrou no quarto de Simon para realizar com ele as atividades estimuladoras, Lewis aproveitou a oportunidade.

— Vou só ficar brincando aqui atrás, mamãe — gritou ele.

— Está bem, querido. Já, já vamos almoçar.

O quintal estava ofuscante. No canto mais distante, nos fundos, ficava o galpão atarracado do pai de Lewis. Ele sempre o mantinha trancado e levava a chave junto. "Não quero saber de você brincando ali dentro, nunca", o pai dissera, fazendo questão de mostrar como guardava a chave na carteira. Sua mãe costumava cortar cabelos naquele galpão, Lewis se lembrava, mas o pai não gostava de que as mulheres da cidadezinha entrassem e saíssem tanto assim do quintal e, um dia, ele simplesmente pegou e vendeu todo o equipamento da mãe de Lewis. "Não se pode dizer que nos traga algum dinheiro decente", dissera ele.

A cerca de blocos de concreto que limitava um lado do quintal tinha sido pintada com uma grossa tinta cor de creme. Lewis deixava uma bola velha de tênis enfiada numa das aberturas, atrás de um arbusto de lavanda. Quando o pai não estava em casa, Lewis podia jogar a bola contra o muro de tijolos que seguia paralelo ao galpão. O varal estava vazio, todos os prendedores de roupas recolhidos e levados para a lavanderia. O aroma de sabonete da lavanda se mesclava com o cheiro forte e acre do fertilizante que ficava empilhado no galpão. Tudo como de costume.

Lewis rodeou a varanda dos fundos e se dirigiu ao portão. Seu pai só deveria chegar em casa depois de umas duas horas, mas suas idas e vindas nunca eram totalmente previsíveis: era bem provável que ele visse Lewis se o filho saísse direto para a rua. Lewis abriu a tranca à prova de criancinhas, aplicando pressão à estrutura metálica para ela não ranger quando se abrisse.

Lewis seguiu correndo para a casa de Campbell, pela estrada sem calçamento. O canal entre as árvores e a estrada formava um túnel de sombra. As folhas de eucalipto que estavam voltadas para cima em posição de sentido tombavam depois que ele passava. Ele se aproximou da casa, e um oceano retumbou nos seus ouvidos. A bicicleta de Campbell estava deitada no gramado da frente. Campbell, ali ajoelhado, examinava a corrente. Lewis ouvia as irmãs de Campbell rindo no quintal.

– Campbell – chamou Lewis.

Campbell o viu, e sua mão desceu como uma faca cortando o ar, indicando que Lewis deveria se aproximar depressa. Lewis sentiu seu corpo formigar ao perceber a irritação de Campbell, que já lhe dissera que não voltasse mais ali.

Antes que Lewis conseguisse falar, Campbell disse entre dentes:

– O que você disse à polícia?

— Eu disse que fui direto para casa.

— Legal — disse Campbell. — É o que vou dizer também.

Lewis tentou atrair o olhar de Campbell, para fazê-lo ver que eles precisavam conversar, mas era como se o olhar do colega escorregasse, sem se fixar em Lewis.

— E é isso o que vamos continuar a dizer. Certo?

Lewis fez que sim com a cabeça automaticamente.

— Agora, Lewis, cai fora daqui.

Campbell virou as costas para ele, e Lewis não teve escolha, a não ser a de ir embora.

Havia um jornal amarelado na rua do lado de fora da casa de Campbell. As extremidades se abriam em leque a partir de um elástico fino que o amarrava pelo meio. O papel-jornal estava enrugado como papel que foi molhado e depois voltou a se secar.

Quando Lewis era pequeno, seu pai tinha fechado a mão com firmeza em torno de um jornal enrolado.

— Pegue o jornal, Lewis.

Lewis tinha ficado esperando, sem saber o que fazer.

— Vamos, tente tirar o jornal de mim.

Lewis tinha agarrado as duas pontas do jornal, puxando-o para cima e para cada um dos lados, como um cachorro sacudindo um osso. O punho firmemente fechado do pai acompanhava o trajeto de voo do objeto serpente, o pulso movimentando-se para a direita e para a esquerda, sem nunca afrouxar o aperto.

— Vamos, faça um esforço — dissera o pai de Lewis.

A raiva começou a ferver. Lewis aplicou toda a sua energia, até o jornal ficar úmido com o suor das suas mãos.

— Não consigo — retrucou Lewis, com a respiração ofegante.

Seu pai mostrara a Lewis como puxar pelos dedos, começando com o mindinho e seguindo caminho pela mão inteira, enfraquecendo o aperto, até Lewis conseguir arrancar o jornal do pai com facilidade.

Aquele momento era tudo em que Lewis podia pensar enquanto voltava correndo por onde tinha vindo. Ele se sentia invadido pela sensação de que havia algum truque que ele não tinha percebido, um jeito melhor do que o que estava experimentando. Era frequente que Campbell lhe causasse essa sensação.

Ele entrou de mansinho no quintal, justamente quando sua mãe vinha saindo pela porta dos fundos.

– Estou te chamando faz um tempo, Lewis – disse ela.

– Desculpa, mamãe. – Ele estava parado junto do arbusto de lavanda.

– Olha só, seu pai só vem para casa mais tarde. Vamos ter de ir apanhá-lo na Liga.

– Certo, mamãe. – Ele sentiu um desânimo daqueles.

Um cheiro de sabonete lhe chegou como uma onda. Ele olhou para baixo e viu que tinha esmagado um pouco da lavanda. A flor caiu em segmentos da sua palma quando ele abriu a mão.

A iluminação pública atingia as longas estacas brancas nas extremidades das barreiras abertas da passagem de nível. Lewis ficava de olho nelas enquanto o carro passava tranquilamente. Elas pareciam cabos de vassoura pintados de branco e estavam presas à estrutura sólida e metálica dos portões elevados de cada lado. Como em todas as vezes que passavam por ali, Lewis não conseguia se livrar da imagem do carro deles encurralado pelas estacas, sem poder sair dos trilhos. Seu medo não era realmente das estacas. Era da ideia de estar preso ali e não saber de quanto tempo disporia antes que o trem chegasse, ensurdecedor. Pelo menos, nesse caso, eles não precisariam ir à Liga dos Veteranos.

Eles chegaram e ficaram sentados por um momento no Volvo da mãe de Lewis. Seu pai estava lá dentro, no bar. O carro da sua mãe era de um laranja fluorescente que não teria parecido deslocado no protetor bucal de um jogador de futebol australiano. O laranja apresentava um matiz arroxeado, se você fixasse o olhar nele por muito tempo sob determinada iluminação. O carro tinha pertencido a um colega do pai de Lewis, que o comprou *praticamente por nada*. Simon estava preso ao banco dianteiro pelo cinto. O pai de Lewis sempre se sentava atrás quando eles o apanhavam. Enquanto esperavam, Simon gostava de jogar a cabeça para trás contra o apoio de cabeça, guinchando. Ele parava quando o pai entrava.

Eles esperaram no carro até a mãe se mexer no banco e dizer:
– Melhor você ir buscá-lo.

Ele entrou no prédio, passou pelo livro de registro de entrada, largado ali sem um encarregado, passou pela pista de dança removível, de compensado, e foi até o bar. Havia um cartaz que dizia PROIBIDA A ENTRADA DE CRIANÇAS DESACOMPANHADAS, gravado em letras douradas junto ao traje exigido. Era melhor quando Lewis entrava para ir buscar o pai no clube. Se sua mãe fosse, era mais provável que ele viesse rapidinho, sorridente e piscando um olho para os amigos; mas, no instante em que chegasse ao carro, ele já estaria de péssimo humor.

De início, o pai de Lewis fingiu que não o viu. Lewis pensou no que a sra. Rodriguez tinha dito numa aula, certo dia: que o planeta e todo mundo nele estavam se movimentando pelo espaço. *Parece que estamos parados, mas na realidade estamos todos num movimento veloz.* Ronnie tinha se recusado a acreditar.

– Mas olha, professora – ela dissera, exibindo a mão diante de si para a turma inteira ver. – Minha mão não está se movendo nem um pouco.

Parado ali no bar, Lewis quase conseguia sentir a terra girando em seu eixo, conseguia imaginá-la chispando veloz por outros planetas. Os homens conversavam entre si, e ninguém olhava para Lewis. O balcão de madeira reluzia com as lâmpadas direcionadas para baixo e o cheiro levedado da cerveja se demorava no frio úmido do ar-condicionado. O restaurante chinês dentro do clube da Liga dos Veteranos estava aberto, e fregueses lotavam aquela extremidade do prédio. A parede ao longo de um lado do pequeno clube tinha grandes janelas, e Lewis podia ver o gramado de bocha lá fora. As luzes estavam apagadas.

Enquanto acabava de beber, o pai de Lewis olhou de relance na direção do filho. Seu pai se barbeava todos os dias, e o cor-de-rosa irritado que estava sempre na linha do seu queixo parecia naquela noite especialmente esfolado e inflamado.

Um dos homens, como se estivesse vendo Lewis pela primeira vez, observou que a patroa de Clint parecia mais jovem a cada semana. Lewis reconheceu Roland Mathers, o dono do hotel local. Ele estava com o rosto vermelho e usava um short tão curto que Lewis podia ver suas coxas gordas esparramadas no banco do bar. Com a piada, o pai de Lewis riu mais alto do que os outros.

Enquanto o pai tomava o último gole, com a espuma branca sendo sugada entre os lábios contraídos, outro amigo gritou que era a rodada dele. Sem olhar para Lewis, o barman serviu mais cerveja gelada em copos limpos. Lewis continuou ali parado, sabendo que o melhor era ficar calado, enquanto o pai atacava o copo cheio.

Uma vez, a mãe de Lewis tinha tentado fazer uma sugestão: em vez de apressar a saída do pai, por que ela não vinha buscá-lo quando ele estivesse pronto para ir embora? Mas o pai não demonstrou interesse em ligar para a mãe de Lewis quando quisesse sair.

– Não sou nenhuma adolescentezinha de merda que precisa ser apanhada de uma porra de um baile. E o que você estaria fazendo, de qualquer modo?

Por fim, o pai se levantou, esvaziando o que restava da cerveja no seu copo num longo trago. Ele apertou as mãos dos amigos, que se queixaram, antes de dar meia-volta e sair pelo mesmo caminho por onde Lewis tinha entrado. Lewis foi atrás a uma distância respeitosa. Seu pai ia esperar até todos estarem dentro do carro para só então revelar sua verdadeira disposição de humor.

Ele saiu pelas portas da frente, andando com firmeza. Lewis correu na frente para chegar ao carro e abrir a porta traseira para o pai, que começou a cambalear assim que entrou no campo visual do carro. Ele se sentou atrás da mãe de Lewis, soltando o ar ruidosamente. Lewis fechou a porta e deu a volta correndo para o outro lado, entrando de mansinho no assento atrás de Simon. Uma vez que todos estivessem encarcerados por trás das portas do carro laranja, seu pai talvez começasse a cantar. Ou poderia xingar e fazer ameaças assim que as portas se fechassem, isolando-os da cidadezinha. Às vezes, ele adormecia antes que chegassem em casa. Essas eram as noites boas.

– Olha esse cu de gato que minha mulher tem no lugar onde devia ser a boca – disse o pai de Lewis, enfiando a cabeça entre os dois bancos da frente, como uma criança tentando chamar a atenção dos pais numa longa viagem de carro, antes de se jogar para trás no assento traseiro, com um baque.

Em comparação a outras noites em que Lewis o tinha visto assim, ele parecia inofensivo. Ainda rindo da própria piada, seu pai foi se arrastando de lado até ficar sentado bem atrás da mãe de Lewis. Ela ainda não tinha ligado o carro. O pai de Lewis estendeu as duas mãos em torno do apoio de cabeça do motorista, com os cotovelos se abrindo como uma mulher lavando roupa numa tábua de lavar antiquada, semelhante à que Lewis tinha visto na excursão da escola a Ballarat. Seu pai envolveu o pescoço da mãe com as mãos e o puxou para trás contra o apoio de cabeça. Pelo espelho retrovisor, Lewis viu quando os olhos dela se arregalaram. Suas mãos subiram de repente, lutando em desespero contra os pulsos do marido, tentando soltar os dedos dele. Parte do seu cabelo castanho estava presa entre o seu pescoço e as mãos do pai. Não havia ninguém por ali. As luzes da Liga de Veteranos brilhavam.

Lewis se perguntou se seu pai tinha algum dia demonstrado para a mãe o truque do jornal que lhe havia ensinado. Ela olhou para Lewis no espelho retrovisor. O momento ficou ali, suspenso. Lewis pensou nos peixinhos dourados no piso da sala de aula, em Estie intervindo bem no instante exato. Seu pai soltou o aperto, e Lewis ouviu a mãe respirar fundo de um jeito que pareceu ficar preso em alguma coisa entre a boca e os pulmões.

O pai deu uma risada, jogando-se para trás no banco.

– Será que não tem ninguém nesta família que aceite uma porra de uma *brincadeira*?

A mãe, com a respiração ainda irregular, conseguiu insuflar vida no carro, deixando-o em marcha lenta por um instante sob o poste de iluminação pública. Ela não disse nada.

Lewis pensou nos homens do clube. Eles gostavam do seu pai? Sabiam como ele era depois que saía por aquelas portas?

Quando chegaram, o pai de Lewis entrou em casa antes que eles. Quando Lewis estava entrando, seu pai estava saindo da cozinha com um copo grande de água na mão. Lewis ouviu a mãe trazendo Simon atrás dele. Ela sussurrou alguma coisa para Simon.

O pai olhou para Lewis como se alguma coisa tivesse acabado de lhe ocorrer.

– Em que estado está o seu quarto? Você está deixando tudo limpo para ajudar sua mãe?

– Estou, sim, pai – respondeu Lewis. Ele manteve a voz serena.

Seu pai dava a impressão de que poderia bater em Lewis ali mesmo naquela hora. Em vez disso, o pai seguiu pelo corredor a passos largos rumo ao quarto de Lewis.

– Vamos dar uma olhada. Venha comigo.

O chão estava limpo e a cama de Lewis, arrumada. O pai abriu um par de gavetas. Ao não ver nada além de roupas bem dobradas, ele as empurrou de volta com violência. Sua respiração estava pesada. Ele se dirigiu ao armário no canto. Lewis ainda não tinha jogado fora o short rasgado quando estava jogando bola com Campbell. Já fazia quase um ano inteiro desde aquela tarde. De início, fora só porque teria sido impensável jogá-lo no lixo da cozinha, que o pai às vezes revirava. O plano tinha sido o de jogá-lo direto na lata de lixo lá fora ou num latão na escola. Mas aí, Lewis descobriu que não queria se livrar dele. O short era a prova física de que ele não estava inventando sua amizade com Campbell. Uma sensação de fraqueza percorreu suas pernas diante da ideia de que o pai o encontrasse.

O pai deve ter visto Lewis dirigir o olhar para o armário, porque ele cobriu a distância com um passo gigantesco e o abriu com um puxão. Ele afastou as roupas penduradas em cabides antes de se ajoelhar para arrancar do lugar a gaveta na parte inferior. Lewis tinha enfiado o short num canto, por baixo das joelheiras de jogar críquete. Como se soubesse exatamente o que estava procurando, o pai de Lewis estendeu a mão ali dentro. Seus olhos se contraíram e ele tirou dali o short azul-marinho, com a luz do quarto brilhando através do buraco do rasgão.

– Que porra é essa?

Lewis tentou falar, mas não conseguiu.

– Você trate de me responder quando eu falar com você. – O pai agora o segurava pelo braço. – Você acha que é para isso que eu me mato de trabalhar? Para você poder rasgar suas coisas?

Lewis teve vontade de cuspir na cara dele. Dava para ele sentir que estava prestes a começar a chorar. A pele no lugar onde o pai segurava seu braço estava ardendo. Ele puxava com tanta força que quase levantou Lewis do chão.

– Clint! – A mãe de Lewis estava em pé no vão da porta, com a sombra de uma marca no pescoço.

O pai de Lewis avançou na direção dela. Lewis limpou o rosto com o dorso da mão, e o pai fechou a porta, batendo-a com violência. Vozes alteradas. O gemido agudo de Simon vindo de lá do seu quarto. Lewis se sentou encostado no armário. Houve o ruído de alguma coisa se quebrando e depois tudo ficou em silêncio.

O dia seguinte era domingo. O pai de Lewis não trabalhava aos domingos, de modo que a casa inteira ficava tensa. Lewis nunca soube ao certo o que o pai fazia. *Um pouco disso, um pouco daquilo,* era o que Clint sempre dizia. Ele trabalhava como autônomo, mas passava muito tempo em fazendas da região. E, desde que adquiriu um celular no início do ano, estava sempre ao telefone, rindo alto de alguma piada que tinha contado.

Lewis estava com a camiseta de mangas cortadas que costumava usar quando o pai lhe pedia que o ajudasse a aparar o gramado. Seu braço ainda doía no lugar onde Clint o tinha agarrado. Ele queria que a mãe visse o hematoma, que dissesse alguma coisa a respeito. Simon o tinha percebido naquela manhã, tinha posto os dedos grossos por cima dele e apertado. Lewis cravara o indicador na carne macia da barriga do irmão, que fez o maior escândalo.

— Não sei o que dá nesse menino às vezes — dissera a mãe, toda nervosa.

Clint mandou Lewis entrar porque ele não parava de *atrapalhar.* E assim, ele estava na sala de jantar, passando o aspirador de pó, com os olhos fixos no corredor para poder ver caso o pai entrasse. Lewis estava cansado. Tinha sonhado com Esther na noite anterior. Centenas de estacas brancas idênticas tinham caído do céu com um estrondo, fazendo com que ele, Esther e Campbell — Campbell também estava lá — fossem enterrados no chão como um *tee* de golfe enfiado no gramado.

Houve uma batida à porta da frente. Lewis desligou o aspirador. Passaram-se segundos sem o ruído de passos do seu pai ou a voz da sua mãe dizendo para a pessoa esperar *só um minutinho!*. Então, Lewis foi descalço até a frente da casa. A pessoa bateu outra vez. Abrir a tranca de segurança para crianças envolvia colocar um pedaço de borracha firme num ângulo exato que permitisse que ele se soltasse de um pino de plástico duro. Seu irmão, Simon, era forte, mas não tinha destreza suficiente para abri-la.

Quando, por fim, abriu a porta, Lewis viu Peter Thompson no degrau da entrada. Quando homens visitavam seu pai, eles geralmente iam direto ao galpão, sem entrar na casa. Peter estava usando roupas de ir à Cidade – calça comprida e camisa de colarinho – e, quando sorriu, o lado esquerdo da boca pendeu um pouco de uma forma que Lewis achou ameaçadora, como se o homem estivesse rindo dele antes que Lewis tivesse dito uma palavra que fosse. Peter trazia um chapéu nas mãos, e o cabelo ruivo, com um início de calvície, estava despenteado. Lewis não conseguia se lembrar de uma vez sequer que Peter tivesse vindo à sua casa. Seu pai não gostava de homens "simpáticos", que era o que Peter sempre tinha parecido ser. Ele era tio de Ronnie, e ela o adorava. Ela estava sempre falando sobre alguma coisa divertida que ele tinha dito ou feito.

– Bom dia, garoto. – Os olhos de Peter se dirigiram ao hematoma no braço esquerdo de Lewis, mas o instante em que Peter poderia ter perguntado *que foi isso aí?* simplesmente passou. Em vez disso, ele olhou para o rosto de Lewis e falou mais alto e um pouco mais rápido, como quando você solta um pum com um cheiro ruim e tenta distrair a pessoa que está ao seu lado.

– Seu pai está em casa? Preciso falar com ele.

– Vou chamar. – Lewis deu meia-volta e correu para os fundos da casa.

– Obrigado, garoto! – As palavras o acompanharam pelo corredor.

Quando se aproximou da porta dos fundos, Lewis foi mais devagar para que o pai não o visse correndo. Ocorreu-lhe que deveria ter convidado Peter Thompson para entrar, em vez de deixá-lo parado à porta da frente. Mas e se ele tivesse decidido entrar sem tirar os sapatos? Seu pai nunca teria deixado transparecer que estava contrariado com Peter, mas odiava sapatos dentro de casa, e seria Lewis quem pagaria por isso.

O pai de Lewis estava inclinado sobre o cortador de grama, com os olhos semicerrados ali ao sol. Ele não gostava de quem usava óculos escuros (não somente dentro de casa, mas em qualquer situação). Achava que eles davam uma aparência de *trapaceiro*, e ninguém na família tinha permissão de possuir um par deles.

– Terminou de passar o aspirador? – rosnou ele, enquanto Lewis vinha apressado pelo gramado aparado pela metade.

– Peter Thompson está aqui para falar com você, pai.

Clint tirou da cabeça o chapéu de pescador e enxugou a testa com ele.

– Leva ele para a sala de jantar.

A mãe de Lewis estava arrancando mato em torno de uma roseira. Simon devia estar no quarto, porque não estava na caixa de areia. Lewis voltou para a casa.

– Trate de que o garoto não saia do quarto – gritou o pai às suas costas. Era assim que ele sempre chamava Simon, só *o garoto*.

Peter Thompson tinha entrado, mas ainda estava parado no pequeno quadrado de ladrilhos na entrada. Peter esfregou seu cavanhaque ruivo e piscou um olho para Lewis. Mais uma vez Lewis foi atingido pela sensação de que não tinha captado a piada. Ele baixou os olhos para verificar se as botas de Peter não tinham avançado sobre o carpete creme, antes de se abaixar para passar atrás dele e fechar a tranca à prova de Simon.

– Desculpa – disse Lewis –, mas se importa de tirar os sapatos?

O pai de Lewis entrou pela porta dos fundos quando Peter se abaixava para descalçar as botas.

– Rapaz! – exclamou Clint quando Peter juntava suas R.M. Williams à fileira organizada junto da porta. – Não se preocupe com os sapatos, cara... Às vezes, Lewis se preocupa um pouco demais com ninharias. – Ele encolheu os ombros, como que para dizer: *O que se pode fazer?* – Aceita beber alguma coisa?

– Um copo de água gelada seria uma boa – respondeu Peter.

A mãe de Lewis apareceu atrás de Clint, como um balão num barbante amarrado ao cinto dele. Estava com uma echarpe de algodão que não usava quando Lewis a viu no jardim.

– Já estou providenciando – disse ela, com um sorriso.

O pai de Lewis mostrou a Peter o caminho até a sala de jantar. O que ele mais gostava era de ter convidados por períodos curtos. Gostava de exibir sua casa limpa, que as pessoas vissem como sua família se esforçava para servi-lo, mas logo se cansava de ser afável, de fingir que não se importava se as pessoas pusessem o copo ao lado do descanso em vez de em cima dele.

Lewis pensou em entrar de mansinho no quarto de Simon, onde ficaria invisível para o pai. Em vez disso, entrou na sala de estar, fechando a porta atrás de si, deixando-se afundar no sofá.

Lewis podia ouvir somente sua mãe. Parecia que ela estava colocando uma jarra e copos na mesa na sala de jantar.

– Vou deixar vocês à vontade. – Daí a pouco, a porta dos fundos foi aberta e fechada.

Lewis empurrou os óculos para cima, com o nariz escorregadio da transpiração.

Os homens esperaram alguns instantes antes de falar.

O som abafado da voz de Peter Thompson trazia uma nota de ansiedade. Lewis achava que nunca tinha visto Peter Thompson com outra expressão que não fosse a de alegria.

– Olha, eu lhe disse para não se preocupar, certo? – disse Clint, com rispidez.

Como se tivessem percebido que falavam alto demais, os dois reduziram o volume.

Lewis não captava nada a não ser os altos e baixos da conversa até ouvir de novo a voz do pai.

— Você não soube? A polícia levou o Steven Bianchi. Precisamos nos fingir de mortos por enquanto, mas ninguém está olhando pro nosso lado.

Lewis sabia, sem na realidade saber como sabia, que seu pai tinha tido algum problema com a polícia quando mais jovem. Ele não confiava em policiais e os considerava burros. *Talvez o garoto devesse se inscrever na academia de polícia,* ele dizia às vezes, indicando Simon com um movimento de cabeça. *Eles o aceitariam.*

— Steven Bianchi? — Foi a nítida resposta de Peter Thompson.
— Eles o pegaram e prenderam ele. Roland me contou.

Lewis se lembrou do companheiro de bar do pai, o das coxas gordas, da noite anterior.

Lewis virou a cabeça para seu ouvido direito ficar no ângulo certo para a conversa.

— Parece que Steven Bianchi deu uma facada num policial quando o levaram para a delegacia. Engraçado... ele não parece o tipo. — Havia um traço do que poderia ter sido respeito na voz de Clint.

A polícia tinha prendido o pai de Estie? Uma sensação quente e sebosa espumava nas vísceras de Lewis, como uma fritadeira por imersão meio vazia, ligada no máximo. Ele não acreditava que Steven Bianchi tivesse dado uma facada em alguém. A ideia era ridícula. Exatamente o tipo de detalhe que seu pai acrescentaria para melhorar uma história.

— Sabe o que é perfeito? — Clint falava tão alto agora que Lewis teve certeza de que até mesmo sua mãe podia ouvi-lo lá de fora. — Um dos meus amigos, da equipe de conservação de estradas, disse que ninguém viu Steve a tarde inteira, que ele ficou fora, trabalhando sozinho até o final do seu turno. E sei que eles estavam procurando perto do riacho na noite de sexta.

Lewis sentiu os pulmões se encolherem.

– Será que isso tem um lado positivo? Eu, por mim, não moveria uma palha por esse cara. – A isso seguiram-se algumas palavras abafadas que Lewis não conseguiu decifrar, e então: – Agora, só preciso me certificar de que você esteja pronto. – O farfalhar de papéis. Mais algumas palavras que Lewis não pôde captar. – Vai se provar que Roland está certo. Podemos confiar nele.

Ruído de cadeiras sendo afastadas da mesa.

Na sala de estar, Lewis estava sentado muito empertigado.

– Seja como for – disse o pai, voltando a falar alto –, não perca a coragem agora, está bem? A polícia não sabe de nada. De porra nenhuma, certo? – O som da risada agressiva e uma batida na mesa com a mão espalmada, como que para sublinhar um ponto.

Lewis se levantou do sofá, mas não havia para onde ir. Sentou-se de novo, na esperança de chamar menos atenção para si mesmo dessa forma do que se ficasse em pé no meio da sala. O pai de Lewis acompanhou Peter à porta da frente, ainda falando. Os dois não estavam olhando na sua direção, e Lewis aproveitou a oportunidade para voltar de mansinho para a sala de jantar.

Ele não tinha entendido a maior parte do que disseram, mas uma coisa estava perfeitamente clara: o pai de Estie tinha sido preso.

A porta da frente se fechou, e passos pesados vieram na direção da sala de jantar. Lewis estava sentado ali, com as costas retas, mas os passos seguiram rumo aos fundos da casa. Lewis ouviu o som da porta dos fundos sendo fechada com violência. Depois, ouviu um baque. Parecia ter vindo do quarto de Simon, e Lewis foi investigar.

Todo o conteúdo da caixa de Lego estava espalhado pelo chão num canto do quarto de Simon. O irmão não olhou para Lewis quando ele entrou; só continuou a brincar.

– Mas o pai dela não estava lá – disse Lewis baixinho, para si mesmo.

A porta dos fundos se abriu.

– Você terminou de passar o aspirador, Lewis? – perguntou a mãe.

Simon cobriu os olhos com as mãos.

Lewis precisava falar com Campbell – direito, dessa vez. O pai de Estie tinha sido preso. Ele não podia permitir que a enormidade daquilo o atingisse. Talvez ele e Campbell juntos pudessem descobrir um jeito de contar a alguém o que tinham visto, sem contar o resto.

O calor tinha sido sufocante naquela sexta-feira, o dia em que Estie tinha desaparecido. Estava tão quente que o sr. Rank liberou os garotos mais cedo do jogo de futebol australiano. Ele lhes disse que voltassem para a sala de aula, bebessem água e esperassem pela campainha das 14h30. Campbell tinha largado sua mochila por trás do galinheiro nos fundos da escola, perto do bicicletário, prevendo uma saída rápida depois da aula de Educação Física. Lewis tinha seguido seu exemplo, certificando-se de não deixar a sua perto demais da de Campbell, muito embora não houvesse ninguém por perto para ver. O pai de Lewis só chegaria em casa tarde, e sua mãe tinha dito que ele podia ir direto para a casa de Campbell depois da escola.

Campbell e Lewis estavam bem no final do bando de garotos.

– Vamos sair de fininho – sussurrou Campbell. O sr. Rank estava muito à frente deles, abaixando-se para recolher uma bola perdida na grama seca. – Além do mais, só faltam dez minutos para a campainha tocar. Vamos escapulir pelos fundos da cantina. – Campbell sorriu. – Ninguém vai dar por nossa falta.

O grupo passou pelo prédio baixo da cantina, e Campbell escapou ali por trás. Lewis o acompanhou um segundo depois.

Os dois saíram correndo, prendendo o riso enquanto usavam o prédio como cobertura.

– Meu pai diz que no tempo dele as pessoas vinham à escola a cavalo e os deixavam amarrados aqui – sussurrou Campbell, mostrando com a cabeça um local à sombra da grande aroeira plantada por trás do galinheiro.

Pegando as mochilas do chão, os meninos esperaram por um sinal de que tinham sido vistos, um grito do conjunto de prédios da escola, mas não veio nada. Lewis estava se sentindo forte e leve. Ele poderia ter cruzado o campo oval com um único salto, se quisesse.

As raízes da árvore serpenteavam por baixo da tela de galinheiro enferrujada. O galinheiro estava vazio havia anos. A alguma altura, a maioria dos seus colegas de classe tinha entrado ali às escondidas por conta de algum desafio, roçando em velhas teias de aranha que ficavam grudadas no cabelo e nas roupas. Lewis entrara correndo uma vez com Alan Cheng, antes de dar meia-volta e sair correndo de novo. O lugar tinha cheiro de sujeira e de mais alguma coisa que ficava entalada no fundo da garganta. Era difícil imaginar que os pais de Campbell e o pai de Lewis tinham frequentado essa escola. Que tinham se escondido no mesmo galinheiro, pedido pães doces na mesma cantina, corrido no mesmo campo oval.

Quando chegaram à grande van prata que pertencia ao professor de Educação Física, Campbell foi mais devagar. Eles se esconderam atrás dela, e Campbell pegou da bolsa um pacote de salgadinhos de sal e vinagre.

– Parece meio cruel para o cavalo, isso de ficar amarrado o dia inteiro – comentou Lewis.

– É mesmo. – Campbell esfregou o nariz com o dorso da mão e olhou por cima do ombro enquanto mastigava os salgadinhos.

Os garotos saíram pelo portão dos fundos, e a campainha ainda não tinha tocado. A cidade era deles. Lewis sentiu uma pena cheia de satisfação por todos estarem presos na escola e procurou não pensar no que seu pai faria se soubesse o que o filho estava aprontando. Campbell estava correndo risco também. Se os dois fossem vistos, seriam vistos juntos. Isso deixou Lewis feliz.

Campbell foi mais devagar.

– Quer descer por ali? – ele perguntou, indicando, do outro lado do campo oval, uma trilha de terra que Lewis sabia que terminava no riacho. Ao longe, árvores se agrupavam em torno dela, em fileiras de duas ou três, como crianças em torno de uma briga no pátio de recreio.

– Claro.

À tarde, os minutos a mais que tinham roubado do dia, o calor, seu ritmo enquanto andavam, a tranquilidade do campo da escola sem ninguém por lá, tudo isso queria dizer que Lewis tinha de dizer sim. Ele foi atrás de Campbell. Eles não saíam de perto das árvores, procurando não ser vistos.

– Sua mãe não está nos esperando em casa? – perguntou Lewis um tempo depois.

– Ela está em Rhodes hoje de tarde. Além do mais, o horário da escola ainda nem terminou.

Eles chegaram a um local em que o terreno ia declinando, com rochas e raízes retorcidas de árvores formando a margem do riacho. Os dois andavam bem perto um do outro, com os ombros se roçando, o que fazia com que formigamentos percorressem a espinha de Lewis para cima e para baixo. Ele ouviu ao longe a campainha da escola tocar.

Quando entraram debaixo da sombra das árvores que margeavam o rio, naquela tarde, a última tarde em que Estie seria vista viva, Lewis e Campbell tiveram a sensação de que estavam deixando a cidadezinha toda para trás. Ali era mais fresco, e o cheiro era de terra. Campbell ia na frente. Lewis o acompanhava, enquanto ele se arrastava, agarrando-se a raízes, para desacelerar a descida até o leito do riacho.

Passos ruidosos avançavam pelas folhas no outro lado do riacho, perto da fileira de árvores no alto da margem. Como se fossem um só, os garotos se acomodaram atrás de um rochedo grande, de modo que ele ficasse entre eles e o som. Por uma fenda na rocha, Lewis pôde ver um homem de perfil. Uma garota caminhava ao seu lado.

De início, Lewis não tinha como ver seu rosto porque estava escondido pelo corpo do homem, mas lá estava a densa cabeleira negra que Lewis conhecia bem, esvoaçando ao vento quente e seco. O que Estie estava fazendo ali? Eles estavam longe, mas se aproximavam. Lewis achou que o sujeito com ela fosse o pai de Estie, mas viu que não era o homem que tinha vindo aquela vez à sua casa para gritar com seu pai, não era o homem que tinha apanhado Estie de dentro da piscina quando ela venceu a prova classificatória da competição de natação. Esse homem usava uma camisa quadriculada de azul e branco que fez Lewis se lembrar de uma toalha de mesa estalando de nova, e o sol reluzia na sua careca. Com a lateral do rosto, Campbell afastou a cabeça de Lewis da fenda na rocha. Ele também queria ver. Um choque elétrico quando o cabelo cortado rente de Campbell tocou na orelha de Lewis. O homem e Estie estavam longe o suficiente para Lewis ter certeza de que, se ficassem onde estavam, ele e Campbell não seriam descobertos.

Lewis ouviu a voz de Estie. Tanto ela quanto o homem estavam gritando:

– Blacky!

O homem não chamava tão alto quanto alguém que, de fato, quisesse encontrar o cachorro chamaria. Ele parecia o apresentador de um programa infantil, fingindo atuar para uma história.

O rosto de Campbell estava muito junto do seu. Lewis sentia o cheiro de uma mistura de suor e alguma coisa ácida que não sabia identificar. *Vão embora,* ordenou ele em silêncio ao homem e Estie, mesmo enquanto se perguntava o que, afinal de contas, Estie estava fazendo ali.

 Lewis ficou olhando para a rocha atrás da qual eles estavam agachados. Ele ouvia os sons de Estie e do homem, e os batimentos do seu próprio coração. A pedra tinha, no mínimo, umas doze cores. Marcas de terra registravam até que altura o riacho tinha chegado no passado. Campbell mexeu a cabeça, decerto acompanhando o homem e Estie, e com isso suas bocas se aproximaram. Lewis respirou e Campbell o beijou. Houve um tranco quando os dentes se chocaram, antes que eles se acertassem. Enquanto se beijavam, Lewis não pensou nos pais, nem no calor. Se esqueceu do homem e de Estie passando pelo outro lado do riacho. A boca de Campbell tinha gosto de sal e vinagre. Campbell levantou a mão e agarrou a frente da camisa de Lewis. Lewis tinha passado horas pensando em Campbell. Seus pensamentos conscientes tinham sido bastante inocentes. Ele queria estar perto de Campbell. Estar ao lado dele. Às vezes, acontecia de as pernas de Campbell tocarem nas de Lewis enquanto eles assistiam à luta romana na casa de Campbell, quando os pais dele não estavam. Parecia que Campbell não se incomodava quando isso acontecia, não se afastava.

 Os dois garotos se separaram e Lewis mudou de posição para ver pela fresta a cabeça de Estie enquanto ela ia embora, de mãos dadas com um homem alto e careca, que não era seu pai. Campbell e Lewis, ainda agachados por trás do rochedo, se entreolharam. Era um olhar que dizia *eu não denunciarei se você não o fizer*. Estie estava falando com o homem. As palavras não tiveram força para chegar aos garotos ali onde estavam, tão perto um do outro, suas mãos sem se tocar, agora.

 Depois que Estie e o homem se foram, os dois garotos ficaram mais um tempinho sentados por trás do rochedo, sem olhar um nos olhos do outro.

– Melhor você ir para casa, Lewis – Campbell disse, mas sem raiva na voz. Ele parecia alguém que tinha perdido uma partida de futebol, mas ainda tinha gostado. – E acho melhor você não vir mais à minha casa.

Havia só a sombra e o som da respiração de Campbell. Lewis sentiu seu corpo inteiro frio.

CONSTANCE

Sábado, 1º de dezembro de 2001

Constance não via a filha desde a sexta-feira. O pensamento fazia alguma coisa dentro dela se contrair e se soltar. Acidez, raiva. Raiva de Steven, que estava detido temporariamente. Constance tinha pedido à polícia que excluísse o telefone da casa da lista de números autorizados dele. Ela sabia que, se ouvisse a voz dele, perderia toda a determinação. Mas nada que ele dissesse poderia explicar o sapato. Steven tinha mentido sobre ter visto Esther; e, se estava mentindo sobre isso, seria burrice da parte dela acreditar que ele não estaria mentindo sobre todo o resto. Ela não podia ser sugada de volta para a bolha dele. Não ia permitir que isso acontecesse. Já não tinha nem marido nem filha, tudo estava destroçado, e Constance perambulava entre o quintal dos fundos e a cozinha.

Constance tinha se preocupado com a possibilidade de Shel ficar magoada ou zangada com ela por ter contado à polícia sobre o que acontecera. Era a hora do almoço no sábado quando Shel voltou.

— Ai, Shel, me perdoa — disse Constance, enxugando as lágrimas. Parecia que tinha brotado nela um pequeno vazamento, os olhos sempre marejados.

— Não faz diferença, querida. De verdade. Eu só queria nunca ter lhe dito nada. Não sei por que fui remexer naquilo tudo de novo. Tinha ficado no passado.

Se tivesse sido honesta consigo mesma, Constance teria sabido que Shelly, no fundo, não se importaria. Constance tinha um péssimo hábito de imaginar que o cenário mental de Shel era menor e mais tranquilo do que o seu. É que Shel era tão imperturbável, a nota grave diante da personalidade exageradamente tensionada de Constance, que Constance não conseguia deixar de fazê-lo. E quem poderia ficar irritada com a mãe de uma menina desaparecida?

– Agora eu entendo por que você nunca vinha aqui – disse ela a Shel, fazendo um gesto para a cozinha, querendo dizer a casa como um todo. – Devia ser difícil para você.

– Eu não sabia, quando nos conhecemos. Juro que não fazia ideia. Quando descobri, já era tarde demais.

– O que aconteceu depois? Quer dizer, deve ter sido horrível.

– Tentei falar com Steven, fazer com que ele me dissesse quem mais estava lá. Ele explodiu. Negou tudo. Deve ter ido falar com meu irmão mais velho. Eu não queria que ele soubesse, porque achava que ele ia esquartejar os caras que tinham feito aquilo. Mas ele só me levou para um canto numa noite e me perguntou o que eu esperava. Ele não queria ter uma irmã piranha, e eu simplesmente devia calar a boca. E o mais duro foi que eu, na realidade, nunca disse nada, sabe?

– Parece horrível.

– No final, a cidadezinha ficou dividida entre as pessoas que diziam que eu tinha inventado aquilo e as pessoas que diziam que eu tinha ido com os caras porque quis. Então, depois de um tempo, eu simplesmente disse a mim mesma que aquilo não tinha acontecido.

A investigadora Michaels ligava para Constance com regularidade para atualizar as notícias, mas nenhuma das ligações era aquela que ela estava esperando. Parecia um parto. A sensação era a de que se queria algo que já se sabia que ia doer, para que pelo menos aquilo tudo acabasse. E então ela mordia o punho fechado e uivava por conta desses pensamentos perversos. Porque era o oposto do parto; porque ela estava esperando ouvir que sua filha tinha morrido.

Quando a investigadora perguntou a Constance se Steven era o pai biológico de Esther, ou se havia alguma probabilidade de que não fosse, Constance se sentiu entorpecida.

– Sim, é claro – ela disse, sem nem mesmo conseguir reunir um mínimo de indignação diante da pergunta.

Constance pensava com frequência no fato de Steven não ter dito nada acerca do sapato de Esther. Ele achava que seu domínio sobre ela era tal que ela nem mesmo o questionaria. Steven sempre tinha sido apaixonado nas suas declarações de amor por Constance. Ele diria *você é tudo para mim, querida*, como como se não houvesse necessidade de mais nada por parte de ninguém. Bem, agora não restava a Constance nada além de tempo para repassar seu casamento, para lançar uma luz sobre todos aqueles momentos e vê-la escorrer pelas fissuras. A investigadora Michaels pareceu surpresa por Constance não estar falando com Steven. Ela se perguntava o que outras mulheres faziam numa situação como essa. O que se fazia ao descobrir que a pessoa que se havia escolhido para compartilhar a vida tinha mentido para você, para a polícia, se recusado a explicar como alguma coisa que a filha estivera usando estava no seu carro?

Repórteres tinham acuado Constance quando ela foi levar o lixo. "Sra. Bianchi, como está se sentindo?" "Qual é sua opinião sobre o caso da sua filha?" "A senhora acha que foi seu marido?" Shel veio correndo e mandou os repórteres sumirem dali. E, na primeira página do jornal, ainda havia aquelas gêmeas desaparecidas, em vez da sua filha, e isso a deixava furiosa.

No domingo, a investigadora perguntou a Constance se ela se disporia a dar uma entrevista coletiva, alegando que seria melhor do que se deparar com perguntas feitas na sua casa, que ela poderia falar sem que mais ninguém falasse. E garantiu a Constance que, na sua opinião, o caso de Esther não estava relacionado ao desaparecimento das gêmeas, mas como ela poderia saber? Como qualquer um poderia saber qualquer coisa? Constance concordou com a coletiva. Ela tinha alguma escolha?

O mais importante era que Shel nunca perguntava a Constance o que ela iria fazer. Elas enfrentavam cada minuto como se enfrentam ondas na arrebentação, subindo com algumas, mergulhando por baixo de outras. E as ondas não paravam. Às vezes, a pressão era tamanha que Constance queria morrer. O assustador era que ela já podia ver quanto tempo isso poderia continuar desse jeito. Como seria se continuasse sem nenhuma notícia depois de mais dois dias? Mais duas semanas? Um ano? Era inimaginável. Quase tão inimaginável quanto a espera, tão impensável quanto a cama vazia da filha.

SARAH

Domingo, 2 de dezembro de 2001

Sarah acordou antes que o sol nascesse na manhã de domingo e verificou seu caderno em busca de tarefas soltas que poderia acompanhar. Viu o endereço rabiscado de Kylie Thompson e decidiu ir ver com os próprios olhos a filha de Shelly Thompson, já que Mack não tinha chegado a visitá-la. Smithy ainda não tinha se levantado. Ela apostou que uma mãe recente já estaria de pé cedo e foi recompensada quando parou o carro e viu luzes através das janelas da cozinha.

Era uma pequena construção de fibrocimento nos limites do parque de exposições. Mack tinha explicado que Kylie Thompson e o filho moravam lá pagando um aluguel muito baixo, em troca de Kylie fazer a limpeza dos sanitários do parque.

— Mas a mãe dela faz boa parte do trabalho no seu lugar, principalmente depois que o bebê nasceu — Mack disse.

Sarah estacionou o Commodore numa vaga marcada com uma tora que tinha sido pintada de branco. Alguém tinha cuidado do jardim ali, no passado, mas essa pessoa não era Kylie Thompson.

A porta se abriu uns bons três minutos depois de Sarah bater. O cheiro que emanava da casa trazia junto molho de tomate e leite azedo. O som estridente de uma televisão ao fundo.

— Olá, sra. Thompson — disse Sarah.

— Tá querendo o quê? — A jovem tinha uma voz anasalada e o mesmo tom ruivo apagado do cabelo da tia, Evelyn Thompson. Ele estava sujo e preso no alto da cabeça com uma xuxinha.

— Você é Kylie Thompson? — Sarah não levou a mal o tom da mulher. Parecia que ela não dormia havia uma semana.

— Sou eu — respondeu ela.

— Estou aqui para lhe fazer algumas perguntas referentes ao desaparecimento de Esther Bianchi na sexta-feira à tarde. Você pode me contar como foi sua tarde no dia 30 de novembro?

— Você faz ideia de que horas são?

Sarah deu um sorriso cativante.

— Tive a impressão de que você estaria acordada.

Kylie fixou em Sarah o olhar franco por alguns segundos antes de falar.

— Eu estava em casa na tarde de sexta. Estou *sempre* em casa, agora. Quando não estou no médico. — Sua expressão se enterneceu. — Coitadinho. — Ela jogou a cabeça para trás, supostamente para indicar o menininho de que Sarah tinha sido informada, dormindo em algum lugar nos fundos da casa. — Ele não tem andado bem.

— Sua mãe veio aqui na tarde de sexta?

— Veio. Ela fez o de sempre: preparou um chá para mim, arrumou uma bolsa para Caleb. Ela faz uma coisa aqui, outra ali, e dá uma arrumadinha na casa.

— A que horas ela chegou e foi embora?

— Ela chega aqui pouco antes das duas e meia; vai embora pouco antes das cinco.

— Você quer dizer geralmente? E como foi naquele dia específico?

— Foi como sempre — respondeu Kylie, aparentando tédio. Sarah percebeu as manchas molhadas em torno dos mamilos da jovem, de leite vazando, e desviou o olhar mais para cima.

Sarah verificou as anotações.

— E seu pai? — Mack não tinha dito nada, mas Sarah tinha a impressão de que Mack ainda não tinha verificado rigorosamente o álibi de Peter Thompson. Ela fez um círculo em torno do nome dele no caderno.

— Não sei. Acho que ele estava em casa com os outros filhos. Ele não trabalha na sexta.

— O que você sabe sobre Steven Bianchi?

— É meio babaca. Os Bianchi sempre foram metidos.

— Constance Bianchi é uma boa amiga da sua mãe.

— Adora uma causa perdida, minha mãe.

Sarah relanceou os olhos para a sala bagunçada por trás da jovem. Estava óbvio que Kylie Thompson não percebia a ironia da sua afirmação.

Embora aquela dificilmente tivesse sido uma conversa das mais úteis, o caminho de volta da visita a Kylie Thompson fez surgir uma ideia. Enquanto Sarah olhava, distraída, para as casas rurais pelas quais passava, ocorreu-lhe que, embora não fossem construídas junto da estrada, muitas podiam ser vistas do automóvel com nitidez à luz da manhã. Isso queria dizer que as pessoas poderiam vê-la também. Alguém poderia ter avistado um carro, ou alguma pessoa que não reconhecia ou que não estava no lugar adequado. Como Steven Bianchi longe do local de trabalho. Sarah resolveu fazer uma convocação ao público em busca de informações para saber se alguém se lembrava de ter visto qualquer coisa por lá, ou nas proximidades do resto do trajeto que Esther teria seguido para ir para casa.

— Tudo bem — disse Constance Bianchi, quando Sarah tocou no assunto ao telefone. — Isso quer dizer que você quer que eu pergunte se as pessoas viram Steve? — ela acrescentou com a voz neutra.

— Vamos perguntar por qualquer coisa fora do comum que as pessoas possam ter visto. Não vamos mencionar seu marido especificamente — disse Sarah.

* * *

O apelo de Constance Bianchi por informações foi transmitido no noticiário local e nacional. Sarah se manteve em segundo plano até Constance sair da plataforma e, então, encerrou o pronunciamento, fornecendo o número para as pessoas ligarem. Sarah resistiu ao impulso de ajeitar o cabelo ou de tocar no rosto. Ela não gostava de falar diante de câmeras. Ocorreu-lhe que, se o noticiário de Sydney transmitisse a coletiva, talvez Amira a visse.

Com o canto do olho, Sarah viu Shelly Thompson ajudar Constance a descer do tablado baixo. As luzes das câmeras de televisão iluminavam as duas mulheres. Constance olhava para os pés, as raízes escuras formando uma faixa grossa no alto da cabeça. Shelly era uma presença corpulenta, com o cabelo de um ruivo forte, um brilho laranja nas pontas, como uma auréola. Sarah supôs que aquela fosse sua única vaidade, a única coisa que fazia para si naquela casa de cinco filhos e um marido que passava a maior parte do tempo viajando a trabalho. A mulher mais alta quase teve de erguer Constance fisicamente do palco. As câmeras não paravam de fotografar, e Sarah sentiu uma onda de compaixão pela mulher cuja filha estava desaparecida e cujo marido a polícia tinha detido.

Mas eles não estavam nem um pouco seguros de que conseguiriam indiciar Steven, e Sarah queria seguir os procedimentos devidos quanto às drogas que tinham encontrado. Depois da conversa com Evelyn Thompson na noite de sábado, ela estava interessadíssima em falar com Clint Kennard, que concordara em vir depois da entrevista coletiva. Mack já tinha falado com Clint no sábado – um entre as dezenas de homens cujo álibi Mack precisava verificar, Sarah relembrou. Segundo as anotações de Mack, Clint tinha estado no bar, com um homem chamado Roland Mathers, na tarde em que Esther desapareceu.

Sarah não reconheceu o nome, mas, quando visualizou a imagem no computador de Mack, ela viu que se tratava do dono do hotel onde Smithy e ela estavam hospedados. De acordo com os registros, Mack já tinha entrevistado Roland, que corroborou a história de Clint, embora de um modo um pouco certinho demais para o gosto de Sarah. Como tinha sido o caso com uma boa quantidade de gente da cidadezinha, parecia que Roland e Clint eram o único álibi verdadeiro um do outro. O dono do bar se lembrava vagamente de vê-los na tarde de sexta, mas não conseguia confirmar quando chegaram nem quando foram embora. Sarah pensou novamente no sapato no carro de Steven Bianchi. Não era impossível que Roland Mathers e Clint Kennard estivessem envolvidos, que os dois soubessem de alguma coisa. Agora, ela mesma queria falar com Clint.

A primeira coisa que Sarah percebeu em Clint Kennard foi o vermelho da pele irritada de um lado a outro do pescoço. Ele devia ter sido bonitão um dia, e o sorriso confiante parecia um resquício daquela época. Ainda era musculoso, mas tinha começado a acumular gordura em torno da cintura. Quando ele se sentou, ela viu que seu cabelo estava raleando, o brilho do couro cabeludo visível à luz fluorescente.

Clint parecia preencher o pequeno espaço da cozinha da delegacia.

— Obrigada por vir aqui de novo, sr. Kennard — disse Sarah.

— É sempre um prazer ajudar a polícia — respondeu ele. As palavras foram acompanhadas por um largo sorriso presunçoso.

— Lembrou-se de alguma coisa fora do normal na tarde de sexta?

— Não. Encerrei o dia e me encontrei com Roland Mathers para tomar uma cerveja. Mas tudo isso eu já disse ao policial Macintyre.

— Faz alguma ideia do motivo para o dono do bar não ter certeza da hora em que você saiu? Ele se lembra de você lá às duas, mas depois disso não sabe ao certo.

— Aquele velho esquisitão. Não passa de um idiota. Não sabe dizer nem onde está o próprio traseiro.

Mais um macho australiano digno de uma das apresentações de Amira como drag king, pensou Sarah.

— Algum motivo especial para você e o sr. Mathers se encontrarem no bar?

— Só atrás de uma cerveja gelada num dia de calor. Se houver um motivo melhor, eu desconheço.

— Um pouco cedo para cerveja, não era?

— Uma das vantagens de ser autônomo, investigadora.

— O que você faz, Clint? – perguntou Sarah.

Ele encolheu a barriga.

— Trabalho com vendas para o setor agrícola – respondeu.

— Como assim? – perguntou ela.

— Equipamentos agrícolas de grande porte, sabe, tratores, debulhadoras, esse tipo de coisa. Me saio bem.

— Você nos autorizaria uma busca no seu carro ou na sua propriedade?

— Não. – Clint sorriu. – Nem um pouco provável.

— Nos ajudaria a não considerá-lo um suspeito.

— Se for realmente necessário, vocês podem obter um mandado. Conheço meus direitos. – Clint olhou para Sarah dos pés à cabeça com um sorriso malicioso que lhe deu nojo.

— E DNA? Nós poderíamos colher uma amostra rápida agora?

Clint olhou para ela como se ela fosse idiota e não respondeu.

— Qual é seu relacionamento com Steven Bianchi? – perguntou ela.

— Relacionamento é um pouco de exagero, investigadora. Ele é bonitinho, mas não tanto assim.

— Vocês se veem muito?

— Mal trocamos duas palavras. O que, na realidade, é bem difícil num lugar como este. É provável que o fato de ele ser meio bundão não ajude.

– Por que você diz isso?

– Não estou tentando ofender a sensibilidade delicada de ninguém. – Seus olhos agora estavam nos seios de Sarah, naturalmente a localização implícita da dita sensibilidade. – Essa é a melhor palavra para descrevê-lo. Pergunte a qualquer um. Um bundão bonitinho.

– O que você sabe sobre um embrulho de metanfetamina que encontramos num açude nos arredores da cidade?

Ela vigiava o rosto dele atentamente. Alguma coisa tremeluziu em sua expressão antes de ele reorganizar as feições numa cuidadosa cara de paisagem, ela registrou.

Ele deu de ombros e não disse nada, ainda sorrindo.

Sarah perguntou sobre suas condenações anteriores, todas já havia mais de quinze anos.

– Veja bem, querida, você está jogando tempo fora comigo. Tudo isso ficou no passado. Agora meu barato é a vida.

Ele piscou um olho para Sarah, passeando o olhar pelo corpo dela, parando para reabastecer em algum ponto perto dos quadris, e ela precisou se conter para não revirar os olhos. *Agora quem está jogando tempo fora?*, ela pensou.

– Como foi? – perguntou Smithy depois que Kennard saiu.

– Eu realmente adoraria ter alguma prova concreta contra Clint Kennard e sua ligação com as drogas – disse Sarah.

– Você acha que ele tem alguma coisa a ver com a menina Bianchi? – quis saber Smithy. O fato de Steven estar detido graças à pequena manobra de Smithy em Rhodes passou implícito entre os dois.

Ela pôs os cotovelos em cima da mesa da cozinha, pousando a testa no dorso das mãos.

– De nada adianta especular enquanto não tivermos provas – disse ela para a mesa, com os olhos fechados.

– Mas não é um prazer?

Sarah riu. Smithy a lembrava do pai. Uma fonte irrefreável de energia.

– Amanhã é outro dia, chefe. Nós vamos conseguir.

Ela esperava que Smithy estivesse certo. Essa era mais uma coisa que a levava a pensar no pai: ele sempre insistia que o tempo estava do seu lado. Sempre haveria um amanhã, um novo ângulo com que trabalhar. Sarah tinha uma forte impressão de que o tempo estava se esgotando para eles em Durton.

NÓS

Dezembro de 2001

Um dos nossos pais gostava de ler o jornal na hora do jantar, dobrando-o e o prendendo debaixo do prato de carne e três legumes enquanto lia, levantando-o a longos intervalos para virar as páginas. (Pelos filmes que víamos e livros que líamos, nós sabíamos que o café da manhã teria sido uma hora mais normal para ler o jornal.) Durante o jantar naquela noite de sexta-feira, nosso pai nos falou sobre um homem a umas duas cidadezinhas dali, que tinha caído num silo por causa de algum problema com seu equipamento de segurança. Os detalhes da matéria não eram claros. A redação fazia com que parecesse que ele tinha se afogado nos grãos, com enormes ondas se abatendo sobre sua cabeça. Nosso pai explicou que os grãos simplesmente teriam sugado o homem para o fundo, e que não havia ninguém por perto para ajudá-lo a sair. O homem não era dali, não era o pai de ninguém que conhecêssemos.

– A pressão de todos aqueles grãos deve ter sido imensa – disse nosso pai, com os olhos ainda no jornal.

Quando se lia sobre um acidente de manhã, tinha-se a sensação de que alguma coisa poderia e deveria ser feita. Já à noite, porém, tudo parecia uma fatalidade. Não havia nada a fazer a não ser comer a sobremesa – iogurte natural e banana ou, se mamãe tivesse feito compras, um copinho de pudim de leite, do tipo que vem com a tampa de alumínio fácil de abrir – e sentir gratidão pelo fato de o mundo e seus desastres terem poupado a nós e aos nossos nesse dia.

E então, vinha a emoção de ver nossa cidadezinha mencionada no jornal no domingo. Alguém tinha falado com um de nós e descoberto que nós a chamávamos de Cidade de Poeira. Uma manchete dizia: DESAPARECIMENTO NA CIDADE DE POEIRA. Nós estávamos famosos.

Entretanto, naquele momento, ainda achávamos que Esther voltaria para casa. Só tinham se passado dois dias. Talvez ela ainda fosse encontrada faminta, sedenta e queimada de sol, andando por uma das incontáveis estradas longas e empoeiradas que saíam da cidadezinha.

Segunda-feira foi o primeiro dia de volta à escola desde que Esther tinha desaparecido. Nossos chapéus de abas largas voavam das nossas cabeças quando corríamos, com as alças ajustáveis repuxando no pescoço, a mochila quicando. Andávamos pela escola, às vezes em grupos, às vezes sozinhos. Almoçávamos e rabiscávamos bilhetes uns para os outros nos nossos cadernos e dávamos risinhos sem motivo. Falávamos de Esther, porque o assunto tinha sido mencionado na reunião geral e porque era só sobre isso que nossos pais conseguiam falar. Ainda não entendíamos que ela não voltaria.

RONNIE

Segunda-feira, 3 de dezembro de 2001

Na segunda de manhã, mamãe me acompanhou até o portão da escola. Isso não acontecia desde minha primeira semana no jardim de infância. Durton tinha uma escola unificada, o que queria dizer que ela atendia ao ensino fundamental e ao médio ao mesmo tempo. Todas as crianças na cidadezinha iam ao mesmo lugar todos os dias, com exceção das que iam estudar em Rhodes porque eram burras demais, bagunceiras demais ou inteligentes demais.

Antes que eu passasse pelo portão, mamãe limpou meu rosto com o polegar, estalando a língua nos dentes. Devia haver vestígios da geleia de morango daquela manhã no meu queixo. Ela passou a mão que não estava suja de geleia pelo meu cabelo.

— Eu te amo, Ronnie. — E se despediu com um abraço antes de dar meia-volta para ir embora.

— Mamãe! — gritei.

Ela se virou, com a expressão preocupada. Eu queria lhe perguntar onde ela achava que Esther estava, mas eu sabia que isso só a deixaria perturbada de novo.

— Sabia que as lhamas têm uma língua presa que não consegue sair mais do que treze milímetros da boca? De modo que elas não conseguem fazer isso. — Estiquei minha língua até onde consegui.

— Comporte-se, Ronnie — foi o que ela disse em resposta.

Enquanto perambulava pelo pátio, eu não parava de ver Esther com o canto do olho. Eu me preparava para aquele abraço apertado ao fim da corrida, só para me dar conta de que era outra pessoa. Naquele dia, seríamos só eu e Lewis, e senti um tremor de empolgação. Olhei ao redor – na quadra de handebol, nos bebedouros, no campo oval –, mas não o encontrei. Ele sempre, *sempre,* chegava cedo; nós três sempre chegávamos.

Dei a volta até nosso ponto habitual. Lewis ainda não tinha chegado, e decidi que não sairia dali. Crianças uniformizadas apareciam no portão e se espalhavam como bolas de gude se derramando sobre uma mesa. Mudei de posição para ficar de pernas cruzadas, com meus tênis se fincando na pele das minhas pernas, e apoiei o queixo na mão. Achei que as pessoas fossem querer falar comigo sobre Esther. Afinal de contas, eu era a melhor amiga dela. Isso tinha de ter algum significado. Esperei, mas nenhuma das bolas de gude rolou na minha direção.

Tirando minha lancheira da mochila, catei o pacote de biscoitos Dunkaroos, aqueles de molhar numa pasta doce, que mamãe tinha incluído para o recreio. Para tudo o mais, ela comprava mantimentos de marca genérica, mas ela sabia como eu adorava os Dunkaroos.

Eu tinha na minha mochila um livro que Esther tinha me emprestado umas duas semanas antes. Era sobre cavalos, e eu o trouxera para mostrar a Lewis porque achei que, juntos, talvez decifrássemos a pista que ele continha. A capa dizia *Livre e selvagem* em vigorosas letras roxas acima de uma foto de um lustroso cavalo preto. O livro era da biblioteca; e, se eu não o devolvesse, ninguém adivinharia que estava comigo. Quando voltasse, Esther teria problemas e seria proibida de pegar livros emprestados. Esther sempre devolvia os livros à biblioteca. O fato de eu estar ali sentada segurando aquele significava que ela devia estar bem.

Enquanto eu chupava dos dedos, o finzinho da grossa pasta de chocolate com avelã, a campainha tocou. Um aviso veio rouco pela rede de alto-falantes espalhados como uma teia de aranha em torno do pátio: haveria uma reunião. Tudo o que eu precisava fazer era esperar que a sra. Rodriguez se apresentasse com a nossa turma.

Este era o último ano em que minha turma teria de se sentar no chão. Do sétimo ao décimo ano, poderíamos trazer as cadeiras da nossa sala de aula. Os alunos do décimo primeiro e do décimo segundo ano ficavam postados lá atrás, mal em pé, já que se deixavam relaxar e se equilibrar uns encostados nos outros. Eles eram praticamente adultos de camisa polo branca e calça azul-marinho. Eu estava com o vestido dos menores, um axadrezado escocês branco e azul-escuro sobre um fundo azul-claro. Estava amarrotado. Mamãe não tinha tido tempo de passá-lo. Ela nem mesmo tinha percebido meus tênis puídos, quando me deixou na escola, apesar de normalmente estar sempre alerta para qualquer infração das regras do uniforme. Eu tinha sentido a força com que me segurou quando me abraçou e uma fisgada de culpa pelo que eu a tinha feito passar no sábado.

Apesar do nome exótico, a sra. Rodriguez tinha o rosto pálido, macilento, que sempre dava a impressão de que ela acabara de ouvir alguma coisa vagamente surpreendente. Com as bochechas coradas brilhando com o suor, ela conduziu os alunos da nossa turma para a esquerda da enorme figueira, como de costume. Os alunos menores se sentaram na frente. Alguns estavam com o dedo na boca, o rosto relaxado. Outros seguravam os sapatos pela ponta e davam batidinhas com eles na terra. Todos foram chegando em fila. Ainda não se via Lewis em parte alguma.

A sra. Worsell estava assumindo sua posição diante da escola reunida, preparando-se para falar. Nós estávamos de pé para o hino nacional quando Lewis chegou. Ele correu para onde nossa turma estava sentada, mas se sentou duas fileiras adiante de mim, longe demais para eu poder sussurrar alguma coisa para ele. Talvez não tivesse me visto.

Uma onda de empolgação percorreu as fileiras sentadas. Murmúrios vieram dos alunos mais velhos lá atrás. Havia duas pessoas em pé, ali ao lado, enquanto a sra. Worsell falava ao microfone. As duas usavam paletó, apesar do calor. Eu as reconheci do sábado no escritório da sra. Worsell.

O aluno ao meu lado se virou e sussurrou:

– O que está acontecendo?

Metade da escola parecia cochichar. A diretora Worsell ergueu a mão pedindo silêncio.

– Esses investigadores vão falar com vocês todos agora. – Seu olhar dizia que, se não nos calássemos, não valeria a pena continuarmos vivos.

Agora todos estávamos quietos. Nenhuma batidinha, ninguém se contorcendo: todos os presentes esperavam para ver o que aconteceria. O homem se aproximou do microfone. Ele não olhou para nós enquanto nos dirigia a palavra, olhava um pouco para o lado, como se ficar ali diante da escola reunida fosse entediante ou embaraçoso. Ele não tinha falado durante todo o tempo em que fui entrevistada no sábado. Agora, numa voz alta e clara, explicava que eles ainda estavam procurando por Esther. Que já tinham conversado com muitos de nós, mas, se alguém tivesse qualquer informação, deveria falar com um professor. Eles precisavam da nossa ajuda para encontrar Esther, disse ele.

Uma vez, Esther quis brincar de telefone sem fio. Nós estávamos deitadas na minha cama, querendo ver até onde podíamos ficar penduradas de cabeça para baixo antes de cair da cama. Esther já tinha caído no chão duas vezes. O primeiro baque fez Flea sair correndo do quarto.

– Eu cochicho alguma coisa no seu ouvido, e você tem de me dizer o que eu disse. Vai ser mais difícil porque estamos de cabeça para baixo – disse Esther.

– Não dá para brincar de telefone sem fio só com duas pessoas – retruquei. – Tenho uma brincadeira melhor. Por que não contamos um segredo uma à outra?

— Mas eu já conto tudo para você — respondeu Esther, jogando as pernas para o alto para se aproximar mais um pouquinho da beirada da cama.

Esther não era como eu. Se ela pensava alguma coisa, logo dizia. Você sabia em que pé estava com ela. *Esse chapéu deixa sua cabeça esquisita; parecia que sua mãe estava achando um tédio a peça da escola; não vou te emprestar dinheiro porque da última vez você não me devolveu.* Podia ser que fosse cruel, mas ela era franca. Eu tinha tantos segredos que guardava dela. Não que eu estivesse mentindo. Eu nunca mentiria para Esther, não uma mentira importante. Na maior parte das vezes, eu não conseguia decidir o que, de fato, queria dizer. Para cada frase que surgia, havia outra, mais real, flutuando em algum outro lugar.

— Tá bom, vamos brincar de telefone sem fio, então — falei.

Naquele instante, Esther chegou ao ponto em que já não podia voltar atrás e desabou de cima da cama. Eu escorreguei de qualquer jeito para me juntar a ela no chão, e nós ficamos rindo num emaranhado de braços e pernas.

O homem estava chegando ao fim de sua fala. Eu podia ver as costas de todos os alunos à minha frente. Algumas das camisas brancas estavam amareladas, algumas pareciam novinhas em folha. A multidão ao meu redor se mexia como um cachorro se contorcendo por picadas de pulgas. Braços balançavam desanimados, o peso era transferido da perna direita para a esquerda, crianças se coçavam, suspiravam e bocejavam. Algumas olhavam para o telhado de folhas que ondulava lá em cima, um escudo enrugado contra o sol quente. Dali de trás, eu podia ver a cabeça de Lewis. Ele se curvou para a frente enquanto o homem falava. Estava tentando cochichar alguma coisa para Campbell Rutherford, que estava sentado na fileira à sua frente. Campbell esfregou a parte de trás da cabeça raspada, como se quisesse se livrar das palavras de Lewis. Era um desdobramento interessante: Lewis nunca falava com Campbell.

A reunião terminou. Não houve nenhum número musical. Esther vinha ensaiando com o coro da sra. Worsell havia semanas. Ia fazer um solo. Agora eu estava louca para falar com Lewis. Mas ele se levantou com o resto da turma e foi embora, com as mãos enfiadas nos bolsos. Corri para alcançá-lo, mas, quando dei a volta no prédio principal, ele tinha sumido. Foi se esconder no banheiro dos garotos, provavelmente. Quando chegou à sala de aula, todos os outros já estavam nos seus lugares, e a sra. Rodriguez mandou que ele se sentasse.

A sra. Rodriguez fez a chamada, e pareceu errado ela pular Esther. Houve uma pausa quando ela chegou ao nome, mas não o pronunciou. Ela passou para o nome seguinte da lista — Emily Brooks — e continuou com todos como de costume.

Eu queria tanto ver Esther. Era como uma casca de ferida que eu supostamente não deveria tentar arrancar.

Lewis permaneceu na sala para falar com a sra. Rodriguez durante o recreio. Fiquei no vão da porta, esperando, mas ele não olhou para mim. Estava falando sobre um trabalho que só precisávamos entregar dali a séculos. Esther era a cola que nos mantinha juntos, e Lewis nunca tinha sido dado a bater papo, mas ele nem tinha me cumprimentado.

— Oi, Ronnie — disse ele, com um gesto de cabeça enquanto se afastava da mesa da professora. Como que para realçar suas palavras, a campainha tocou.

Tudo o que eu tinha planejado dizer simplesmente se desfez.

Depois do recreio, dei à sra. Rodriguez meu cartaz sobre o Peru. Ela fez uma cara estranha quando o entreguei. Quase ninguém tinha feito o trabalho, e eu esperava que com isso ele ficasse em exposição na parede da sala. Mamãe não saiu de casa na tarde de domingo, e acabei não podendo usar o abajur. Em vez disso, decalquei a lhama da revista em um outro papel mais fino, então o colei no meu cartaz.

Quando soou a campainha para o almoço, Lewis veio à minha carteira.

— Tenho grupo de estudo da Bíblia — ele disse, já se afastando dali, como se tivesse adivinhado que eu queria falar com ele, mas ele não queria falar comigo.

Lewis nunca tinha frequentado o grupo da Bíblia antes. Minha mãe tinha assinado o bilhete em que pedia que eu fosse dispensada dos estudos das Escrituras às sextas, mas eu não o tinha repassado para os professores. Com grande frequência, a sra. Cafree tinha uns minichocolates que distribuía para respostas certas a perguntas como: *Quem vai te amar para sempre?* Ela era fácil de enrolar: *Jesus* era a resposta a quase todas as suas perguntas. Mas hoje era segunda, e o grupo da Bíblia não tinha sequer um lanchinho. Você devia levar seu próprio almoço. Fui me sentar sozinha à sombra da figueira e comi o sanduíche que minha mãe tinha preparado para mim.

Quando a campainha anunciou o fim do dia, me levantei e fui direto à carteira de Lewis.

— Preciso conversar com você — falei. — Me parece que você está me evitando. — Gostei da dramaticidade da declaração. Era algo que minhas Barbies poderiam dizer uma para a outra. — Eu te espero junto do cabideiro.

Lewis demorou séculos. Esperei enquanto todos os outros alunos da turma passavam rumo aos ônibus ou para a caminhada causticante de volta para casa. A varanda da nossa sala já estava vazia quando Lewis chegou ao seu cabide.

— Tenho que encontrar Esther — falei.

Lewis abriu o zíper da sua mochila azul-escuro, sem olhar para mim. Eu precisava atrair sua atenção.

— E você vai me ajudar — acrescentei.

— Você sabe onde ela está? — O rosto de Lewis era uma lua pequena e desbotada.

A sra. Rodriguez ainda não tinha saído da sala. Ela sempre levava horas arrumando suas coisas.

– Você vai vir procurar comigo?
– Onde? – Lewis cruzou os braços diante do peito e olhou para trás na direção da sala de aula.

Era provável que ele viesse, se achasse que eu sabia onde ela estava.

– No riacho.

Ele arregalou os olhos.

– Tem gente procurando por ela. Adultos, que sabem o que estão fazendo. – Os braços de Lewis ainda estavam cruzados. Ele dava a impressão de estar se abraçando.

– Mas eles não a encontraram, certo? – Cheguei um passo mais perto dele. – Vai ver que ela está com medo de alguma coisa. Vai ver que alguma coisa a está impedindo de voltar para casa. Ou que ela acha que está encrencada até a raiz dos cabelos. Eu não sei.

De onde estávamos, eu podia ver o alto da figueira na frente da escola.

– Ronnie, não vai dar. Meu pai deve estar em casa.

– Diga a ele que você está vindo à minha casa, e então nos encontramos no riacho. – Essa conversa era importante. Lewis e eu representávamos alguma coisa um para o outro.

– Não vai funcionar. Nunca pedi para ir à sua casa antes. Ele vai desconfiar.

– Mas você foi à minha casa aquela vez, para jogar UNO.

– Aquilo foi com mamãe. Meu pai não soube de nada. Foi nas férias da escola e ela precisava ir a algum lugar.

Uma vez que minha mãe fincasse o pé em alguma coisa, o assunto estava encerrado. Mas eu tinha ouvido falar de outras crianças que manipulavam os pais, um contra o outro.

– Você não pode pedir à sua mãe que diga ao seu pai que tudo bem?

– Não – respondeu Lewis. – Não posso. Meu pai vai surtar.

Eu praticamente nunca via o pai de Lewis, um homem grandalhão e barulhento chamado Clint. Nas raras ocasiões em que ele ia a um churrasco com Lewis e a mãe, ele costumava ficar no meio de um grupo de homens que riam. Mamãe nunca me fez ir lá lhe oferecer um petisco de salsicha, apesar de ser seu costume estar sempre atenta a esse tipo de coisa.

— Veja só, já me encrenquei uma vez por sair para procurar no sábado. Preciso da sua ajuda.

— Eu tenho que ir embora, Ronnie — disse ele.

Lewis remexeu na mochila por um instante, sem olhar para mim. Ele a ajeitou nas costas, um gesto que dizia *faça o que quiser.*

— O que é isso? — Eu apontei para seu braço esquerdo.

Um hematoma amarelo aparecia por baixo da manga curta da camiseta escolar branca. Suas sombras de um marrom arroxeado me fizeram pensar no leite na minha cumbuca de cereal na manhã daquele dia na casa do tio Peter.

— Eu me machuquei brincando no quintal — disse ele, abaixando a cabeça.

— Como você conseguiu se machucar em volta do braço todo desse jeito? — perguntei. Parecia a tatuagem da Pocahontas no filme da Disney que eu tinha visto com meus primos.

— Não sei. Só aconteceu.

— Você amarrou uma corda no braço ou coisa parecida? Você já viu *Pocahontas*?

— O que você quer, Ronnie? — O rosto de Lewis estava deformado numa expressão que eu nunca tinha visto antes.

Não consegui conter as palavras.

— Não está certo. Ela devia estar aqui. — Eu queria lhe mostrar o livro da biblioteca; queria que ele me dissesse que íamos encontrar Esther.

Esperei que ele dissesse que eu estava errada. Que a tinham encontrado naquela manhã. Todos tinham se esquecido de que ela ia ser apanhada pela avó para passar a semana fora, talvez na praia, algum lugar sem telefone. Ela estava com a mãe da mãe, que morava muito longe e que eu nunca tinha conhecido. Não fazia diferença que Esther não gostasse daquela avó.

– A polícia prendeu o pai dela – disse Lewis, baixinho.

– O pai de Esther nunca ia lhe fazer nada de ruim. Se ele foi preso, essa é mais uma razão para a gente ter que descobrir onde ela está.

– Presta atenção... – Lewis olhou para a frente da escola. A fila de crianças que se dirigia para o portão já estava se reduzindo. – Você tem razão quanto ao pai dela. Ele não estava lá. – Ele parou de falar e olhou de novo ao redor. Achei que ele ia dizer mais alguma coisa, mas ele só olhou para mim, como se implorasse que eu não fizesse a pergunta que eu ia fazer em seguida.

– Ele não estava onde, Lewis?

– Eu vi Esther naquela tarde. – Seu rosto inteiro estava tenso, as sobrancelhas baixas, espremidas por trás da armação dos óculos. Parecia que contar aquilo para mim o estava ferindo fisicamente. – Vi Esther depois da escola.

Fiz a primeira pergunta que me ocorreu.

– Onde?

– No Riacho de Terra.

Meu coração, amarrado na rabiola de uma pipa, subia e descia em guinadas, dentro do meu corpo. Era lá que Esther e eu escondíamos nossa caixa.

– Vi um homem lá também – Lewis continuou. – Decididamente, não era o pai dela.

– Tem certeza de que você reconheceria o pai de Esther? – perguntei.

– É claro que sim – ele respondeu. – Já vi ele um monte de vezes.

– O que você estava fazendo no riacho?

– Nada – disse ele. – Estava de bobeira.

– Depois da escola?

– Foi.

– Bem, a que horas foi isso?

Dei um passo mais para perto de Lewis, e ele se preparou como se eu fosse bater nele. E era o que eu queria fazer. Tinha de fazer com que ele visse que eu estava certa. Isso aqui era muito mais sério do que qualquer conversa entre Barbies.

– Você falou sobre isso com alguma pessoa? – Como Lewis não disse nada, eu continuei. – A polícia não lhe perguntou? Você não percebe que isso é *muito* importante? – Minha frustração era tamanha que eu queria berrar. – Esther é sua *amiga*.

Era como se todo o pânico que eu estivesse sentindo desde a tarde de sexta-feira me atingisse de uma vez só. A ponta dos meus dedos formigava, e eu sentia um gosto estranho na boca, como na vez em que Esther tinha me desafiado a lamber uma cerca de metal.

O rosto de Lewis estava impassível. Era uma expressão familiar. Ela dominava suas feições o tempo todo no pátio: seu nariz arrebitado com as narinas se abrindo enquanto ele se enfiava dentro de si mesmo e recuava diante dos outros garotos, com os olhos se contraindo por trás dos óculos. Duvido que ele soubesse que estava fazendo aquilo. Vê-lo assim me deixava com raiva: a raiva que se sente de alguma coisa pequena e fraca que não tem como se defender.

– Não faz diferença, Ronnie. Meu pai disse que o sr. Bianchi deu uma facada num policial, então ele deve ter feito alguma coisa.

– Seu pai lhe disse isso? – perguntei, olhando firme para ele. Steve não faria uma coisa daquelas, era *impossível* que fizesse.

– Disse – respondeu Lewis, com os olhos fixos nos meus.

– Não importa – retruquei. – Nós deveríamos...

– Tenho que ir.

– Você precisa falar com a polícia – falei, de repente sem fôlego. Ele precisava lhes dizer que estavam errados acerca de Steven.

A palavra *polícia* fez com que parecesse que ele tinha acabado de engolir uma bala superácida inteira.

— Agora não faz diferença — disse Lewis. — Você não consegue perceber isso?

— Eles ainda não sabem onde ela está! Enquanto acharem que foi o pai dela, não vão continuar as buscas. — Olhei firme para ele, sem dizer mais nada, sem me mexer. — Não estou brincando. Você precisa ir falar com eles *agora*.

Os olhos de Lewis esquadrinhavam o pátio.

— Você é um covarde — exclamei, quando me dei conta de que ele realmente não pretendia ir a parte alguma.

— E você é uma sabichona — retrucou ele. — Você acha que pode simplesmente dizer a todo o mundo o que fazer. Você só está fazendo tudo isso porque Estie é a única pessoa que consegue suportar você por mais de cinco minutos. Você está sempre se empanturrando e dizendo a todo mundo o que *você* acha. Bem, pode ser que eu... — recuei um passo —, pode ser que eu não dê a mínima para o que você pensa — disse ele, com ódio. Eu podia ver as lágrimas nos seus olhos por trás dos óculos. — Por que você não larga do meu pé?

Lewis deu meia-volta e saiu correndo.

Ouvi um som atrás de mim. A sra. Rodriguez gritou de lá da porta da sala de aula.

— Ah, que bom! Você ainda está aqui. Espere um pouquinho, tá, Ronnie? — Seu tom satisfeito sugeria que ela não tinha ouvido nada do que Lewis e eu tínhamos acabado de dizer um ao outro.

Fiquei parada, com os pés grudados no assoalho liso da antiga varanda, atingida pelo choque. Tudo o que eu queria fazer era correr atrás de Lewis. Trazê-lo de volta. Fazê-lo entender. Fazê-lo se retratar do que tinha dito.

— Achei que você gostaria de ficar com isso — disse ela, com um rolo de cartolina na mão. Sem desenrolar, eu sabia que era meu cartaz do Peru. — Eu gostei muito da lhama.

— Obrigada, sra. Rodriguez — repliquei, segurando uma ponta do cartaz. Por que ele não ia ficar em exibição?

— Você conseguiu um dez — disse ela, animada, ainda segurando a outra ponta.

Olhei por cima do ombro. Lewis tinha fugido correndo e já estaria longe àquela altura. Ele era muito mais veloz do que eu.

— Ouça, pode contar comigo se você precisar falar com alguém — disse ela, finalmente soltando a outra ponta.

Por meio segundo, pensei sobre isso. Mas ela nunca acreditava em mim. Certa vez, eu lhe contei que tinha visto um camundongo na sala de aula, e ela disse na frente de todo mundo que eu tinha uma imaginação exagerada.

— Obrigada, fessora — disse eu, começando a me afastar.

A sra. Rodriguez se virou para voltar para dentro da sala. Minha mochila era a última no cabideiro. Enfiei o cartaz nela. Eu podia sentir o peso do livro de Esther, da biblioteca. Se eu corresse, talvez ainda conseguisse alcançar Lewis.

Foi então que me ocorreu uma ideia. Eu não precisava convencer Lewis. Eu podia ir direto à polícia e contar para eles. De início, eles até poderiam não acreditar em mim, mas eu ficaria lá até que eles acreditassem. Eu não me importava se acabasse me encrencando com mamãe. A polícia precisava saber. Eu ia contar para eles, e tudo daria certo. Eles encontrariam Esther e a trariam de volta para mim.

LEWIS

Segunda-feira, 3 de dezembro de 2001

Quando Lewis conseguiu chegar em casa, ele entrou correndo e fechou a porta da frente com estrondo. Esperou ouvir uma batida do outro lado, que Ronnie desse de cara com o pai dele, que talvez tivesse acabado de parar o carro na entrada. Que sua mãe chamasse por ele, perguntando por que Ronnie estava ali, e que história era essa do riacho?

Não veio nada a não ser as batidas fortes nos ouvidos. Lewis tinha perguntado a Campbell se ele também sentia isso: o som das batidas do seu próprio coração nos ouvidos. Campbell dissera que sim. Ele gostava de ficar escutando até adormecer.

Lewis fechou de novo a tranca de segurança e se afastou da porta. No quarto, ele se sentou encostado na beira da cama.

Tudo que estava guardando dentro de si desde o beijo, desde que sua mãe lhe dissera que Estie estava desaparecida, tudo de que ele tinha medo: parecia que tudo estava acontecendo ao mesmo tempo. E Ronnie tinha feito a pergunta que ele vinha temendo: *O que você estava fazendo no riacho?* Os cristais de gelo afloraram no seu peito, sólidos, escorregadios e impossíveis de serem quebrados. Isso era tão típico de Ronnie. Por que ele deveria lhe dar ouvidos? Por que qualquer pessoa haveria de se importar com o que ela dissesse? Uma nova ideia retiniu no seu cérebro. Se o pai de Estie ficasse preso, a culpa seria dele, de Lewis.

Lewis tinha gostado de ser capaz de repudiar Ronnie, de agir como se não ligasse para o que ela pensava, mas isso foi porque, bem no fundo, ele sabia que a menina desculparia qualquer coisa que ele dissesse. Ela era a única pessoa que sempre via o lado bom do que ele fazia, que gritava "Bom lance, Lewis", de lá da lateral quando eles jogavam handebol. Mas isso era diferente. Ronnie estava lá fora, praguejando contra ele. E, é claro, ainda havia Esther. Onde ela estava? Ele não tinha se permitido pensar no caso, não mesmo. Será que alguma coisa ruim estava acontecendo com ela, alguma coisa que ele poderia impedir? Uma onda de vergonha se abateu sobre ele. Não tinha coragem suficiente para falar com a polícia. Ronnie nem tinha sido capaz de vislumbrar aquele nível de covardia. Ronnie tinha esperado o melhor dele, como sempre esperava. Mas ele não era nada. Não era nenhuma surpresa que seu pai o considerasse fraco.

O impulso de dizer a verdade o traspassou. Ir correndo atrás de Ronnie e dizer que ele iria, que iria naquele exato momento. Ele podia contar à polícia que tinha ido ao riacho sozinho, que tinha escapulido da escola cedo, que era o motivo pelo qual não tinha querido contar a ninguém, mas que tinha visto um homem com Estie e que esse homem não era o pai dela. Mas por que ele tinha ido ao riacho, para começo de conversa? Porque estava quente, e ele queria pôr os pés na água depois de jogar futebol?

Isso teria de servir. Teria, sim.

A mãe de Lewis estava passando pelo corredor. O coração dele pulsava forte, fora de sincronia com a respiração. Ela o vinha vigiando como uma águia desde sábado. Ele não tinha conseguido dar outra fugidinha até a casa de Campbell, nem mesmo usar o telefone.

– Mamãe? – disse ele, torcendo por um instante para que talvez ela não o tivesse ouvido.

A cabeça da mãe apareceu à porta, acima da cesta de roupa que ela trazia nos braços.

– Que foi?

– Tenho que lhe contar uma coisa.

Ela entrou no quarto e pôs a cesta no chão.

– O que houve, querido? – Ela sorriu para ele.

Ela era de uma beleza comovente.

– Tem uma coisa que eu não disse à polícia no outro dia.

Ele lhe passou a versão da história que tinha preparado enquanto estava sentado ali, aquela que não fazia nenhuma menção a Campbell. Enquanto falava, Lewis pensou em como o nível da água estava baixo.

– Eu vi um homem com Estie. Nunca o tinha visto antes.

– Você tem certeza? – perguntou a mãe, o lançando um olhar penetrante.

Ele fez que sim.

– Lewis, se o que você está dizendo for verdade, essa informação é muito importante. Por que cargas d'água você não disse isso no sábado?

O medo no rosto dela não era medo do que a polícia diria, ele sabia. A sombra do seu pai pairava entre eles. E ele sabia que a mãe sabia a resposta. Só imaginar que Lewis tinha falado com a polícia bastaria para enfurecer o pai dele.

A mãe de Lewis já lhe tinha contado como ela e seu pai tinham se conhecido. Seu pai trabalhava em Rhodes, no hipódromo. *Ele era simplesmente aquele caubói sedutor, e eu, uma garota de Surrey viajando por um ano antes da universidade, e me apaixonei perdidamente por ele.* Só que eles nunca falavam sobre o que aconteceu depois. Quando foi que seu pai tinha mudado. A certa altura, parecia que a mãe de Lewis tinha renunciado a tanta coisa que o que ela queria já não fazia nenhuma diferença.

– Eu sei – disse ele, tentando conferir a cada palavra o peso daquilo que eles dois entendiam.

– Certo. Desta vez, vamos precisar levar Simon. – A mãe disse isso baixinho, pensando em voz alta. – Olhe, vista essa aqui.

– Ela entregou a Lewis uma camisa polo vermelha que tirou da cesta de roupas. As mangas eram mais compridas do que as da camiseta da escola. – Você está todo suado – disse ela.

Dentro de minutos, eles estavam a caminho do posto policial.

– Só espero que tudo se resolva antes de seu pai voltar para casa – disse a mãe de Lewis, quando eles saltaram do seu carro laranja forte. – Assim não vamos precisar contar a ele.

Lewis concordou em silêncio.

Era o mesmo posto policial que sempre tinha estado ali, mas dessa vez a garganta do menino se contraiu quando ele olhou para a construção. Era um chalé normal, salvo pelo letreiro quadriculado em azul e branco lá na frente que era iluminado por dentro. A palavra POLÍCIA lançava uma claridade que brilhava no portãozinho quando se passava por ali à noite. *Por que precisam de tanta luz?*, dizia o pai de Lewis sempre que via o letreiro. *Todo mundo por aqui sabe como encontrar o sacana.*

Lewis tinha se preparado para ver o policial Macintyre, mas, quando entraram na recepção, ele ouviu algumas vozes provenientes da porta aberta que dava para uma pequena cozinha.

– Alô – chamou a mãe de Lewis.

O policial Macintyre veio de lá de dentro, ajeitando o cinturão nos quadris.

– Meu filho Lewis tem uma coisa que precisa contar para vocês.

Ele estava arrependido de ter aberto a boca. Ronnie e suas ideias de merda!

Atrás dele, Simon estava parado, passando o peso de um pé para o outro. Havia um círculo vermelho em volta da sua boca deixado pelo picolé que sua mãe tinha usado para fazer com que entrasse no carro. Começavam a aparecer pelos esparsos no seu queixo. Em breve, a mãe ia precisar começar a barbeá-lo, além de todo o resto.

O policial Macintyre olhou de cima para Lewis do outro lado do balcão. Por trás, na parede, havia um calendário que não tinha sido mudado havia meses. Os quadrados dos fins de semana estavam alinhados, com as palavras *Sábado* e *Domingo* impressas em um tom forte de vermelho.

– É sobre Esther Bianchi – disse a mãe de Lewis.

O policial Macintyre olhou para ela e, depois, para Lewis.

– É melhor vocês entrarem.

Lewis passou pelo balcão e pela porta aberta da cozinha.

– Esse rapazinho diz ter informações sobre Esther Bianchi – disse o policial Macintyre.

Os dois policiais com quem ele tinha falado na escola olharam para ele, de onde estavam sentados à mesa. A mulher tirou os óculos e os colocou ao lado.

– Sente-se, por favor – disse ela.

A mãe de Lewis fez Simon se sentar numa cadeira junto da parede.

– Vocês querem falar com Lewis em particular? – perguntou a mãe de Lewis, com o olho em Simon.

– Não, senhora, precisamos que você fique aqui por causa da idade do seu filho. – A investigadora mudou de lugar para ficar bem de frente para Lewis. – Certo, Lewis. Nós vamos adorar ouvir o que você tem a dizer. Agora, já nos falamos antes, não é mesmo? Tem alguma coisa que você se esqueceu de nos contar da última vez?

– Eu disse que só fui direto para casa depois da escola naquele dia, mas não foi verdade. Eu saí um pouco antes do toque da campainha – respondeu ele, sem hesitação.

– Mas você estava na Educação Física... todos os garotos estavam – atalhou o policial Macintyre.

O investigador lhe lançou um olhar, e o policial Macintyre se calou.

— É que não voltei para a sala de aula. — Lewis quase tinha dito "nós". *Nós não voltamos para a sala de aula.*

— Por que não? — perguntou a mulher.

— Estava quente. Muito quente mesmo. Resolvi ir para casa mais cedo. Deixei minha mochila perto do galinheiro, para não precisar andar toda aquela distância até a sala de aula.

— Alguém viu quando você foi embora?

— Acho que não — respondeu Lewis. Tudo o que ele conseguia ver era o rosto de Campbell. *Meu pai diz que no tempo dele as pessoas vinham a cavalo à escola e os deixavam amarrados ali.* A curva da bochecha, o jeito como a sombra da árvore marcava seu rosto.

— Então, você saiu antes do toque da campainha. Você foi direto para casa?

— Não — respondeu Lewis.

Ela olhou para o parceiro antes de voltar para Lewis.

— Aonde você foi?

— Passei pelo riacho.

— E esse é o caminho para a sua casa?

— Mais ou menos.

O investigador que lembrava Lewis do seu pai mudou de posição na cadeira. Lewis podia sentir o gelo se espalhando no peito.

— Por que você foi lá? — perguntou a mulher.

O policial Macintyre estava parado num canto, com a mão no cinturão, como se estivesse se controlando para não dizer alguma coisa.

— Não sei. Eu só queria ir até lá. Estava quente. Queria pôr meus pés na água, eu acho. — Parecia uma mentira.

— E o que você fez quando chegou lá?

— Eu vi Esther. — Seu nome era como eletricidade no ar. Lewis tinha falado. Tinha posto a si mesmo e a Estie juntos no mesmo lugar.

A voz da investigadora não se abalou.

– O que ela estava fazendo?

– Ela estava com um homem. – Todos ao redor da mesa pareceram se inclinar na direção de Lewis de uma vez só.

– E como era esse homem, Lewis?

Havia um pano de prato sobre a mesa. Um grupo de canecas estava aglomerado perto da pia, prontas para serem lavadas.

Simon riu. Um som inexpressivo, sem vida, como o de uma ave imitando uma risada. Lewis olhou para o irmão, mas ninguém mais olhou. Todos estavam com os olhos voltados para Lewis.

– Ele era careca. Tipo, parte da cabeça era só raspada, mas, no alto, ele era careca. Não era o pai de Esther. – Lewis queria dizer que havia alguma coisa no homem que parecia falsa. Lewis precisava fazer com que ela entendesse.

– E o que Esther e esse homem estavam fazendo?

– Estavam chamando um cachorro.

– Esther tem um cachorro, Lewis? – Todos ali dentro continuavam olhando para ele.

– Não. – Lewis queria dizer *essa é a questão, ela não tem*, mas as palavras ainda não lhe ocorriam.

A investigadora se voltou para a mãe do menino.

– A que horas Lewis chegou em casa, sra. Kennard?

– Um pouco depois das três – disse a mulher. – Ele às vezes vai à casa de Campbell Rutherford, mas ele chegou antes do que eu esperava. Quer dizer, quando ele lhes disse que veio direto para casa, ele estava em casa na hora certa para isso ser verdade. Ele nunca saiu cedo da escola antes.

Lewis manteve a cabeça baixa, concentrando-se em continuar com a mesma expressão de antes de sua mãe mencionar o nome de Campbell.

— Agora você sabe como é importante contar a verdade a policiais, não é, Lewis? – perguntou o investigador.

O policial Macintyre olhava para a investigadora como alguém esperando que o juiz reagisse ao pedido de um jogador.

— Sei. — Com sua voz, Lewis tentou lhes dizer que ele sabia.

O investigador se pronunciou novamente.

— E por que você não mencionou ter visto Esther quando nós falamos com você da primeira vez?

Lewis não conseguiu responder.

— O que você estava fazendo no riacho, Lewis? – perguntou a investigadora, com a voz suave.

— Eu já disse, estava quente.

— Na realidade, não havia água suficiente para valer a pena, certo, garoto? – perguntou o policial Macintyre.

— Eu só queria molhar os pés – disse Lewis.

Uma porta se abriu com violência. Parecia que era nos fundos do posto policial.

— Soph! – berrou uma voz. O gelo sólido no peito de Lewis se derreteu, inundando seus pulmões.

A mãe de Lewis olhou para a investigadora antes de responder.

— Estamos aqui dentro, Clint – respondeu ela, baixinho.

— O que ele fez? – O pai de Lewis estava em pé no vão da porta, nos fundos da cozinha.

Simon virou para o outro lado e fixou os olhos no chão.

— Nada, Clint. Lewis acha que viu Esther Bianchi no dia em que ela desapareceu – disse a mãe de Lewis. Falava tão depressa que Lewis olhou de relance para os policiais para ver a reação deles.

— É claro que ele a viu. Eles vão à mesma escola, não vão? – O pai de Lewis ergueu as sobrancelhas enquanto seguia para se postar ao lado da mãe de Lewis, como se essa imaginação exagerada fosse o tipo de coisa com a qual ele precisava lidar o tempo todo com a mulher e o filho. A pele cor-de-rosa irritada no seu maxilar reluzia com a iluminação fluorescente do posto policial.

A mãe de Lewis mantinha a cabeça baixa, o rosto mostrando uma expressão neutra.

– Nós vamos embora agora, senhores – disse o pai, aproximando-se de Lewis e baixando a mão no ombro do filho. – Como vocês podem ver, meu filho mais velho tem necessidades especiais.

– Por favor, sr. Kennard, nós realmente gostaríamos de acabar de fazer algumas perguntas a Lewis. – A investigadora tinha se levantado da cadeira.

– Desculpe, temos compromissos. E esta é a quarta vez que vocês falam comigo ou com minha família em três dias.

– Sr. Kennard – disse o investigador, também se levantando.

– Isso está beirando o assédio agora. Vocês não podem falar com meu filho sem a permissão dos pais, certo? E, a partir de agora, vocês não têm essa permissão. – O pai de Lewis olhou para sua mulher.

– Sr. Kennard – disse o investigador mais uma vez.

– Olhem – a voz do homem estava calma –, estamos indo. Vocês já falaram com meu filho, e não vou permitir que ele diga mais nada. Ele costuma ter a cabeça cheia de ideias, gosta de inventar coisas. Tenho certeza de que todos vocês têm um modo melhor para ocupar seu tempo. – O pai de Lewis sorriu.

Como isso podia estar acontecendo? Como um monte de adultos numa cozinha podia dar ouvidos ao seu pai?

Lewis se levantou. Seu pai pôs o braço em torno dele num gesto protetor. E apertou o local onde o hematoma de Lewis estava se curando por baixo da manga da camisa polo vermelha.

O policial Macintyre olhou para a mãe de Lewis, que mexia em alguma coisa na bolsa e não olhou de volta.

O pai de Lewis o tinha feito passar à sua frente, e sua mãe foi atrás enquanto eles saíam da cozinha para seguir por um pequeno corredor até a porta por onde o pai tinha entrado. Lewis podia ouvir a mãe se esforçando para conseguir que Simon fosse por ali. Ele queria sair por onde tinham entrado. Havia celas de concreto à esquerda de Lewis. As barras de metal eram cobertas com acrílico transparente e eram mais finas do que Lewis tinha imaginado que fossem.

A mão do pai de Lewis se fechou em torno da sua nuca, guiando o filho na saída pela porta de tela para a luz ofuscante.

SARAH

Segunda-feira, 3 de dezembro de 2001

Naquela manhã, Sarah tinha acordado cedo com os latidos de um cachorro. O barulho saiu deslizando das dobras do seu sonho e entrou no mundo real quando ela rolou na cama. Ela piscou os olhos por causa da luz que entrava por uma fresta nas persianas verticais, que se recusavam a ficar fechadas direito, e sentiu-se grata por ter pelo menos conseguido adormecer. Seu primeiro pensamento consciente foi se perguntar se Smithy estava dormindo com todo aquele barulho. Era provável que estivesse, o sacana.

Ela não soube ao certo quanto tempo ficou ali deitada antes de se forçar a sentar: uma alpinista içando-se por cima da borda de um penhasco. Estivera sonhando com Amira. Reencenando sua última briga. Não importava o que fizesse, tudo acabava do mesmo jeito. Por um instante, Sarah pensou em ficar no quarto, fazer uma droga de café solúvel, mas alguma coisa no latido insistente – um aviso – fez com que fosse até a porta.

Sarah deu a volta pela lateral do hotel. Era cedo o suficiente para a terra sob seus pés ainda estar fresca, o céu de um azul pouco sincero. O cachorro estava em pé, fazendo força contra a corrente. Ela insistia na esperança de conseguir ver o dono do hotel desde o interrogatório com Clint Kennard, mas ele tinha sumido. Se quisesse falar com ele, teria de convocá-lo para um interrogatório formal.

– Ei! – exclamou Sarah para o cachorro. Sua voz, um rangido, como o de uma chave enfiada na fechadura errada.

O animal parou por um segundo antes de desviar o olhar com desprezo e voltar a latir, seu corpo inteiro retesado num único músculo. Sarah olhou em torno do pátio, em busca do dono. Por fim, voltou para o quarto. Estava cansada. Era só um cachorro latindo.

Smithy deu as caras – não, ele não tinha ouvido o cachorro – e, por volta das sete da manhã, eles entraram no Commodore. Fazia três dias desde que Esther Bianchi tinha sido vista pela última vez. Eles não tinham o suficiente para justificar um mandado de busca pelas drogas; e, embora Clint Kennard fosse um canalha cujo álibi estava longe de ser inquestionável, Sarah não tinha nada de concreto a respeito de Esther que pudesse associar a ele, e não estava convencida de que Evelyn não tivesse falado motivada por algum rancor pessoal, por Clint tê-la envolvido com drogas quando ela ainda era adolescente. A alegação de Shelly Thompson sobre o que tinha acontecido entre Steven e ela era pertinente; mas, como Shelly ainda não estava disposta a fazer ela mesma a declaração, eles só poderiam se basear no que tinham ouvido de modo indireto de Constance. Por falta de qualquer outra pista, eles estavam indo dar mais uma olhada no entorno do riacho antes de se dirigirem à escola para falarem em uma reunião de alunos.

Smithy, sentado no banco do carona, interrompeu seus pensamentos.

– Mais homens são mortos por homens do que mulheres são mortas por homens – disse ele. – Mas ninguém saberia se só visse televisão. É como se homens se ferindo uns aos outros já não despertasse interesse. A menos que se trate de violência entre gangues de motoqueiros ou algo assim, ninguém se importa quando ocorre.

Sarah emitiu um "hã-hã" evasivo. De onde é que isso estava vindo?

— Quando paramos de ter guerras mundiais, foi quando eu acho que essa ideia do homem como o predador natural da mulher começou a se firmar. — Ele se recostou no banco, com uma mão enfiada atrás da cabeça.

Ela era policial havia tempo suficiente para ter visto mulheres cometerem violência de tipos que nunca tinha imaginado. E Sarah sabia o que era ceder ao impulso, como soltar uma corda pesada, a coisa mais simples do mundo no momento, até que não importa o que fosse que a corda estivesse segurando viesse contra você num golpe esmagador. Mas ela sabia por que algumas mulheres consideravam os homens predadores, e tinha certeza de que Smithy sabia também. De fato, no período em que trabalhou na Proteção à Infância, ela nunca prendeu uma única perpetradora. Olhou para Smithy para avaliar se ele estava falando sério e não foi capaz de dizer. O nariz dele estava desinchando. Fazia mais de quarenta e oito horas desde sua escaramuça com Steven Bianchi na sala de interrogatório. Steven estava detido por ter agredido um policial, mas eles não tinham nada além do sapato que o ligasse a Esther.

— Você não acha que, a esta altura, nós já teríamos encontrado no riacho qualquer coisa que valesse a pena? — perguntou Smithy, quando Sarah não disse nada.

Ele não tinha se convencido com a ideia dela de voltar ao riacho. O que realmente queria dizer era que estava quente demais para tanta movimentação.

Mas era um princípio básico da atividade policial começar com os fatos conhecidos: o último lugar visto, qualquer indício físico que houvesse. Não seria a primeira vez que repassar o que Sarah já soubesse revelaria novos caminhos para avançar. Em termos estritos, o último lugar em que Esther havia sido vista era a igreja, onde ela e a amiga Veronica Thompson tinham se separado.

Mas Veronica tinha visto Esther seguir na direção do riacho. E eles precisavam de mais alguma coisa sobre Steven. Ela ainda não conseguia se livrar da ideia de que Esther pudesse estar em cativeiro em algum lugar. E as drogas. Podia haver uma ligação com as drogas.

Eles saíram da rodovia para atravessar a linha do trem e passaram em velocidade por uma turma de trabalhadores à sua esquerda.

Smithy tirou um chiclete de uma embalagem que trazia no bolso e mascou um pouco, pensativo, antes de falar.

— Posso lhe fazer uma pergunta, chefe?

— Manda ver.

— Quantos homens estavam trabalhando ali atrás?

— Como assim?

— Quantos homens você viu trabalhando naquela obra?

Sarah desacelerou diante de uma placa de passagem de nível. Ela deu uma olhada pelos trilhos, verificando a chegada iminente de um trem, sem confiar no sinal verde.

— Três – respondeu.

— Errou. Eram oito. Sem contar os que estavam dentro do equipamento pesado.

— É mesmo? – disse Sarah.

— O que eu quero dizer é que nada te torna mais invisível do que uniformes fluorescentes. A menos que você estivesse usando uma saia curta e precisasse passar por uma fileira deles, quando foi a última vez que percebeu um homem de uniforme de alta visibilidade à beira de uma estrada?

— Eu aceitaria a ideia numa cidade, talvez – ponderou Sarah.

O comentário de Smithy sobre a saia curta tinha a intenção de ser engraçado, disso ela tinha certeza. Ele só a tinha visto de calça social. Mas houve aquela saia de Amira, uma saia curta de oncinha que Sarah usou para ir a uma festa. *Você devia ficar com ela,* Amira dissera. *Ela lhe cai bem.* Mas acabou que ela a jogou na caixa com suas outras coisas e foi embora. Sarah sacudiu a cabeça, tentando se livrar da lembrança.

– Mas Steven cresceu aqui – prosseguiu ela. – Todas as pessoas que interrogamos tinham certeza de que não o viram e, em sua maioria, elas o conheciam desde que ele era criança.

Sarah estava com os olhos na estrada, mas sentia que Smithy estava olhando para ela. Ele se inclinou para trás, pressionando os ombros na janela como que tentando vê-la por inteiro.

– Você está um pouquinho desarrumada hoje, chefe.

Ela ajeitou o colarinho da camisa e registrou a umidade nas axilas. Suas mangas estavam arregaçadas ao máximo possível.

– Eu não suo – disse Smithy, como se fosse comum.

Ela olhou para ele com o canto do olho, sem saber se era alguma brincadeira.

– Sério! – disse ele, como que percebendo seu ceticismo. – É uma maldição. Parece que estou bem e, de repente, desmaio. Foi por isso que vim embora da Austrália Ocidental. Quente demais para mim. Mas olha onde estamos! – Smithy ergueu as mãos, indicando a paisagem pela qual passavam.

Eles voltaram a se calar.

– Que fim levou aquele camarada que achava que era a Cher?

– Como é que é? – perguntou Sarah. Smithy e seus malditos pensamentos desconexos.

– Na primeira noite, nas buscas, tinha um cara que não quis informar o sobrenome a Mack. Você se lembra?

– Ah, aquele – disse ela. – O nome é Stanley Gollasch. Guarda de estacionamento em Rhodes. A câmera de segurança o mostrou bebendo com colegas depois de sair do trabalho cedo, mais ou menos a partir das 14h30. Acho que tem só um pouco de paranoia com conspirações, que seria o motivo para a questão da identidade.

– Certo – disse Smithy. – E aí, algum palpite para as drogas?

— Poderia ser metade da cidade: um pouco de dinheiro a mais cairia bem para quase qualquer pessoa por aqui.

— Pareceu que você se interessou bastante pela teoria da sua amiga – disse Smithy.

Por um instante, Sarah achou que ele estava falando de Amira, e seus olhos se desviaram para ele.

Smithy riu.

— Ah, tuchei!

— Você está querendo dizer *touché*?

— Desculpa, é que eu nunca consegui chegar àquelas aulas de espanhol na academia.

— Vou fingir que você disse francês.

— É disso que gosto em você, chefe. Você tem uma imaginação vigorosa. – Um sorriso cintilou por baixo do bigode de Smithy. – Não se preocupe. Acho que seria possível persuadir Evelyn Thompson.

Quando Sarah conheceu Smithy, ele se apressou a lhe dizer que sua irmã era gay. *Parabéns,* dissera Sarah com frieza. Não falar da sua vida particular era um hábito difícil de abandonar.

— Sim, até o momento em que eu a acusei de ser dependente de drogas – disse Sarah.

Eles podiam até fazer piada, raciocinou ela, porque Smithy sabia que, de modo algum, ela colocaria o caso em risco. Ele só estava jogando conversa fora.

O telefone de Sarah tocou.

— Sargento investigadora Sarah Michaels – disse ela.

— Estou ligando com a comparação de DNA que você queria. Para Steven e Esther Bianchi? – Era uma mulher diferente da com quem Sarah tinha falado ao telefone pela primeira vez.

— Pois não?

— Desculpe o atraso. Está uma loucura isso aqui. Só estou ligando para informar que houve pareamento paterno. Na realidade, é incrivelmente improvável que estejamos examinando algo que não seja uma relação entre pai e filha.

– Certo. Obrigada.

Sarah desligou e deu um tapa no volante.

– Cacete – disse Smithy.

Logo, o outro DNA no sapato ainda não tinha explicação. Eles agora precisavam desesperadamente de algum fato novo. Estavam tentando reunir provas contra Steven Bianchi, mas tinham caído num beco sem saída. Um corpo, alguém ter visto Steven naquela tarde, algo de concreto que indicasse que as drogas estavam associadas ao desaparecimento de Esther, mais informações sobre as drogas em si, mesmo que tudo isso os afastasse de Steven e os levasse a Clint Kennard. Sarah aceitaria qualquer coisa.

Clint tinha se recusado a fornecer uma amostra de DNA ou a concordar com uma busca na sua casa ou no seu carro, ela se lembrou. Não havia como forçá-lo a nada com os indícios de que ela dispunha. E, em breve, ela sabia, eles teriam de liberar Steven. Mesmo com os critérios mais favoráveis para a detenção, eles não podiam mantê-lo preso para sempre por agredir um policial. Se Steven não fosse o verdadeiro pai de Esther, e se ele tivesse descoberto esse fato, talvez este pudesse ter sido o início de uma perspectiva que ela poderia usar para convencer um juiz. Foi bom que tivesse sido num fim de semana, quando as comarcas regionais funcionavam com maior lentidão. Mas já era segunda-feira.

Eles pararam o carro na lateral da estrada, no início da trilha até o riacho Durton. O lugar era apinhado de árvores, entre elas alguns salgueiros, o que parecia inglês demais para o solo da cor de terracota desbotada pelo sol. A água barrenta tinha só centímetros de fundo, na maior parte. Mas qualquer um poderia cair e bater com a cabeça; e só isso já bastaria. Sarah se lembrou da sensação que se tem quando se perde alguma coisa e se começa a pensar em lugares cada vez mais improváveis onde se possa ter deixado o objeto. Ela se imaginou fazendo uma busca circular no leito do riacho, um pequeno pé de meia branca se projetando de uma moita fechada, cabelos escuros se abrindo em leque a partir de uma cabeça com o rosto mergulhado numa pequena poça, o sangue de Esther no galho da árvore acima. Era uma cena de um filme na qual o ângulo da câmera permite que se perceba alguma coisa essencial no fundo enquanto uma personagem fecha uma porta, com uma expressão serena no rosto, em total desacordo com o erro terrível que a plateia sabe que ela cometeu.

Antes que Amira e Sarah tivessem a briga que encerraria seu relacionamento, a mãe de Sarah as tinha convidado para almoçar. As duas já se conheciam, mas Sarah ainda estava nervosa. A mãe de Sarah tinha representado o papel de uma anfitriã em grande estilo, usando a melhor louça, servindo água gaseificada em copos com filetes dourados na borda e fazendo perguntas sobre as "raízes persas" de Amira. Ela até mostrou a Amira a padronagem escocesa da família. Sarah a toda hora a flagrava olhando para Amira quando achava que Sarah não estava prestando atenção.

Depois do almoço, enquanto Amira estava no banheiro antes que pegassem o carro para voltar para casa, Sarah disse:

— Obrigada por nos receber, mãe.

— Foi um prazer – disse a mãe, esfregando as mãos no tecido brilhante do seu terninho.

— Sabe? Significa muito para mim poder trazer Amira aqui – disse Sarah.

Rapidamente, como se tivesse estado se segurando o tempo todo, sua mãe respondeu:

— Bem, é difícil para mim. Nenhuma mulher jamais vai te fazer feliz. Você precisa saber disso. Estou me esforçando ao máximo, mas a minha permissão para que vocês venham aqui juntas não muda esse fato.

A terra tremeu debaixo dos pés de Sarah.

— Por que você está dizendo isso?

— O mundo é implacável lá fora, Sarah. Nem sempre consigo fingir que estou feliz com isso. Você é minha filha, e eu te amo, mesmo que eu deseje que as coisas fossem diferentes...

— É, bem, o mundo é implacável aqui dentro também — disse Sarah entre dentes, e saiu raivosa pelo corredor até o banheiro.

— Estou te esperando no carro, meu bem — disse ela, numa voz excessivamente alta para a mãe ouvir.

Aquela horrível sensação de vazio, de ser *tolerada*.

Mais tarde naquela noite, na cama:

— O mundo é implacável, não é? — disse Amira. Ela estava provocando Sarah. Tentando fazê-la sorrir. Tinham acabado de fazer sexo, algo que Amira instigava sempre que percebia que Sarah tinha se tornado intratável. Sarah sentia que se desmanchava no colchão, a pele dos dedos enrugada. Saciada e calma pela primeira vez desde a discussão com a mãe.

Um episódio de *Law & Order* estava passando na pequena televisão num canto do quarto. Sarah nunca entenderia por que Amira queria assistir a esse tipo de programa antes de dormir.

— Sinto muito que eu nos tenha feito sair de lá de modo tão impetuoso — disse Sarah. — É que foi uma semana de arrasar, sabe? Pareceu a gota d'água.

— Quer dizer que, no fundo, tem a ver com o trabalho — disse Amira, apoiando-se no cotovelo para olhar nos olhos de Sarah.

Na televisão, dois investigadores falavam com uma testemunha carrancuda através de uma porta mantida só um pouquinho aberta. Sarah não precisava sequer ouvir as palavras; o simples ritmo da fala de inflexão americana bastava para ela saber o que estava acontecendo.

— Tenho o direito de estar cansada. — Sarah ouviu o tom defensivo claro na própria voz.

Não é preciso dizer mais nada sobre o sexo resolver as coisas entre elas.

— Pode ser que o verdadeiro problema tenha sido você ter me levado para visitar sua mãe nesse seu primeiro dia de folga decente num mês inteiro.

— É mesmo, em retrospectiva, não foi um bom uso do meu tempo.

Amira contraiu os olhos.

— E o que dizer do *meu* tempo?

Elas estavam namorando havia um ano. Essa já era uma velha discussão que estavam reencenando.

— Você dá a impressão de que seu trabalho é sua vida — disse Amira quando Sarah não respondeu.

— O que há de tão errado nisso?

Sarah deveria ter dito: *Você é que é a minha vida*. Ela sabia que era isso o que Amira queria ouvir. Mas estava irritada, cansada, farta de ter de se traduzir para Amira. Será que nunca tinha lhe ocorrido que Sarah precisava de um pouco de compreensão? Ela não era só uma policial, mas ser policial *fazia parte* de quem ela era. Uma parte importante. A verdade era que Amira se sentira incomodada com essa parte desde o primeiro dia.

— Não é só porque você joga empregos fora a cada dez minutos que você precisa fazer com que eu me sinta uma merda só por me importar com o meu. — Sarah sabia que esse não era o jeito de lidar com Amira, mas não conseguiu se conter. — O único emprego que você consegue manter é aquele em que se veste de homem e dança para lá e para cá no palco.

— Sabe? Você é igualzinha a sua mãe falando — disse Amira, sem alterar o tom.

Era a pior coisa que ela poderia ter dito.

— E o que você poderia saber sobre isso? — De repente, Sarah sentiu que devia proteger a mãe. — Sua vida parece bem fácil de onde estou olhando. Você não sabe tudo que minha mãe passou.

— Você acha que é fácil eu ser eu? — Amira se levantou da cama, inclinando-se acima de Sarah, a mão no quadril.

Sarah se arrastou para se levantar da cama. Não gostava de Amira daquele jeito, em posição de superioridade.

– Não vou ficar acomodada, sendo a coisa legal na *sua* vida – continuou Amira. – Não estou aqui só para refletir seus estados de humor. Você acha que minha função é a de ser a pessoa feliz, a cheia de energia, enquanto você e seu trabalho são o que realmente importa. Isso é extenuante. Não *quero* mais te amar.

A raiva transbordou. Amira não conseguia ver que Sarah estava tentando? Não pôde suportar aquilo: Amira tão perto, aquela expressão no rosto, as mãos nos quadris. Sarah lhe deu um empurrão. Sua intenção era a de que fosse só um empurrãozinho, mas Amira recuou cambaleando e perdeu o equilíbrio. Ela bateu com a cabeça na mesinha de cabeceira, fazendo voar o relógio da mãe de Sarah e a bandeja de copos em que ele estava. Ouviu-se o baque da bandeja no carpete. Alguns segundos terríveis até Amira se levantar, com sangue na têmpora.

– Amira – disse Sarah, assustada. – Me perdoa.

– Acabou – disse Amira. Parecia perfeitamente calma enquanto se levantava do chão. Ilesa o suficiente para estar para lá de enfurecida.

Sarah havia tido sorte. Ela sabia muito bem que a lesão poderia ter sido muito mais grave. Amira levou a mão à cabeça e examinou o sangue nos dedos.

– Mira, por favor. – Sarah estendeu a mão para ela. Para ser franca, a primeira coisa em que pensou, quando viu que Amira não tinha se ferido tanto, foi no seu trabalho.

Amira ergueu a mão.

– Não quero que você me toque, nunca mais.

Sarah estava tão chocada com o que tinha feito que não foi atrás de Amira quando ela saiu do quarto. Havia uma sensação nauseante de irrealidade na cena, como se Sarah estivesse vendo tudo através do fundo curvo de um copo grosso de vidro. Na televisão, os dois detetives estavam caminhando por uma ponte à noite, discutindo sobre alguma coisa. Sarah se aproximou e desligou a televisão. Ela ouviu a porta da frente do apartamento se fechar com violência.

Desde então, Sarah tinha visto Amira só uma vez, quando elas se encontraram para a troca de caixas de pertences, umas duas semanas antes de Sarah ter vindo a Durton. Amira tinha se recusado a olhar nos olhos de Sarah. Sarah não conseguia consertar as coisas. Vinha esperando por um telefonema com o aviso de que tinha sido suspensa. Não tinha parado de ligar para Amira, de deixar mensagens na secretária, quando sabia que não devia. Esse pensamento doeu nela e se misturou com uma onda de náusea decorrente do calor.

Estava tão quente, e o riacho corria tão devagar. Sarah se sentia como alguém que está cometendo um erro idiota. Smithy tinha razão: estava quente demais para tanta movimentação.

A participação programada na reunião da escola não demoraria muito, e era mais uma tarefa riscada na lista de coisas a fazer no caderno de Sarah. Em pé na sombra, Sarah passou os olhos pelas fileiras de crianças enquanto Smithy se dirigia a elas. Durton nunca tinha lhe parecido o tipo de lugar onde um assassinato pudesse ocorrer: mortes na estrada, acidentes em fazendas, isso sim. Era provável que as crianças tivessem visto uma boa quantidade desses. Ela, então, se lembrou de algo que Amira lhe dissera. "Benzinho, algo de ruim está acontecendo por toda parte. Isso aqui é a *Austrália*. Pense: a quem pertence essa terra em que você está pisando? A catástrofe é permanente." Ainda mais uma prova de que Sarah não conseguia ver o que estava à sua frente, que sempre cabia a Amira salientar o que era óbvio. Todos aqueles rostinhos brancos, queimando-se mesmo à sombra sarapintada da árvore. Nada de tranquilo ou de idílico. Nada mesmo.

Foi um alívio estar de volta ao posto policial de Mack. O espaço era pequeno, mas havia ar-condicionado e não era o hotel. E ela podia trabalhar à mesa da cozinha.

Sarah pediu a Mack que a atualizasse em relação aos interrogatórios.

– Finalmente consegui falar com Peter Thompson – disse Mack, esfregando a testa com a mão esquerda. – Ele veio com o filho mais velho, as histórias conferem, de modo que essa tarefa está completa.

– E o que eles estavam... – As palavras de Sarah foram interrompidas por um movimento lá na frente do posto. Surgiu o rostinho de Lewis Kennard, depois sua mãe e um garoto alto, que Sarah supôs que fosse o irmão mais velho.

Sarah recolheu às pressas a documentação do caso, para que não ficasse à vista. O rosto de Lewis, com seu nariz arrebitado, fez Sarah se lembrar de que alguma coisa nele a intrigara. Ela traçara um triângulo nas anotações da sua entrevista; mas, sem nada de concreto em que se basear, não tinha dado prosseguimento à questão, atribuindo-a a ele ser uma criança nervosa.

Sua mãe falava com sotaque da Inglaterra. Tinha mãos elegantes, com dedos longos, e certo refinamento no porte. Sarah se perguntou como ela teria acabado ali em Durton.

Outras crianças que eles interrogaram tinham mencionado que Lewis e Esther sentavam juntos na hora do almoço. *Ele,* na realidade, não tinha mencionado o assunto, agora que ela pensava melhor; mas, com base nos interrogatórios feitos, Sarah estava segura de que ele e Esther tinham saído da escola, indo em direções diferentes. Sarah achou que talvez ele simplesmente não quisesse que a mãe soubesse que ele se sentava com garotas e não tinha forçado a barra.

Durante o segundo interrogatório, pelo jeito de Smithy ficar sentado e pelas perguntas que fez, Sarah pôde ver que Smithy considerava Lewis um desperdício de tempo. Mas, então, o garoto disse ter visto Esther com um homem que não reconheceu. Por que o garoto haveria de mentir?

E então Clint Kennard apareceu. Cada fibra do corpo de Sarah lhe dizia que Clint Kennard era violento com a família. Ela reconheceu de imediato o controle que ele precisava exercer sobre a mulher e os filhos. Ele era mais do que um simples picareta. Sarah sabia que Lewis Kennard era filho dele, mas ainda assim foi um choque ver o grandalhão ali no posto policial, de novo tão cedo, com a pele do pescoço irritada de se barbear, o cabelo raleando.

Lewis não tinha lhes contado tudo antes de ser arrastado dali, disso Sarah tinha certeza. Com o que ela já tinha ouvido de Evelyn Thompson, estava começando a parecer que Clint tinha algo a esconder. Se não fosse pelo que aconteceu em seguida, esse teria sido seu foco de atenção, talvez aquele fato novo pelo qual estava procurando. Sarah teria ligado para Kinouac e explicado que precisavam ficar. Que tinham uma pista concreta pela primeira vez desde sua chegada, que podiam estar equivocados quanto a Steven Bianchi. Ela teria encontrado uma forma de falar com Lewis na escola no dia seguinte e teria tornado sua missão descobrir exatamente o que Clint estava aprontando. O que acabou acontecendo foi que ela veria Clint mais cedo do que poderia ter previsto.

NÓS

Mais tarde

Deveríamos dizer que o que ocorreu com Esther e o que está prestes a ocorrer com Ronnie não foram os únicos acontecimentos ruins que se abateram sobre crianças na nossa cidadezinha. Pais morriam. Irmãos mais velhos se suicidavam ou eram mutilados em acidentes de motocicleta. Um dia, Missy Henderson foi atingida por um carvão em brasa lançado por um dos garotos numa noite de fogueira. Ele bateu logo acima de uma meia enfeitada com babadinhos que uma tia lhe dera de presente de Primeira Comunhão. A renda sintética pegou fogo e a deixou com uma queimadura cor-de-rosa, de pele retesada, que se estendia até o alto da perna pelo resto da vida. Na confusão, nunca ficou perfeitamente claro quem tinha jogado o carvão. Nós realmente nos convencemos de que poderia ter sido qualquer um de nós. Quando cresceu, Missy seria dada a usar saias longas de camponesa. Ela revelava a queimadura quando tinha vontade, cruzando as pernas de certa maneira e afastando um pouco o tecido.

Tudo isso importa para nós: nós nos lembramos com a mesma parte de nós mesmos. Aquela mesma parte que gostava de beber em copos altos e frescos aqueles ponches aguados. Só que não sabíamos que eram aguados, porque, naquela época, só tínhamos tomado o ponche que nossa mãe preparava para nós. Não sabemos ao certo se foi nossa infância ou simplesmente a infância em geral que nos moldou como somos. Para cada menina, parecia haver à espreita um homem de olhar vazio, com um início prematuro de calvície, com um carro e a sugestão de uma carona, com um plano, uma faca e uma pá. Será que nós criamos esse homem com nossa imaginação? Ou será que, de alguma maneira, ele estava ali de bobeira no carro? Difícil não imaginá-lo quando os rostos sorridentes das gêmeas louras desaparecidas estavam em todos os jornais e nós ficávamos especulando sobre o que teria acontecido a Esther Bianchi.

Mesmo naquela época, entendíamos que coisas ruins acontecem. E compreendíamos que, às vezes, as pessoas *faziam* com que acontecessem. Às vezes, essas pessoas eram próximas a nós ou até nós mesmos. Todos nós tínhamos esmagado pequenos insetos desafortunados para ver como nos sentiríamos. Um de nós tinha chegado a bater num gatinho com um grande pedaço de pau. O bichinho não era nosso, mas um que tínhamos encontrado. Depois de atingirmos o gatinho, fazendo seu corpinho voar, ele fez um ruído ali deitado, imóvel, no chão. Aqueles de nós que viram o que aconteceu sentiram um enjoo físico. Fugimos correndo. Fugimos por duas ruas antes que nos ocorresse largar o pedaço de pau. O som entristecedor que um gatinho faz é parecido com um monte de outras coisas. Parece o barulho de uma freada ao longe ou o arrastar dos pés de uma cadeira sobre um piso frio, mesmo anos depois.

RONNIE

Segunda-feira, 3 de dezembro de 2001

Saí andando pelo portão da escola e, então, acelerei o passo. Logo eu estava correndo, com a mochila subindo e descendo com um baque na altura dos meus rins. As palavras de Lewis ecoavam nos meus ouvidos. Ele tinha demonstrado muita raiva de mim. Por um instante, quis chorar, mas me contive. Mamãe estaria esperando em casa dali a pouco. Pensei na expressão de Esther na cancha de boliche quando ela derrubou os pinos errados e no que eu ia dizer à polícia.

 Corri ao longo dos enormes eucaliptos que cresciam um pouco afastados da estrada. Passei pela igreja. A construção de tijolos vermelhos parecia minúscula naquele seu quarteirão espaçoso. Lewis tinha visto Esther com um homem que não era o pai dela na tarde de sexta-feira. Ele me contou, mas se recusou a contar à polícia. Pensei em como eu haveria de explicar para eles. Era essencial que me dessem atenção. Que eu os convencesse a falar com Lewis. Suas palavras ainda me feriam, e a pessoa neste mundo a quem eu mais queria contar era Esther.

 Meus pés estavam se esfolando nos tênis.

 A que velocidade as lhamas conseguiam correr? Eu me perguntei. Pensei numa foto que tinha visto uma vez de lhamas na Exposição Real de Páscoa. É mais quente na Austrália do que nas montanhas do Peru, acho, porque elas estavam em pé com grandes ventiladores de metal soprando sobre elas, e uma estava com os olhos fechados, como minha mãe quando toma um gole de uma xícara de chá realmente bom e quer apreciá-lo. Em relação à escola, o posto policial ficava do outro lado da linha do trem. Em vez de pegar a rua principal, rumei para o noroeste. Não me lembrava se mamãe estava trabalhando naquele dia ou se já estaria em casa, mas seguir por esse caminho significava que era improvável que ela me visse.

Fiquei preocupada com alguém me avistar das casas ao longo da estrada. Fui andando mais devagar diante de alguns locais, com um medo paranoico de ver uma cortina tremer ou de ouvir uma voz me chamar.

Cheguei ao hotel, o que queria dizer que estava a meio caminho de lá. Eu podia pegar um atalho se corresse por trás da fileira de quartos, mas precisava ter cuidado para não deixar que o dono me visse. Um dia, ele tinha flagrado a mim e a Esther perto do cachorro e gritou conosco, disse para nunca mais voltarmos. Eu tinha demorado tanto para chegar ali que decidi me arriscar.

Vi o cachorro que Esther e eu planejávamos libertar acorrentado no centro de um círculo empoeirado ao lado da varanda que se estendia diante dos quartos. Lembrei-me do medo e da vergonha que percorreram meu corpo quando o dono nos expulsou dali. A sensação tinha sido a de que alguém tinha me despejado de mim mesma, de modo tal que o que restou batia para lá e para cá como água num espaço escuro, vazio.

Alguma coisa laranja e peluda no chão atraiu meu olhar.

— Flea! — exclamei num meio sussurro. — O que você tá fazendo aqui?

Ele contraiu os olhos amarelos. Estava tomando banho de sol na terra batida, com o rabo fofo, amarelo avermelhado, espalhado para trás. Parecia totalmente calmo, apesar da proximidade do cachorro que latia.

Fui na direção dele.

— O que você tá fazendo aqui, amiguinho?

Ele rolou para expor a barriga, e o cachorro correu à máxima velocidade até chegar ao fim da corrente. A coleira o travou e o tranco puxou sua cabeça para trás. Como um raio, Flea disparou para debaixo da grande van branca estacionada entre mim e o bloco principal do hotel.

– Não vai pra lá, não, gatinho!

Ouvi um baque vindo da van. Era alto demais para ser Flea. Parecia alguém batendo na parte de dentro.

Veio o rangido de uma porta pesada sendo aberta. Corri para a varanda e me agachei junto de uma mesinha e cadeiras em frente ao quarto mais próximo, dando uma olhada sorrateira pela fileira de quartos para me certificar de que não havia mais ninguém por ali. Ouvi mais um baque. Vinha de dentro da van. Pensei em Esther. E se ela tivesse vindo depois da escola, na sexta, para libertar o cachorro, e o proprietário a tivesse flagrado? E se ele a estivesse mantendo ali dentro desde então? A van seria como um quarto que ele poderia deslocar sempre que precisasse.

Meu coração batia forte contra as paredes do peito. Eu não sabia por que Esther não teria me chamado para vir com ela. Mas talvez tenha sido pelo fato de ela perceber como eu tinha medo.

Vi a sombra de pés se movimentando do outro lado da van. O dono do hotel surgiu. Estava carregando alguma coisa: um saco de plástico preto jogado no ombro. Ele apoiava a base do saco com uma das mãos enquanto mantinha a abertura fechada com a outra. Parecia pesado. Estiquei o pescoço só o suficiente para poder vê-lo. Ele não estava olhando para meu lado. O que ele estava fazendo? Pensei na polícia na reunião da escola, no que eles disseram. Qualquer um poderia ajudá-los a encontrar Esther. Eles precisavam da nossa ajuda.

Minhas pernas doíam de estar agachada, mas fiquei imóvel durante o máximo de tempo possível, escutando o som da minha própria respiração, me esforçando para ver melhor. E se ela estivesse na van e eu simplesmente ficasse ali sem fazer nada porque estava com medo? Esther nunca faria isso. Esther iria me procurar.

– CALA A BOCA, porra!

Fiquei paralisada, certa por um instante de que tinha sido vista, até eu perceber que o dono estava berrando com o cachorro, que ainda latia feroz.

De onde eu estava, não conseguia ver o interior da van. Havia um enorme saco de areia higiênica para gatos encostado no prédio. Era a mesma marca barata que minha mãe comprava para Flea.

Flea. Torci para ele estar a salvo ali embaixo.

O dono grunhiu quando baixou o saco pelas portas traseiras abertas da van. Ouvi uma pancada oca quando o saco escorregou das mãos dele e bateu no piso. Ele se virou para se afastar da van, e me preparei para correr. Eu tinha de olhar ali dentro. Tinha de fazer isso por Esther. Cada nervo no meu corpo estava me dizendo para continuar escondida, para dar meia-volta, ir para casa. Ouvi seus passos indo embora e soube que essa era minha oportunidade. Eu tinha de olhar dentro da van antes que ele voltasse. Atirei-me da varanda. Estava correndo, voando, mais veloz do que nunca.

Houve um som, que mais tarde calculei ter sido o da corrente se rompendo. Só vi o cachorro depois que ele investiu contra mim. Não tive tempo de me assustar, mas me lembro de espernear. Em seguida, eu estava caída no chão. Seus dentes se fecharam em torno do lado direito do meu rosto. Gritos estridentes. Vi as pernas de um homem e, mesmo com toda a dor, tive medo do dono do hotel. É do som que me lembro, estremecendo no meu queixo: um som como o do fim do mundo.

SARAH

Segunda-feira, 3 de dezembro de 2001

Havia uma calma atípica no pequeno posto policial depois que a família Kennard saiu pela porta dos fundos.

Smithy, que estava andando de um lado para o outro na cozinha, foi o primeiro a rompê-la.

– Bem, eu não gosto nem um pouco do safado desse Clint Kennard. – As palavras pareceram sair forçadas, como se o bigode fosse uma cortina espessa que elas precisavam atravessar.

– Nós não falamos com a família quatro vezes, falamos? – perguntou Sarah.

– Bem – disse Mack –, eu falei com Clint no sábado; e vocês dois falaram com Lewis no sábado na escola. Então trouxemos Clint de volta aqui no domingo depois da sua conversa com Evelyn Thompson. Então, é verdade, acho que hoje foi a quarta vez.

Smithy bufou, desdenhoso.

– Parece que o picareta tem algum motivo para estar contando.

– Nós vamos encontrar um jeito de falar com o garoto. – Sarah encarou Smithy nos olhos. – Ele sabe de alguma coisa, tenho certeza. Pelo menos, Clint está preocupado com essa possibilidade.

Smithy disse alguma coisa que Sarah não ouviu por causa da campainha do telefone tocando. Mack atendeu na extensão da cozinha. Era difícil decifrar o que estava acontecendo só pelas suas respostas.

Quando ele desligou, Sarah perguntou:

– Quem era?

Mack olhou de relance para o relógio na parede.

– No hotel. Uma criança foi mordida por um cachorro. A filhinha de Evelyn Thompson.

– Puta merda – disse Smithy. – Foi grave?

– Parece que a ambulância já está lá. O cachorro está sob controle. – Mack olhou para Sarah. – Olhem, vocês concordam em ir? Tenho um último interrogatório de acompanhamento daquele lote que vocês queriam que eu fizesse. Eu poderia pô-los a par de tudo, mas levaria tanto tempo que não vale a pena. – Ele olhou de novo para o relógio. – Eu poderia cancelar o interrogatório, mas foi praticamente impossível conseguir trazer esse cara aqui.

– Pode deixar. – Sarah pegou o caderno e fez um gesto para Smithy, que já estava se encaminhando para a porta.

Quando Sarah e Smithy pararam o carro no hotel, não havia sinal da ambulância, mas um homem mais velho vestindo uma camisa de flanela vermelha estava esperando por eles diante de uma picape estacionada às pressas.

– Eu só estava passando por aqui quando tudo aconteceu – disse ele. Havia um borrão de sangue abaixo de um dos seus olhos. – Vi tudo.

O cachorro estava amarrado a um poste de tijolos. Seus olhos dardejavam loucamente para lá e para cá; seu traseiro da cor de ferrugem entrava e saía da sombra do bloco principal.

– O que aconteceu?

O homem de camisa de flanela enxugou o rosto com a ponta dos dedos.

— Ela estava na frente, saindo dos quartos correndo, e o cachorro simplesmente a atacou. Nunca vi nada parecido. Derrubou a menina direto e investiu contra o rosto. Ela não percebeu o que ia acontecer.

— O senhor se feriu? — perguntou Sarah, olhando para o sangue na camisa do homem.

A camisa de flanela estava aberta sobre uma camiseta sem mangas, e ele usava short curto. Quando tirou a camisa, Sarah viu um talho no braço dele.

— Cara, por que a ambulância não te levou junto? — disse Smithy.

— Ela estava aos berros e, de repente, parou. Acho que desmaiou ou coisa semelhante.

— Mas por que o senhor não foi com a ambulância? Vai precisar tomar vacina para a mordida, isso no mínimo — Sarah disse.

Ele olhou para o braço.

— Eles queriam me examinar, mas eu disse que estava bem. No início, não doía. Achei que era só um arranhão. Achei que o sangue na minha camisa era dela. Eles só me deixaram em paz quando eu prometi ligar para a polícia. — O velho parecia envergonhado.

— E o senhor é quem mesmo? — perguntou Sarah.

— Ned Harrison.

— Certo, Ned — disse Sarah. O braço dele estava lhe parecendo bem feio. — Alguma ideia de como o cachorro se soltou?

— A corrente deve ter se partido. Ela está por ali. — O homem fez um gesto com o braço ileso.

Sarah se voltou para Smithy.

— Você pode levar Ned ao hospital no nosso carro — disse ela. — Use a sirene assim que entrar na rodovia. — Ela voltou a falar com Ned. — Onde está o dono do cachorro?

— O camarada que administra o hotel estava aqui. Ele se mandou assim que conseguimos amarrar o cachorro. Ele não disse nada, mas, quando eu disse que ia chamar vocês, ele foi embora. Deveria ter ficado, não é? – O homem olhou para Smithy em busca de confirmação.

– O senhor viu para que lado ele foi? – perguntou Sarah, virando-se e verificando a estrada atrás de si.

– Ele saiu à toda rumo à rua principal, de modo que poderia estar indo para a rodovia, mas não posso ter certeza.

– Como ele se chama? – Clint tinha mencionado o nome na entrevista no domingo, mas ela não se lembrava. Será que era Ronald Matthews? Ela sabia que não era bem esse nome.

Estranho que o homem com quem Clint estivera bebendo na tarde de sexta tivesse se mandado assim que soube que a polícia estava vindo. Tinha que haver alguma ligação com o emputecido do Clint Kennard, que praticamente tinha arrastado Lewis Kennard para fora do posto policial de Mack.

– Roland Mathers – disse Ned, olhando de relance na direção da entrada que levava à recepção do hotel. Talvez Roland Mathers fosse alguém a quem ele não quisesse desagradar. – Devo lhes dizer também que já liguei para a mãe da menina. Ela disse que ia direto para o hospital.

Smithy pôs a mão no ombro de Ned.

– Isso é bom: menos uma coisa para nós fazermos.

Sarah concordou em silêncio.

– Em que tipo de veículo ele saiu? – perguntou ela a Ned.

– Era uma van branca. Tenho quase certeza de que era uma Toyota HiAce.

Sarah conhecia a van; já a tinha visto estacionada no hotel.

Smithy se posicionou entre o homem e Sarah.

– Então eu vou levar o Ned no Commodore? – perguntou.

– Isso aí. Ned, tudo bem se eu levar seu carro para o posto policial? – perguntou Sarah, indicando a picape com a cabeça. – De lá, posso pegar o carro de Mack. Quero descobrir até onde o sr. Mathers conseguiu chegar.

— Tudo bem. Sem problema. — O braço de Ned agora estava grudado no peito, com a camisa servindo de apoio, o barrigão balançando no alto de pernas magricelas.

Sarah abriu a porta de trás do Commodore e retirou sua bolsa a tiracolo que estava atrás do banco do carona.

— E o cachorro? — disse Smithy, com um gesto na direção do animal.

— O cachorro vai ficar bem — afirmou Ned. — Eu tinha uma corrente com enforcador no carro. Ele não vai conseguir se livrar dela tão cedo. — Ele tirou as chaves do carro do fundo do bolso. — Tem que puxar o anel em torno da alavanca de mudança antes de engrenar a ré.

Sarah deu a volta pela frente da picape de Ned para chegar à porta do lado do motorista, mantendo-se a uma boa distância do cachorro. Os olhos do animal a acompanhavam. Ela se sentou no banco e foi surpreendida pelo cheiro de poeira e de óleo de motor, o que lhe relembrou a oficina do pai, longas tardes passadas assistindo ao seu trabalho. Ele era o motivo pelo qual ela entendia qualquer coisa sobre automóveis. Nenhuma filha dele ficaria parada à beira da estrada, esperando que alguém chegasse para salvá-la.

Ned chamou, e Sarah olhou para o Commodore.

— Quando voltou a si, a menininha perguntou pela polícia. Ela disse que precisava contar alguma coisa para vocês. Disse que era urgente. Ela estava delirando, a intervalos, mas estava determinada.

Sarah ergueu a mão para confirmar que o tinha ouvido. Então virou a chave, e o motor acordou com um rugido. Quer dizer que Veronica Thompson tinha querido conversar com eles. Tanto Lewis Kennard como Veronica Thompson eram amigos de Esther, não eram? Agora Sarah desejava que ela tivesse assumido a tarefa de levar Ned, mas era certo que Smithy procuraria falar com a menina no hospital.

Smithy esperou que ela saísse de ré antes de ligar o próprio carro. Sarah pisou fundo; não queria dar ao dono do hotel tempo para se distanciar.

Sarah tinha dirigido por menos de um quilômetro quando viu dois garotos atravessando correndo a estrada diante do supermercado. À primeira vista, parecia que estavam brincando, mas então Sarah percebeu que estavam sendo perseguidos. Um homem passou correndo pela frente do carro – será que era Clint Kennard? – e ela deu uma forte guinada, por pouco evitando o meio-fio de concreto, e freou. Tudo o que estava na caçamba bateu nos fundos da cabine quando o carro parou de forma abrupta. Ela parou bem a tempo de ouvir o guincho agudo de freios e um baque surdo proveniente do outro lado da longa faixa de vegetação que dividia a rua principal.

O coração de Sarah batia forte nos ouvidos quando ela saltou do carro e atravessou a rua correndo.

Clint Kennard, com o rosto descorado, ainda estava em pé, mas parecia prestes a tombar para um lado. Sarah chegou mais perto, pronta para segurá-lo. A porta do outro carro se abriu, e a motorista desceu. Sarah ficou boquiaberta. O que Constance Bianchi estava fazendo ali?

A expressão de Constance era de pura aflição. Ela mantinha as mãos à sua frente como que implorando perdão.

O céu azul forte prendia a cidadezinha ao chão, fazendo com que ela se sentisse baixa e pequena. Com o canto do olho, podia ver os dois garotos parados na calçada, olhando, boquiabertos. Sarah reconheceu Lewis Kennard. Ao seu lado, estava o garoto Campbell. Ela estava presente quando Smithy o entrevistou na escola.

Clint estava uma fera. Alguma coisa no seu jeito de começar a berrar com Constance fez com que ele parecesse ser um ator australiano especializado em certas personagens dos programas que Amira amava: o caminhoneiro que sabia mais do que estava dizendo, ou um homem que tinha pisado nos calos das pessoas erradas e agora vivia fugindo – alguém a quem não restava nada a perder.

– Tudo certo aí? – gritou Sarah, aproximando-se de Clint e Constance, determinada a se colocar entre os dois.

Se seu sargento instrutor a tivesse visto, ele não teria aprovado. *Sua maior prioridade em qualquer situação é a autopreservação, Michaels. A autopreservação é sua responsabilidade para com nossa força, para com sua comunidade. As pessoas com que lidamos não precisam de uma acusação de agressão a um policial.*

Sarah fez menção de pôr a mão no ombro de Clint.

– Calma aí!

Ele se virou e a agarrou pelo pescoço. Puxou-a para junto de si. Ela sentiu o cheiro de cerveja em seu hálito. Um pânico familiar a dominou. Quase ao mesmo tempo, seu condicionamento foi acionado. Todas as horas. Todo o treinamento. Ela sabia como agir. Todos os músculos no corpo de Sarah se contraíram. As mãos de Clint estavam em torno do seu pescoço, a estrangulando, mas seu corpo se lembrou do que fazer. Ela levantou os braços entre os dele, forçando-os a se abrir, soltando seu pescoço. Ele agarrou a camisa dela, e Sarah chegou ainda mais perto dele, contorcendo o corpo e pondo uma perna por trás do joelho esquerdo dele. Ela usou o peso do próprio corpo para derrubá-lo. A única coisa em que pensou enquanto os dois caíam foi que agora tinha mais um fato que precisava explicar a Kinouac.

A dor explodiu no lado da sua cabeça quando eles caíram no chão. Então, era essa a sensação.

Ela estava ali deitada no chão, de costas, atordoada.

Smithy pegou Clint antes que Sarah conseguisse se endireitar, e o sol cintilou nas algemas prateadas. Da sua posição horizontal, ela se assombrou com Smithy ter pensado em tirá-las do porta-luvas ao sair do carro. Ele devia estar bem atrás dela e viu tudo.

Constance Bianchi se agachou ao lado de Sarah.
— Tudo bem, investigadora Michaels?
A cabeça de Sarah doía e os ouvidos retiniam, mas ela conseguia enxergar com nitidez. Ela se sentou.
— Devagar — disse Constance, pondo a mão no ombro de Sarah.
— Estou bem — replicou Sarah. E ela estava.
Smithy tinha algemado Clint e o estava levando até o Commodore. Ned desceu do banco do carona. Sarah notou a mãe de Lewis em pé junto do seu carro na frente do mercado, acompanhando o que estava acontecendo. A mulher se mantinha cabisbaixa.
Os garotos tinham sumido.
— Vocês pegaram o cachorro? — perguntou Constance, indicando a direção de onde Sarah tinha vindo.
— Ele está acorrentado lá no hotel — respondeu Sarah, pondo-se em pé.
— A mãe de Ronnie me ligou — explicou Constance.
Parecia natural que Constance soubesse o que tinha acontecido, como se a cidadezinha fosse um ser vivo, que respirava. As informações seriam transportadas nas asas de pequenos pássaros de cor apagada e no dorso de lagartos de boca aberta, traçadas no barro seco pelos cochichos de raízes nodosas, varridas por terra com brisas quentíssimas.
Smithy veio na direção delas.
— Você está bem, chefe?
— Tô — disse Sarah, espanando a poeira da camisa.
— Preciso ir — disse Constance. — Tenho de levar a mãe de Ronnie ao hospital.
Sarah se virou para olhar para o carro de Constance. Os bancos da frente estavam vazios.
— Eu estava justamente indo à casa dela para apanhá-la — disse Constance, acompanhando o olhar de Sarah. — Eu preciso ir? — Parecia uma pergunta, mas ela já estava se movimentando.

– Alguém precisa levar Ned ao hospital. – Com a cabeça, Smithy indicou o Commodore. Clint Kennard estava no banco traseiro.

– Eu não deveria demorar muito no posto policial com esse babaca, mas seria melhor que alguém visse Ned o mais rápido possível.

– Você está com o veículo seguro – Sarah lançou um olhar para o Commodore –, portanto, você leva Kennard para Rhodes. No caminho, avise a Mack pelo rádio e faça com que ele saia em busca de Roland Mathers. Ned pode ir ao hospital comigo.

Se Smithy ficou confuso pela mudança de planos, não demonstrou.

– Entendido, chefe.

– Ótimo – disse Sarah. Ir ao hospital com Ned lhe daria uma oportunidade para falar com Veronica Thompson. A segunda criança num único dia que tinha resolvido se incumbir de tentar falar com a polícia.

– Faça com que Rhodes descubra o número da placa da van. E seria bom se encontrássemos aqueles garotos, perguntar por que Kennard os estava perseguindo.

Havia uma ligação entre Clint Kennard e Roland Mathers. Com Clint detido, ela poderia passar o tempo necessário avaliando o quanto essa ligação era profunda e o que poderia ter a ver com Esther Bianchi.

– Deixa comigo – respondeu Smithy.

Ned devia ter ouvido Smithy e Sarah conversando sobre a mudança de planos, porque veio na direção deles. Seu braço estava protegido, grudado no peito. A camisa de flanela que o mantinha no lugar estava escura de sangue.

Sarah se acomodou no banco do motorista da picape, sentindo a pulsação forte nas têmporas.

Ned se sentou no banco do passageiro.

– Clint Kennard sempre foi um cretino – disse, quando Sarah deu partida no carro.

Sarah engrenou a marcha, um pouco desajeitada, com Ned de olho nela.

– Para onde o senhor acha que Roland Mathers se mandou? – perguntou ela. Não faria nenhum mal ela usar produtivamente seu tempo com Ned.

– Ah, ele vai tentar se esconder no mato em algum canto, imagino – respondeu Ned. – Já fez isso muitas vezes quando era adolescente. O pai dele não valia nada. Roland desaparecia por semanas a fio.

– Alguma vez o senhor viu Steven Bianchi e Roland Mathers juntos?

– Steve não é dos caras mais sociáveis. Sob esse aspecto, é como o pai dele. Mas costumo ver bastante o Roland com Clint Kennard. Ultimamente, vi Peter Thompson bebendo com eles às vezes também. – Ned enxugou o suor da testa. – Eu me pergunto por que Clint estava perseguindo aqueles garotos.

Sarah apertou as mãos no volante.

– É, seria bom saber isso.

Ela esperava que Smithy estivesse indo fundo na questão enquanto eles estavam ali conversando. Sarah já tinha confirmado que Steven Bianchi não tinha amigos próximos. Ela não conseguia imaginar Steven e Clint Kennard, ou o proprietário do hotel, juntos. E Peter Thompson. Lá estava aquele nome de novo. Ela estivera a ponto de perguntar a Mack a respeito do seu álibi lá no posto policial, quando foram interrompidos pela chegada de Lewis Kennard.

– Seu trabalho é procurar pessoas desaparecidas – disse Ned.

– É – respondeu Sarah. – Principalmente crianças.

– Você acha que vai dar tudo certo com a menina dos Thompson?

– Ela já deve estar no hospital a esta altura.

Não foi uma resposta ao que ele perguntou.

— Steven Bianchi tem alguma coisa a ver com o desaparecimento da filha? Ouvi dizer que foi preso.

— Desculpe, mas não posso falar sobre o caso.

— É justo — disse Ned, em tom amável, virando-se para olhar pela janela.

Um abridor de garrafa de cerveja balançava pendurado no espelho retrovisor enquanto eles passavam pelas irregularidades no pavimento da estrada. Passaram por pastagens ressecadas, placas de sinalização desbotadas, faixas brancas no asfalto.

Sarah tinha entrado para a academia de polícia porque precisava sentir que aquilo que fazia tinha importância, que o mundo ficava diferente porque ela tinha ido trabalhar. Seguindo carreira a partir de baixo, se deparara com a realidade do serviço: que pouquíssimas pessoas com quem interagia consideravam que os policiais eram "os mocinhos". Manter a salvo mulheres e crianças sempre tinha sido o foco da abordagem de seu pai. Não que ele tivesse feito muito para ajudar a ela mesma e à mãe. Talvez ela precisasse de uma desculpa para suas próprias falhas também. No trabalho policial, elas se tornavam um ponto positivo. Sarah teve a mesma sensação estimulante que tinha tido inúmeras vezes ao longo dos anos, como se estivesse prestes a realizar uma proeza conhecida. Precisava desvendar a ligação entre o que acabava de ver e o desaparecimento de Esther Bianchi. Sabia que, se conseguisse esboçar todos os detalhes no caderno, encontraria um fio que a conduziria à resposta.

Do nada, o velho falou com a voz contida.

— Dá para encostar o carro?

— Tudo bem? — perguntou Sarah, olhando de relance para ele enquanto ia saindo da estrada para o acostamento.

O velho abriu a porta e vomitou até mais não poder na beira da estrada. Quando a crise passou, ele esfregou a mão na boca e fechou a porta.

— O senhor está bem?

— Estou. Costuma acontecer quando perco um pouco de sangue. É de família.

— E o braço, como está? — Sarah quis saber.

— Está bem — resmungou Ned, apontando o queixo para a estrada para indicar a Sarah que ela deveria prosseguir viagem.

Sarah apalpou o bolso e sentiu o volume reconfortante do seu caderno. Tinha certeza de que Smithy já teria se comunicado com Mack pelo rádio e pedido que saísse à procura de Roland Mathers. Clint Kennard ficaria detido pelo menos por uns dois dias. Ela acelerou para sair do acostamento, com os próximos passos possíveis turbilhonando na cabeça.

LEWIS

Segunda-feira, 3 de dezembro de 2001

Foi Dick Summers quem viu Lewis Kennard, a mãe e o irmão entrando no posto policial. Foi ele quem deu com a língua nos dentes para o pai de Lewis no bar.

Depois que o pai interrompeu o interrogatório, todos tinham saído do posto juntos no carro da mãe de Lewis.

– Uma sorte o Dick poder me trazer de carro, ou vocês todos ainda estariam lá dentro – disse o pai de Lewis.

Nem mesmo seu pai achava uma boa ideia beber e sair dirigindo até o posto policial.

Não ocorreu a Lewis se perguntar por que motivo seu pai tinha vindo. Ele sempre estava onde menos queria que estivesse.

Simon choramingou quando não pôde se sentar no banco da frente. O pai de Lewis estava calado enquanto a mãe seguia pelo campo seco atrás do posto policial, fazendo gestos teatrais de reprovação enquanto ela ia se esforçando para mudar as marchas. Lewis sentia o cheiro do álcool.

O pai de Lewis não parava quieto no banco, como se não conseguisse se conter por mais um segundo.

– Qual é a porra do *problema* com essa família?

Simon deu aquela sua risada vazia mais uma vez. A mãe de Lewis não disse nada. Eles saíram para a rua principal.

Quando se aproximavam da longa fileira de árvores que dividia os dois lados da rua, o pai de Lewis disse:

— Pare no mercado. Preciso falar com o dono. — Ele parecia ainda mais bêbado do que tinha parecido no posto.

A mãe de Lewis entrou um pouco rápido demais numa das vagas em ângulo que se projetavam a partir do meio-fio. Era uma segunda à tarde, e a rua estava vazia.

Ela precisou pisar forte no freio para parar. Sem nem mesmo olhar, Lewis podia ver que ela não tinha estacionado direito, dentro das faixas brancas. O pai escancarou a porta e saiu para a rua, em seguida fechou-a com uma batida forte, metálica. O carro estava parado em pleno sol.

— Esperem aqui — disse ele. Olhou primeiro para a mãe de Lewis e depois para Lewis. — Nós vamos precisar ter uma conversinha sobre isso. Acreditem.

O que seu pai poderia ter a fazer no mercado àquela hora do dia? Lewis se perguntou. Era sua mãe quem sempre fazia as compras.

Quando o pai de Lewis chegou à entrada da loja, a mãe abriu sua janela e lançou um olhar comprido para um local sombreado a umas cinco ou seis vagas de distância, antes de fechar os olhos. Naquele momento, Lewis sentiu ódio dela: por não dizer nada, por não engatar a ré com eles ali dentro e ir embora, abandonando o pai deles, por nem ousar mudar para uma vaga à sombra. Ele suava. Sua mãe inspirava e soltava o ar, o único som no carro. O único som naquela droga de cidade inteira. Imagens do que aconteceria em seguida giravam pela cabeça dele.

Talvez seu pai quisesse estender ao máximo a expectativa. Deixar que eles ficassem pisando em ovos até ele explodir por algum outro motivo. Não. Seu pai estava furioso. Ia acontecer assim que chegassem em casa. Uma onda de desprezo, repugnância e medo o invadiu. Era difícil dizer quanto tempo passou ali no carro. Ele não tinha relógio. O pequeno relógio analógico no painel estava quebrado havia muito tempo.

Ele abaixou o vidro da sua janela e se pendurou ali para fora. Não havia nenhuma brisa, nada para amenizar a temperatura que não parava de subir. Nada se movia. Como ela podia permitir que Simon ficasse sentado ali dentro?

— Posso ir ficar em pé na sombra logo ali, mamãe?

Ela não respondeu.

— Por favor. Eu fico de olho no papai. — *Como seria possível a situação ficar pior para eles?*, pensou Lewis.

— Ele não vai demorar muito mais. — A voz dela parecia forte, decidida. A voz de uma mulher que nunca deixaria que um homem a agredisse.

— Quente — disse Simon.

— Isso, Simon! — disse a mãe de Lewis, virando-se no banco para olhar. Ela ficava tão satisfeita quando Simon falava.

Lewis viu Campbell Rutherford andando no mesmo lado da rua em que ficava o supermercado. O corpo de Lewis vibrou com eletricidade. O pai dele ainda estava lá dentro, mas ele não se importou. Vinha querendo falar com Campbell desde o sábado. Lewis abriu sua porta de repente. A mãe se virou no banco. Olhou pela janela do carro, procurando ver o marido ou qualquer outra testemunha. Eles viviam com tanto medo de que alguém os *visse*.

— Lewis — disse a mãe com sua voz mais firme.

Ele fechou a porta atrás de si e deu um passo para se afastar do carro. Uma brisa tocou seu lábio superior, que transpirava.

— Lewis — disse a mãe, com a voz ligeiramente mais alta agora.

Ele deu mais um passo.

— Trate de voltar pra cá. — Havia algo na voz dela que fez com que ele se lembrasse de desenhos animados matinais, do Eufrazino Puxa-Briga ou do Gaguinho: personagens que não sabiam até que ponto eram ridículos. Ele se indignou com o tom rosado de suas faces, com sua delicada voz inglesa. Sentiu ódio de tudo nela.

Lewis se apressou na direção de Campbell. Não havia mais ninguém na rua. Campbell estava olhando para o chão, a cabeça raspada balançando no mesmo ritmo dos seus passos.

– Campbell! – ele gritou.

Campbell ergueu os olhos. Tendo avistado Lewis, ele olhou de relance para trás. Ainda estava usando o uniforme escolar.

Lewis correu o que faltava da distância entre eles.

– Preciso falar com você – disse Lewis.

– Sobre o quê? – Campbell ainda estava examinando a rua.

– Campbell, acabei de vir da polícia.

– O quê? – Campbell arregalou os olhos, assustado. Agora ele estava prestando atenção.

– Eu contei pra eles sobre o que aconteceu no riacho.

– O quê? – Campbell agarrou a camisa polo de Lewis e o arrastou na direção do mercadinho.

Lewis resistiu, não querendo entrar na loja onde seu pai estava, mas Campbell o puxou para a sombra entre a cerca e a lateral do prédio. No corredor, eles estavam praticamente escondidos da rua, e não havia janelas naquela parede do mercado. Campbell ainda segurava Lewis pela frente da camisa. O que a mãe de Lewis devia estar pensando?

– Por que você falou com a polícia? – perguntou Campbell entre dentes.

– Porque eles precisavam saber – respondeu Lewis.

– Por que eles precisam saber? – perguntou Campbell, quase implorando.

– Eles precisam saber que nós vimos ela.

– Vimos quem?

– Estie. Esther. Eu tinha que contar pra eles o que nós vimos. Bem, o que *eu* vi. Eu não disse que você estava lá. – Lewis acrescentou a última frase apressadamente, percebendo que deveria ter começado por ela. – Só falei pra eles do homem. Eu disse que não era o pai de Estie.

– Certo. – Campbell estava com o rosto vincado, por não conseguir entender.
– Mas acho que não acreditaram em mim. Acho que eles precisam ouvir isso de você também.
– Ouvir o que de mim?
– O que nós vimos no riacho.
– Desculpa, cara – Campbell virou a cabeça para olhar para além da máquina de fazer gelo, na direção da estrada –, mas exatamente o que foi que vimos no riacho?
– Nós vimos Estie e o careca.
– Do que você está falando, Lewis?
– De ESTHER! – gritou Lewis.
– Aquela menina não era Esther, Lewis.
– O quê?
– Presta atenção, aquela era outra menina. Tinha cabelo escuro, sim, mas era mais velha. Não estava de uniforme. Não era Esther Bianchi.
– Ela deve ter trocado de roupa – disse Lewis.
– Você não viu o rosto dela? E a campainha tinha acabado de tocar – disse Campbell. – Nós ouvimos, lembra? Quando começamos a descer o barranco para chegar ao riacho? Só nós dois tínhamos saído da escola.

Sozinho no quarto, Lewis tinha repassado aqueles trinta segundos diversas vezes desde a manhã de sábado. A camisa do homem; a cabeça de Estie vista de trás; sua voz, levada pelo vento. Estie tinha a voz forte. Parecia pequena ao lado do homem, mas qual era a altura do homem? Ele tinha ficado perturbado pelo que tinha acontecido, o beijo que trocaram... sim, trocaram, os dois tinham desejado, não importava como Campbell agira depois. Mas por que nunca lhe ocorrera que a menina que viu não estava de uniforme escolar?

Lewis recuou, levando a mão direita à testa.

— Sério, por um segundo ali, fiquei apavorado. — Campbell sorriu.

O corredor estava se inclinando.

— Ainda tem uma chance de aquele homem ter alguma coisa a ver, certo? Quer dizer, pode ser que ninguém mais saiba que ele esteve por aqui.

— Meu pai disse que eles têm certeza de que foi o pai dela. Foi por isso que prenderam ele. — De repente, Campbell parecia muito mais velho do que era.

— Meu pai disse que ele só foi preso porque deu uma facada num policial — disse Lewis, lembrando-se de que tinha contado a Ronnie o que ouviu sem querer na sala de estar, como se fosse verdade, apesar de ele nunca ter acreditado de verdade.

— Meu pai ouviu isso também, que ele deu uma facada em alguém. Mas foi só um boato bobo. Ele só *esmurrou* um policial. Lacey Macintyre contou a minha mãe. — Campbell disse em voz baixa, chegando mais perto. — Mesmo assim, será que o cara que eles estão procurando não é o tipo de cara que sai por aí esmurrando policiais? — Ele soltou a frente da camisa de Lewis. — Nem tudo é culpa sua, Lewis.

Não pode ter demorado mais de meio segundo. A mão de Campbell segurou a de Lewis, talvez para reforçar o que dizia, para se certificar de que ele não ia contar. Talvez ele fosse começar a dar uma surra em Lewis. Talvez eles fossem trocar outro beijo. Lewis queria. Fosse o que fosse, naquele exato instante, houve um movimento na extremidade do corredor. Clint Kennard estava parado lá, com os ombros bloqueando a claridade.

— Que porra é essa?

Campbell largou a mão de Lewis.

— Que porra vocês estão fazendo? — O pai de Lewis deu um passo na direção deles.

Clint tinha visto o desejo, tinha visto com perfeita clareza as entranhas líquidas do filho. Ele sabia. Lewis soube que ele sabia.

— Corre! – gritou Lewis para Campbell. Lewis deu meia-volta e disparou pelo corredor, para longe do pai.

Campbell hesitou um segundo antes de dar uma arrancada atrás dele.

— Que porra vocês estão *fazendo*? – gritou o pai de Lewis.

Alguma coisa dentro de Lewis se partiu em dois pedaços, como quando você quebra um biscoito com as mãos – as partes se desfazem, não conseguem se manter unidas e caem no chão.

Clint disparou atrás dos meninos pelo corredor; e, bem quando eles estavam chegando ao final, saindo para o sol, Campbell parou de supetão. O pai de Lewis tinha agarrado um de seus ombros. Lewis parou, derrapando. Podia ser que o pai recorresse à sua voz piadista, podia ser que fosse tentar encantar Campbell como encantava todo mundo, mas Lewis nunca ia saber porque se virou e, sem pensar, deu um chute. Acertou o pai no saco. O pai abafou um grito e se dobrou ao meio, soltando Campbell.

— Corre! – gritou Lewis de novo.

Eles precisavam sair para um lugar aberto onde outros adultos os vissem. Deram a volta correndo pelos fundos do mercado e seguiram pelo corredor do outro lado, acabando por saírem para a rua.

A mãe de Lewis estava em pé junto do carro laranja, os quadris e as costas encostados nele, a mão protegendo o rosto do sol. Simon estava no banco traseiro, o rosto na janela aberta. Não havia mais ninguém na rua. Lewis atravessou a rua bem na frente do mercado, perdendo segundos preciosos enquanto olhava para os dois lados. Campbell se juntou a ele, sem se dar ao trabalho de ver se vinham carros. Eles chegaram à faixa entre os dois lados da rua principal, um canteiro elevado, gramado, ornado com árvores. Lewis tropeçou, conseguiu se aprumar. Havia uma presença atrás do seu ombro esquerdo. Como seu pai os tinha alcançado tão depressa? Campbell se encontrava à direita de Lewis. Eles agora estavam descendo correndo pelo outro lado do canteiro, ganhando velocidade na rampa.

O que quer que fosse que viesse pela rua atingiria Lewis primeiro, jogando-o contra Campbell. A ideia do contato, da pele tocando na pele, era empolgante. Então eles já estavam na rua, e alguma coisa vinha à esquerda deles, tarde demais para parar. Lewis agarrou Campbell pelo braço e os dois se safaram. Clint estava atrás deles, e ouviu-se o guincho agudo de uma freada.

Lewis se voltou para olhar, quase tropeçando nos próprios pés. O menino viu o pai no instante em que ele saltou para escapar do carro. Ele pisou em falso e caiu no asfalto logo atrás da porta do motorista, agora parado. Clint se levantou de imediato, como um gato se endireitando. Lewis queria continuar a correr, mas descobriu que estava paralisado. Campbell, também, olhava boquiaberto, dardejando o olhar entre a motorista do carro e o pai de Lewis, que agora estava em pé na estrada, com as pernas abertas e as mãos nos quadris.

— Onde foi que você aprendeu a dirigir? — esbravejou Clint.

Ele cobriu a pequena distância que o afastava do carro no que pareceu um único movimento e, com violência, bateu com as mãos na capota.

A motorista abriu a porta e saiu do carro. Era a mãe de Estie.

— Você está bem? — perguntou ela.

— Isso aqui é uma droga de rua principal. Você poderia ter matado aqueles garotos.

— Sinto muito, só os vi no último instante. E aqui não é... não é uma travessia de pedestres.

— *Não é uma travessia de pedestres* — o pai de Lewis repetiu, debochando dela.

A mãe de Estie aprumou os ombros.

— Para começar, por que você estava atravessando a rua correndo? — Ela endureceu o tom.

Lewis ouviu uma voz vindo da sua esquerda.

– Tudo certo aí? – Era a investigadora.

Sua pergunta pareceu ter sido dirigida a todos eles, e ela abarcou a cena inteira, olhando para Lewis e Campbell antes de se voltar para Clint, o pai de Lewis, e a mãe de Estie.

A mãe de Lewis observava tudo de seu lugar junto do carro, mas não podia deixar Simon.

A policial saiu de uma picape rural velha que ela havia parado na contramão. O investigador saiu de um carro branco estacionado sobre duas vagas no lado da rua onde ficava o mercado.

Lewis teve uma sensação ruim.

Agora a policial estava quase ao lado do pai dele.

– Calma aí! – disse ela.

– Vamos embora, Campbell – sussurrou Lewis.

Campbell passeou os olhos pela policial, pelo carro parado, o pai de Lewis e a mãe de Estie, todos ali postados na rua. Ninguém olhava para eles. Campbell concordou em silêncio, e eles foram andando, desatando a correr assim que chegaram a uma rua transversal.

Lewis se concentrou no retângulo formado pelo painel traseiro da camiseta escolar de Campbell. Ele achava que, a qualquer instante, sua mãe ia parar o carro ao lado deles; mas, quando se voltava para olhar, ninguém estava os acompanhando.

Campbell enveredou por um atalho, por uma área de arbustos ressecados que seguia por trás do açougue e passava pelo parque, fazendo com que se afastassem da rua principal.

Eles só desaceleraram para um ritmo de caminhada quando chegaram ao gramado de Campbell. A corrida, a inspiração do ar quente, o suor que fazia a camisa de Campbell se grudar às costas; tudo isso tinha afastado a imagem do rosto de Clint. Agora, tudo o que Lewis conseguia visualizar eram seus olhos de pálpebras pesadas, sua boca retorcida pelo nojo. A casa de Campbell ficava em frente ao campo oval da cidadezinha, onde homens jogavam críquete no verão. Lewis pôde ver a mãe de Campbell através da janela da cozinha, que era voltada para a rua. Lewis já a ouvira dizer que, às vezes, quando estava lavando a louça, erguia os olhos e via a turma de cangurus que gostava de se reunir ali ao entardecer. *É como se eles tivessem vindo para tomar chá.*

Campbell abriu a porta da frente, e Lewis entrou atrás dele. Os dois tiraram os sapatos.

A mãe de Campbell apareceu à entrada da cozinha.

– Ninguém me avisou que você vinha aqui hoje, Lewis – disse ela, percebendo as camisas encharcadas de suor.

O sorriso da mãe de Campbell veio tarde demais para abrandar o que ela tinha dito. Na porta dos fundos, o cachorro de Campbell choramingava.

– A gente só vai ver um pouco de televisão – rebateu Campbell, ainda recuperando o fôlego.

O que Lewis queria, mais do que qualquer coisa, era um copo d'água.

– Sua mãe sabe que você está aqui? – A mãe de Campbell olhou direto para Lewis. Ela estava com olheiras escuras.

– Nós acabamos de deixar ela na loja. Eu vi Campbell na rua, então viemos para cá. – Basicamente, essa era a verdade, pensou Lewis.

Campbell se virou para olhar para Lewis, surpreso com a mentira fácil.

– Ela costuma me ligar antes de você vir.

Lewis tentou fazer a melhor cara de nada possível.

– É uma pena, Lewis – disse ela. – Campbell tem tarefas a fazer. É melhor você ir para casa.

Campbell olhou para ele e deu de ombros.

Lewis se abaixou para calçar os sapatos. Eles não tinham a menor ideia do que poderia estar aguardando por ele em casa. Sem dúvida, àquela altura, sua mãe e seu pai já teriam ido para casa. Ainda que os policiais tivessem visto Clint berrar com a mãe de Estie, Lewis sabia que o pai teria feito alguma brincadeira e resolvido tudo. Com sua lábia, Clint Kennard conseguia se safar de qualquer situação. Lewis sentiu a emoção de usar o nome do pai: *Clint Kennard não presta*, ele disse a si mesmo. *Clint Kennard vai me matar.* Clint ainda podia estar dirigindo por aí à procura dele naquele mesmo momento. Ou o telefone de Campbell poderia tocar a qualquer instante. Lewis pairava sobre os acontecimentos, em vez de estar no meio de tudo. Ele nunca tinha feito nada semelhante.

— Além do mais, Lewis, acho que sua mãe vai querer te manter dentro de casa depois do que aconteceu com Veronica Thompson – disse a mãe de Campbell.

— O que aconteceu com ela? – perguntou Campbell, antes que Lewis pudesse falar.

— Lacey Macintyre acabou de ligar. Veronica Thompson foi atacada por um cachorro perto do Horse and Cane. Parece que a levaram para o hospital. Lacey disse que foi grave.

O Horse and Cane ficava bem depois da casa de Ronnie. Por que ela iria até lá? Ela não disse que já tinha se encrencado por sair no sábado? Num instante, algo em Lewis soube por que ela tinha estado no hotel: ela estava indo falar com a polícia. Foi a única razão em que ele conseguiu pensar.

— Melhor eu ir – disse Lewis, já se encaminhando para a porta.

— Isso aí, você devia ir direto para casa para ver sua mãe. – A mãe de Campbell mantinha uma expressão firme. – Na verdade, eu me sentiria melhor se levasse você até lá de carro.

— Não precisa, sra. Rutherford. – Ele já tinha saído pela porta antes que ela respondesse e a fechou atrás de si. Ainda não tinha amarrado os cadarços. *Ronnie estava ferida.*

Ao final do gramado, ele virou à esquerda. Precisava falar com Ronnie, que estava no hospital. Só havia um hospital onde ela poderia estar. Lewis precisava saber que ela estava bem, e precisava lhe explicar que ele tinha ido falar com a polícia, que não era totalmente covarde. Ele examinou suas opções. Sua mãe bruxuleou no seu pensamento, mas só por um segundo. Não havia a menor condição de ela o levar a lugar nenhum, não depois do que tinha acontecido; e, para chegar a ela, teria de passar por Clint.

Lewis não sabia ao certo onde eles estavam, mas correu até chegar a uma rua transversal pela qual seus pais não teriam motivo para seguir. Passou correndo por pimenteiras, rumo à rodovia. Sairia perto de uma placa que assinalava os limites de Durton. Dali em diante, precisaria de algum carro que lhe desse carona.

O sol o perfurava. O suor escorria pelo seu rosto e pelas costas. Lewis tentou não dar atenção à sua sede, reprimi-la. Era bom ter alguma outra coisa em que se concentrar, alguma coisa que expulsasse do seu pensamento a figura de Clint (ainda aquela pequena emoção de dizer *Clint*, mesmo que fosse só para si mesmo). Lewis passou correndo por terrenos vazios, por uma ou outra casa. O calçamento terminava diante das portas de correr de um galpão cáqui. Ele continuou ao longo do acostamento. Na passagem de nível, por costume, deu uma olhada, mas essa passagem não tinha cancelas, só uma placa antiga que dizia: ATENÇÃO PARA OS TRENS.

Em pé à margem da rodovia, Lewis não soube dizer exatamente quando o viu. Era como estar olhando por um momento para a casca escura de uma árvore antes de perceber um véu cintilante de pequenos insetos girando no ar. O carro parecia familiar; tinha de ser de alguém que ele conhecia. Deveria dar um passo adiante? Fugir? O carro desacelerou, com a roda dianteira esquerda deixando o asfalto, de modo que o lado esquerdo do carro estava mais baixo do que o direito quando ele parou. Alguém, que ele não conseguia enxergar direito por trás do para-brisa escuríssimo, se inclinou e baixou a janela do passageiro.

Era Peter Thompson. O tio de Ronnie hoje não estava com o traje de Cidade, mas usava uma camiseta sem mangas encardida, o cabelo ruivo debaixo de um boné de beisebol.

– Tá querendo ser atropelado, garoto? Não está tão quente assim, está? – Ele olhou por cima do ombro para a estrada às suas costas, rindo da própria brincadeira.

– Ronnie está no hospital – disse Lewis. – Um cachorro mordeu ela. Foi muito sério. Preciso ver Ronnie.

Peter ficou consternado.

– Puxa, garoto. Acabou de acontecer?

– É, acho que sim. No hotel. Ela está muito machucada.

– A mãe estava com ela? – perguntou Peter.

Lewis fez que não.

– Eu não sei.

– E seu pai, onde está? – Peter abaixou a cabeça e espiou pela janela do passageiro como se Clint pudesse estar atrás de Lewis.

– Por favor, meus pais estão ocupados. Precisamos ir agora. – Ele se abaixou para Peter poder ver seu rosto através da janela aberta. – Por favor! – O suor escorria da sua testa, e ele estava quase chorando.

Peter o examinou. Lewis pensou naquele momento à porta de entrada da sua casa, quando Peter tinha visto o hematoma, sem dizer nada.

– Está bem – disse Peter. – Eu ligo para eles quando chegarmos lá.

Peter Thompson tinha alguma coisa no fundo da garganta. Ele não parava de pigarrear durante a viagem, sendo aquele o único ruído no carro além do chiado do asfalto que passava abaixo deles. Alguma coisa naquele som aumentava a distância entre eles e seu destino. As mãos sardentas de Peter estavam agarradas ao volante, com pelos louros avermelhados nos dedos. Talvez ele estivesse pensando que deveria, sim, ter levado Lewis para casa. Ele ainda poderia mudar de sentido, dando uma forte guinada à direita, e levar Lewis de volta para Clint.

– Você acha que Ronnie vai ficar bem? – perguntou Lewis.

– Tenho certeza de que ela vai estar bem, garoto – respondeu Peter, esfregando o cavanhaque ruivo com o dorso da mão esquerda. Ele mantinha os olhos na estrada.

Peter não soubera sequer que ela estava no hospital.

Lewis olhou pela janela. O que estava acontecendo nas suas entranhas não parecia um medo normal. Era como abrir uma gaveta e perceber que alguma coisa tinha sido movida ou retirada dali. Os objetos ali dentro não colidiam uns com os outros do modo costumeiro. Essa sensação nova era mais forte. Como se um daqueles aros de metal – aqueles que sua mãe usava para fritar os ovos para Clint em círculos perfeitos – tivesse sido enfiado goela abaixo nele. Lewis não conseguia engolir, não conseguia se acomodar ali sentado. O ar entrava veloz pela janela, como alguém abrindo caminho para chegar à frente de uma fila.

– O que Ronnie estava fazendo no hotel? – quis saber Peter.

– O quê?

– O que ela estava fazendo lá? Não era no caminho de casa.

– Peter se voltou para olhar para Lewis com os olhos semicerrados.

Lewis se lembrou da conversa que tinha ouvido entre Peter e seu pai. Suas entranhas se contraíram. Peter e seu pai não tinham mencionado Roland Mathers, que administrava o hotel? Lewis passou a mão para o rebaixo junto à maçaneta da porta do carro.

– Sei que vocês dois são amigos – disse Peter, e Lewis evitou o olhar que podia sentir que o homem lhe lançava dali do banco do motorista.

Lewis mantinha os olhos na estrada. Não tinha sido uma pergunta, e ele não sabia o que dizer em resposta.

Peter pigarreou mais uma vez.

Começaram a aparecer árvores em fileiras regulares. Estavam se aproximando de Rhodes, do hospital. O limite de velocidade mudou, e havia mais construções. Eles estavam entrando no estacionamento. Peter não tinha parado totalmente e Lewis já estava abrindo a porta.

— Peraí, garoto — gritou Peter enquanto Lewis corria até a entrada principal do hospital.

A mãe de Ronnie estava parada logo ali, do lado de fora das grandes portas de vidro, com um cigarro aceso na mão.

— Ronnie está bem?

Ele lhe deu um susto. Ela jogou o cigarro no chão e pisou nele.

As palavras ENTRADA PRINCIPAL coladas de um lado a outro das portas deslizantes do hospital se partiram ao meio quando as portas se abriram. A mãe de Estie saiu. Seus olhos encontraram os da mãe de Ronnie antes de parar em Lewis.

— O que você está fazendo aqui? — A mãe de Estie olhou para o estacionamento lá fora, examinando as fileiras de carros. — Seu pai está aqui?

— Não. Eu vim com o tio de Ronnie — respondeu Lewis.

— Peter — disse a mãe de Ronnie, avançando de repente.

Ela era tão baixa que só chegava ao peito do homem, e ele a envolveu nos braços.

Ocorreu a Lewis a ideia de que esses adultos tinham sido crianças um dia; Peter Thompson era o irmão mais velho da mãe de Ronnie, Evelyn.

A mãe de Estie veio na direção de Lewis.

— O que você está fazendo aqui? — ela repetiu.

— Ronnie está bem? — perguntou ele mais uma vez.

— Não. — Evelyn não estava olhando para ele enquanto falava. — Ela não está bem.

— Querida, você não deveria estar aqui — disse a mãe de Estie, pondo um braço em torno da mãe de Ronnie. Ela olhou para Lewis, como se dissesse *olhe o que você fez*. Ela estava com a maquiagem dos olhos borrada.

— Por favor, eu preciso ver Ronnie.

— O coitadinho me parou na estrada de tão ansioso que estava para ver Ronnie — relatou Peter.

— Isso não vai ser possível agora, querido — disse a mãe de Estie, disparando um olhar para Peter. A mãe de Ronnie se voltou para o irmão, soluçando no peito dele.

— Mas eu preciso ver ela! — disse Lewis. Ele pôde ouvir o tom histérico na própria voz.

— Por que você não vem comigo? — A mãe de Estie deu um passo na direção de Lewis. — Pronto — ela disse com a voz mais firme, fazendo com que ele entrasse pelas portas de correr. — Vamos pegar alguma coisa para você beber.

Ela fez com que ele se sentasse ao lado de uma máquina de venda automática.

Era por culpa dele que Ronnie estava ali, que a mãe dela estava chorando. Ele era a razão pela qual Ronnie tinha chegado a passar perto do hotel, porque ela achou que ele não teria coragem para contar à polícia o que tinha visto. Ele queria contar isso à mãe de Estie. Ela o estava tratando como se ele fosse uma criança fazendo birra.

A mãe de Estie comprou um Sprite da máquina e o entregou a ele.

— Sua mãe sabe que você está aqui? — perguntou ela.

— Não — ele respondeu, com os olhos voltados para o chão.

— Vai dar tudo certo — disse ela. — Ronnie vai ficar boa.

Ele segurou a lata gelada sem abri-la.

Ela lhe disse que esperasse onde estava e saiu dali. Ele abriu a lata e tomou um bom gole do Sprite. A bebida desceu pela garganta, maravilhosamente fria, picante e efervescente. O cheiro do hospital era avassalador: estranhamente doce, mas também familiar. O cheiro do desinfetante que sua mãe usava no banheiro.

Ele esperou que a mãe de Estie voltasse, mas ela não voltou. Depois de um tempo, ele se levantou. Se tivesse a menor ideia de onde Ronnie estava, poderia ter ido até ela, mas não conseguiu decifrar o mapa na parede. Ele voltou a se sentar e não parava de esfregar a mão no short. O Sprite borbulhava no seu estômago, e Lewis se sentiu enjoado. Precisava ver Ronnie.

As portas principais do hospital se abriram, e a mãe dele entrou, varrendo o saguão com os olhos. A mãe de Esther devia ter ligado para ela. Ela estava com Simon e quase o arrastava junto. Estava com os olhos vermelhos e as pálpebras inchadas.

Lewis se levantou de onde estava, com o corpo já se preparando para correr, embora essa não teria sido uma forma inteligente de agir.

— Onde tá o Clint? — ele perguntou quando sua mãe se aproximou. O nome simplesmente escapuliu da sua boca.

— Seu pai foi preso — disse ela. — Ele perdeu o controle com um dos policiais.

Lewis não respondeu. Não conseguia imaginar uma única coisa que pudesse dizer.

— Agora, vamos. Você nunca mais me faça nada parecido, está me ouvindo? Faz alguma ideia do que poderia ter lhe acontecido? Eu passei mal de tanta preocupação.

— Posso ver Ronnie antes de irmos embora, mamãe? Por favor?

Ela desviou o olhar e suspirou. A boca era uma linha fina traçada no seu rosto.

— Você já aprontou o suficiente por hoje, Lewis.

A mãe de Lewis passou muito tempo falando com as mães de Estie e de Ronnie na outra ponta do corredor em relação ao lugar onde Lewis estava sentado com o irmão, segurando sua mão. Simon começou a fazer cada vez mais barulho. O som ecoava pelo longo corredor. Por fim, sua mãe deu um abraço em cada uma das outras e voltou para os filhos.

Lewis, Simon e a mãe saíram juntos até o carro, com sua carroceria laranja quase em brasa na claridade ofuscante do estacionamento do hospital.

– Puta merda!

Ele nunca tinha ouvido a mãe dizer palavrão.

– Me deram uma *porra* de uma multa de estacionamento.

A mãe abriu a porta do carro com a chave e se sentou, cobrindo o rosto e dando gritos agudos e ofegantes que ele só tinha ouvido uma única vez, quando a mãe dela morreu na Inglaterra. Simon, que estava em pé junto do carro, bateu nela, uma palmada seca no lado do corpo. Ela não reagiu. Pessoas passavam por ali. Olhavam para todos os lados, menos para o carro laranja. Lewis vigiava Simon, pronto para segurá-lo se ele resolvesse sair correndo pelo estacionamento. Ouviu-se a sirene de uma ambulância que se aproximava e, em algum lugar, a batida de uma porta de carro.

NÓS

Segunda-feira, 3 de dezembro de 2001

Num lugar como a Cidade de Poeira, nós precisávamos criar nosso próprio lazer.

Perto da estação, não muito longe da passagem de nível que dividia a cidade em duas partes, a linha do trem passava por baixo de uma estrutura alta de aço que abrigava os sinais luminosos que indicavam quando os trens deviam parar e seguir adiante. Na nossa estação, esses sinais brilhavam verdes noite e dia. Toda a estrutura de sinalização era composta de finas vigas de aço, uniformemente espaçadas como os elos numa cerca escolar de alumínio. Os trens passavam ensurdecedores ali embaixo, sem reduzir a velocidade, a caminho do litoral ou voltando de lá. Se estivéssemos por perto, um formigamento nos pés, uma coceira no nariz, anunciavam a chegada do trem antes que o víssemos.

Um de nós já estava com o pé no primeiro degrau da escada de aço quando o trem surgiu.

Não era o barulho nem mesmo a sensação de sucção o que mais percebíamos, suspensos do alto da escada, mas a mudança na qualidade da luz à medida que o trem ia passando. A pequena bolha retumbante que ocupávamos tinha a atmosfera alterada, interrompida por explosões de luz que atravessavam as aberturas entre os vagões de carga. Enquanto nos agarrávamos à armação metálica – com as mãos pegajosas, os dedos perdendo a força – compreendíamos pela primeira vez o que poderia ser a morte.

Com o trem passando em disparada, nossas mãos escorregadias de suor, essa visão sem vida nos acalmava. O trem seguia matraqueando.

Nós continuávamos nos segurando.

Então, vinha o último vagão, e nós éramos mergulhados no silêncio. O trem já tinha desaparecido ao longe antes que conseguíssemos nos forçar a descer dali, com as pernas bambas.

Contamos essa história para ressaltar que todos nós fazemos coisas idiotas quando crianças, e que a maioria de nós sobrevive a elas.

CONSTANCE

Segunda-feira, 3 de dezembro de 2001

Esther estava desaparecida havia três dias. Era a tarde de segunda-feira e, em qualquer semana normal, Constance teria aguardado sua filha chegar da escola. Mas Constance estava esperando, é claro. Ainda.

O telefone tocou.

Ela respirou fundo como sempre fazia agora antes de atender a uma ligação.

– Constance – disse uma voz.

Ela percebeu, pela centésima vez, um pedaço de papel grudado à base do telefone. Ali, estava o número do trabalho de Steven, escrito na letra grande dele. Ao lado, o cartão de visitas da investigadora.

– Quem está falando? – perguntou Constance.

– Evelyn Thompson.

A última vez em que Constance tinha falado com Evelyn foi na primeira tarde do desaparecimento de Esther, já fazia três dias que pareciam inacreditáveis.

A mãe de Ronnie não lhe parecia o tipo de pessoa que ligaria em busca de informações, como tantas intrometidas tinham feito nos últimos dias. Acenando com sua solidariedade como uma bandeira esfarrapada e pressionando Constance à procura de detalhes. Elas diziam que fariam orações por ela, mas, na realidade, só queriam respostas. Por que Steven ainda estava detido? Já tinha sido feita alguma acusação formal? Ele ainda estava detido pela agressão a um policial, e ela acreditava que eles estavam trabalhando para obter dele a localização do corpo da filha. Ela também sabia que não queria vê-lo, nem falar com ele, enquanto ele não falasse.

– Pois não? – disse ela.

– Constance, levaram Ronnie para o hospital. Ned Harrison acabou de me ligar. Disse que é grave. Você pode vir? Meu carro não quer funcionar, já liguei para todo mundo que me ocorreu. Ninguém está atendendo.

Evelyn parecia calma, mas o fato de não ter demonstrado constrangimento ao revelar que Constance não era a primeira pessoa a quem tinha ligado denunciava o estado em que se encontrava. Não houve preâmbulo, nenhum pedido de desculpas por ligar para pedir um favor. Constance reconheceu o tom. Quando a situação ficava tão ruim que você não podia nem mesmo se permitir o luxo de entrar em pânico, de palavras supérfluas.

– Estou indo agora mesmo – disse Constance.

– Vou esperar lá na frente. – Evelyn desligou.

Constance pegou as chaves no gancho acima da bancada. Por um momento, a mudança no tom emocional pareceu semelhante a uma virada refrescante no tempo. E isso não era exatamente como ela era? Alguma peça de roupa sempre incomodando, alguma luz sempre a ofuscando, alguma coisa sempre *errada*. Típico se sentir melhor *agora*, no meio da dor de outra pessoa.

Não fazia muito tempo que Shel tinha saído. O lugar perto da cerca viva onde sua van tinha ficado estacionada nos três últimos dias já estava com sulcos. Shel tinha vindo com a maior frequência possível. Também tinham vindo policiais fardados ao longo dos três dias. Mas agora não havia ninguém ali e, se Constance saísse, a casa ficaria vazia. Ela ligou para Shel e deixou uma mensagem na secretária eletrônica, pedindo-lhe que voltasse assim que pudesse.

Escreveu às pressas um bilhete para Esther e o deixou na toalha de mesa verde.

Quando você chegar, quero que FIQUE SENTADA A ESTA MESA e NÃO VÁ A NENHUM LUGAR.

Ela saiu pela porta, que deixou destrancada, e estava no carro antes que lhe ocorresse examinar a emoção que borbulhava por dentro dela. Se estivesse sendo generosa, talvez tivesse considerado que era a noção de propósito, mas sabia que era exultação. Exultação por estar entrando no carro sabendo que ia na direção do sofrimento de outra pessoa. Naquele momento, ela não era *a coitada da Constance Bianchi cuja filha não veio para casa e cujo marido estava preso*. Steven estava apenas detido, por enquanto, mas não fazia diferença: era aquilo o que as pessoas diriam. Aquilo e *qual é o problema de Constance Bianchi?*.

Um bando de cacatuas cor-de-rosa voava baixo pela estradinha quando Constance saiu de casa com o carro. Elas mergulhavam guinando para a esquerda e para a direita à frente dela. Suas asas eram como placas de madeira equilibradas no corpo em forma de lata. Elas exageraram na correção e na mudança de rumo, voaram mais perto do chão, antes de se lançarem de novo para o alto e para longe, deixando Constance sozinha na estradinha que levava à rua principal.

O assunto desagradável com Clint Kennard na rua em frente ao mercado abalou Constance. A brutal velocidade dos acontecimentos foi tal que ela não teve perfeita certeza de que tivesse realmente acontecido, porém tinha sido bom ver a investigadora derrubá-lo. Ver Clint Kennard cair no concreto e ser levado embora algemado. Pareceu certo.

* * *

Evelyn estava em pé na entrada de carros quando Constance chegou. Ela quis contar a Evelyn o que tinha acabado de acontecer diante do mercado – Constance ainda sentia no corpo as reverberações da parada abrupta –, mas a mulherzinha se inclinou para a frente no banco do passageiro do pequeno Corolla como se sua postura pudesse fazer com que chegassem ao hospital mais rápido, e Constance se manteve em silêncio.

Quando Constance conversava com Evelyn – o que acontecia com frequência, já que suas filhas eram grandes amigas – sempre parecia a Constance que ela se ouvia através de ouvidos estranhos, e isso tornava as conversas meio artificiais. Muitas vezes, Steven voltava tarde da piscina, quando levava Esther e Ronnie à aula de natação. Evelyn era mais nova do que o marido, mas eles tinham um passado compartilhado – tinham frequentado a mesma escola, os mesmos rodeios e qualquer coisa que fosse considerada lazer naquela cidadezinha. Constance às vezes explorou a ideia de Steven e Evelyn juntos, do jeito com que se examina uma contusão para verificar a intensidade da dor. Agora, ela descobria que não sentia nada. Revigorante.

Ela dirigia mais rápido do que teria ousado com a filha no carro. Enquanto as duas seguiam velozmente pela rodovia, a ausência de Esther se fazia sentir nas coisas que Constance não precisava fazer. A falta de uma voz indagadora no banco traseiro, o silêncio total.

Sem dizer nada, Evelyn correu na direção das portas principais do hospital assim que Constance parou o carro. Constance comprou um tíquete de estacionamento, colocou-o sobre o painel do carro e trancou as portas. Ela encontrou Evelyn lá dentro, falando em voz alta com a mulher da recepção. A mulher permaneceu na cadeira, rolando-a para o lado para ter acesso a uma segunda tela. Ela rolou a cadeira de volta antes de lhes dizer que a paciente fora levada direto para o atendimento. Passou-lhes instruções de como chegar a uma sala de espera. Evelyn partiu na direção errada, e Constance a segurou pelo braço. Na sala de espera, elas se sentaram uma ao lado da outra em cadeiras feitas de plástico rígido bege.

– Você sabe o que aconteceu? – perguntou Constance.

– Foi no rosto. O cachorro atacou o rosto dela.

– Cachorro de quem? Onde foi?

Por que as pessoas pediam detalhes quando coisas ruins aconteciam? Do mesmo jeito que as pessoas tinham perguntado a Constance: *Quem é o encarregado da investigação? Onde eles procuraram? Quantas pessoas participaram?*

– Ned Harrison disse que aconteceu no hotel. Foi ele quem me ligou. Foi ele quem esperou com Ronnie até a ambulância chegar.

Constance assentiu com a cabeça.

– Ele encontrou Ronnie depois que o cachorro já a tinha derrubado no chão… – Evelyn pareceu não conseguir continuar.

Constance olhava para um lado e para o outro do corredor do hospital, procurando por alguém que pudesse lhes dizer o que estava acontecendo. Evelyn estava sentada toda curvada para a frente na cadeira com os olhos fixos no piso.

– Eles deviam me deixar ficar com ela. É só uma criança.

– No caminho até sua casa, eu quase atropelei Clint Kennard – disse Constance. Evelyn olhou para ela. – Ele está bem. Simplesmente saiu correndo bem na frente do meu carro. Mas perdeu o controle. Acho que estava prestes a me bater, mas aí aqueles investigadores apareceram do nada. A mulher tentou impedi-lo, e ele a agrediu.

Evelyn se recostou na cadeira.

– Legal saber que ele está diversificando. Achei que ele só batia na própria mulher.

– Eu não sabia disso.

– É verdade – disse Evelyn. Ela teve a gentileza de não dizer: *Como é que você haveria de saber qualquer coisa?*

Steven, Esther e Constance moravam na cidadezinha havia seis anos, mas Constance só era amiga de Shel.

Os sons do hospital borbulhavam ao redor delas. Constance ouviu um aviso, ao longe, no sistema de alto-falantes, mas não conseguiu distinguir as palavras.

Ela mudou de posição no assento. As cadeiras eram muito desconfortáveis.

– Você acha que foi ele? – perguntou Evelyn. Percebendo o estado de confusão de Constance, ela prosseguiu. – Estou falando de Steven. Só soube ontem. Você acha que ele teve alguma coisa a ver com o desaparecimento de Esther?

– Não sei mais o que achar – respondeu Constance, sentindo que o assento ali abaixo, de algum modo, já não estava nivelado.

– Por que acham que foi ele? – perguntou Evelyn. Encorajada pelo que tinha acontecido a Ronnie, supôs Constance.

Ela não se importou. Pelo menos dessa vez, descobriu que queria falar sobre o assunto.

– Ele estava com o sapato dela? – Constance não sabia por que fez com que a frase parecesse uma pergunta. Era um hábito desagradável. – Era o sapato que ela estava usando quando saiu da escola. Logo, ele tinha de tê-la visto na tarde de sexta-feira.

– Me perdoa, Constance – disse Evelyn, caindo no choro.– Me perdoa por não ter ligado. Me perdoa até por ter feito essa pergunta.

Com um gesto, Constance deixou claro que o pedido de desculpas era desnecessário.

Ela pensou em Steven, em como ele estava na sexta de manhã. Tinha entrado na cabine da picape, sem perceber que ela o observava após a discussão a respeito de Shel. A imagem lhe surgiu com tanta clareza que quase a deixou sem fôlego. Houve a desconexão da lembrança emparelhando-se com suas emoções. Constance pensou no cheiro dele, no rosto bonito, antes de pensar no que ele fizera. Naquela manhã, seu maior problema tinha sido sua briga com Shel. Mesmo no fundo do turbilhão, ela sabia que tudo daria certo. Sua família estaria bem. Constance se sentia irreal. Numa névoa indefinida no saguão do hospital. O cheiro de desinfetante infiltrado pelos aromas enjoativos de compota de maçã e molho barato de carne. Toda a cena tinha aquela característica que às vezes se tem em sonhos, quando se está planejando alguma coisa e se interrompe tudo de repente pela conscientização de que a pessoa com quem se está planejando já morreu há anos. Ou quando você se descobre fazendo lasanha usando só cascas de abóbora e uma lata de achocolatado.

Uma enfermeira passou por ali, enérgica, com determinação em cada movimento.

Evelyn se levantou de um salto para interceptá-la.

– Quando vou poder ver minha filha? Ela acabou de ser internada por causa de uma mordida de cachorro. O nome dela é Veronica Thompson.

A enfermeira prometeu que viria buscar Evelyn assim que ela tivesse permissão para entrar.

Quando ficaram sozinhas de novo, Constance achou que também queria contar a Evelyn a história que Shel lhe passara, mas não conseguia organizar as palavras. Talvez Evelyn já soubesse.

– Eu devia ligar para Shel – Constance disse, percebendo o tom abrupto na própria voz. – Quero me certificar de que ela conseguiu voltar para minha casa.

Ela se levantou, e mais um aviso inescrutável se avolumou e recuou.

– Peraí! – disse Evelyn.

Constance se virou, e Evelyn, ainda sentada, olhou para ela.

– O sapato dela. Você disse que Steve estava com o sapato de Esther? Eles têm certeza?

Constance não sabia ao certo por que Evelyn estava lhe fazendo essa pergunta. Evelyn sentia a necessidade de tripudiar?

— Eu vi o sapato — disse Constance. — Era o dela.

Evelyn empalideceu.

— E foi por esse motivo que eles o prenderam? O único motivo?

— Bem, a acusação real foi a de ele ter agredido um dos policiais enquanto estava sendo interrogado.

Parecia tão digno de pena quando dito em voz alta. Sua vida, uma novela ridícula.

— Ai, meu Deus. — Evelyn levou a mão à boca.

— Que foi?

— Acho... acho que talvez possa ser o sapato de Ronnie. O sapato escolar dela no carro de Steve.

As entranhas de Constance se dobraram de repente, como uma espreguiçadeira defeituosa.

— O quê?

— Me perdoa, Constance. Eu não percebi, porque o quarto dela é uma perfeita zona de guerra. Mas hoje à tarde, comecei a fazer uma faxina lá e encontrei um único sapato preto escolar na bolsa de natação. Procurei em volta pelo segundo sapato, mas não consegui encontrar. Eu já tinha revirado a casa inteira quando Ned Harrison me ligou. E você sabe que Ronnie e Esther têm sapatos iguais.

As palavras de Evelyn chocalhavam para lá e para cá na cabeça de Constance. Era provável que ela e Evelyn tivessem comprado os sapatos das meninas na mesma loja, em Rhodes. Constance voltou a se sentar na cadeira de plástico do hospital.

— Eles me disseram que o sapato tinha o DNA de Esther — foi tudo o que Constance conseguiu dizer.

— Eu sei quando aconteceu — disse Evelyn. — Steve deu carona a Ronnie até nossa casa depois da natação, um dia antes de Esther desaparecer. Ronnie sempre usa os chinelos de dedo lá na piscina. Ela e Esther já trocaram os sapatos sem querer, sabe? Um dos sapatos escolares de Ronnie deve ter caído da bolsa no carro, no caminho de casa. E Ronnie prefere usar a droga dos tênis. Ela sabe que não deveria ir de tênis à escola na segunda, mas eu estava perturbada. Ai, Constance. Não sei que tipo de mãe eu sou, nem perguntei a ela sobre os sapatos.

O pensamento foi como um tapa físico. Ninguém tinha feito a associação de que as duas meninas tinham sapatos iguais? Elas eram grandes amigas. Ninguém, nem um único dos seus professores, tinha percebido?

Foi então que Constance se deu conta. A única pessoa que sabia do sapato – além de Steven e dos policiais – era ela. Naturalmente, a polícia tinha avisado a Constance que não conversasse sobre o caso, e ela não tinha querido falar com as pessoas. Mas Constance era quem deveria ter percebido. Quantas vezes havia levado Ronnie para casa de carro? Ronnie sempre gostava de sentar de pernas cruzadas atrás do banco do carona para poder ver a motorista, inclinando-se para a frente para fazer perguntas compridas e irritantes, ou para contar a Constance mais um fato sobre lhamas. A polícia tinha decidido não divulgar a informação sobre o sapato ao público. Mesmo assim, a possibilidade lhe ocorreu: se Evelyn tivesse organizado a bagunça da filha... A imagem de Steven numa cela pipocou na sua mente.

– Me perdoa, Constance.

Evelyn não sabia que, ao pedir perdão, ela estava ressaltando que era Constance que deveria ter sabido? E agora se esperava que Constance perdoasse a *ela*?

– Você não poderia ter sabido.

– Me perdoa, Constance – repetiu Evelyn.

– Você tem certeza? Quer dizer, ele poderia ainda estar em algum lugar na casa, certo?

– Eu revirei tudo – disse Evelyn, em tom sério.

– Tenho que contar à polícia – disse Constance, levantando-se.

Constance não estava sentindo nada daquela pena aconchegante, reconfortante que sentira quando ia dirigindo para buscar Evelyn. Ela seguiu devagar pelo corredor e encontrou uma enfermeira que, de má vontade, a encaminhou a um telefone.

Precisava saber se Shel já tinha chegado à sua casa. Discou o próprio número. Shel atendeu ao terceiro toque.

Constance lhe contou o que Evelyn tinha dito.

– Mas essa é uma boa notícia, não é, querida? – perguntou Shel. – Poderia significar que Steve estava dizendo a verdade.

Constance sentiu a raiva dominá-la por dentro, mas se conteve. Shel nunca a tinha encorajado num sentido ou no outro, nunca lhe tinha dito o que fazer. Constance era quem tinha tomado a decisão de não receber ligações de Steven.

– Ouça, Shel. Preciso ir. Ainda nem contei à polícia.

– Tudo bem, querida. Você sabe onde vou estar.

SARAH

Segunda-feira, 3 de dezembro de 2001

Quando Sarah parou para deixar Ned no hospital, a entrada principal estava bloqueada por duas ambulâncias, uma de frente para a outra.

Eles tinham precisado parar mais algumas vezes para o velho vomitar.

– Daqui já posso ir andando – disse Ned, tremendo um pouco, enquanto descia da cabine.

– Vou levar sua picape para o posto policial em Durton, certo? Deixo a chave lá para o senhor – retrucou Sarah.

Ned concordou em silêncio. Seu rosto tinha ficado cinzento.

– Pode ligar para eles que alguém virá buscá-lo aqui.

– Vou pegar um táxi – disse ele.

Sarah se perguntou quantos táxis havia numa cidadezinha como aquela.

– O posto de enfermagem deve ter o número. Tenho certeza de que alguém poderá apanhá-lo.

Ela podia ver que ele não ia fazer nada daquilo, mas ele concordou e ergueu a mão.

Sarah saiu do estacionamento do hospital e entrou numa vaga que estava sendo liberada à beira da estrada. Quando o motor se desligou, o cheiro de poeira e óleo fez com que pensasse em coisas que eram consertadas, recuperadas.

Seu celular começou a tocar.

— Michaels.

— Aqui é Smithy. Onde você está?

— Acabei de deixar Ned no hospital. O que houve? — Ela apanhou o caderno e o abriu em cima do volante.

— Você nunca vai adivinhar o que encontrei com Clint Kennard.

— O quê?

— Uns lindos pacotinhos de metanfetamina.

Uma vibração a percorreu.

— Maravilha! Isso quer dizer que podemos inspecionar sua propriedade. Podemos até conseguir forçá-lo a nos dar seu DNA.

— Chefe, estou cinco passos à sua frente, como sempre. Eu o deixei com Mack de babá, enquanto fui dar uma olhada rápida na casa.

— Encontrou alguma coisa? — Sarah tentou visualizar a casa de Kennard. Que aparência teria o lugar onde Clint morava?

— Bem, estacionei na entrada de carros, bloqueando uma Toyota HiAce branca; e quem ia saindo do galpão nos fundos a não ser um Roland Mathers espantadíssimo?

— Caramba. Incrível! — disse ela, abrindo um sorrisão. — Suponho que você o tenha detido.

— Está aqui no banco traseiro do carro neste momento. Mas me deu trabalho.

— Fantástico. — Sarah sentiu uma fisgada de culpa por sua própria exultação. Uma menina estava gravemente ferida, e Esther ainda estava desaparecida. Mas a sensação de movimento era revigorante. — O que você encontrou na van? — Sarah sabia que, se houvesse alguma ligação óbvia ao caso de Esther, Smithy teria começado por ali, mas, mesmo assim, estava curiosa.

— Ele tinha tentado arrastar o máximo possível para dentro do galpão. Em sua maioria, sacos de remédios para gripe vendidos sem receita, areia higiênica para gatos, ingredientes de costume. Nenhum sinal da nossa menina, se é nisso que está pensando.

— Roland Mathers era o álibi de Clint para a tarde de sexta-feira. E Ned Harrison diz que os dois são muito amigos. Se estiverem mentindo para proteger um ao outro, estou bem confiante de que existe uma boa razão. — Ela ainda precisava descobrir se alguma parte daquilo tudo teria alguma ligação com Steven Bianchi.

— Mack falou com Sophie Kennard, a mãe que veio ao posto com o filho hoje à tarde — disse Smithy. — Ela admitiu que Clint Kennard tem um histórico de violência física contra ela.

— Certo. — *Nenhuma surpresa por esse lado*, pensou Sarah. A probabilidade de que essa mulher prestasse queixa era praticamente nula e, por um instante, Sarah sentiu uma raiva irracional dela. — Você encontrou os garotos que ele estava perseguindo? — perguntou Sarah.

— Ainda não. Sophie Kennard está ficando bastante nervosa — respondeu Smithy.

— Está bem. Tenho certeza de que eles não foram longe. Veja se Mack pode fazer uma ronda.

— Deixa comigo, chefe. — Smithy hesitou. — É estranho, sabe? Nunca ouvi falar de um *kelpie* australiano que tivesse mordido uma criança. — A voz de Smithy vacilou por um segundo antes que ele se controlasse. — Mesmo assim, é um cachorro de trabalho. Aquele jeito de mantê-lo acorrentado. Pode ser que fosse inevitável que um dia o animal surtasse.

Sarah foi dominada por um constrangimento. Tinha visto o cachorro acorrentado. Não tinha feito absolutamente nada.

— Melhor eu ir — disse Smithy quando ela não respondeu. — Nos vemos quando você voltar ao posto de Mack.

— Certo. — Então, quando lhe ocorreu uma ideia: — Certifique-se de manter Clint e Roland separados. Faça Mack trazer Clint para Rhodes, conforme o plano original, mas você pode manter Roland aí, em Durton. Não quero que eles falem um com o outro antes que eu tenha a oportunidade de interrogá-los.

Se for possível, vou tentar falar com Veronica Thompson agora. Ver se consigo ter uma ideia melhor do que, afinal, aconteceu no hotel. Depois, quero falar com Roland.

— Combinado. Cuide-se, chefe.

Smithy desligou, e ela ficou sentada ali com o telefone junto da orelha por alguns segundos. O telefone tocou quase de imediato. Era um número que Sarah não reconheceu.

— Aqui é a sargento investigadora Michaels.

— Investigadora, aqui é Constance Bianchi. Acho que existe uma possibilidade de que o sapato encontrado no carro de Steve não seja de Esther. Evelyn Thompson acabou de me dizer que acha que ele talvez pertença a Veronica, filha dela.

Sarah olhou rapidamente na direção do prédio do hospital.

— Mas você disse que o sapato era dela.

— Eu sei. Mas não tinha me dado conta de que as meninas tinham sapatos iguais. E Steve levou as duas à piscina na quinta. Na sexta, elas usam o uniforme de esportes, e Ronnie estava de tênis. Evelyn acha que o sapato podia estar lá, debaixo do banco, desde a tarde de quinta.

Sarah teve uma visão do riacho raso. Tinha deixado passar alguma coisa importante.

— Mas você identificou o sapato como sendo o de Esther. Nele, nós encontramos o DNA dela.

— Eu sei. Mas nunca chegou a me ocorrer que elas tivessem sapatos iguais. E Evelyn diz que as meninas já foram para casa usando os sapatos trocados por acaso. — Havia lágrimas na sua voz.

Sarah tratou de se lembrar de que Constance tinha mais em jogo do que provas concretas num caso. Era o marido dela que estava detido.

— De onde você está ligando?

— Do posto da enfermagem, no hospital.

— Foi muito bom você ligar. Pode ter certeza de que vou examinar esse ponto, Constance. Na verdade, a hora é perfeita. Eu estava neste instante indo ver Veronica e a mãe.

Sarah verificou a bolsa que tinha jogado no banco traseiro e ficou aliviada ao encontrar um par de kits para DNA ali dentro. Se conseguissem provar que o segundo grupo de DNA que encontraram no sapato era de Veronica, então não teriam dúvidas. Sarah estava louca para mergulhar direto nos interrogatórios com Roland e Clint, mas precisava ver a garota primeiro.

– O horário de visitas ainda não começou – disse uma enfermeira de expressão severa quando Sarah pediu o número do quarto de Veronica.

As sobrancelhas da mulher eram linhas excessivamente finas e não acompanhavam o traço sugerido pela sua estrutura óssea.

Sarah exibiu sua identificação.

– Não vou demorar – disse ela.

– Suba dois andares. É a última porta à esquerda – informou a mulher.

As portas do elevador se abriram com um tilintar no andar de Veronica, e Sarah hesitou por um instante antes de sair para o corredor e encontrar o quarto. A porta pareceu se abrir sozinha quando ela tocou na maçaneta cromada, como se o hospital estivesse vivo por baixo do leve ruído do ar-condicionado e do cheiro de desinfetante.

Evelyn Thompson estava no vão da porta. Era claro que ela estava prestes a sair dali.

– Sargento investigadora Michaels – disse ela. – Posso falar com você no corredor?

Evelyn parecia mais magra do que na última vez que Sarah a tinha visto. Sarah pensou na conversa na casa de Evelyn; a vontade de estender a mão e tocar nela foi forte, mas durou só um segundo ou dois.

– Como está Veronica?

– Ela está bem, graças a Deus. O médico diz que poderia ter sido muito pior. – Evelyn aproximou-se mais um passo. – Ouça,

Ronnie não para de dizer que Lewis Kennard lhe contou alguma coisa, que é a razão pela qual ela estava indo conversar com a polícia. Fala em Esther o tempo todo; acha que Esther poderia estar lá, no hotel. Está convencida. Ela deveria ter ido direto para casa. Já lhe disse mil vezes para ir direto para casa.

Sarah assentiu para indicar que tinha ouvido as preocupações de Evelyn e entrou no quarto. Uma cama estava vazia; na outra, Veronica estava sentada, apoiada em travesseiros. Havia ataduras no rosto da menina. Uma fisgada de dor fantasma partiu da base da espinha de Sarah, subindo pela parte inferior das costas.

Os olhos de Veronica a acompanharam à medida que ela se aproximava.

– Oi, Veronica. Como você está se sentindo?

A menina franziu o nariz como se a pergunta fosse idiota.

– Pode me contar o que aconteceu no hotel?

A menina engoliu em seco, antes de falar. As palavras saíram apressadas.

– Eu estava indo ver vocês e achei que devia cortar caminho, pegando um atalho pelo pátio. Só isso. Então vi meu gato, Flea. Ele correu e se escondeu por baixo de uma van. Eu estava escondida na frente dos quartos.

– Por que você estava escondida? – perguntou Sarah.

– Eu ouvi o homem que é dono do hotel. Não queria que ele me visse.

– O que o dono do hotel estava fazendo?

– Estava carregando alguma coisa num saco de plástico preto, alguma coisa pesada. – Veronica olhou para a mãe. – Ele estava carregando para a van. Então, ouvi um barulho e *soube* que Esther estava ali dentro. Nós já tínhamos ido ali. Achei que talvez ela tivesse ido até lá sozinha, que tivesse sido apanhada, que ele colocou ela na van e manteve ela presa lá. É como um quarto que se pode levar para lá e para cá. *É por isso que ninguém conseguiu encontrar Esther,* pensei.

Sarah olhou para a mãe da menina.

– Você pode me descrever a van?.

– Ela era branca.

Sarah escreveu *van* no caderno e sublinhou a palavra.

– Você chegou a ver Esther? A ouvir sua voz?

– Não, só ouvi um baque. – A menina pareceu se afundar em si mesma.

– O que mais você viu? Deu para ver dentro da van?

– Não, as portas da van estavam do outro lado, e eu não conseguia ver dentro. Tinha um saco grande de areia higiênica na parede perto da van. Mas eu sei que o dono não tem gato.

– Quer dizer, você só viu as coisas que o dono do hotel estava pondo na van. Não é bem possível que o baque tenha sido só alguma coisa que ele largou lá dentro?

A menina amarrou a cara.

– Você tem certeza de que não ouviu nenhum outro som? Nada que parecesse ser Esther?

– Não. – A menina parecia quase petulante.

– Bem, eu posso lhe dizer que encontramos a van, Veronica, e que não havia ninguém nela. As coisas na van não eram legais, você estava absolutamente certa a esse respeito. O dono do hotel estava decididamente fazendo coisas que não deveria. Até mesmo a areia higiênica estava sendo usada para coisas erradas. – Sarah lançou um olhar rápido na direção de Evelyn. Nenhuma necessidade de instruir Veronica sobre os detalhes da fabricação de metanfetamina. – Mas nenhum sinal de Esther por lá, entendeu?

– Tem certeza?

– Tenho – afirmou Sarah. – Agora, a pergunta que eu preciso fazer é por que você estava no pátio do hotel, para começar. Sua mãe diz que você deveria ter ido direto para casa. Mas você disse que tinha uma coisa que queria nos contar...

Como se tivesse acabado de se lembrar, a menina arregalou os olhos.

— Sim, uma coisa muito importante. Lewis Kennard contou que viu Esther na tarde em que ela desapareceu. No riacho. — A menina pronunciou as palavras com determinação, como se tivesse pensado muito em como as diria. — Ele disse que tinha um homem com ela.

Algumas perguntas sutis revelaram que Lewis tinha contado a Veronica até mesmo menos do que conseguira contar à polícia antes que seu pai o levasse embora. Sarah realmente precisava falar com o menino outra vez.

Sarah pediu a autorização de Evelyn para tirar uma amostra de DNA da filha, e o fez o mais rápido que pôde. Ela podia ver que Evelyn estava perdendo a paciência.

— Ouça, Veronica, nós estamos fazendo tudo que podemos — Sarah garantiu à menina, enquanto se preparava para ir embora. — Juro que estamos seguindo todas as pistas.

Sarah ligou para Smithy enquanto voltava para a picape de Ned Harrison.

— Preciso falar de novo com Lewis Kennard — disse ela. — Hoje à noite, se conseguir. Vocês o encontraram?

— Sim. — Sarah podia visualizar Smithy no pequeno posto policial, com o telefone grudado na orelha, apoiado no ombro. — Parece que ele está no hospital.

— O quê? Como foi que ele chegou até aqui?

— Não sei, mas a mãe dele acabou de sair daqui para ir apanhá-lo.

Sarah se voltou e olhou para o grande prédio de tijolos.

— Talvez eu devesse voltar lá para dentro e esperar por ela.

— Eu já a fiz prometer ligar para nós assim que estiver em casa. Calculei que você ia querer falar com ele outra vez.

— Certo, obrigada.

A pessoa seguinte com quem ela queria falar era Roland Mathers, o que poderia fazer enquanto esperava que Lewis voltasse a Durton. De qualquer maneira, ela precisaria extrair o que pudesse de Roland antes de voltar a falar com Clint Kennard.

Já no posto policial, a sala pequena estava impregnada com o cheiro de suor e de alguma coisa mais forte, mais química. Roland Mathers estava com a mesma camiseta azul manchada e sem mangas que usava no dia em que Sarah chegou à cidadezinha. Num mundo paralelo, num mundo sem Esther, ela estaria lhe passando um sermão acerca de seu cachorro. Mas havia coisas mais importantes a serem abordadas.

– Por que você foi à casa de Clint Kennard depois de abandonar o local do acidente no hotel?

– Não abandonei o local. Me certifiquei de que a porcaria da ambulância estava a caminho.

– Você saiu levando os materiais que estavam na sua van e seguiu direto para o laboratório na propriedade de Clint Kennard.

– Não tenho nada a declarar.

– Por que foi embora? Era muito improvável que nós tivéssemos feito uma busca na sua van, se você tivesse ficado ali. Em vez disso, você acabou nos levando direto ao centro da operação inteira. Havia alguma outra coisa que você não queria que nós víssemos?

Roland cruzou os braços.

– Onde está Esther Bianchi? – perguntou Sarah.

– Como é que eu poderia de saber?

– Você nunca teve motivo para estar com Esther Bianchi naquela sua van? Melhor você declarar isso formalmente agora, sabe? Estamos verificando a van neste exato momento. De modo que você me dizer agora simplesmente nos poupa um pouco de tempo. Poderia melhorar as coisas para o seu lado na hora do julgamento.

– Posso lhe contar um segredo? – disse Roland.

Sarah se inclinou mais para perto.
— Não sou tão idiota quanto pareço.
— Então, há quanto tempo você e Clint estão trabalhando juntos? — disse Sarah, em tom de puxar conversa.
Roland sustentou o olhar dela.
— Nada a declarar.
— E se eu lhe dissesse que em seguida vou falar com Clint Kennard?
— Já disse, nada a declarar.

Já estava escuro quando Sarah terminou com Roland Mathers. Ele sabia que ela o apanhara por conta das drogas; mas, antes de conseguir qualquer informação dele, ia precisar de mais provas de que o desaparecimento de Esther tinha alguma relação com aquilo. A ideia de que Esther tinha visto alguma coisa que não deveria ter visto e que isso acabara por matá-la estava se solidificando na cabeça de Sarah. Mas ela precisava de mais munição antes de entrar em outro interrogatório com Clint Kennard.

Na sala de estar da sua casa, com o pai detido, Lewis estava menos disposto a se abrir do que Sarah previra.

Sua mãe estava sentada ao lado do menino no sofá de três lugares, enquanto Sarah se equilibrava na beira de uma poltrona. Dava para ver que se tratava do tipo de casa que era mantida limpa — não tinha sido arrumada às pressas só para sua chegada. Água sanitária, aromatizador de ambientes e piso frio branco como a neve.

A primeira coisa que Lewis Kennard disse foi que estava enganado sobre o que tinha dito antes naquele dia, que, afinal de contas, não tinha sido Esther.

Sarah nunca tinha de fato acreditado que houvesse um homem. Ela supôs que Lewis estivesse tentando lhes contar alguma coisa, alguma coisa sobre seu pai que ele não poderia simplesmente abrir a boca e dizer. Mas Sophie Kennard olhou para o filho, com as sobrancelhas erguidas.

– Como isso é possível, Lewis? – questionou Sophie com a expressão tensa.

– Sra. Kennard – disse Sarah –, quero ouvir o que Lewis tem a dizer, se estiver tudo bem.

Sophie cruzou os braços e se recostou no sofá.

– Acho que você pode entender por que sua mãe está um pouco chocada, Lewis. O que te dá tanta certeza? – perguntou Sarah.

– Eu só sei – disse ele, inclinando-se para a frente. As mãos estendidas, como se estivesse implorando que ela acreditasse nele. – Pensei muito e percebi que não era ela. Era outra menina parecida.

Sarah fez silêncio, deixando que as palavras do menino pairassem no ar. Ela não queria chamá-lo de mentiroso. Precisava conduzi-lo com cuidado até a razão pela qual sua história tinha mudado e esperar conseguir que ele se sentisse suficientemente seguro. Ela também percebeu que não era a hora para eufemismos.

– Seu pai bate em você, Lewis?

O menino olhou para o chão e fez que sim.

– Você precisa responder com palavras, Lewis. Para ficar gravado.

– Sim. – A voz do menino foi categórica.

– Só quero que você saiba que o comportamento do seu pai é errado, muito errado, e que ele está detido, entendeu? Ele está muito encrencado. E nós vamos manter você em segurança. Quero te ajudar. Mas preciso que me conte a verdade.

Mais uma vez, Lewis assentiu em silêncio.

– Você pode me dizer por que seu pai estava perseguindo você e Campbell Rutherford? Isso tem alguma coisa a ver com o que você me disse sobre o que tinha visto?

— Não sei por que meu pai se descontrolou — disse ele.

Veio um som do quarto.

— É Simon — disse Sophie, levantando-se de um salto. — É melhor eu ver se ele está bem.

Sarah desligou o gravador.

Lewis olhou de relance para o corredor. Ele se voltou para Sarah, como se estivesse esperando por esse momento.

— Tinha outra pessoa lá naquela tarde no riacho — disse Lewis rapidamente. — Era Campbell Rutherford. Falei com ele hoje, e ele tinha certeza de que não era ela. E ele estava certo. A menina que eu vi não estava usando o uniforme da escola. Ela tinha o cabelo igual ao de Esther, e eu só achei que fosse ela. Eu me enganei. — Os olhos do garoto estavam arregalados por trás dos óculos. — Mas, por favor, Campbell não pode saber que eu lhe contei. Por favor?

Isso nunca se sustentaria num tribunal. Sarah não deveria nem mesmo estar falando com o menino sem que sua mãe estivesse presente, mas foi o suficiente para satisfazê-la. Ao menino, tinha custado alguma coisa contar para ela, isso ela podia ver. Ela fez que sim, pôs a mão no ombro dele. Ela achava que tinha uma boa compreensão do motivo exato pelo qual Lewis tinha escondido esse garoto dos pais.

Houve movimentação no corredor, e os dois se calaram. A porta se abriu, e Sarah esperou que Sophie Kennard se sentasse de novo antes de religar o gravador.

— Você já viu seu marido com um homem chamado Roland Mathers? — perguntou Sarah. Esse era outro motivo para ela ter vindo falar com os Kennard. Que o menino tinha se enganado sobre a garota era informação importante, mesmo que não fosse fácil de verificar naquele exato momento. Ela teria de falar com Campbell, mas poderia fazê-lo de modo discreto, mais tarde.

— Eles são amigos — respondeu Sophie Kennard.

Sarah fez que sim e voltou a se concentrar em Lewis.

– E você? – perguntou ela.

– Sei que eles bebem juntos – disse Lewis, cauteloso. – Já vi o sr. Mathers na Liga. Quando ele vem aqui, eles ficam no galpão.

Sarah pensou no que Ned Harrison dissera sobre Roland e Clint, que ultimamente tinha visto com frequência os dois com um terceiro homem.

– E Peter Thompson? Você já viu seu pai com ele?

– Ele esteve aqui no domingo – afirmou Lewis. – Veio falar com papai.

Sarah ficou em silêncio. Às vezes, isso já bastava.

Lewis olhou para a mãe e então disse:

– Peter e papai ficaram dentro de casa. Eu os ouvi na sala de jantar. Estavam falando sobre a prisão do pai de Esther.

– Eles estavam falando sobre Esther? – quis saber Sarah.

– Parecia que a prisão do sr. Bianchi era uma coisa boa, segundo meu pai.

– O que seu pai disse especificamente?

– Só que era bom a polícia achar que foi o sr. Bianchi. Ele disse que facilitava as coisas.

Sophie deixou cair os ombros enquanto Sarah fazia uma anotação no caderno.

– E o que Peter Thompson disse em resposta?

– Eu não consegui ouvir direito o que ele estava dizendo. Não tenho certeza.

Sarah fez mais perguntas, mas não conseguiu extrair mais nada de Lewis, e Sophie tinha ficado totalmente calada. Sarah fez o encerramento da gravação e pediu à mulher que a acompanhasse à entrada. Ela passou a Sophie instruções sobre os próximos passos, mas não conseguiu saber se o que dizia estava sendo registrado. Sophie não olhou Sarah nos olhos quando fechou a porta.

Clint Kennard gostou de saber que Steven Bianchi tinha sido preso. Essa informação era importante. Sarah se deixou afundar no banco do motorista. Seus ouvidos estalaram quando abriu muito a boca para liberar a tensão na mandíbula.

Enquanto ia se afastando da casa dos Kennard, Sarah sentiu que se abatia sobre ela um cansaço pegajoso, quando o que ela mais queria era estar esperta. Seu pai tinha morrido numa noite como essa, tarde, voltando de uma tarefa que ele deveria ter deixado para o dia seguinte. A mãe dela sentiu tanta raiva dele por tanto tempo!

Estava escuro. E, para falar com Clint Kennard, ela precisaria voltar dirigindo a Rhodes, onde ele estava detido por aquela noite na delegacia. Que mal faria ela entrevistar Clint no dia seguinte, quando estivesse perfeitamente alerta? Sarah teria como pedir mais tempo a Kinouac, agora que eles tinham encontrado a metanfetamina com Clint e que o haviam detido, e a Roland Mathers também. Estavam bem próximos de uma descoberta decisiva, disso tinha certeza. Descansando a testa no volante, Sarah massageou a nuca e deu um grande bocejo.

RONNIE

Segunda-feira, 3 de dezembro de 2001

Depois que a investigadora saiu, houve dor, luz forte e momentos de atordoamento que passaram sem que eu os conseguisse registrar. Enfermeiras enérgicas que me faziam confirmar meu nome antes de fazer coisas comigo.

Depois, mamãe e eu, sozinhas.

Era mais fácil ficar deitada de costas na cama do hospital do que ficar sentada, apoiada.

Alguma coisa se mexia no estacionamento do hospital, gerando um reflexo no teto, uma mancha de luz que desaparecia e ressurgia.

Perguntei um monte de vezes se Flea estava bem. Mamãe prometeu que ia pedir a alguém para ir à nossa casa à procura dele.

A investigadora disse que Lewis tinha ido à polícia.

Uma onda de dor se espalhou em mim.

– Tudo bem aí? – Mamãe perguntou, aparecendo ao lado da minha cama.

– Dá para chamar a enfermeira? – pedi, entre dentes. Parecia que alguém estava repuxando uns dez anzóis fincados entre meu crânio e minha têmpora direita.

Mamãe saiu correndo para o corredor, e me afundei no meu travesseiro.

Pensei naquela ida da escola para casa no último dia que eu tinha visto Esther, seu aceno discreto quando nos separamos. Fui dominada pela lembrança física de Esther em pé acima de mim no quintal, quando éramos pequenas – o riso e o som da água corrente – e senti tanta falta dela que parecia que meu corpo ia se dissolver.

SARAH

Terça-feira, 4 de dezembro de 2001

Bem quando Sarah estava adormecendo nas primeiras horas da manhã de terça-feira, Kinouac ligou.
Ela procurou não deixar transparecer irritação na voz.
– Michaels.
– As gêmeas desaparecidas foram encontradas, vivas e ilesas – disse ele.
– Coxley deve estar felicíssimo – comentou ela, massageando os olhos com a palma da mão.
– Achei que você devia saber. Isso quer dizer que posso lhe dar mais uma semana.
Antes que conseguisse dar uma resposta inteligível, ela ouviu o estalido que lhe indicou que seu chefe já havia desligado.

Sarah acordou e descobriu que Smithy tinha se levantado antes dela, pelo menos dessa vez. Ele já comprara os jornais e disse que nunca tinha visto tantas reportagens de quatro páginas.
– Acabou que aquelas meninas estavam escondidas numa casa abandonada – informou Smithy quando eles saíram do hotel.
Estavam indo a Rhodes para entrevistar Clint e depois iriam ver Steven Bianchi, que continuava detido. Steven ainda não sabia, mas eles teriam de soltá-lo naquele dia. Um juiz tinha lhes participado a decisão, e Sarah não a questionou. Sua intuição lhe dizia que a resposta apontava na direção de Clint e Roland.

Sarah estava ao volante.

– Agora o pai está sendo acusado – continuou Smithy quando ela entrou na rua principal. – Os jornais não disseram quais eram as acusações, mas não foram por sequestro. Deve ter sido algo ruim o suficiente para fazer as meninas fugirem.

Eles dois sabiam o que isso significava.

Quando estavam se aproximando do posto policial de Durton, ouviram uma buzina adiante, alta e insistente. Ela reconheceu a picape de Ned Harrison antes mesmo de ver o homem propriamente dito. Ele tinha subido até o gramado do posto com a picape.

– O que ele está fazendo aqui? – perguntou Smithy.

Ela parou o Commodore, e ela e Smithy saltaram, exatamente quando Ned Harrison saiu da cabine.

– Estou com ela – gritou Ned. Ele cobriu o rosto com a mão, como se não pudesse suportar olhar para eles.

Debruçada sobre a caçamba da picape, Sarah afastou o plástico e viu Esther Bianchi. Não sendo mantida viva num galpão em algum lugar, mas *ali*, ainda com seu uniforme escolar. Estava com os dois sapatos – cobertos de terra, mas o par completo.

Olhando de relance para o céu, Sarah voltou a cobrir a menina com o plástico. Não queria que a pele se queimasse. Havia algo de horrendo nessa ideia, algo antinatural. Sarah já tinha visto corpos, mas, de algum modo, quando se lembrava de estar próxima deles em termos físicos, o tempo sempre estava frio e encoberto. E o corpo de Esther era pequeno demais; o mau cheiro, insuportável. Uma estranha sensação de irrealidade dominou Sarah, como se tudo tivesse passado a ter duas dimensões, como se todos eles fossem silhuetas recortadas em papelão sendo movimentadas de um lado para outro.

* * *

— Não fui eu — foi a primeira coisa que Ned disse dentro do posto policial.

Sarah teve de resistir ao impulso responder *eu sei*.

— Eu não podia deixar a menina lá.

— O que o senhor estava fazendo quando a encontrou?

— Só verificando a cerca. Pode ser que eu não devesse estar fazendo isso — ele fez um gesto para indicar o braço com o curativo —, mas ficar sentado dentro de casa me deixa louco.

Sarah tinha decidido que seria melhor Smithy levar Esther direto para o hospital na picape de Ned, para evitar qualquer movimentação do corpo. Era a segunda vez em dois dias que o carro era levado ao hospital por alguém que não era Ned. Ela sabia que eles faziam autópsias lá e simplesmente precisava ter esperança de que alguém estivesse disponível para examinar o corpo de Esther em breve.

— Onde o senhor estava na sexta-feira passada?

— Lá para o norte, visitando minha irmã — disse Ned.

Ela já conhecia o álibi de Ned. Ele estava no primeiro lote de homens interrogados por Mack. Smithy tinha pedido a filmagem da câmera de segurança de um posto de combustível em Lismore. Um recibo no porta-luvas de Ned confirmava sua presença lá às duas da tarde no dia em que Esther desapareceu. Ela estaria na escola, sentada na borda da quadra de netball, à sombra, enquanto ele estava a horas de distância. Desde então, Smithy tinha conseguido que a irmã de Ned fosse à delegacia e fizesse uma declaração.

— Quem teve acesso à sua propriedade enquanto o senhor esteve fora?

— Eu não tive nada a ver com isso, nem o Clay — afirmou Ned.

— E quem é Clay? — quis saber Sarah. Ela queria que ele parasse de repetir que não teve nada a ver com o caso. Aquilo fazia com que parecesse culpado.

— Clay Rutherford. Bem, o nome é Clarence Rutherford, acho. Ele nunca foi conhecido como Clarence. Por que alguém usaria um nome desses? — Ele não parava de falar, com as palavras se atropelando. — Ele mora depois dos silos de grãos. Estava alimentando meus animais enquanto fui ver minha irmã. Qualquer um poderia ter entrado: não tenho cadeados nos portões. Me preocupo mais com animais saindo do que com gente entrando, sabe?

Clarence Rutherford era o pai do garoto que Sarah tinha visto com Lewis Kennard antes de Clint Kennard ser preso, o mesmo garoto com quem Lewis estava na tarde em que Esther Bianchi desapareceu. Esse conhecimento faria com que ela sentisse o peso esmagador do que significava morar numa cidadezinha tão pequena. Tudo e todos tinham contato com o restante. Clarence estava visitando a mãe num lar para idosos em Rhodes, na tarde do dia 30 de novembro. Ele tinha sido visto por uma sala cheia de testemunhas, entre elas os funcionários da instituição.

Sarah deixou Ned sentado à mesa da cozinha. Mack a acompanhou até a recepção do posto, fechando a porta ao passar.

— A verdade é que qualquer um poderia ter entrado na propriedade de Ned — confirmou Mack.— Já está comprovado que ele não estava lá, mas alguma outra pessoa poderia ter visto alguma coisa.

— Só moradores daqui saberiam que Ned tinha viajado — disse Sarah. — A menos que alguém tenha escolhido a propriedade dele pela mais pura sorte.

Sarah sabia o que tinha de fazer em seguida. Ligou para verificar se Constance estava em casa, então foi à casa dos Bianchi para dar a notícia à mãe de Esther. Policiais em programas de TV sempre diziam que essa era a parte mais difícil do trabalho, mas Sarah discordava. Era um rito de passagem, e fazia com que Sarah, de modo estranho, tivesse a sensação de que tinha feito alguma coisa real, tangível.

Ela era a pessoa que transmitia a notícia de que alguém nunca mais iria voltar para casa. Era uma tarefa horrível, sim, mas honrosa de um modo que tantas outras partes do trabalho não eram. Ela sabia que se tratava de uma estação intermediária pela qual um ente querido precisava passar. Havia naquilo algo quase religioso. Algo zumbia dentro dela, como se estivesse parada perto demais de cabos de alta tensão. Passou de relance pela sua mente a imagem de Esther viva, respirando, uma menina assistindo ao jogo das laterais da quadra de netball.

Sarah tinha oferecido a Constance a opção de pedir a alguma outra pessoa que fizesse o reconhecimento de Esther, mas Constance quis ir ao hospital para ver o corpo da filha. Sarah se manteve por perto enquanto uma funcionária do hospital descrevia para Constance a condição do cadáver, avisando-lhe que ela não poderia tocar em Esther, porque havia exames que ainda precisavam fazer. Ela pediu desculpas por isso, mas disse que Constance poderia passar o tempo que quisesse com o corpo.

Sarah esperou do lado de fora.

Constance evitou o olhar de Sarah quando voltou a sair.

– Tem terra nas orelhas dela – disse ela, com a voz tão baixa que Sarah quase não ouviu.

– Sinto muito, sra. Bianchi – As palavras de Sarah pareciam vazias. – Vamos fazer tudo o que pudermos para descobrir o responsável.

Nada que Sarah dissesse iria melhorar a situação. Agora, a única ajuda significativa que Sarah podia proporcionar seria prender quem quer que tivesse feito aquilo.

Sarah ofereceu a Constance uma carona para casa, mas Constance disse que alguém estava vindo buscá-la. Sarah ficou satisfeita por não ter de voltar a Durton. Revelou-se que alguém da equipe regional de patologia estava disponível para realizar a autópsia e que já estava a caminho. Uma consequência de as gêmeas terem sido encontradas era que agora os recursos poderiam começar a fluir para o caso investigado por Sarah.

Desembrulhada do plástico preto, Esther Bianchi parecia diferente do que Sarah tinha imaginado. Não era só o que o tempo enterrada tinha feito a ela; ela era mais franzina do que tinha parecido pelos relatos da mãe e pelas fotos que Sarah tinha visto. Ela sabia sua altura como um número em centímetros. Deitada na mesa de metal, Esther parecia menor. O corpo fora resfriado, o que ajudava com o cheiro. Sarah registrou que o plástico parecia ser do mesmo tipo que eles encontraram no embrulho do bloco de metanfetamina. A perícia inicial não encontrou sêmen, nenhum sinal de que Esther tivesse sido estuprada ou submetida a alguma violência sexual. Alguns ossos tinham sofrido fraturas graves. Eles indicavam trauma extremamente violento ou mesmo, o patologista especulou, uma queda de grande altura.

O patologista, homem com o cabelo começando a se tornar grisalho, tirou uma luva e ajeitou os óculos.

— Mas o que eu acho mais provável é o impacto de um automóvel. Seria grande e veloz o suficiente para explicar esse tipo de lesão. Saberei mais depois que a radiografarmos.

Sarah atentou para a conclusão dele de que uma lesão cerebral traumática seria a causa mais provável da morte. O que para ela foi mais interessante foram os quatro fios curtos de cabelo que o patologista encontrou nos trajes de Esther e no plástico. Sarah observou enquanto eram colocados em sacos de provas. À luz, eles brilhavam num tom de laranja.

Sarah escreveu às pressas uma descrição desses fios.

— Quanto tempo vai demorar para eles serem examinados? — perguntou.

— Não demora tanto assim para analisar a amostra, mas, se não tivermos um pareamento nos registros, não vai adiantar muita coisa para vocês.

O patologista jogou a luva numa lata de lixo e acompanhou Sarah à porta.

– Alguém tocou nela? – Foi a primeira coisa que Steven perguntou quando Smithy lhe disse que o corpo da sua filha tinha sido encontrado. Eles estavam numa sala de interrogatório na prisão, a uma hora de Durton, onde ele estava detido. Steven já tinha sido informado de que seria solto naquele dia.
– Não há nada que indique atividade sexual, não – afirmou Smithy.
Steven abaixou a cabeça, passou os dedos pelo cabelo escuro.
Distraído, Smithy passou um dedo pelo calombo no nariz. Ouviram-se gritos fora da sala, o som de pés correndo.
Era lamentável que Steven tivesse sido seu principal suspeito, mas Sarah não deu importância. Ela não ia pedir desculpas por realizar seu trabalho. Tentava não pensar no que tinha feito a Constance Bianchi, uma mulher que parecia perfeitamente disposta a acreditar no pior. E Steven ainda tinha de responder pela acusação de agredir um policial, que era o único motivo pelo qual tinha sido preso. Os fatos eram que Esther estava morta e seu corpo tinha sido encontrado em Durton. Ainda era extremamente provável que tivesse sido morta por alguém que a conhecia. E, com a exclusão do pai da menina, Sarah ainda não conseguia se livrar da sensação de que as drogas eram uma coincidência forte demais para não estarem relacionadas à morte. Sarah queria os resultados da patologia; e os queria o mais rápido possível.

LEWIS

Terça-feira, 4 de dezembro de 2001

Na manhã de terça, depois do estressante interrogatório com a investigadora na noite de segunda, Lewis e a mãe foram ao hospital em silêncio. Ela não usava maquiagem e parecia cansada. As janelas do carro estavam abertas, porque o ar-condicionado tinha parado de funcionar; tudo o que conseguiram foi um sopro asmático acompanhado de estalidos quando tentavam ligá-lo. Não funcionava desde que a mãe fora a Rhodes buscá-lo depois que ele pegou carona para ver Ronnie. Parecia que o carro recebia instruções de Clint, que o ar tinha parado de funcionar para contrariá-los.

Quando chegaram ao hospital, a mãe de Lewis entrou decidida pela porta principal e foi direto para o elevador, com Lewis a seguindo de perto. Eles foram por um corredor até uma grande porta azul, com quase o dobro da largura normal e um pequeno painel de vidro instalado pouco acima da altura da cabeça dele. A mãe de Lewis deu uma batidinha nela e, alguns segundos depois, a porta foi aberta pela mãe de Ronnie.

Havia duas camas no quarto, mas uma estava vazia. Ronnie estava deitada na cama mais próxima da janela, com os olhos fechados. Todo o lado direito do rosto estava coberto com ataduras.

Ele queria ver Ronnie, falar com ela e explicar: explicar como tinha mudado de ideia, como *ela* o tinha feito mudar de ideia. Mas e se ela não quisesse falar com ele? E se gritasse com ele ou lhe perguntasse o que ele estava fazendo no riacho? Lewis teve uma sensação no estômago como a da espuma expansível que tinha visto Clint usar no galpão uma vez. Clint a aplicara numa fenda, e Lewis a vira aumentar cada vez mais até escapar pelas bordas. Lewis tinha pensado que talvez nunca parasse de crescer.

— Parece que um café te faria bem, Evelyn. — A mãe de Lewis pôs a mão no ombro da mãe de Ronnie. — Por que não vamos tomar café juntas? Lewis pode ficar aqui.

A mãe de Ronnie mexeu com o ombro para se livrar da mão, mas se voltou para olhar para Ronnie antes de concordar.

Ela apanhou a bolsa de cima da poltrona de vinil verde-claro ao lado da cama e deu um beijo na cabeça de Ronnie. A filha não abriu os olhos.

— Não vamos demorar — disse a mãe de Lewis.

Era isso o que ele queria — falar com Ronnie a sós — mas, agora que tinha conseguido, ele teve vontade de sair do quarto atrás da mãe.

— Cuidado para não tocar em nada, Lewis. — A mãe de Ronnie lançou um olhar rápido para a cama. — Ela está dormindo agora. Eu trouxe coisas para ela ler, se você quiser se ocupar. — Ela indicou uma pilha de livros. Uma revista com a borda de um amarelo forte se projetava. Na capa, uma foto de uma mulher velhíssima, vestida com mantas. — Quando ela acordar, talvez você possa ler para ela.

Ele assentiu, muito embora duvidasse de que Ronnie fosse querer isso, quando soubesse o que ele tinha a dizer.

As duas mulheres saíram, e Lewis se deixou afundar na poltrona de vinil. Por um tempo, o único som era o da máquina ao lado da cama. Ele se perguntava se deveria acordá-la. Precisava falar com ela antes que as mães voltassem.

Ela mudou de posição, com a cama rangendo, e ele se endireitou na poltrona.

— Oi — Lewis disse quando ela abriu os olhos e se virou para olhar para ele. Antes que Ronnie pudesse dizer qualquer coisa, ou mesmo gritar com ele, o menino continuou. — Me perdoa. Tudo isso é minha culpa.

— Lewis. — A voz dela estava esquisita, meio estrangulada.

— Eu tentei contar para eles. Fui ao posto policial. Eu devia estar lá quando... — ele desviou o olhar — quando você se machucou. Sei que você devia estar indo para lá porque achou que eu mesmo não teria coragem.

— A polícia me contou — disse Ronnie, com a voz rouca.

— Ronnie — ele começou —, eu falei, sim, com eles, juro. Bem, eu tentei. Não sei se acreditaram em mim, mas depois meu pai chegou. E ele esmurrou um deles, mas isso foi mais tarde, quando a mãe de Estie estava lá, e... — Lewis tentou ver se ela estava acompanhando — e então eu descobri que não foi Estie que eu vi.

Ronnie se empertigou sentada na cama. Lewis sentiu um cheiro forte, ácido, que poderia ser de urina.

— Mas você tinha tanta certeza ontem — disse ela.

— Eu achei que fosse Estie, mas estava errado. Campbell Rutherford viu o rosto dela, e ele tem certeza que não era ela. — Toda a convicção de Campbell estava emanando de Lewis enquanto ele falava.

Ronnie voltou a se deitar, franzindo a testa.

— E o que Campbell ia saber de tudo isso?

Lewis engoliu em seco.

— Campbell estava lá, tá bom? A gente estava junto, no riacho, naquela tarde. Eu não quis encrencar ele também. Foi por isso que não disse nada sobre ele. — Lewis fincou o pé no linóleo do hospital. — Por favor. Você precisa acreditar em mim.

Ronnie fez que não.

Alguém tinha posto um peso enorme no peito de Lewis. Ele tentava respirar.

– Sei que você não tem nenhuma razão para acreditar em mim, mas eu juro que essa é a verdade. A garota que eu vi nem mesmo estava de uniforme escolar. Me perdoa. Sinto muito por não ter te escutado. Foi burrice. Sou burro demais.

Ronnie não disse nada.

– O negócio é que eu acho que não gosto de garotas. – Lewis olhou para Ronnie, para ver se ela teria percebido o que ele queria dizer. Ele podia sentir o choque total no seu próprio rosto diante do que tinha dito em voz alta. – É por isso que eu não podia te falar sobre Campbell. Estávamos juntos e eu fiquei com medo, tá? Não queria que meu pai descobrisse. Ele ia me matar. E não do jeito como quando você diz isso, tá? Não como quando sua mãe está zangada com você. Ele ia me matar mesmo.

Ronnie se sentou. Sua boca se abria e se fechava como a boca do peixinho dourado. Lewis pensou em Estie, na luz na sala de aula naquela tarde.

Depois de um longo silêncio, Ronnie perguntou:

– Você sabe o que aconteceu com o cachorro?

– O quê?

– O cachorro que me mordeu. Ninguém quer me contar. Ele está bem?

Antes que Lewis conseguisse responder, uma enfermeira entrou apressada.

– Vou precisar que você fique lá fora, rapazinho – disse ela, quando o viu.

Ela o levou ao corredor e fechou a porta pesada, tapando o postigo com uma pequena cortina.

A enfermeira ainda estava lá dentro quando a mãe de Lewis voltou.

No carro, a caminho de casa, sua mãe segurava com força o volante, com as duas mãos, olhando direto para a frente enquanto falava.

— Me perdoa, Lewis. Me perdoa por eu deixar seu pai nos tratar desse jeito. Você deve achar que sou terrivelmente fraca.

Naquele momento, ele pensou no carro na frente do mercado, na raiva que tinha sentido. Como aquilo tinha parecido importante.

— Sinto muito não ter te dado o que deveria. Sinto muito por ter dependido tanto de você.

— Nós não fizemos nada de errado — disse ele. — Clint simplesmente queria nos fazer achar que sim.

Sua mãe se encolheu ao ouvir o nome do pai, e ele pôde ver que alguma parte dela teve vontade de corrigi-lo. Mas ocorreu-lhe que eles agora podiam viver num espaço diferente. Um mundo no qual ninguém dizia *quando seu pai chegar em casa...*

— Tudo vai ser diferente agora, Lewis. Eu prometo.

NÓS

Mais tarde

Se você estiver se perguntando se sabíamos do que ocorria com Sophie Kennard naquela época, a resposta é sim. Ou melhor, nossos pais sabiam, ou deveriam ter sabido, e ninguém nos contou, mas sabíamos que alguma coisa acontecia. Depois daquele Dia da Austrália em que o hematoma na clavícula de Sophie Kennard reluzia, com a maquiagem que ela tinha aplicado escorrendo com o suor, uma das nossas mães nos levara para um lado e dito que, quando crescêssemos, devíamos nos lembrar de que sempre podíamos voltar para casa, contar com ela, se precisássemos. Sophie Kennard não tinha ninguém naquela cidadezinha. Não era como nós.

Anos mais tarde, um ano depois do casamento com alguém com quem nosso pai tinha implorado para que não nos casássemos, nós iríamos de carro, de camisola, à casa dos nossos pais; e nosso pai fecharia a porta na nossa cara. *Agora você está casada; se vira,* dizia ele, enquanto nossa mãe dormia. Nosso tio costumava dizer *eu acredito em você, milhares não acreditariam,* quando nós insistíamos que não tínhamos trapaceado no jogo de tabuleiro. Aquelas palavras estavam na ponta da língua quando voltamos a entrar no carro. Nosso bebê aos berros, nossos mamilos doendo.

Ou nos tornamos quem machucava as pessoas que amávamos.

Fazíamos isso repetidamente, tentávamos parar e não conseguíamos; ou não precisávamos parar, podíamos ver que elas, no fundo, gostavam. E, se tínhamos de morar numa cidadezinha de merda, íamos levar todo mundo junto para o buraco.

Todo mundo sabia que o pai do dono do hotel o espancava. Era por isso que ele já não tinha todos os dentes. Mesmo assim, pelo menos, ele ficou com o hotel quando o sacana passou desta para melhor. Nem todos conseguiam algo semelhante. E ele era amigo de Clint Kennard, que batia no filho. Às vezes, é mais fácil lidar com o que se conhece. Chega a ser reconfortante.

CONSTANCE

Terça-feira, 4 de dezembro de 2001

O telefone tocou, e Constance entrou na cozinha. Seu número ainda não estava na lista de números autorizados para Steven na prisão, e ela não esperava que fosse ele. Mas poderia ser seu advogado.

Era a investigadora Michaels.

– Constance.

Alguma coisa no jeito com que a investigadora enunciou seu primeiro nome a fez segurar com força o fio do telefone.

– É Esther?

– Eu só queria me certificar de que você está em casa. Chego aí daqui a um minuto.

– Fale agora.

– Já, já nos veremos.

A investigadora não esperou. Assim que as duas estavam sentadas na pequena sala de estar, ela falou.

– Encontramos o corpo, Constance. Sinto muito.

– Onde? Foi Steve? – perguntou a mulher.

– É bom se permitir um tempo, Constance. A notícia é trágica. Lamento muito mesmo.

Constance não queria se permitir um tempo. Queria saber o que tinha acontecido. Quando percebeu isso, a investigadora voltou a falar.

— Ela foi encontrada numa propriedade de Durton, embora, no momento, nós não suspeitemos do dono da área. E vamos soltar seu marido hoje mais tarde.

A investigadora se calou, como se estivesse deixando as implicações da afirmação atingirem Constance, antes de lhe passar um papel com os detalhes da liberação de Steve. Constance o guardou no bolso num gesto mecânico.

— Mas não há nenhuma informação nova sobre o que houve, certo? – perguntou Constance. – Preciso que me diga se Steve teve alguma coisa a ver.

— Ouça, nós ainda estamos juntas nisso, Constance – disse a investigadora Michaels. – Estou fazendo tudo o que posso. Estamos seguindo todas as pistas.

Constance deu uma risada, um som frio, amargo. De onde estava sentada, podia ver as mesmas cortinas amarelas na cozinha, o telefone do trabalho de Steven ainda num pedaço de papel grudado no telefone.

— Precisamos que alguém venha confirmar que é ela. Estive pensando que um parente de Steven poderia...

— Eu quero ir confirmar. Tem que ser eu.

— Está bem.

Um som agudíssimo rasgou o ar. Era alguma criatura apanhada numa armadilha, um bicho pequeno, e Constance se surpreendeu ao descobrir que o som vinha dela mesma.

Para Constance, ver a filha – o corpo encontrado nas terras de Ned Harrison – não foi a parte difícil. O difícil foi voltar para casa, ver a coleção de coisas no peitoril da janela dela e se perguntar o que deveria fazer com aquilo agora. Geralmente, o peitoril era uma área muito movimentada. Objetos agradavam a Esther ou caíam no seu desagrado, e eram relegados a uma caixa no guarda-roupa ou enfiados numa estante. Os brinquedinhos de Kinder Ovo que Esther tinha guardado eram em sua maioria do tema de piratas: uma bonequinha com um tapa-olho, um papagaio verde vivo num poleiro, uma arca de tesouro em miniatura.

 Que essa coleção fosse ser a definitiva tinha um impacto maior do que ver a filha, de lábios azuis, olhos fechados, estendida numa mesa de metal. Tinham preparado Constance para o cheiro, mas não para o jeito com que a pele da filha a faria pensar em uvas-passas. Para isso, não. Quando olhou para os objetos aglomerados na janela, ela se sentiu cambalear. A tarefa de removê-los parecia, ao mesmo tempo, urgente e impossível.

 Constance tirou as roupas que tinha usado para ir ver o corpo sem vida da filha. Prendeu a respiração até seu coração e pulmões baterem ruidosamente e amassou as roupas juntas formando uma bola. Ali, em pé, só com a roupa de baixo, imaginou alguém abrindo a porta da frente destrancada, dando-lhe uma punhalada nas costas, entre as omoplatas. Visualizou seu sangue nas roupas sujas. Ela podia ouvir os cliques e estalidos nos ouvidos. Shel estava na cozinha, mas Constance não se importava se ela visse.

 Constance chegou à lavanderia nos fundos da casa. Sua máquina de lavar roupa tinha pertencido à mãe de Steven. Quando ela morreu, ele ficou com a máquina e doou a deles, que era mais nova. Era ridículo, mas Steven insistia que ela lavava melhor do que qualquer outra máquina que ele já tivesse tido. No final, eles sempre faziam o que Steven queria. Um homem burro demais para perceber que as roupas saíam mais limpas da máquina de lavar da sua mãe do que de outras, graças a todo o trabalho da mãe antes de pô-las na máquina. Uma raiva violenta a transpassou. Os botões brancos da máquina velha estavam amarelados, e os decalques tinham se apagado, de modo que era preciso adivinhar quais eram os ciclos diferentes. Depois de um tempo, tinha se tornado uma memória automática, e Constance usava o mesmo ciclo a cada vez – o botão girado três pontos para a esquerda. Às vezes, a máquina parava no ciclo do enxague e ficava ali imobilizada, cheia de água, até um empurrãozinho de nada fazer o botão passar do ponto em que estava agarrado e continuar funcionando.

Ela começou a chorar. Era o tipo de choro que vinha em ondas, como vômito. Quando um soluço passava, vinha outro. Sua boca estava aberta, e ela tentava fechá-la, mas a força do soluço voltava a separar os lábios. Shel se movimentava lá na entrada da casa, agora, mas não entrou. Ela não tinha dito nada ao buscar Constance no hospital, permaneceu calada no carro durante todo o percurso até a casa da amiga, só segurou sua mão enquanto ela soluçava. Constance enfiou as roupas na máquina, mas não a ligou. Ficou alternando entre fechar os olhos e olhar para o teto. Tudo em silêncio total. Ela tirou um penhoar do gancho junto da porta.

– Shel – ela gritou. – Você devia ir para casa. Vou ficar bem por enquanto.

Shel apareceu no vão da porta.

– Nem pensar.

– Por favor, Shel.

As duas se abraçaram. Shel a segurou por muito tempo.

– O que você precisar, querida. O que você precisar. Tudo isso é tão terrível.

De repente, Constance se sentiu fria, seca, morta. Como se não lhe restasse lágrimas.

Até o exato instante em que entrou na picape para ir apanhar Steven na cadeia, Constance não sabia ao certo se iria ou não. O que ela poderia dizer a ele? O que poderiam dizer um ao outro? Mas ela sabia que o marido ia querer voltar para casa dirigindo. E o carro e as chaves tinham sido devolvidos a ela pela polícia. Quando se tratava de Esther, eles sempre tinham feito o que Steven queria fazer. Ele dizia: *É da minha filha que nós estamos falando.* Nunca *nossa* filha. Talvez ela o deixasse lidar com a situação sozinho, então. Talvez fosse melhor, afinal de contas, ela ir para a casa da mãe, largar a picape na entrada de carros e as chaves na caixa de correspondência, e deixar que ele processasse aquilo tudo. Por fim, porém, ela saiu da casa com as chaves de Steven na mão, puxando a porta para fechá-la. Ouviu o ruído da fechadura se trancando e soube que não havia motivo para destrancá-la.

A cadeia ficava a uma hora de distância, de carro. Ela teria de viver todo o percurso no sentindo inverso, com Steven ao lado, no caminho de volta.

A cadeia era cercada de plantas, enormes arbustos pontiagudos aninhados em montículos de serragem. Constance passou pela entrada principal e levou o carro na direção da vaga indicada por um guarda que acenava, com o rosto estreito sombreado pelo boné verde escuro que usava. Ela baixou a janela e sentiu o ar fresco da cabine chegar à mesma temperatura do ar lá fora. Mesmo estacionada na sombra, sentia o suor por baixo dos seios e por trás dos joelhos.

O guarda se aproximou, vindo por trás do carro, o que a surpreendeu.

– Veio buscar o Bianchi? – perguntou ele ao espelho lateral. Ela fez que sim, e ele respondeu: – Daqui a um instante, ele vai estar aqui fora.

Constance sentiu o cheiro do suor do guarda, um odor ácido, esquisito, desagradável.

Uma sirene lançou uma nota estridente, longa, contínua. Uma luz no alto da cerca alta em torno do prédio da prisão chispou alaranjada, e Steven saiu a pé por um portão deslizante que ainda se abria. O portão parou por um segundo, com o metal estremecendo, e então começou a voltar por onde tinha vindo. Ela abriu a porta do carro e saiu para o calor. O trecho de concreto entre ela e o portão era de uma claridade insuportável.

Steven estava segurando um grande saco transparente – como um saquinho de plástico para sanduíche, mas do tamanho de uma folha de papel A3.

— Você veio — disse ele, ao chegar perto o suficiente para não ter de gritar.

Os movimentos do seu corpo, o ângulo da cabeça, eram os mesmos. Sua voz era a mesma. Eles poderiam estar tendo uma das centenas de milhares de conversas do seu casamento.

Ela olhou para o presídio em vez de fitar os olhos dele.

— Não sei exatamente o que, mas achei que fossem fazer alguma coisa especial porque você é inocente. — Ela falou, só para não ficar em silêncio. Era a primeira vez que dizia a palavra "inocente" para Steven, desde o momento em que isso fazia diferença.

— Deixar que eu saia não é especial o suficiente? — As palavras estavam carregadas de sarcasmo.

Então, como que se lembrando de quem eles eram, quem tinham sido, Steven começou a chorar.

— Ela morreu, Constance — ele disse, agarrando seu braço e a puxando para junto de si.

Eles desmoronaram um nos braços do outro, ofegantes.

A polícia tinha contado para ele. Constance imaginava que ela talvez precisasse fazê-lo.

Ele se afastou, desviando o olhar para um pouco mais adiante como se não conseguisse suportar olhar para ela. E pôs a mão na porta do motorista. Constance deu a volta, indo por trás da caçamba da picape para não ter de passar diante dele. Steven jogou o saco plástico no assento traseiro da cabine e se sentou ao volante. Por um segundo, ela achou que ele poderia engrenar a ré, deixando-a parada feito idiota ali onde a porta do passageiro estava, como os amigos fazem quando se é adolescente. Ela pousou a mão na maçaneta por um segundo antes de abrir a porta.

Steven ligou o motor antes que Constance tivesse afivelado o cinto de segurança. Quando ela o puxava para baixo, ele não parava de agarrar. Ela teve de respirar fundo, soltando o ar enquanto puxava a ponta, num ângulo para baixo na direção do encaixe perto da alavanca do câmbio. Steven se virou para olhar pela janela traseira da picape. Constance sentiu o impulso de pegar o rosto dele nas mãos, mas ele voltou a olhar para a frente quando a picape completou a manobra. Engatou a primeira marcha, e os dois se endireitaram. A aceleração a empurrou para trás no banco. Ela olhou para ele e, por um instante, tudo em que conseguiu pensar foi em como o cabelo dele era escuro e denso.

– E então, o telefone parou de funcionar? – perguntou ele, sarcástico, assim que saíram pelo portão do presídio, com um aceno de autorização do homem de boné.

Steven tinha dito antes que ele achava que parecia irritadiço quando se contrariava. Tinha sido um comentário íntimo, parte da avaliação que um casal faz entre si: *Dá para perceber isso? Outras pessoas veem isso? Você faz parte de como as pessoas me veem e eu confio em que você não use essa informação para me atingir.*

Eles seguiram em silêncio até chegarem à rodovia. Ao contrário da estrada do presídio, este era um trecho familiar pelo qual tinham passado juntos muitas vezes. Todos os pontos de referência habituais estavam lá – uma árvore específica, um outdoor específico – todos ainda dividindo o trajeto para casa em intervalos de tempo conhecidos.

Como tinha sido na cadeia? Ele tinha sentido medo?

– Sei que é difícil. – Constance estava grata pela estrada hipnótica, pela oportunidade de olhar direto para a frente enquanto falava. – Mas você estava com o sapato dela, e eu não conseguia imaginar como ele poderia ter ido parar lá, quando você dizia que não a tinha visto. E você deu um soco num policial. Por que você faria isso? *Quem* faz uma coisa dessas?

Constance não queria que eles falassem do que tinha acontecido com Esther. De algum modo, o desconhecido era mais difícil. Parecia absurdo, mas ela sabia que Steven não faria mal a Esther, não a faria sofrer. Aquilo ela sabia. Que tipo de conhecimento ridículo era aquele?

Como se estivesse lendo seu pensamento, Steven falou.

— Sou a *porra do seu marido*. — Estava claro que ele estava louco para brigar. — Sou o pai dela. Eu amo Esther! — As últimas palavras saíram como um grito rouco.

— Steve, você se lembra do que aconteceu numa das festas de Toni, quando você tinha quinze anos?

Steven ficou em silêncio, mas sua expressão mudou, como se ele estivesse tentando se lembrar.

— Shelly estava com dezoito — Constance continuou. — Ela disse que um grupo de garotos a embebedou, a tal ponto que ela não conseguia ficar em pé, e então eles... eles se revezaram... — Sua voz foi se calando.

Steven ficou calado, com os olhos na estrada.

— Eles se revezaram no estupro — terminou a frase.

— Ouvi falar disso — disse ele, ainda sem olhar para ela.

— Shelly disse que você estava lá. — Quantas vezes tinha beijado o rosto desse homem, segurado sua mão? — Ela disse que você era um daqueles caras.

A mão direita de Steven soltou de repente o volante.

— Você acha que eu sou o tipo de cara que faria *uma coisa dessas*? — Havia um quê na voz dele, como o ruído de um galho que se quebra a partir do tronco de uma árvore.

Agora os dois estavam chorando.

— Mas parece que você pode acreditar em qualquer coisa. Você tem algum problema, Con. Consegue fazer a mínima ideia de como foram esses últimos dias para mim?

— Não estou dizendo que eu não tenha nenhum problema — disse Constance. — Nunca disse isso, nunca fingi isso.

— Eu não estuprei *ninguém* — afirmou Steven. — Como você pôde pensar que eu faria uma coisa dessas? Ou que eu um dia, *um dia*, faria mal a Esther? — Ele se calou, com os olhos na estrada.

O único som na cabine era o do ar-condicionado, o ruído das rodas no asfalto.

— Nossa filha morreu — disse Constance. — Nunca vamos conversar sobre a universidade onde ela vai estudar. Ela nunca mais vai ver um Natal. Nunca vai comprar outro par de sapatos.

Steven mantinha os olhos na estrada. Lágrimas escorriam pelo seu rosto e molhavam a barba por fazer.

— Quem dera nós nunca tivéssemos nos mudado para cá — disse ela.

RONNIE

Terça-feira, 4 de dezembro de 2001

Havia um telefone no corredor do hospital, logo ali do lado de fora do meu quarto. Mamãe achava que eu não conseguia ouvi-la com a porta fechada, mas eu conseguia. Tinha feito cara de surpresa quando ela disse que Flea tinha sido encontrado pelo vizinho, são e salvo, tomando banho de sol no nosso quintal. Era estranho ouvir como minha mãe falava quando ela achava que eu não estava por perto.

Eu estava me sentindo melhor. Minha mandíbula ainda doía, mas eu já não tinha mais febre. Sentia dor no braço no lugar em que eles me deram uma injeção para parar de vomitar. O médico disse para mamãe que eu estava me recuperando bem, que poderia ir para casa em alguns dias.

Mamãe tinha saído para dar um telefonema.

— Shelly. O que você está dizendo? — Pude ouvir o cansaço na voz dela.

Fiquei alerta. Esperava que tia Shelly não estivesse planejando uma visita. Eu não estava com disposição para ela e meus primos.

— Eles têm certeza?

Eu nunca tinha ouvido mamãe tão chocada.

— Ai, meu Deus! Onde?

Mamãe ficou muito tempo calada.

— Como Constance está lidando com isso? — Silêncio, durante o qual imaginei mamãe fazendo que sim, gesto que fazia ao telefone o tempo todo, embora a pessoa na outra ponta da linha não visse nada. – Droga. Preciso ir, Shelly. Não faço a menor ideia de como vou contar para Ronnie.

Quando ela entrou de volta no quarto, só pude ver seu perfil, mas alguma coisa no jeito do seu pescoço, como se a cabeça estivesse pesada e precisasse ficar em perfeito equilíbrio para não despencar, me disse que ali vinha uma notícia ruim.

Pensei em fingir estar dormindo, mas fui lenta demais. Mamãe tinha visto meus olhos abertos.

– Ronnie – disse ela. Sua voz mudou de tom na última sílaba do meu nome. Ela parou perto da cama. – Encontraram Esther.

Seu jeito de falar me disse de cara que não tinham encontrado Esther inteira. Não tinham encontrado sua risada, suas passadas largas ou qualquer uma das coisas que eu amava nela. Nada daquilo voltaria para casa.

– Ela morreu? – Eu precisava ouvir sua confirmação.

Mamãe fez que sim.

– Encontraram o corpo.

– O que aconteceu?

– Não sei – disse mamãe, com o rosto muito tenso e descorado.

Essa ideia de que os adultos não sabiam, não estavam no controle tanto quanto eu tinha imaginado, vinha ganhando terreno em mim já havia algum tempo.

Pude sentir as lágrimas escorrendo pelo lado esquerdo do meu rosto.

Mamãe me puxou para um abraço, e chorei na sua camisa durante muito tempo. Por fim, ela se sentou na poltrona de vinil ao lado da cama.

Pensei no que Lewis tinha me dito no dia anterior. Se eu tivesse podido me sentar na cama e me debruçar até ele, poderia ter lhe dado um beijo, encostado meu rosto coberto por ataduras no rosto liso dele. Eu nunca tinha beijado ninguém e sempre tinha sido um pouquinho apaixonada por Lewis. Doía saber que ele nunca tinha sentido o mesmo, e nunca teria sentido. Não sei por que pensei nisso naquela hora; talvez fosse uma tentativa de estar num momento diferente.

Baixei os olhos para o cobertor, que tinha o nome do hospital impresso em azul. Eu tinha lido que, nas proximidades de alguns predadores, você deveria permanecer em total imobilidade. Eles só podem vê-lo, e feri-lo, se você se mexer. Fiquei ali deitada bem imóvel e tentei não pensar no significado das palavras *encontraram Esther*.

Mamãe pegou minha mão.

– Você está bem, Bup?

De repente, senti vergonha por não ter estendido a mão para pegar a de Lewis no dia anterior. Desejei ter lhe dito que, por mim, estava tudo bem. Que eu achava que ele era bom e corajoso e estava arrependida de ter ficado zangada com ele. Mas eu tinha ficado zangada, porque achava que ele deveria me amar como eu o amava. Por isso, preferi lhe perguntar pelo cachorro. E isso eu nunca poderia mudar. E agora minha melhor amiga estava morta.

– O que eles sabem? – As palavras escaparam de mim, meio abafadas.

– Eles acham que ela morreu de imediato, assim que desapareceu. Ela não sentiu nenhuma dor, Bup.

– E o pai dela? – perguntei. Ainda não conseguia acreditar que ele faria mal a Esther.

Ela ficou boquiaberta. Com uma aparência estranha, como alguém que eu não conhecesse.

– Eles soltaram Steve. Acho que isso quer dizer que já não pensam que ele teve alguma coisa a ver com o desaparecimento.

Pensei em Steven, em estar sentada com ele no carro. Ele amava Esther como eu amava. Eu sabia disso o tempo todo.

– Foi o dono do hotel?

Apesar de agora eu saber que devia estar enganada sobre Esther estar lá, no hotel, eu precisava perguntar, precisava saber.

– Ai, Bup. – Mamãe começou a chorar. – Às vezes, eu só queria te pôr de volta dentro de mim. Se eu pudesse te encolher, eu ia te espremer pra dentro, e você não ia sentir mais dor, e eu podia te manter em segurança. – Mamãe fez um gesto com uma das mãos indicando seu torso magro. – Eu te amo tanto, Bup. E a resposta real é que não sabemos. Tenho certeza de que a polícia está trabalhando nisso.

Visualizei a polícia. A polícia que não tinha conseguido trazer minha amiga viva para casa.

– Te amo também, mamãe.

– Como você está se sentindo? Tem alguma coisa que eu possa fazer por você?

– Acho que estou triste.

– É. Eu também estou triste, meu amor.

– Eu nunca mais vou ver Esther, não é?

– Vamos ao enterro, se o médico disser que você já está bem.

Isso era um não. Eu não sabia nem mesmo o que quis dizer com a pergunta. Eu não era uma criancinha. Entendia o que significava a *morte*.

Mamãe me abraçou forte, com cuidado para não tocar em nenhum ponto que pudesse doer.

– Posso tomar um leite com chocolate, mamãe?

– Não tem mais, Bup. Mas eu vi um leite sabor morango na geladeira da enfermaria. Tudo bem você ficar um minuto aqui enquanto vou apanhar?

Concordei em silêncio, e minha mãe me deu um beijo no alto da cabeça. Ela saiu do quarto, fechando a porta.

Eu não estava presa a nenhuma máquina agora, mas alguém no quarto vizinho estava. Eu podia ouvir os bipes através das paredes. Sentia falta de Esther. Meu corpo doía de saudades.

Esther morreu.

Bipe.
Esther morreu.
Bipe.
Passos no corredor.

Eu não parava de pensar naquela primeira noite, na casa do tio Peter, quando mamãe subiu na cama e eu achei que ela tivesse dito que tinham encontrado Esther. O desejo por voltar àquela hora me percorreu, uma hora em que as coisas ainda eram possíveis, em que Esther talvez ainda viesse para casa.

Bipe.

Uma vez, depois de ler uma matéria numa *National Geographic* que mamãe tinha trazido para casa, eu disse a Esther que sabia quem era meu pai. Nós estávamos sentadas no tapete branco felpudo no quarto dela.

— Ele luta pela liberdade na África — falei.
— Mas você é branca — retrucou Esther.
— Ele é branco, mas fala a língua e mora lá.

Eu tinha recortado da revista uma fotografia de um homem branco, com os olhos contraídos, a mão erguida para protegê-los do sol, uma paisagem africana por trás dele, segurando uma arma. Mostrei a foto a Esther, que não chamou a atenção para o fato de que a foto tinha palavras impressas no verso e que o papel não era fotográfico. Não disse que, antes desse, eu já lhe falara de meia dúzia de homens que eram "decididamente meu pai". Ela só tinha escutado.

Quem iria escutar agora?

NÓS

Terça-feira, 4 de dezembro de 2001

A notícia de que o corpo de Esther Bianchi havia sido encontrado e de que Steven Bianchi tinha sido solto se espalhou pela cidadezinha, mas com menor rapidez do que a notícia de sua prisão. A inocência viaja mais devagar que a culpa, todos sabemos disso. E as pessoas não estavam prontas para enfrentar o que sua inocência significava. Tinha sido difícil imaginar o pai da menina fazendo qualquer coisa, mas geralmente não era o pai? O marido? O namorado? E a menina estava morta. Como nossos pais deveriam nos contar isso? Olhar nos nossos olhos e dizer que uma menina tinha morrido e ninguém sabia como, nem por quê? Murmuravam-se nomes. Ninguém conseguia encarar Ned Harrison. O dono do velho hotel tinha sido preso, bem como o estranho do Clint Kennard, no mesmo dia em que Ronnie Thompson foi atacada por um cachorro no hotel. Parecia alguma coisa que deveria estar acontecendo em outra cidadezinha. Em algum lugar nos Estados Unidos, quem sabe?

Os verões na nossa cidade consistiam em dias longos que terminavam em churrascos nos quais os adultos se embriagavam cada vez mais e nós, as crianças, nos agrupávamos em bandos e cutucávamos a fogueira que ia se apagando ou nos reuníamos atrás do reservatório d'água, propondo desafios uns aos outros. Corríamos ao longo de cercas que separavam os quintais espaçosos das casas no meio da cidadezinha. Se a festa fosse na fazenda de alguém, nós corríamos em disparada até depois do ponto em que os faróis das picapes poderiam nos ver. Cambaleando, precipitados, tontos com toda aquela escuridão, voltávamos à fogueira e usávamos varas compridas para, no meio das brasas, pescar alguma batata assada embrulhada em papel-alumínio, que podia ter ficado perdida. Podíamos nos sentar no outro lado da enorme fogueira construída pelos adultos e fingir que nós mesmos a tínhamos feito, ou escutar os adultos cantando e conversando, com os olhos reluzindo à luz do fogo. Jogávamos ali coisas que achávamos que fossem queimar, não pelo calor, mas pela diversão. Parecia não haver nenhuma possibilidade de que nós, um dia, ficássemos sem combustível, ou que fôssemos envelhecer.

Os jovens se tornavam o centro das atenções, contando longas piadas que não faziam nenhum sentido, mas que levavam os adultos bêbados a rir. Às vezes, nossos pais nos deixavam acampar. Nós acordávamos de manhã cedo, quando a barraca ficava quente demais para dormirmos. Passávamos a cabeça pela abertura, sentindo ali fora o cheiro de bosta de canguru à nossa espera. Desdobrando o corpo para o ar fresco, em pé ou nos agachando para urinar, descendo até o riacho para contemplar suas águas da cor de barro e voltando antes que qualquer outro tivesse acordado, tudo isso nos dava a sensação de que éramos as únicas pessoas no mundo que tinham importância. Para alguns de nós, essas manhãs faziam com que nos sentíssemos inteiros. Para outros, eram só mais um lembrete de que aquele lugar não era nosso.

Depois que Steven Bianchi foi solto, as pessoas pararam de fazer festas como essas. Ficávamos em pequenos grupos de família, tornando-nos introvertidos e distantes. Chorávamos até adormecer pensando nisso tudo. Chorávamos mais pela perda da nossa própria liberdade do que jamais choramos por Esther Bianchi. As pessoas se reuniam em salas de estar e cozinhas. *Dá para você imaginar se fosse um dos nossos?*, diziam nossos pais, com a voz abafada, debruçados sobre uma travessa de biscoitos cobertos com glacê rosa, com geleia de framboesa e coco ralado, ou com o telefone mantido bem junto da boca, suas palavras um sussurro. A cidadezinha estava perturbada com a pergunta: *Se não foi Steven Bianchi, então quem foi?*

SARAH

Quarta-feira, 5 de dezembro de 2001

Sarah estava no posto policial de Mack desde as sete da manhã, tentando falar pelo telefone com o patologista. Ela queria acompanhar os resultados dos fios de cabelo encontrados no corpo, mas ninguém estava atendendo no laboratório. Tinha acordado cedo demais. Ainda havia sangue na terra no lugar onde Veronica Thompson tinha sido atacada, do lado de fora dos quartos deles. Sarah foi andando do hotel até o posto policial para dar tempo de os pensamentos se organizarem, deixando o carro para Smithy.

Roland estava na cela nos fundos, onde tinha passado a noite, e Sarah evitou a cozinha. Ela mal tinha posto o telefone da recepção no gancho quando ele tocou. Ela o deixou trinar umas duas vezes antes de atender.

– Quero falar com alguém sobre aquela menina desaparecida – disse uma voz de mulher. A linha telefônica estalava como se outra pessoa estivesse escutando em outro aparelho. – É com vocês que devo falar?

– Sim. Posso lhe perguntar seu nome? – Sarah sentiu uma fisgada de dor pelo fato de a menina não estar desaparecida, não mais. Sob esse aspecto, Sarah tinha fracassado.

– Anthea. Sra. Anthea Brooks. Sou viúva. Olhe, não tenho certeza se o que vou lhe dizer tem algum valor. Quero que você saiba de cara.

— Qualquer informação poderia ser útil, sra. Brooks. — Sarah estendeu a mão para pegar o caderno.

— Foi o que calculei. Quer dizer, é por isso que estou ligando. Fui visitar minha amiga Maude na sexta-feira à tarde. Foi nessa tarde que a menina desapareceu, não foi?

— Foi — respondeu Sarah, verificando a hora no relógio de pulso para deixá-la registrada nas suas anotações.

— Eu vi Steven Bianchi naquela tarde, no caminho até lá. Ele estava à beira da estrada quando eu passei dirigindo.

— Onde foi isso? — Sarah já estava escrevendo numa página nova.

— Na rodovia, na saída, perto da placa "Obrigado por visitar Durton", mais ou menos às duas e quinze.

Sarah conhecia o local. Era exatamente onde Steven tinha dito que estava, e não havia como ele poderia ter ido de lá a qualquer ponto perto do riacho. Seu supervisor tinha certeza de que o carro de Steven tinha ficado estacionado perto do escritório a tarde inteira.

— O que ele estava fazendo?

— Bem, esse é o único motivo para eu me lembrar de tê-lo visto, sabe? Ele estava urinando bem na placa da cidade! Ali mesmo, onde qualquer um podia vê-lo. Eu bem pensei em ligar para ele ou para a tia dele. Por que é que os homens acham que podem fazer xixi por toda parte? Quem foi que disse que este mundo é a privada deles?

— Algum motivo para a senhora não nos ter passado essa informação antes? — Sarah estremeceu ao pensar mais uma vez nos dias que o pai de uma menina morta tinha passado numa cela.

— Estive fora durante o fim de semana — disse a mulher, em tom travesso. — Acabei de voltar e soube que vocês estavam pedindo informações.

— A senhora tem como vir ao posto policial? Gostaríamos de registrar sua declaração.

— Claro que sim — respondeu a mulher, parecendo lisonjeada. — E, bem, se você gostou disso, tenho mais para contar.

— Como assim?

— Mais tarde, quando eu estava lavando minha xícara na pia de Maude, vi um carro estranho.

— Onde foi isso?

— Na casa da minha amiga, Maude Sterling — disse ela.

Sarah anotou o nome, bem como o endereço: o nome da rua demonstrava que o lugar era próximo da propriedade de Ned Harrison.

— Posso só confirmar a data em que a senhora viu tudo isso?

— Sexta-feira, dia 30 de novembro. É aniversário de Maude, de modo que tenho cem por cento de certeza disso.

— Muito bem — disse Sarah, mantendo a voz neutra.

A mulher continuou.

— A única razão para eu estar olhando pela janela era que eu ainda estava contrariada por ter visto Steven fazendo xixi. Estava pensando no que ia dizer para ele. Vocês prenderam Steven, não foi? Foi o que ouvi.

Parecia que a central de fofocas da cidadezinha ainda precisava informar a Anthea Brooks que Steven Bianchi tinha sido solto no dia anterior.

— E exatamente onde estava esse carro?

— Estava na estrada que passa diante da casa de Maude e se alarga depois do riacho. O carro estava se afastando do riacho, voltando para a estrada principal.

— Como ele era?

— Me desculpe, mas não tenho certeza da marca, nem de nada. Só me lembro de que pensei que não o tinha visto por aqui antes. Não parecia um carro daqui.

— De que modo?

— Bem, acho que era porque não era uma picape, nem um carro que eu pudesse imaginar alguma das mães daqui dirigindo por aí. Era preto e brilhante demais, talvez. Não muito atrás vinha um carro velho, mal conservado, que era muito mais parecido com o que se vê por aqui. Ele fazia o carro preto se destacar ainda mais, porque o carro grande que vinha atrás dava a impressão de ser daqui. De nada adianta tentar manter as coisas brilhando neste fim de mundo.

Sarah fez anotações apressadas – *estrada do riacho, carro brilhante, da cidade grande?* – e traçou um triângulo.

– A senhora se lembra a que horas foi isso?

– Bem, eu cheguei lá mais ou menos às duas e meia com um bolo simples para o chá, sabe? Logo, deve ter sido em torno das três. Fui embora por volta das cinco, acho. Posso perguntar a Maude, se for importante.

– Seria bom saber uma hora exata, sim. O que mais a senhora pode me dizer sobre o carro? Disse que ele era preto?

– Sim, preto. E brilhava muito.

Sarah examinou suas anotações, com uma ideia de repente lhe ocorrendo.

– E o segundo carro que a senhora viu?

– Como assim?

– Aquele que passou depois do carro preto brilhoso?

– Bem, era um carro grande. Eu diria, ai, como é que se diz? Uma van. – A mulher abafou uma tosse. – É isso. Não dei uma olhada assim tão boa nele. Ele entrou numa das estradinhas que passam entre os pastos.

– Ele era de que cor?

– Como um rubi empoeirado – declarou a mulher. – Eu me lembro de ter pensado nisso, uma pedra preciosa no capim seco. Já escrevi poesia, sabe? – A mulher deu uma risada irônica. – Minha mãe sempre dizia que eu pensava como poeta. Para ser franca, se não fosse a poesia, nunca teria me lembrado.

Sarah revirou os olhos e escreveu as palavras *van vermelha* nas suas anotações.

***

— Então, você acha que essa mulher percebeu alguma coisa importante? – perguntou Smithy.

— Sinceramente, não faço ideia – respondeu Sarah, encostando-se no balcão de recepção do pequeno posto. Smithy tinha acabado de chegar, e ela já lhe passara as informações da ligação. – Mas finalmente temos alguém que viu Steven. E fiquei curiosa com esse carro preto brilhoso *e* com a van. Já repassei a lista de veículos que Mack elaborou e não consegui encontrar nada que se encaixe em nenhuma das duas descrições. Se a van estava onde essa mulher diz que estava, é possível que estivesse se dirigindo para a propriedade de Ned. – Sarah se empertigou, alongando as costas. – E não paro de pensar que só um morador teria sabido que Ned estava viajando.

— Assim que Mack chegar, eu lhe pergunto se mais alguém viu um carro preto – disse Smithy. – E vou ver se descubro alguma coisa sobre uma van vermelha nos registros locais.

Smithy já ia na direção da cozinha.

Se Sarah ainda tivesse dúvidas acerca de Steven Bianchi, o testemunho de Anthea Brooks as anularia. Quando chegou, Mack disse que os Bianchi e os Brook não eram amigos (Sarah teve de se perguntar: Steven Bianchi era amigo de alguém?), de modo que o testemunho da sra. Brooks tinha mais peso do que poderia ter tido se não fosse assim. Ela tê-lo visto não teria sido suficiente se eles ainda tivessem a prova física. Mas o fato de que os sapatos de Esther ainda estavam nos seus pés na caçamba da picape de Ned falava por si só. O sargento instrutor de Sarah dizia que, às vezes, bastava que montes de pequenas coisas se somassem para lhe dizer tudo o que você precisava saber.

Estava na hora de fazer o que não tinha sido possível no dia anterior, por conta de ter sido encontrado o corpo de Esther. Estava na hora de falar com Clint Kennard de novo.

* * *

A mesma policial de antes estava na recepção no QG da polícia em Rhodes. Ela sorriu para Sarah enquanto abria a divisória que separava as dependências da delegacia em si da sala de espera. A jovem só se afastou um pouco, de modo que Sarah teve de roçar nela para passar. De repente, Sarah foi dominada pelo medo do que tinha feito a Amira. Amira ainda poderia solicitar uma medida protetiva: se Sarah não perdesse o emprego, isso destruiria qualquer perspectiva de progresso na carreira. Ela respirou fundo e resistiu ao impulso de olhar de volta para a mulher.

Na sala de interrogatório, com Clint Kennard, Sarah estava com o corpo tenso. Lutava para manter os movimentos firmes e lentos. Dissera a Smithy que não precisava que ele viesse; queria que ele desse atenção ao caso do carro e da van. Dessa vez, Clint estava acompanhado da sua advogada. O batom da mulher era da cor da terra que Sarah vinha tirando dos sulcos dos sapatos desde que chegara a Durton.

— Bem, depois de olhar no seu galpão, podemos ter certeza de que a metanfetamina que encontramos no açude é proveniente do seu laboratório, Clint.

Clint deu um tapa na mesa.

— Muito azar essa história com a menina Bianchi. Trouxe vocês pra farejar por aqui.

— O azar foi um pouco maior para Esther Bianchi do que para você, Clint, não acha?

A advogada de Clint olhou para ele.

— Instruí meu cliente a não responder nenhuma pergunta.

— Mas creio que seu cliente vai querer falar comigo — disse Sarah. — Veja bem, Clint, a questão é que o plástico que encontramos no seu galpão é compatível com o plástico em que encontramos embrulhado o corpo de Esther. E encontramos o mesmo plástico embrulhando a metanfetamina, que sabemos ter sido fabricada na sua propriedade. O que tem a dizer sobre isso?

Clint olhou para Sarah por um instante, como que estudando suas opções.

— Não vou mais falar sobre as drogas — disse ele. — Vocês terão de fazer a acusação, e acho que minha advogada ficaria encantada se eu simplesmente calasse a boca.

A mulher deu uma bufada pelo nariz.

— Mas seria bom vocês saberem que era para Peter Thompson ter se encontrado comigo e Roland no bar naquela tarde, quando a garota sumiu. Ele nunca apareceu. Então, se quer falar sobre meninas mortas, deveria falar com ele.

— Por que você não me disse isso quando conversamos no domingo? — perguntou Sarah.

Clint deu de ombros.

— Eu não queria que você tirasse muitas conclusões. Se você ainda não tinha o nome dele, eu não via nenhuma vantagem em lhe dar. Mas, se foi nisso que ele se meteu, não vou me ferrar por uma criança morta.

Sarah pensou no que Lewis tinha dito: que Peter tinha ido à sua casa no domingo e os dois homens tinham falado sobre Esther.

— A questão é que Peter tem tido um comportamento estranho desde o início de toda essa história com a menina Bianchi. Ele não atende minhas ligações. Foi à minha casa na manhã de domingo, e precisei convencê-lo a não sair de uma vez da cidade. E nós nem mesmo sabíamos que vocês tinham encontrado a joça do pacote.

— Acho que meu cliente já falou mais do que o suficiente — disse a advogada, levantando-se.

Ela pôs a mão no encosto da cadeira de Clint, e a entrevista foi encerrada.

Sarah voltou a Durton para falar novamente com Roland Mathers. Ela imaginou que ele fosse ficar mudo; mas, assim que Sarah mencionou o nome de Peter Thompson, Roland espontaneamente disse que era para Peter Thompson ter ido se encontrar com ele e Clint na sexta-feira às 14h, e que ele teve um comportamento muito "estranho" na única vez que Roland o vira desde então. Se Sarah não tivesse pedido a Smithy que se certificasse de que os dois não tivessem tempo para combinar histórias, ela teria dito que aquilo tudo estava certinho demais.

A primeira coisa que Sarah fez depois de encerrar o interrogatório com Roland Mathers foi fazer um sinal para Mack de que eles precisavam sair um instante para conversar lá fora. Eles ficaram no campo atrás do posto policial, longe do prédio onde Roland pudesse ouvi-los.

— Preciso que você me dê detalhes do álibi de Peter Thompson — disse Sarah.

— O álibi de Peter é exatamente o que a mulher dele disse. O filho mais velho veio com ele e confirmou — disse Mack. — Conheço o menino. É um bom garoto.

— E você acredita nele?

— Você não entende este lugar — disse Mack. — Estou aqui há dez anos, e sou do interior, para começo de conversa. Acho que sei algumas coisas que você não sabe.

Sarah achou ter reconhecido pena na expressão dele. Estava cheia de lembranças de cada vez que tinha tido esse tipo de conversa. Todos os policiais do sexo masculino na sua carreira que lhe disseram que ela não entendia, que nunca ia *sacar*, foram se amontoando uns sobre os outros.

— Não é com meu entendimento que me preocupo — disse ela. — Você deveria ter me passado essa informação. Pouco me importa a credibilidade do filho de Peter. Esse não foi um álibi pra valer.

— Você acha que só policiais da cidade grande sabem dizer quando alguém está tentando embromar? — As palavras vieram com uma violência surpreendente para Mack, que era geralmente amável. Esse foi o momento em que ela o viu mais enfurecido desde que tinham chegado ali.

— O que eu acho é que vocês eram muito próximos, e que eu deixei isso continuar por muito tempo – disse Sarah.

Passou-se um instante entre eles. Ela se lembrou da primeira impressão, de como se sentira aliviada por ter um bom policial residente com quem trabalhar.

Mack cuspiu no chão.

— O caso é seu – disse ele, antes de se virar para voltar para dentro do posto.

Sarah ficou irritadíssima consigo mesma por ter protelado tanto essa conversa com Peter. É claro que houve o corpo, o que resultou numa série de tarefas das quais Sarah não podia simplesmente se esquivar. Ela precisava admitir que a verdade era que ela *queria* que fosse Clint Kennard. O comportamento dele no primeiro interrogatório, sua reação no posto policial quando descobriu o filho falando com a polícia, seu jeito de tentar derrubá-la na rua principal de Durton, essas coisas tornavam a questão pessoal. Mas ela não podia deixar que seus sentimentos atrapalhassem. Era inegável que Clint estava envolvido com drogas, mas talvez ela tivesse sido distraída por ele. Os fios de cabelo ruivos que tinha visto no plástico que envolvia o corpo de Esther traçavam uma linha direta para o homem que ela tinha visto somente numa fotografia: o marido de Shelly Thompson.

O fato era que Peter Thompson nunca teve um álibi sólido – seu filho poderia ter mentido pelo pai e o teria feito, disso ela tinha certeza – e ele tinha acesso a um veículo. Ela nunca deveria ter deixado Mack, que lhe dissera que Peter era um "cara legal" (com que frequência essas palavras significavam o contrário?), tomar a decisão acerca do álibi. Peter conhecia Esther, sem dúvida, melhor do que os outros dois homens. A menina não teria sentido medo dele.

Tinha chegado a hora de deter Peter Thompson. Com o testemunho de Clint Kennard e Roland Mathers, ela já dispunha do suficiente para prendê-lo por sua ligação com a metanfetamina. Ela gostava da ideia de trazê-lo já inseguro com uma acusação. E usaria as drogas como incentivo para fazê-lo falar.

Na sua segunda visita à casa dos Thompson, trazendo a reboque Smithy e alguns policiais fardados de Rhodes, ocorreu a Sarah que, se havia dinheiro a ganhar com drogas, parecia que ele ainda não tinha chegado às mãos de Peter Thompson. Talvez o pacote de metanfetamina que tinham encontrado no açude fosse de fato sua primeira produção, como Clint Kennard alegara. Embora isso fosse o que ele diria de qualquer maneira, não é mesmo? Um Torana em péssimo estado e a Mitsubishi Delica verde que Sarah reconheceu por sua posição quase permanente na frente da casa de Constance Bianchi estavam na entrada de carros. Smithy estacionou, impedindo sua saída.

Sarah viu Peter Thompson pela primeira vez em pessoa quando ele veio à porta. Estava usando short e uma camiseta de futebol, e parecia sonolento e pouco ameaçador, ali descalço. Ele se submeteu às algemas e ouviu a acusação contra ele com uma tranquilidade surpreendente.

– Sr. Thompson; o senhor nos autoriza a fazer uma busca na sua propriedade? – Smithy perguntou.

– Sim – Peter respondeu, com as mãos para a frente. – Autorizo. – Sua segurança levou Sarah a pensar que era improvável encontrarem alguma coisa ali.

Sarah deixou Smithy e os policiais fardados, para a busca.

Na sala de interrogatório em Rhodes, Peter foi categórico ao dizer que não precisava de um advogado. Pelo menos, isso era algo a se apreciar nele, pensou Sarah.

– Então, Peter. – Sarah cruzou os braços. – O que você pode me contar sobre o açude na propriedade abandonada na saída da cidade? A que pertenceu ao Caulfield.

– Ninguém trabalha naquela terra há anos. O solo não presta. – A voz de Peter demonstrava sua confusão com a pergunta.

— Sem dúvida, há muito mais agito na paisagem do que seria de se esperar – disse Sarah.

Peter comprimiu os lábios e inclinou a cabeça para um lado.

— Diga para mim onde você estava na última sexta-feira às 14h30.

— Como eu disse a Mack, eu estava em casa. Trabalhando no Torana no galpão.

— E algum dos seus filhos o viu lá?

— Eles sabem que não devem me perturbar no galpão a menos que alguém esteja sangrando. De qualquer modo, agora todos são grandes o suficiente para se cuidar. Mas meu mais velho vinha me trazer água gelada mais ou menos de meia em meia hora. É um bom garoto. Estava um forno lá no galpão.

— Nenhum dos outros além do mais velho pode confirmar que você estava lá?

— Não – disse ele.

— Por que você não foi ao encontro com Roland Mathers e Clint Kennard naquela sexta, como deveria ter ido?

Peter fez uma careta.

— Bem, olhe, eu perdi a noção da hora, certo? – respondeu ele.

— Você pediu ao seu filho que mentisse por você? – perguntou Sarah.

— Eu nunca faria uma coisa dessas. – Havia alguma coisa estranha no rosto dele, Sarah percebeu. Parte da boca não se mexia quando falava.

— Ouça, Peter. Eu sei sobre você, Clint e Roland e as drogas. Você precisa começar a me dizer a verdade.

— Você faz alguma ideia de como é a gente se afundar sem saber como sair? Sem saber como é que se chegou ali? – Peter perguntou, com o suor na testa reluzindo à luz da delegacia. Ele parecia apavorado. – Ouça, sou uma boa pessoa. Amo meus filhos. Amo minha mulher. – Ele agora estava implorando que ela o entendesse.

Sarah imaginou esse homem suando em cima dela, gerando cinco filhos. Estremeceu por dentro. Pensou na diferença entre Steven Bianchi e Peter Thompson. Steven tinha agido como um cretino para encobrir seu medo. Peter parecia pronto para rolar como um cachorrinho oferecendo a barriga.

Sarah teve uma lembrança nítida de quando tinha onze ou doze anos e estava à mesa do jantar com o pai. Não conseguiu se lembrar do que tinha iniciado a conversa, mas ela estava irritada com alguma coisa, alguém tinha sido injusto com ela, tinha dito ou feito alguma coisa de que ela não gostou na escola. Ela queria que o pai se zangasse por ela, que a defendesse.

— Digamos que esse pedaço de tecido seja uma encrenca. — Ele indicou o caminho de mesa de renda fina que se estendia ao longo da mesa. — Vamos imaginar que é tudo o que pode dar errado na vida, um casamento ruim, a pobreza, a fome, alguma coisa imperdoável que se fez, qualquer coisa.

Sarah, que tinha ouvido uma bronca da mãe por manchar o caminho de mesa mais de uma vez, estava disposta a aceitar que ele era uma encrenca.

— Todos os que tiveram a sorte de nascer deste lado — ele fez um gesto para a madeira lisa e envernizada do tampo da mesa entre eles — acham que estão ali porque nunca fariam nada que os levasse a esse tipo de problema. — O pai estendeu a mão e amassou o caminho de um modo que o tecido se amarfanhou um pouco ao longo da beira mais próxima dele, com as dobras e espirais da renda se tornando de repente caóticas.

Sarah fez que sim para indicar que aceitava seu pressuposto.

— Todas as pessoas deste lado confundem *fazer* boas escolhas com *ter* boas escolhas. Percebe a diferença?

Sarah olhou para ele por cima da mesa.

— Qualquer um que ache que é melhor do que as pessoas do outro lado precisa dar uma boa olhada em si mesmo. Coisas acontecem, e qualquer um poderia acabar lá.

– Qualquer um? – perguntou Sarah, com os olhos arregalados. Ela se lembrou de ter balançado os pés na cadeira. – Até mesmo mamãe?

– Até mesmo sua mãe – disse ele. – Na realidade, alguns dias acho que a faço chegar bem perto disso.

Do outro lado da mesa na sala de interrogatório, Peter parecia uma criança irritadiça, as sobrancelhas de um louro avermelhado, o nariz sardento e a cara amarrada.

– Acabou a brincadeira, Peter. Fale: você matou Esther Bianchi?

De repente, Peter estava muito mais alerta.

– Eu nunca faria mal a Esther. Nunca faria mal a nenhuma criança. – A última frase foi quase um gemido.

– Ela viu alguma coisa que não deveria?

– Eu lhe disse: eu estava trabalhando no meu galpão. Ai, meu Deus. Quando eu falei sobre me afundar sem saber como sair, estava me referindo às drogas. Nada a ver com a menina.

– Olhe, Peter... – Sarah sustentou o olhar dele, ela mesma com a expressão sincera. Uma amiga. – Estou disposta a acreditar que foi um acidente. Talvez Esther o tenha visto e então tenha resolvido fugir correndo. Talvez você só quisesse falar com ela e alguma coisa tenha dado errado. Talvez tudo tenha dado terrivelmente errado. – Ela manteve a voz suave e baixa, como se qualquer coisa que dissesse a ele jamais fosse sair daquela pequena sala.

– Não aconteceu nada disso. Naquele dia, eu não vi Esther! – Peter parecia estar a ponto de começar a chorar.

Sarah sabia que lágrimas não significavam nada. Poderiam ser lágrimas por pena de si mesmo.

As palavras saíram numa explosão.

– Olhe, eu concordei em transportar drogas para Clint Kennard e Roland Mathers, sim, mas ainda não tinha começado. E se eles disserem qualquer outra coisa, estão mentindo.

Sarah escolheu esse momento para fazer um intervalo. Queria deixar Peter cozinhando um pouco. Mack estava convencido de que Peter não tinha nada a ver com aquilo, que ele não seria capaz de uma coisa daquelas, mas Sarah sabia como era fazer alguma coisa que você nunca imaginou ser possível.

No corredor, ela viu uma chamada perdida de Smithy e ligou de volta.

– Encontramos uma pá e o que sobrou de um rolo de plástico preto no galpão nos fundos da casa de Peter – informou Smithy, deixando de lado as amabilidades. – Estava enfurnada entre uma prateleira e a parede. O policial fardado quase passou batido. O plástico parece idêntico ao que encontramos no galpão de Clint Kennard e na menina, e tem sangue na pá.

– Puta merda – disse ela.

Quando voltou à sala de interrogatório, Sarah falou sem rodeios, nem mesmo se sentando para dirigir a palavra a Peter.

– O plástico encontrado no seu galpão é igual àquele encontrado no corpo, que é o mesmo material em que estava embrulhado o pacote de metanfetamina recuperado do açude.

– O quê?

– Também encontramos sangue na pá escondida no seu galpão.

A boca de Peter se abriu, mas nenhum som escapou.

Sarah olhou para o relógio na parede.

– Vamos examinar o sangue durante a noite; e nos falamos de novo pela manhã. – Pareceu que Peter pensou em se levantar, mas acabou afundando ainda mais na cadeira. – Você vai ter um bom tempo para pensar: decidir se quer dar à família de Esther Bianchi algum tipo de desfecho. Vou pedir a um agente que venha transferi-lo para uma cela.

Sarah manteve os olhos em Peter enquanto fechava a porta da sala de interrogatório ao sair.

* * *

Depois da entrevista, Smithy voltou a ligar, e eles conversaram sobre o que aconteceria em seguida. Sarah sabia, por instinto, que o sangue na pá era da menina. Pela primeira vez desde que tinham chegado ali, ela se permitiu pensar seriamente em voltar para casa. Se perguntava se Amira tinha contado às amigas o que Sarah fizera. Que se dane. De todo modo, elas eram todas amigas de Amira. Sarah pensou nas mensagens que deixara na secretária eletrônica de Amira nas semanas seguintes àquela noite e se encolheu por dentro. Imaginou Amira reproduzindo as mensagens em alto e bom som, rindo dela, do tom carente na sua voz. Mas agora, para Sarah, tudo aquilo estava terminado.

Quando encerrou a segunda ligação com Smithy, ocorreu a Sarah tentar o laboratório mais uma vez. Agora que tinham detido Peter e tinham nas mãos a pá e o plástico, quase parecia uma conclusão inevitável, mas ainda valia a pena dar uma verificada e se certificar de que, pelo menos, eles tinham dado início aos testes.

Ela encontrou o número do laboratório de patologia que tinha gravado no celular.

— Se você está ligando para perguntar se encontramos no nosso banco de dados algum pareamento para os fios de cabelo encontrados no corpo, a resposta é "não" — disse o homem assim que Sarah lhe informou seu nome. Era o patologista que estivera presente na autópsia. — Só temos um fio com raiz suficiente para comparação de DNA, e tudo o que posso dizer a esta altura é que se trata decididamente de cabelo humano.

— Bem, a boa notícia é que estou lhe enviando em breve uma amostra que deveria bater com ele. Você acha que pode processá-lo rápido?

Ele hesitou, como se estivesse dando uma olhada no laboratório ao redor, fazendo uma avaliação em silêncio antes de responder.

— Posso, sim.

– Ótimo, obrigada.

Houve um farfalhar de papéis na outra ponta da linha.

– Ah, e o cabelo é tingido.

– Como? – Sarah apertou mais o telefone na mão. Peter Thompson não lhe parecia o tipo de homem vaidoso o suficiente para tingir o cabelo. – Você tem certeza absoluta?

– Tenho. É bem fácil de ver quando se olha o cabelo com um microscópio.

– Certo, legal. Obrigada.

O homem desligou, e Sarah guardou o telefone no bolso e começou a folhear o caderno. Passou rapidamente pelas páginas numeradas, sem saber direito o que procurar. Foi parar na conversa com Veronica Thompson no hospital. Alguma coisa que tinha sublinhado atraiu seu olhar. A palavra "van". Sarah pensou no que Veronica tinha dito. Que estava preocupada com Esther estar sendo mantida numa van. Seria uma forma perfeita de movimentá-la sem ninguém ver.

Sarah olhou ao redor, como se tivesse alguma coisa que gostaria de contar a alguém, mas o corredor estava vazio. Ela fez uma anotação na página, sua caneta deixando uma marca profunda no papel, antes de pegar o telefone mais uma vez. Digitou o número de Anthea Brooks, verificando os dígitos que tinha anotado durante sua conversa mais cedo naquele dia.

A velha senhora demorou para atender.

– Alô? – disse ela, por fim, bem quando Sarah estava se preparando para desligar.

– É a sra. Brooks que está falando? – perguntou Sarah.

– Sim. Quem fala?

– Aqui é a sargento investigadora Sarah Michaels.

– Ah, alô, investigadora. Em que posso ser útil?

– Estou ligando porque hoje de manhã a senhora disse que tinha visto uma van. O carro velho atrás do carro preto reluzente. Eu só queria saber se a senhora tinha certeza da cor.

— A cor? Ah, sim. Eu me lembro de ter lhe falado sobre poesia. — A sra. Brooks parecia satisfeita consigo mesma. — Ela era da cor de esmeralda, querida.

— Esmeralda? Como em verde-esmeralda? — Sarah verificou suas anotações. — A senhora disse hoje de manhã que ela era da cor de um rubi.

— Eu disse rubi? — Um silêncio na outra ponta da linha. — Eu queria dizer esmeralda. Ela era verde. Um pedra preciosa verde. Puxa vida. Maude ia adorar se isso chegasse aos seus ouvidos. Ia dizer que minha cabeça está...

— Então a senhora tem certeza de que era verde? — Sarah tentou disfarçar a impaciência na voz.

— Tenho toda a certeza possível, querida.

Smithy atendeu o telefone ao terceiro toque.

— Alô, chefe. Com saudade de mim?

Sarah explicou para Smithy que queria que ele trouxesse tanto o Torana quanto a van verde da casa dos Thompson para serem examinados.

— Sem problema, chefe.

— E Smithy? — Sarah passou para uma página nova do caderno e escreveu rapidamente mais uma nota para si mesma. — Preciso que você faça uma última coisa para mim.

— O quê? — quis saber Smithy.

— Você tem kits suficientes para colher amostras de DNA da mulher de Peter e de todos os filhos? — perguntou ela.

— Acho que tenho, sim, mas eles podem não querer — retrucou ele. — Não tenho como forçá-los a fazer o teste, você sabe.

— Vale a pena tentar — argumentou ela, sabendo que Smithy o faria. Ela podia contar com ele.

Sarah encontrou o número da patologia nas suas chamadas recentes.

— Ligando de novo, sargento investigadora? — disse o homem.

— Ouça, você acha que pode ficar aí até meu parceiro chegar?

— Vou fazer o que puder — disse ele. — Mas não posso ficar aqui para sempre. Quanto tempo ele vai demorar?

— Ele deve estar aí com mais algumas amostras em breve. Você pode me ligar assim que tiver tido uma chance de dar uma olhada no que ele lhe levar? Eu gostaria de repassar com você as provas colhidas na casa de Peter Thompson e de ver mais uma vez o corpo de Esther Bianchi também — disse Sarah.

— Se ele chegar a tempo, eu ligo para você com os resultados — disse o patologista.

— Ótimo. Mas ainda dá para você me fazer um favor?

— Está querendo dizer *mais* um favor? — O homem suspirou e disse: — Do que você vai precisar?

— Vão chegar dois carros. Um Torana e uma van. Você acha que consegue fazer esses resultados passarem na frente para mim?

— Com certeza vou ver o que posso fazer — disse o homem.

Até que enfim, pensou ela, *um patologista solícito.*

Às vezes, Sarah se perguntava por que estava nesse emprego. Ninguém se tornava investigador pelo dinheiro, disso tinha certeza. O sargento instrutor de Sarah era um pé no saco, mas ele tinha visto alguma coisa nela. *Você se acha mais inteligente do que todos os outros,* ela ia abrir a boca para protestar, e ele ergueu a mão para que se calasse, *e não está errada. Mas você quer ser mais esperta do que todo mundo? Vá trabalhar onde isso faz diferença.* E foi assim. Ela trabalhava naquilo porque sabia que era competente. Tinha escolhido Proteção à Infância e depois Pessoas Desaparecidas, em vez da divisão de Homicídios, de maior prestígio, porque queria ajudar pessoas que ainda estavam vivas, como seu pai fizera. Sarah devia alguma coisa a Esther Bianchi, uma menina que nunca iria voltar para casa, nunca iria se tornar adulta.

* * *

Na manhã seguinte, Sarah foi ao encontro de Peter na sala de interrogatório. Ele parecia não ter dormido nem um minuto. Puxava o cavanhaque com ar distraído, o olhar perdido em vez de voltado para ela.

Sarah soltou a corrente que prendia à mesa as algemas que Peter estava usando e fez um gesto para ele se levantar.

– Venha comigo.

– Para onde vão me levar?

Sarah não disse nada. Ela se posicionou atrás dele e pôs uma mão no seu ombro, encaminhando-o pela porta aberta. Peter estava calado quando ela o fez se sentar no banco traseiro, calado durante todo o trajeto de volta a Durton.

Por fim, quando estavam entrando na rua dele, ele falou.

– O que estamos fazendo aqui?

Sarah o encarou pelo espelho retrovisor.

– Reexaminamos as provas e concluímos que você pode voltar para casa.

Peter olhou para ela, pasmo.

– Vocês agora acham que não matei Esther?

Sarah não disse nada.

Sarah bateu à porta da frente, e Shelly Thompson abriu para eles entrarem. Estava usando a mesma camiseta que usava na cozinha de Constance Bianchi, quando Sarah a tinha conhecido. Estava com olheiras escuras.

Shelly os conduziu à sala de estar. O espaço estava cheio de sofás surrados de veludo cotelê marrom e do som de crianças brincando no quintal. O cheiro era o do corredor de produtos para lavanderia no supermercado: um perfume de limpeza, floral. Smithy tirou as algemas de Peter, e o homem desabou num dos sofás.

Smithy se aproximou de Shelly Thompson com as algemas nas mãos.

– Shelly Thompson – ele disse. – Você está sendo presa a propósito da morte de Esther Bianchi. Você não precisa dizer nem fazer nada, a menos que assim deseje. Qualquer coisa que faça ou diga pode ser gravada e usada como prova num tribunal.

Peter se levantou de um salto.

– Por que estão fazendo isso com minha mulher? Vão levá-la para onde? Ela não fez nada.

Sarah observou Peter antes de se virar para Smithy. Sarah sabia que o mesmo pensamento estava lhe ocorrendo. *A reação poderia se agravar.*

– Por favor, Pete. As crianças vão ouvir – disse Shelly quando Smithy fechou as algemas, fazendo-as clicar no lugar.

Peter curvou os ombros.

Smithy fez Shelly ir na direção da porta da frente.

Na soleira, Shelly se voltou para o marido.

– Logo vamos nos falar, querido – disse ela, olhando para o chão.

Sarah pensou na coletiva de imprensa: Constance Bianchi cercada de câmeras, como o cabelo tingido de ruivo da sua melhor amiga brilhava laranja com a luz.

Uma olhada na van e os peritos encontraram uma mossa no para-choque dianteiro, traços do sangue de Esther na pequena cratera da avaria. O sangue de Esther estava na traseira da van e na pá. E na sua própria declaração, Shelly tinha admitido que estava dirigindo a Delica perto do riacho na tarde em que Esther tinha morrido. E o cabelo de Shelly estava no corpo.

A mulher alta se afundou no banco traseiro do Commodore, com as mãos algemadas à sua frente. Sarah não tomou nenhum cuidado especial para se certificar de que elas estavam em segurança, dentro do carro, antes de fechar a porta.

NÓS

Sexta-feira, 30 de novembro de 2001

Uma coisa que a sargento investigadora Sarah Michaels não conseguiu decifrar foi o carro preto brilhoso. Podemos começar com esse pequeno detalhe. O nome do motorista não importa. Esse é o último dia de um novembro quente; ele, a mulher e a filha estão no meio de uma longa viagem para visitar os pais da sua mulher. Sua sogra está à beira da morte. Sua mulher gosta da ideia de encontrar um pequeno café pitoresco de interior onde possam parar para comer bolinhos com chá e descansar da viagem. Como todas as pessoas que querem alguma coisa, ela supõe que a cidadezinha tenha uma profusão desses estabelecimentos.

O carro reluzente passa direto pela lojinha de batatas fritas, pelo jornaleiro, pelo mercado e pelo açougue. Não há nenhum café pitoresco. Eles chegam até o riacho – depois da escola, onde Esther Bianchi está sentada, com a cabeça nas mãos, assistindo enquanto as outras meninas da sua turma jogam netball – antes de decidirem parar e deixar seu labrador preto, com o nome pouco criativo de Blacky, sair para fazer xixi. O labrador não parou de soltar puns fedorentos durante o longo percurso.

Pressentindo a liberdade, o cachorro sai em disparada, indiferente aos chamados dos donos, respirando tudo o que pode da paisagem. Ele segue para o riacho Durton. Nós sempre o chamamos de Riacho de Terra. O riacho está tão baixo nessa tarde que o nome que escolhemos está perfeito para ele. A filha do homem, liberada da escola por esse dia, sabe que a melhor maneira de pegar o cachorro é abordá-lo devagar, sem demonstrar interesse, chamando seu nome como se você não se importasse muito se ele vai vir ou não.

O homem detesta o cachorro. Queria poder tê-lo deixado numa hospedagem para cães ou, melhor ainda, em algum lugar que encontrasse um novo lar para o bicho. Ele detesta o pelo do cachorro, o cocô e os passeios. Detesta a imprevisibilidade. Momentos como esse em que o cachorro sai correndo e a ordem das coisas é perturbada. Odeia ter deveres para com uma criatura mais burra do que ele. Mas sua filha e sua mulher se afeiçoaram ao animal bobalhão.

A filha vai ao seu lado, com o longo cabelo preto sendo soprado pelo vento, enquanto eles chamam o cachorro.

Não longe dali, Esther Bianchi está deixando a quadra de netball e indo pegar sua mochila. Ainda há tempo. Se a família soubesse o que estava prestes a acontecer, eles poderiam ir apressados à escola, recomendar que ela vá para casa pelo caminho calçado, que evite o riacho. Mas eles não conhecem Esther Bianchi. O pai e a menina não percebem os dois garotos que os observam de trás de um grande rochedo.

Por fim, a menina consegue atrair o cachorro com a metade de um sanduíche de presunto – que já está com as bordas encrespadas pelo calor – e todos voltam a se amontoar no carro. Essas são as coisas que podem mudar uma vida. Um cachorro que solta puns e uma menina com um sanduíche de presunto. Dois garotos que se beijam.

Do outro lado da cidadezinha, um Clint Kennard com início de calvície e um Roland Mathers que faz questão de não usar desodorante, com a camiseta de valentão manchada, estão no bar conversando sobre a divisão dos lucros da metanfetamina que vão vender. Clint Kennard está louco para falar a Roland Mathers sobre seu esconderijo bem bolado, o velho açude perto da rodovia. Eles podem esconder lá o que não quiserem dividir com Peter Thompson, e um amigo de Clint de fora dali pode recolher a mercadoria sem que ninguém os veja. É um plano brilhante.

Ainda podemos ver o que acontece em seguida. Esther Bianchi está indo da escola para casa a pé, as costas encharcadas de suor, a mochila pesada. Ela segue pelo atalho do riacho, a partir da estrada, como de costume. De cabeça baixa, vai se arrastando na direção de casa. Olhando para o alto, ela vê o lampejo verde da van de Shelly Thompson. Mais adiante, a trilha e a estrada se cruzam outra vez. Ela pensa que, se for mais depressa, poderá encontrar Shelly no caminho e pedir uma carona. Shelly terá ar-condicionado e deixará Esther se sentar no banco da frente e direcionar as aletas para poder sentir o ar gelado no rosto.

Esther ganha velocidade e chega à estrada a tempo. Sua mochila escorrega do ombro quando ela lança um braço para cima, com os dedos abertos para acenar para a van. Ela dá uns dois passos à frente para Shelly não precisar encostar para o lado, onde a beira da estrada cai de modo abrupto numa vala funda entupida com galhos mortos, capins pontudos e pedras. Esther baixa o braço, segura de ter sido vista, e com isso a mochila escorrega das suas costas de uma vez. Ela se ajoelha para apanhá-la, espanando a terra laranja. Agora a qualquer instante, Shelly vai parar e abrir a porta do passageiro para Esther poder entrar. Esther só consegue pensar no ar-condicionado; ela nem se dá conta de que Shelly está indo na direção oposta da cidadezinha.

E Shelly? Shelly está perturbada depois da sua discussão com a mãe de Esther. Ela tomou algumas doses de rum para deixar as mãos firmes o suficiente para dirigir. Shelly está olhando para uma mancha no pulso direito com a concentração exagerada proporcionada pelo rum e pelo desejo de evitar pensar no que contou a Constance. Está seguindo mais depressa do que deveria na estrada de chão. Por que o assunto tinha surgido logo naquele dia? Depois de tanto tempo mantido em segredo? Constance pediu uma explicação, mas Shelly devia ter pensado melhor.

O ato de relatar não conferiu uma nova realidade ao fato, mas ela se sente mais perto dele do que não se sentia havia anos. Shelly vem querendo pedir ao médico que dê uma olhada nessa mancha na mão há meses. Sempre que lava a louça, olha para a mancha e se pergunta se não estaria aumentando. Chegou até a falar com Constance acerca da mancha, embora Constance não seja do tipo que se lembraria, não aquela amiga que se dispõe com delicadeza a atormentá-la a respeito até Shelly ir ao médico. Por um momento terrível, Shelly pensa nos filhos, no neto. O que eles fariam sem ela? O volante puxa um pouquinho para a esquerda, e Shelly não faz uma correção suficiente. Da nossa posição, podemos ver que o comprimento de uma mochila é a única diferença entre onde Esther está parada — ainda com a cabeça baixa, concentrada na mochila suja de terra — e onde ela precisa estar para não ser atingida pela van. O espaço de uma mochila é a razão pela qual Esther não é abandonada, morta de calor e toda empoeirada numa estradinha secundária na sua cidadezinha, inteira e de cara amarrada, enquanto Shelly passa direto.

Mas o espaço não é suficiente e ouve-se um baque. O carro estremece. Alguma coisa foi puxada por baixo da roda dianteira esquerda. Shelly pisa forte no freio, e a van demora para conseguir parar na poeira fina da estrada. Ela abre com violência a porta do motorista, esperando ver um vombate ou um canguru, achando que é uma hora estranha do dia para uma colisão dessas e se preocupando com o dano causado ao seu carro. Ela também está preocupada com a bebida. Sabe que não deveria estar dirigindo com álcool no organismo.

Shelly vê um uniforme escolar, uma perna dobrada no ângulo errado. Fica impressionada com o jeito com que se assemelha ao braço de uma boneca, o cotovelo de plástico dobrado, os dedos esticados, confiantes.

Esther morreu antes de Shelly abrir a porta – as lesões da menina foram fatais, mas, em sua maioria, internas. Às vezes, um corpo simplesmente não aguenta.

O primeiro pensamento completo e coerente de Shelly é que ela sente o cheiro do rum no hálito. Olhando pela estrada, primeiro na direção de onde veio e depois na direção para onde ia, Shelly cumpre um momento de silêncio por um futuro em que ela poderia dar meia-volta e ver a filha da amiga, sã e salva. Ela então abre a traseira da van. Por quê? Porque não quer deixar Esther à beira da estrada enquanto vai dar o aviso? Ali, ela vê o grande pedaço de plástico preto que estava destinado a forrar o fundo do seu novo canteiro na horta. Uma coincidência. É do mesmo tipo usado por Clint Kennard para embrulhar a metanfetamina. Talvez uma coincidência menor, por conta da falta de opções decorrente de morar numa pequena cidade de interior. Há também uma pá nova, para substituir a que está toda enferrujada. A horta deveria ser para economizar nas compras de comida, mas é provável que a pá nova tenha acabado com qualquer possibilidade de lucro.

Tantas coisas poderiam mudar o que acontece em seguida.

Se não houvesse nenhum plástico para esconder o corpo, se não houvesse nenhuma pá, Shelly teria ido à propriedade mais próxima, ligado para a polícia e teria aceitado as consequências. Mas lá está a pá. O fato de a ferramenta estar ali sugere o que agora parece ser a possibilidade mais próxima de acesso a um universo alternativo, onde o que acaba de acontecer não destruirá sua vida nem a vida dos seus filhos.

Nas partes mais conscientes do seu cérebro, Shelly não sabe o que Peter está aprontando, não em palavras, mas alguma coisa no seu íntimo lhe diz que o risco é alto. Ela não quer conversar com a polícia, não quer que eles venham à sua casa. Já viu pessoas numa espécie de alegre submissão à polícia, que brota de serem respeitáveis, de usarem certo tipo de roupa. A polícia só enxergaria sua casa em mau estado de conservação e seus filhos – eles são tantos – e tiraria suas próprias conclusões.

A menina é mais pesada do que ela teria imaginado, Shelly descobre ao erguê-la para colocá-la na traseira da van; e a embrulha, fechando o plástico. Shelly está chocada de se ver agindo assim, mas não consegue parar. Não é nenhuma raiva de Constance que a leva a isso. Mas, se elas não tivessem brigado naquele dia, se cada nervo dela não estivesse aos berros, as coisas poderiam ter sido diferentes.

Shelly não emite nenhum som – a menina está morta, completa e obviamente morta. Agora ela não vê o rosto da menina, e isso facilita as coisas. Agora sabe por que os caras que a estupraram tantos anos atrás a mantiveram de bruços.

Shelly fica surpresa ao perceber que a emoção que está sentindo é mais semelhante a uma irritação do que a qualquer outra coisa. Só mais tarde virá a lhe ocorrer o real significado do que fez. Por ora, ela acha que não pode se atrasar para buscar Caleb. O neto ainda não disse suas primeiras palavras. Ele não adivinhará o que está dentro do embrulho de plástico; de modo que ela vai buscá-lo antes, na casa da filha – o lugar para onde ela se dirigia, a razão pela qual ela não tinha apanhado os próprios filhos na escola nesse dia de calor – e, depois, ela levará o corpo e o enterrará. Ela já tem um lugar em mente. Promete a si mesma que, quando tudo isso terminar, vai marcar aquela consulta com o médico.

Se sua filha Kylie se espanta com a mãe não se demorar – geralmente Shelly fica ali para tomar um chá e bater papo –, ela não demonstra. Kylie está tão exausta, tão aliviada de ter uma tarde só para si que se estica no sofá e adormece antes que a mãe tenha sequer saído da entrada de carros.

Shelly escolhe a propriedade de Ned Harrison por nenhum outro motivo, a não ser o de, por acaso, saber que ele está fora e que a propriedade fica no caminho até sua casa. Por meio de um portão sem tranca, tem-se acesso à trilha de terra que segue ao longo da cerca. É difícil manobrar o corpo através da cerca de arame. É ainda mais difícil passar por ela, carregando-o.

Shelly quer ir mais adiante no campo, mais longe da cerca, da trilha e do cocho de água, mas não consegue carregar a menina nem um metro a mais. Ela precisa voltar para casa. E precisa desesperadamente que não a vejam. Pelas portas abertas da van, ela ouve Caleb chorando na sua cadeirinha. Não há nenhuma sombra, e o bebê deve estar com calor, mesmo com as portas abertas. Shelly baixa Esther no chão com a maior delicadeza e começa a cavar ali mesmo onde está.

CONSTANCE

Quinta-feira, 6 de dezembro de 2001

Quando a investigadora Sarah Michaels ligou e perguntou se eles poderiam vir falar com ela pessoalmente, Constance procurou se equilibrar, louca para saber.

– Quem foi? – ela perguntou assim que a investigadora a conduziu para a cozinha do pequeno posto policial.

– Você não trouxe seu marido – disse a investigadora.

Constance não disse nada.

– Eu estava querendo contar para vocês dois juntos. – Os olhos da investigadora procuraram os de Constance, como se procurando saber se Constance estava preparada para o que ela tinha a dizer.

– Seja lá o que for, eu quis ouvir sozinha antes.

– Bem, sra. Bianchi, posso lhe informar que conseguimos novas provas e que estou segura de termos descoberto quem matou sua filha. Essa pessoa já está detida.

– Então não foi Steve? – Ela sussurrou as palavras. Mesmo agora, depois de tudo, a ideia supurava, um dente estragado.

– Não. Estivemos investigando Peter Thompson. Ele, Clint Kennard e Roland Mathers vêm fabricando drogas, e acreditei que isso talvez tivesse alguma coisa a ver com o desaparecimento de Esther. A perícia trabalhou horas extras. Pegamos o carro dele e a van da família. Como você sabe, o veículo não está registrado no nome dele, mas no da mulher.

— Meu Deus, Shel deve estar fora de si — disse Constance, dando-se conta da realidade do que a investigadora estava dizendo. — Quer dizer que foi *Peter*?

— Constance, talvez você queira se sentar.

— Você acha que eu me sentar vai fazer a menor diferença?

— A esta altura, todos os indícios sugerem que Esther foi atingida pela van dos Thompson. E temos certeza de que a pessoa que a dirigia era Shelly Thompson.

Constance deixou escapar um grito estrangulado.

— Encontramos o sangue de Esther na traseira da van. Colhemos amostras de DNA de eliminação da família inteira, de Shelly Thompson e todos os filhos. Quatro fios de cabelo foram encontrados no corpo de Esther. Eles estavam em mais de uma camada de plástico, de modo que não se tratou de esses fios simplesmente estarem por acaso nas roupas dela, ou de estarem na van e terem sido transferidos para o plástico. Eles demonstram de modo conclusivo que foi Shelly quem embrulhou o corpo. Também sabemos, pelo testemunho da filha, que ela chegou ao parque de exposições na van antes das três da tarde. Encontramos o DNA de Esther em sangue numa pá recolhida do galpão dos Thompson. Havia também uma mossa no para-choque dianteiro da van que é compatível com o tipo de colisão que acreditamos ter matado sua filha. Queremos que você saiba que nossa conclusão é a de que foi um acidente.

As palavras "DNA de Esther", "sangue" e "pá" fizeram Constance sentir um mal-estar físico.

— Isso explica por que não consegui falar com ela ao telefone hoje de manhã — disse, abobada.

Mais tarde, Constance ouvirá no tribunal, lidas em voz alta, as transcrições dos interrogatórios. A polícia levou Shelly Thompson a uma sala de interrogatório em Rhodes — o mesmo lugar em que tinham interrogado o marido de dela —, para confrontá-la com o que tinham descoberto. Constance ouvirá exatamente como explicaram tudo para Shelly: suas impressões digitais combinavam com as impressões encontradas no plástico preto; fios do cabelo de Shelly foram encontrados no corpo de Esther, o sangue de Esther estava na van de Shelly. *Não sei como aquilo aconteceu*, Shelly repetirá inúmeras vezes na transcrição. Não *como aconteceu*, mas como *aquilo* aconteceu.

Enquanto estava sentada à mesa no posto policial de Durton, ocorreu a Constance a lembrança de uma tarde na casa de Shelly algumas semanas antes. Constance estava com os olhos fixos no quintal espaçoso através das janelas acima da pia da cozinha. Esther corria com os filhos de Shelly, pêssegos enormes apertados nas mãos grudentas. As pequenas vidraças segmentavam a grande área de gramado esturricado em três quadrados. Kylie estava dando banho no bebê Caleb na lavanderia de Shelly e o trouxe até a cozinha, ainda envolto na toalha. Ela disse: "Pega esse porquinho. Ele cagou na água do banho de novo." Shelly tinha levado um canto da toalha branca ao cabelo de Caleb para afofá-lo. A boca do bebê se abriu como se ele estivesse sorrindo, todo molhado e cor-de-rosa, com a cabeça jogada para trás, o queixo em dobrinhas até o pescoço. Esther tinha entrado correndo. Tinha encontrado alguma coisa que queria mostrar para Shelly. Uma pequena onda de ciúme que Constance afastou com facilidade. Um raio de luz através de uma janela.

Constance remoía a ideia de que Shelly Thompson tivesse embrulhado Esther em plástico, cavado uma cova rasa e deixado Constance chorar no seu ombro, sem lhe dizer nada. Ela sentiu as mãos e os pés gelados. Sabia que, se visse Shelly naquele instante, arrancaria os braços dela do lugar. Escavaria os olhos de Shelly das órbitas e os esmagaria entre os dedos. Rasgaria as narinas de Shelly com as próprias garras.

Ter um filho tinha sido um ato otimista. Ele dizia: *Acredito que tudo vai dar certo, que eu e as pessoas que amo seremos felizes.* Nos dias em que não estiver bem, Constance pensará nos pais que conseguem assistir à morte dos filhos e sentirá inveja. Ela se entregará à fantasia de que Esther teve câncer, de que ela teve a oportunidade de ver a filha morrer nos seus braços.

Constance nunca vai entender como aquilo aconteceu. Nunca se fixará num relato que faça sentido. Ela tateará em volta, em busca de alguma coisa à qual possa se agarrar e que a leve girando pelo espaço afora. O que soube então, naquele momento, foi que sua filha nunca mais chuparia ruidosamente o suco de um pêssego nem sentiria o sol no rosto. Quando morresse, Constance não deixaria nenhum descendente para se lembrar dela.

Constance Bianchi traiu todos a quem amou um dia ou foi traída por eles. No imenso turbilhão galáctico que é a perda da filha, esse pensamento não vai parar de voltar a lhe ocorrer, como um planeta numa órbita estreita, uma bola de calor intenso no firmamento que nunca deixará de fazê-la desabar.

À medida que for envelhecendo, se sentirá mais protegida, uma astronauta contida e isolada pelo equipamento que usa. É essa a sensação que terá: como se respirasse um ar artificial. A cada ano que passar, descobrirá que pode observar os movimentos planetários da sua vida com mais desapego. Ficará fascinada pelo lixo daqueles reality shows em que se podem ver mães mandonas impelindo a filha rumo ao sucesso em competições de dança ou concursos de beleza. De algum modo, será tanto repugnante quanto enternecedor ver essas mulheres que reduzem todo o seu mundo ao corpo da filha, vestindo-a como embaixadora para um futuro que está iminente, mas parece nunca chegar. *Vamos conseguir passar para o nível regional,* dizem elas. *Vamos vencer,* dizem, enquanto insistem, insistem, insistem.

Constance assistirá a esses programas principalmente porque gosta de observar as meninas, gosta de ver como sustentam a cabeça e movimentam o corpo. Gosta de vê-las comendo, pegando com delicadeza batatas fritas ou roendo palitos de cenoura, enquanto as mães as preparam, ensinando o que precisa ser melhorado da próxima vez. Isso a ajudará a se lembrar de como Esther comia, como se tivesse todo o tempo deste mundo. Ela vai assistir às meninas porque são dinâmicas, cheias de energia, cheias de vida. Nesses programas, o pior que pode acontecer é alguém esquecer a coreografia. Às vezes, Constance pensa nas omoplatas da filha, e isso lhe dá a sensação de um murro no estômago. Nesses momentos, ela vai precisar se concentrar no som da própria respiração. Outras pessoas dirão que ela não tem filhos, mas ela sabe que é mãe, ainda.

Para até mesmo cogitar prosseguir, Constance precisará considerar que sua incapacidade de apoiar Steven resultou de alguma deficiência dele mesmo. Alguma coisa no marido tornou possível que ela o achasse capaz daquilo de que estava sendo acusado; e, portanto, ele teve parte da culpa. Steven nunca lhe enviara uma carta – até Shelly tinha recebido uma do estúpido e tosco Peter Thompson. Para Constance, a raiva será mais fácil. A raiva será tudo o que ela tem. Só isso, e uma foto sua recortada de uma revista, com a legenda: *Constance Bianchi, mãe da menina desaparecida Esther Bianchi, e o que ela nunca chegou a prever.*

SARAH

Sexta-feira, 7 de dezembro de 2001

No seu último dia inteiro em Durton, Sarah foi à casa de Evelyn Thompson. Não saberia dizer por quê. Foi só o primeiro lugar para onde quis ir quando teve certeza de que estava encerrado seu tempo na cidadezinha.

– Sargento investigadora – disse Evelyn, quando abriu a porta. A casa ainda era um velho chalé em mau estado, mas Sarah, de repente, sentiu saudade do concreto rachado e da tapeçaria da Nova Era.

A mulher mais baixa conduziu Sarah até a sala de estar. Ronnie estava descansando no divã, recostada em travesseiros.

– Chegamos há pouco do hospital – comentou Evelyn.

Sarah assentiu.

– Vim lhe dizer que vou embora amanhã. – Seu tom tornou a frase um pedido de desculpas.

– Não vai ficar para o enterro? – As palavras mal tinham escapado da boca de Evelyn e ela já acrescentava outras. – Quer dizer, é claro que não. É seu trabalho. – Uma hesitação. – É uma pena você estar indo embora.

Sarah não engoliu aquilo nem por um instante. Para Evelyn, não podia ser uma pena ver a polícia pelas costas.

– Vim me despedir – disse Sarah. – E eu queria ver como você está, Veronica.

– O que aconteceu com o cachorro que me mordeu? – perguntou a menina. – Minha mãe diz que não sabe.

Sarah olhou para Evelyn antes de falar.

– Foi preciso tirar o cachorro do dono. – Sarah não teve coragem de lhe contar que o animal já tinha sido sacrificado.

– Aonde você vai agora? – perguntou Evelyn, nitidamente empenhada em mudar de assunto.

– Tenho outro caso. – Sarah se apoiou na verdade inevitável da frase, como alguém andando sobre uma viga firme que passa por baixo de um assoalho carcomido. Sempre havia outro caso.

– É claro – disse Evelyn, cruzando os braços. Seus olhos estavam escuros à luz fraca da sala.

Por um instante, Sarah imaginou o que aconteceria se ficasse. Poderia conhecer Evelyn Thompson melhor. Levá-la para tomar uma cerveja. Melhor ainda, uma garrafa de vinho na casa de Evelyn numa noite que Veronica fosse passar com uma amiga. Sarah queria ficar, queria ver a filha de Evelyn se recuperar. Sarah estava sempre indo embora.

– Hora de pôr o pé na estrada – disse ela.

Essa era a natureza do serviço. Sarah precisava se resolver antes de poder começar um relacionamento com alguém como Evelyn, ou qualquer outra mulher. Talvez fosse essa a hora de marcar consulta com o aconselhamento psicológico que sempre lhe recomendavam nas reuniões de encerramento de missões.

– Até mais – disse Evelyn. Parecia que ela estava se dirigindo a uma sala vazia, como se Sarah já tivesse partido.

– Até mais, Veronica – replicou Sarah.

Sem falar nada, Veronica ergueu a mão e acenou. Com uma animação estranha, um aceno mais adequado à área de embarque de um aeroporto. Mas o aceno entusiástico devia ter sido nada mais do que memória muscular. Veronica já estava olhando para outro lado quando Sarah deu meia-volta e foi embora.

Sarah parou no posto policial para se despedir de Mack. Ele estava certo quanto ao álibi de Peter Thompson afinal de contas, e ela queria lhe agradecer, mas ele não estava lá. Quando telefonou para ele, Mack estava distraído – parecia estar num churrasco. Sarah podia ouvir risadas ao fundo.

Chegando à casa de Constance Bianchi, com o sol se pondo, Sarah viu que tinham retirado a caixa de correspondência. Bater à porta não gerou nenhuma resposta, embora ela achasse que estava ouvindo alguém se movimentando lá dentro. Envergonhou-se com sua sensação de alívio. Ela ligaria para Constance quando chegasse à cidade grande. Teria de ser isso.

Sarah e Smithy passaram sua última noite na cidadezinha, conversando à mesa redonda entre os dois quartos do hotel, bebendo cervejas que eram mais frias ao toque da mão do que ao paladar. De onde estavam sentados, podiam ver o poste no chão e a corrente partida da qual o cachorro tinha se soltado.

– Bem, aquilo foi inesperado – disse Smithy.

Um momento passou trêmulo pela mente de Sarah: imagens da velha delegacia, do seu trabalho anterior. O casaco marrom com o verde e o amarelo nas mangas.

Sarah sabia melhor do que a maioria que as pessoas podem mentir direto na sua cara com uma convicção inabalável. Ela também sabia o que acontecia quando o carro errado passava por uma garota, ou o atalho errado se apresentava na hora errada. Ela sabia o que o pai errado, o irmão errado, o tio errado podiam fazer. Tinha visto acontecer mais vezes do que gostaria de contar. Ela agora se pergunta o que a impediu de olhar mais cedo para Shelly Thompson. Smithy lhe disse que a mulher não tinha pestanejado quando pegaram a van dela para a perícia, além do Torana de Peter Thompson, no dia em que ele foi detido. *É só procedimento de rotina*, ela o imaginou dizendo, naquele jeito leve ao qual recorria tão bem. Shelly nem mesmo tinha hesitado quando

Smithy pediu para colher seu DNA e o dos filhos. Sarah tinha concordado com Smithy quanto a ser provável que ela não consentisse, mas considerava que até uma recusa poderia ser em si uma informação útil. Quem poderia dizer por que Shelly tinha se submetido ao teste voluntário? Era mais do que Sarah poderia ter esperado.

A filha mais velha de Shelly, Kylie Thompson, diria mais tarde no tribunal que não tinha tido a intenção de mentir acerca do tempo que a mãe tinha passado na sua casa, mas acreditava no que a mãe lhe dissera. Estava com um bebê pequeno, nem mesmo sabia que dia da semana era, de tão perturbada que estava com a falta de sono. Sarah nunca teria certeza da extensão real do que Kylie sabia.

Foi a conversa de Sarah com Veronica que tinha posto tudo em movimento. Foi o comentário da menina sobre a van do dono do hotel ser como um pequeno cômodo o que levou Sarah a dar atenção à van de Shelly, para começar. Aquela única palavra, *van*, sublinhada no seu caderno, a tinha levado a pensar no outro veículo dos Thompson. Ela não tinha como saber o que Shelly teria feito se o marido tivesse sido preso por matar Esther. Talvez ela tivesse se apresentado. Sarah estava satisfeita por eles terem resolvido o assunto, por não o terem deixado ao acaso.

– Você acha que ela mentiu sobre o estupro? – perguntou Smithy. – Para tentar prejudicar a imagem de Steven?

Sarah deu um suspiro.

– Não faço a menor ideia. – Ela se sentia exausta só de pensar no caso a ser julgado no tribunal. – Mas me diga o que você disse ao Steven naquela primeira noite na sala de interrogatórios. – Sarah tinha decidido que precisava saber.

– Ah, você sabe, só o tipo de coisa que se diria a qualquer um desses molestadores de criancinhas. – Smithy esfregou um olho. – Mas, para ser franco, agora me sinto um merda.

Clint, Roland e Peter tinham sido entregues a uma equipe local. Sarah estava errada acerca das drogas: afinal de contas, elas não tinham tido nada a ver com a morte de Esther.

— E parece que posso chegar à casa da minha irmã de trem já amanhã à tarde — disse Smithy, terminando a cerveja e pondo a lata na mesa baixa entre eles. — Tenho umas licenças acumuladas, e Kinouac vai permitir que eu saia de férias.

Sarah tentou não se sentir traída. Tinha estado na expectativa da viagem de volta para casa. Queria estar junto de outra pessoa que tivesse acabado de fazer o que ela tinha feito. Queria sentir esses oito últimos dias se desprenderem dela enquanto conversava com alguém que tinha algum conhecimento sobre essa cidadezinha quente.

Todavia, esse problema não era de Smithy.

— Como vou igualar meu bronzeado se tiver de dirigir? — disse ela, exibindo o braço direito, agora mais moreno do que o esquerdo, com um sorriso para mostrar que não havia ressentimento. Smithy riu.

Ele se levantou para se retirar.

— Já terei saído antes que você acorde amanhã — disse ele, estendendo a mão. — Bom trabalho, chefe.

Ela a apertou.

— Ah, quase me esqueci — disse Smithy. — Comprei isso aqui para o Commodore.

Um pinheiro amarelo vivo, acondicionado numa estreita embalagem plástica: *Aromatizador Sonho de Baunilha*.

Na manhã seguinte, Sarah acordou com o telefone tocando.

— Sinto muito por fazer isso, Michaels, mas precisamos de você — disse a voz ao telefone. Sarah não acreditou nem por um instante que Kinouac de fato sentisse muito. — Sei que você acaba de terminar a missão por aí, mas a única outra pessoa que poderia assumir esse trabalho já está em outro estado.

A banalidade de recursos era como o velho sargento instrutor de Sarah chamava a situação, aproveitando a expressão da *banalidade do mal,* da qual ela se lembrava das aulas de história. Eichmann e sua frase de "só-seguindo-ordens". Ela estava exausta. Só agora seu corpo estava recuperando as horas de sono perdido por conta de dores de cabeça e sonhos com Amira; e com cachorros que corriam em círculos, procurando por alguma coisa. Nos sonhos, Sarah nunca sabia o que era, mas sabia que era muito importante que não a encontrassem, e ela corria em disparada entre eles, enfiando a mão nas bocas, forçando os dedos pelas goelas macias abaixo. Pensou em Amira. Se ainda estivessem juntas, Sarah teria feito promessas. Ela teria precisado ligar para Amira e explicar que agora não poderia tirar uma folga, apesar de tudo.

Sarah estava entrando no carro quando teve uma visão lúcida. Mais um telefonema de Kinouac. Ela sentiria um desalento quando ele se dirigisse a ela pelo título oficial. Ele diria: *Não estou nem aí pra suas escolhas, Michaels, enquanto elas não me afetarem. E agora estão me afetando. Você sabe do que estou falando?* Ela sentiria um frio na barriga enquanto ele falava. Sabia que não poderia contar com uma afetuosa falange de proteção policial. Havia muita gente na polícia que adoraria vê-la cair. *Uma Amira Hassan está alegando que você a agrediu na noite do dia 16 de novembro. Já vi as fotografias. Você realmente afundou na merda desta vez, Michaels.* Só de imaginar a cena, Sarah teve a mesma estranha sensação de irrealidade que tinha tido da primeira vez em que viu o corpo de Esther Bianchi. Tudo era fino e feito de papelão.

Pensou no pai e no caminho de mesa de renda. E era só isso, não é mesmo? No fundo, ela era, sob algum aspecto, melhor do que Shelly Thompson? Talvez com mais sorte. Só isso. O mais estranho era a sensação de alívio que se espalhava pelo seu corpo quando entrou no carro e ligou o motor. E se não lhe fosse permitido assumir mais nenhum caso, pelo menos por um tempo?

E se o pior acontecesse e o pior não fosse tão ruim assim? Talvez ela pudesse parar de correr atrás de garotas desaparecidas e começar a olhar para as mulheres diante dela. Talvez pudesse dar uma boa olhada, uma olhada profunda, em si mesma. A estrada de volta a Sydney se estendia à sua frente, e suas mãos pousavam leves no volante. Nada além do silêncio e do odor do aromatizador de baunilha.

RONNIE

Quarta-feira, 12 de dezembro de 2001

Na manhã do enterro de Esther, mamãe não parava de se ocupar com meu curativo. Ela se sentou atrás de mim na minha cama, tentando não me machucar enquanto mexia nele. Tinham raspado parte da minha cabeça, e ela puxou para baixo a parte do curativo que ficava sob a minha orelha, cobrindo meu couro cabeludo ao máximo possível. Minha cabeça e mandíbula doíam o tempo todo. Parecia que não havia pele suficiente, como se meu crânio tivesse ficado maior: tudo estava vermelho, inchado e dolorido. Flea tinha esparramado o corpo ao longo do meu colo assim que me sentei na cama. Ele ronronava. Imaginei uma fábrica minúscula dentro dele, um polo de atividade e produção, ocupada por homens com minúsculos capacetes de segurança.

Flea vibrava no meu colo, e minha mãe não parava de fazer pequenos ajustes no curativo, como se, caso conseguisse fixá-lo na posição certa, seria como se ele não estivesse ali de modo algum. Aflorou em mim a sensação de quando ela puxava meu cabelo para prendê-lo com força naquele primeiro sábado depois do desaparecimento de Esther, como se o tempo não tivesse passado entre aquele momento e agora.

– Mamãe, não toca aí. Tá doendo – falei.

– Desculpa. – Mamãe se levantou, baixando as mãos.

Ela usava um vestido preto. As pernas nuas pareciam magras e esquisitas de tão compridas. Ela nunca usava vestido, e aquele ali me incomodou, como se ela fosse uma pessoa totalmente diferente. Meu próprio vestido preto estava justo demais. Ele me apertava debaixo dos braços. Supus que tivesse vindo num dos sacos de roupas que minha tia Shelly dera à mamãe naquele ano – cheios de calças desbotadas, pulôveres com a gola embeiçada, camisetas que pareciam boas até você vestir e ver que não caíam direito. O quarto estava lotado de coisas: minha colcha velha, os livros que transbordavam da minha estante prestes a desabar, a cadeira com um rasgo no tecido do assento, enfiada debaixo da mesa de estudo. Todas essas coisas que pareciam muito mais vulneráveis à mudança, a serem jogadas fora ou perdidas. Como podiam ainda estar aqui quando coisas mais preciosas e valorizadas tinham desaparecido?

Mamãe disse que eu devia fazer um cartão para Esther, para o enterro, e me deixou sozinha no quarto. Encontrei uma folha de papel A4 colorido e a dobrei ao meio. Minha cabeça doía. Alguém tinha apanhado minha mochila depois que fui atacada pelo cachorro e a tinha entregado à mamãe. Ela estava na minha mesa. O cartaz do Peru se projetava dela, acusador. Me senti tomada de vergonha ao pensar em como terminei o cartaz, apesar de minha melhor amiga estar desaparecida. Tirei-o da mochila e descolei o desenho da lhama. O papel estava enrugado por causa da cola seca, e uma das patas da lhama rasgou. A apresentação não era das melhores depois que colei o desenho na frente do cartão, mas escrevi o nome *Esther* em letras gordas acima da cabeça da lhama e apliquei um adesivo de carinha feliz por cima da pata que faltava.

Eu te amo, Esther, e sempre vou sentir a sua falta. Não havia mais nada a escrever, e assinei meu nome, desenhando um coraçãozinho acima do "i" de Ronnie, mas Esther achava isso bobo. Por isso, apaguei o coraçãozinho e preferi fazer um forte pingo preto no papel, com meu lápis.

A cerimônia fúnebre foi na mesma igreja em que Esther e eu tínhamos nos separado para ir para casa na última vez que eu a tinha visto viva. Mamãe estacionou nosso carro lá na frente. Havia pelo de gato grudado no meu vestido preto, e eu o espanei. O céu era de um azul sem limites que não dava nenhuma noção do quanto era imenso, e a rua estava lotada de carros. Crianças corriam umas atrás das outras pelo gramado afora, antes de ouvirem um *venha cá* dito entre dentes.

No calor, arbustos floridos perto das portas de entrada da igreja exalavam uma fragrância estonteante. Ela me fez pensar no interior do pequeno baú de madeira que tinha pertencido à mãe de mamãe e que um dia me pertenceria; e isso me fez pensar no pote de sorvete no toco, com suas cartas de Pokémon e pingentes para colares. Mas reprimi esse pensamento: mais coisas que tinham sobrevivido a Esther. Mamãe segurava minha mão quando entramos na igreja.

Mais para o fim da cerimônia, vi Lewis, mas ele não me viu. Estava sentado com a mãe, olhando para a frente. Campbell estava lá também, mais adiante na mesma fileira, e flagrei os dois olhando um para o outro mais de uma vez. Durante parte do serviço, fechei os olhos – eu não conseguia chorar, nem mesmo com meu olho bom. Aquele não me parecia o lugar certo para eu me entristecer por Esther porque Esther não estava ali. Vi o caixão branco e a fotografia dela que tinham mandado imprimir em tamanho grande e puseram num pedestal ao lado, mas minha amiga não era uma coisa nem outra.

Os pais de Esther chegaram ao cemitério ao mesmo tempo, em carros diferentes. Não reconheci a mulher mais velha que vinha atrás de Constance. Ela se manteve afastada quando Constance e Steven caminharam até a cova, sem se tocar, sem se olhar, com dois metros do chão empoeirado do cemitério entre os dois, o tempo todo. Aconteceu alguma coisa dentro de mim quando baixaram o caixão na cova. Tive vontade de gritar: *Parem*. Pareceu que todos se debruçaram ao mesmo tempo – como se quisessem dar uma última olhada na caixa antes que fosse engolida pela terra. Mamãe me cutucou para eu avançar e deixei cair o cartão no buraco quando ela me avisou que eu deveria. Minha mão largou o cartão, e a lhama acabou ficando para baixo, o que me irritou. Tive vontade de pular dentro da cova e virar o cartão do jeito certo. Não suportava a ideia de que eu a tinha decalcado. Pessoas que decalcavam desenhos não eram boas e puras. Ela merecia algo melhor do que aquilo. Eu tinha certeza de que Esther nunca tinha decalcado nada na vida.

Fui puxada com delicadeza para um lado. Uma fila que tinha se formado atrás de mim começou a jogar terra sobre a caixa. Mamãe perguntou se eu queria jogar um punhado ali, e eu disse que não.

Do cemitério, todos foram ao salão dos escoteiros. Subia poeira das tábuas do assoalho quando as pessoas pisavam nelas. Havia placas de madeira na parede, algumas cheias de nomes, algumas com chapas de bronze à espera da gravação. As pessoas não paravam de tentar não olhar para meu curativo, e não conseguiam. Havia uma bandeja de biscoitos de menta numa das mesinhas dobráveis em que tinham disposto a comida. Ao lado, a mesma velha chaleira elétrica de água quente usada nas reuniões noturnas de pais e professores. Surrupiei um dos biscoitos por baixo do filó de proteção, mas doía para mastigar. Coloquei o biscoito meio comido de volta na toalha da mesa. Em silêncio, com as pernas como dois flashes brancos abaixo da bainha do vestido preto, mamãe veio e me conduziu rumo ao carro.

LEWIS

Quarta-feira, 12 de dezembro de 2001

No dia do enterro de Estie, Lewis entrou na igreja com a mãe. Ele reconheceu o homem que estava postado na frente, de aulas de muito tempo antes sobre as Escrituras, quando ele, Estie e Ronnie estavam no jardim de infância. O homem parecia incrivelmente velho. A sra. Cafree estava cuidando de Simon para que Lewis e a mãe pudessem comparecer à cerimônia fúnebre.

Lewis tinha ficado preocupado com a possibilidade de ver Clint na cerimônia, com a possibilidade de ele simplesmente aparecer, como fizera no posto policial naquele dia. A mãe de Lewis disse que isso não era possível, que Clint ainda estava em *prisão temporária* pelo que tinha acontecido, o que queria dizer que estava encarcerado. A polícia tinha passado meio dia no galpão do pai, retirando coisas que sua mãe não permitiu que ele visse.

Os dois estavam entre os últimos a chegar. Eles se apressaram ao longo da parede da direita até dois assentos vazios na ponta da fileira, pegaram as folhas de papel no banco e se sentaram. Com um sobressalto, Lewis percebeu que Campbell Rutherford estava ali na mesma fileira, com a mãe e o pai. Com um gesto de cabeça, o pai de Campbell cumprimentou a mãe de Lewis.

Uma mulher idosa começou a tocar órgão. A primeira música foi "Cuidará de mim também". O título do hino estava em negrito no alto da página xerocada. A letra estava envolta em uma espécie de névoa branca. Ninguém sabia como a letra devia se encaixar na música. Estie sempre detestou as aulas sobre as Escrituras.

A mãe de Estie se levantou para dizer alguma coisa. Ela olhou fixamente para as pessoas nos bancos, sem falar por um minuto inteiro. O padre segurou seu cotovelo, falou no seu ouvido. Ela fez que não, olhou ao longe, voltou para seu lugar. O pai de Estie não virou-se para ela, não a consolou. Ele se postou ali e agradeceu a todos por terem vindo. E então todo o seu rosto se enrugou, as palavras travaram na garganta e ele cambaleou umas duas vezes para a frente e para trás. Saiu do púlpito antes que o padre tivesse a oportunidade de segurá-lo pelo braço.

O padre retomou a palavra. Sua voz tinha a mesma entoação monótona do tempo em que lia trechos da Bíblia na aula. Seu jeito de dizer *Jesus* sempre conferia ao nome o aspecto de um *puxa vida*: algo tão bom e tão cheio de felicidade que ele não conseguia se conter.

Na semana anterior, a mãe de Lewis o tinha chamado para vir se sentar ao seu lado dela na cama para que ela lhe contasse uma coisa.

De início, os dois ficaram calados. Então sua mãe falou:
– Lewis, querido. Encontraram Esther Bianchi.

Ela segurou a mão dele, e os dois se deitaram na cama, olhando para o teto. O ventilador girava lentamente ali em cima. Sempre em movimento, nunca chegando a nenhum lugar.
– Eu te amo, Lewis – sua mãe tinha dito.

Lewis podia ouvir Simon gemendo baixinho no outro quarto.

Ele se encolheu para pousar a cabeça na barriga da mãe. Ela afagou seu cabelo como fazia quando ele era pequeno, e ele ouviu a atividade borbulhante no seu estômago, ainda tratando de digerir o café da manhã.

Então ela lhe contou o que tinha acontecido. Queria que ele soubesse da notícia por ela. Disse que tinha sido um acidente terrível, terrível. A tia de Ronnie tinha atropelado e matado Estie com o carro e depois removido o corpo de lá e mentido sobre o ocorrido. As pessoas na cidadezinha viram Shelly Thompson ser levada algemada. Mesmo tendo sido um acidente, ela enfrentaria problemas porque mentiu sobre o que tinha feito e tentou esconder o corpo de Estie. Ela enterrou o corpo da amiga dele num campo. Lewis teve uma estranha sensação de pressão, como quando se percebe que o dentista está fazendo alguma coisa na sua boca, mas não se sente nenhuma dor de verdade.

A voz de Ronnie ainda estava esquisita ao telefone quando ele ligou para ela mais tarde. Ela disse que a mãe também lhe tinha falado sobre Esther.

— Onde ela está? — ele perguntou. A própria mãe dele estava à espreita em algum lugar da casa, escutando.

— Ela começou a fumar de novo — disse Ronnie, com uma voz aborrecida.

— Você tá legal? — quis saber Lewis.

— Você esteve com Campbell? — perguntou Ronnie, em resposta.

— Não. Não fomos a lugar nenhum depois que Clint foi detido. — Era um prazer dizer o nome do seu pai em voz alta, como o nome de um desconhecido. Lewis não podia dizer o nome de Campbell para a eventualidade de sua mãe ouvir.

Felizmente, Ronnie deixou para lá.

— O que sua mãe vai fazer agora? — perguntou ela.

— Não sei.

Ronnie suspirou.

— Estou com saudade de Esther.

— Eu também. — Ele pensou em Estie tocando no peixinho dourado com a mão desprotegida.

Supôs que ele e Ronnie fossem amigos de novo agora. Ou, quem sabe, amigos pela primeira vez.

No piso elevado, de cada lado do padre, havia dois ventiladores de pé voltados para as pessoas nos bancos. Eles não estavam sincronizados enquanto se viravam para lá e para cá; um com o arco maior do que o do outro. Ocorreu a Lewis que, um dia, ele seria um homem, e que Estie nunca se tornaria mulher. Sentia que seus próprios ossos o traíam. Sentado ali, num banco de madeira de lei no calor sufocante, com os dedos dos pés se abrindo traiçoeiros até os limites dos sapatos, o cabelo pinicando a borda das suas orelhas de um jeito que não pinicara no dia em que Estie desapareceu.

Lewis ainda não sabe, mas, um dia, ele se casará com um homem. Um homem amável. Um homem que nunca levanta a voz. Eles se casarão numa velha capela. Lewis questionará o motivo para quererem realizar a cerimônia. Seus pais eram casados. De que tinha adiantado? E será difícil encontrar uma capela onde possam se casar, mesmo depois da permissão da lei. Como Lewis poderá se esquecer disso? Como isso poderá, um dia, ser alguma coisa boa e sã? Mas no dia em que Lewis beijar o homem que acaba de ser declarado seu marido, ele não pensará em nada disso. Parecerá puro e luminoso. Uma alegria que se sente talvez num punhado de ocasiões na vida inteira. Uma alegria que nos transporta para fora, mesmo quando estamos imersos, no fundo dela.

Lewis olhará para os presentes quando disser seus votos e verá Simon num terno elegante que sua mãe deve ter comprado. Nós contamos com pequenas pistas para determinar de que forma tratamos as pessoas. Basta que a calça esteja puxada um pouco acima da cintura, que um felpudo pulôver de inverno esteja sendo usado num dia de calor, e as pessoas falam com voz alta e animada, ou simplesmente lhes dão as costas. Com a exclusão desses identificadores, o irmão de Lewis parece um empresário pensativo, de olhar perdido. Ele terá comparecido ao casamento de Lewis na companhia da mãe e de um cuidador.

Quando Lewis se mudar da casa da família, será estranho não ter uma tranca no lado interno da porta. Lewis perceberá que passou a vida inteira com raiva do irmão: Simon, quem menos merecia sua raiva. Lewis o tinha considerado imune a Clint, que se recusava a olhar para ele, que nem mesmo pronunciava seu nome, se fosse possível. A revolta de Lewis vinha de ele sentir que a vida deles girava em torno de Simon. Quando olhava para Simon, sempre tinha visto só o irmão mais velho que lhe fazia falta. O irmão que teria apostado corrida de bicicleta com ele, incentivando Lewis a se esforçar mais, a ser mais veloz – um irmão que enfrentasse Clint. A verdade era que Simon é o único irmão que Lewis teve ou teria. Lewis terá vontade de interromper a cerimônia, voltar-se para o homem que ama e dizer diante de todos: *Esse é meu irmão, Simon.*

Muito embora o dia do casamento de Lewis seja um dia feliz, igrejas sempre o farão pensar na cerimônia fúnebre de Esther, na poeira iluminada no ar, no canto desafinado. Lewis não será capaz de ver a felicidade sem ver seu oposto. Ele ainda observará os outros, receoso de fazer ou dizer alguma coisa que os faça explodir. Quando a pessoa que prepara seu café parece irritada, isso causa em Lewis um efeito que influencia o resto de seu dia. Mas ele terá determinação para viver a experiência da felicidade da vida porque sabe que a tristeza é inevitável. Lewis verá seu irmão com maior frequência. Não para se tornar uma pessoa melhor, ou porque seu irmão precise dele, mas porque Simon e ele se conhecem como jamais conhecerão alguma outra pessoa.

Lewis desejará poder dizer que a vida de todos eles melhorou de imediato quando sua mãe deixou Clint. Que houve um dia específico em que ela pôde rir de novo, se descontrair, não prestar atenção a si mesma, usar óculos escuros. Mas esses anos serão nublados, como a lembrança pouco nítida de um videogame que ele jogou uma vez, muito tempo atrás. Estranho, porque ele ainda se lembrará do porta-lápis verde com o peixinho dourado dentro, o toque dos lábios de Campbell Rutherford nos dele.

O padre terminou sua preleção, e o órgão recomeçou a tocar. Ouviu-se um som como o de uma revoada de pássaros quando toda a congregação virou a folha de papel ao mesmo tempo, movimentando o ar quente por todo o ambiente.

Campbell se virou para olhar para Lewis, que o encarou de volta, firme. As pessoas não paravam de lançar olhares furtivos na direção de Ronnie, que estava sentada com a mãe numa fileira mais para o fundo. Esta seria a última vez que tanta gente pensaria em Estie ao mesmo tempo. Nada daquilo parecia fazer jus a ela. Lewis imaginou que, um dia, sairia da cidadezinha, que moraria em outro lugar. Ele se lembraria daqueles momentos na sombra junto do riacho, do galinheiro, do som do riso de Estie, de um jogo de handebol.

Lewis desejará poder dizer que se tornou melhor apesar de tudo, mas ele terá aprendido como é fácil que as coisas se desmantelem, se quebrem e nunca mais possam ser recuperadas. Às vezes, por mais que ele tenha vivido, terá a sensação de ser sempre aquele menino de onze anos, sentado, olhando, enquanto levavam o corpo de Estie para fora da igreja.

O pai de Estie era o homem mais alto entre os que carregavam o caixão, de modo que ele não ficou nivelado, e o agente funerário não parava de dizer aos outros homens que o segurassem mais alto, e nada disso era alguma coisa que se quisesse guardar na memória, mas Lewis se lembrará de qualquer modo, e se lembrará da cabeça de Estie vista de trás e do perfil de Campbell Rutherford. Ambos farão parte de um sonho recorrente em que

Lewis está correndo, com placas de cruzamento ferroviário caindo com estrondo no chão ao redor dele enquanto tenta olhar no rosto deles dois, Campbell e Estie. Mas, não importa para onde ele corra, os dois lhe dão as costas. O máximo que ele conseguirá ver serão as bordas raspadas do contorno do couro cabeludo de Campbell e a veia azul quase apagada perto da orelha direita, o lustroso rabo de cavalo escuro de Estie. Sua boca ficará cheia de terra e água do riacho; e ele acordará, suando, nos braços do homem que ama.

RONNIE

Agora

Mamãe e eu saímos da cidadezinha antes da volta às aulas. Quando nos mudamos para Melbourne, prometi a mim mesma nunca mais perguntar a mamãe quem era meu pai. Ela já tinha passado pelo suficiente. Nós duas tínhamos.

Fiquei chateada por abandonar Lewis, mas não havia o que fazer depois que minha mãe tomou a decisão. Mais tarde, ouvi dizer que ele também não voltou; ele, a mãe e o irmão se mudaram para o norte. Se tivéssemos ficado, acho que eu teria de me sentar com os gêmeos Addison, ou com quem quer que me aceitasse. Mamãe só queria me afastar de onde tudo tinha acontecido. Engraçado, quando se pensa no que não a manteve afastada dali. Mesmo assim, pelo menos na cidadezinha todos sabiam o que tinha acontecido com meu rosto, ninguém perguntava: *Você nasceu assim?* Ninguém precisava ficar imaginando ou sussurrando uns com os outros. Fomos ficar com tia Kath, em Melbourne, e todo mundo que me via pela primeira vez olhava de novo, até a cicatriz sarar. O que, de certo modo, era mais difícil.

No dia em que deixamos a cidadezinha, com todas as nossas coisas em um caminhão, não conseguimos encontrar Flea em parte alguma. Depois que o caminhão partiu, mamãe disse que não podíamos esperar mais. "Vou pedir a Sophie que venha dar uma olhada", ela disse. Olhei com raiva para ela. Enquanto íamos embora, chorei. Muito mais do que no enterro de Esther. Mamãe tinha comprado todos os meus lanchinhos preferidos para viagem, mas não consegui comê-los.

Mamãe nunca mais falou com tio Peter e tia Shelly, nem se referiu a eles, depois do que aconteceu. Foi como se eles tivessem sido varridos da superfície da Terra. Meus primos se mudaram para Armidale, para morar com o irmão mais velho de tia Shelly até tio Peter ser solto. Nós os vimos com minhas tias algumas vezes no ano seguinte à prisão de Shelly, mas foi só. De modo que também perdi meu tio. Sinto saudade do seu sorriso, dos dedos peludos. Sei que foi porque mamãe descobriu que ele tinha se envolvido com a venda de drogas.

Na última visita que fiz à minha mãe, ela me deu algumas caixas com fotografias. Houve a emoção do reconhecimento quando pude ver as partes de quem eu era agora nas minhas fotografias de bebê, as partes de mamãe em mim, as partes que sempre tinha imaginado que deviam vir do meu pai. Havia um punhado de fotos de mamãe quando criança, apesar de ela não estar sozinha em nenhuma delas. Aqui está ela, em pé ao lado de um dos seus irmãos ruivos, que segura um peixe para exibi-lo para a máquina fotográfica, com a boca aberta de um jeito que o faz parecer bêbado e indisciplinado. Mamãe está magra, com pernas compridas, o nariz queimado de sol e um corte de cabelo da década de 1970.

Naquela mesma visita, ela finalmente me contou quem é – ou era – meu pai. Clint Kennard já tinha morrido àquela altura. E mamãe achou que podia, por fim, me contar.

– Não foi amor, Bup – disse ela.
– Pelo menos foi consensual? – perguntei.
– É estupro se você estiver muito chapada para dizer não?
– É, sim, mãe.

Ela me contou que era usuária de drogas naquela época. Minha mãe, que eu nunca tinha visto tomar um analgésico, me dizendo que tinha sido usuária de heroína.

— E Clint sabia? — perguntei.

— Não — disse ela. — Menti quando voltei. Disse que você era mais nova do que era.

— Tia Kath sabia?

Clint Kennard era meu pai.

— Ela era a única pessoa que sabia.

— Peraí, é por isso que minha certidão de nascimento está errada?

Quando me inscrevi para tirar minha primeira carteira de motorista aos 16 anos, descobri que minha certidão de nascimento declarava que eu era dois meses mais velha do que eu realmente era. Mamãe disse que era um erro administrativo. *Vamos só festejar seu aniversário mais cedo a partir deste ano, tá? Mais fácil do que a gente se preocupar com toda essa burocracia.*

Ela estava mentindo para mim o tempo todo.

— Eu tive de fazer você ser mais nova, Bup. Para ele não adivinhar que você era dele.

Quer dizer que mamãe estava certa. Meu pai não era ninguém. Era menos do que isso.

— Ele era uma parte de você. Eu não queria que você, um dia, tivesse de lidar com essa informação; mas qualquer coisa que faça parte de você tem de fazer parte de mim. Você entende? Nada disso é culpa sua.

Tantas coisas faziam sentido.

Lewis era meu meio-irmão. O que explicava a ligação que eu sempre tinha sentido entre nós. E Lewis se importava comigo, lá do jeito dele. Tinha ido me ver no hospital. E Simon era meu irmão, também. Pensei em procurá-los, em lhes contar. Ainda poderia. Ainda há tempo.

Não sei bem por que minha mãe me trouxe de volta para aquela cidadezinha quando eu era bebê. Pode ser que ela simplesmente não conseguisse conceber uma infância em algum outro lugar. E eu tive, sim, uma boa infância, antes do que aconteceu a Esther. Sei disso.

As fotografias na caixa estão organizadas em pilhas, não por data, mas pela atividade. Cá estou eu num festival de natação; aqui está uma foto minha no *cross-country*, zangada sem querer olhar para a máquina fotográfica. Há fotos minhas no hospital, embora na maioria delas eu esteja dormindo, ou me encostando numa enfermeira sorridente para ninguém ver o curativo. A minha pilha com Esther é a maior de todas. Aqui, nós estamos numa luta de balões cheios de água; esta é de nós duas cantando para escovas de cabelo no meu quarto, de olhos fechados, dando tudo de nós.

Agora tenho um filho. Ele está com dois anos. O pai não está por perto, então somos só nós dois. Mas vou lhe dizer quem é o pai. Deixar que ele procure o pai, se quiser. Ele não era má pessoa. Eu disse a mamãe que foi uma transa de uma noite, e foi mesmo. Mas também acho que eu sabia o que estava fazendo. Mamãe gostaria que eu aproveitasse meu diploma, que eu progredisse mais que ela. Mas adoro o cheiro do meu filho, adoro seu jeito de grudar em mim, voraz. Para mim, isso é suficiente. Gostaria de lhe dar uma irmã. Uma menininha. Às vezes, penso que a chamaria de Esther, mas não sei. Esther foi a primeira pessoa que fez com que eu me sentisse corajosa, que fez com que eu sentisse que poderia ser mais do que eu era. Espero que meu filho encontre um amigo como ela. Espero que ele se torne um amigo como ela.

Antes de mamãe e eu partirmos da cidadezinha, voltei ao toco para encontrar o pote de sorvete ainda ali, coberto de folhas. Algum tipo de inseto tinha destruído o pacote de biscoitinhos de ursinhos. A figura na embalagem de plástico tinha se soltado, deixando-a branca. Quando segurei o saquinho, pude ver que a maior parte era de migalhas. Peguei uma metade do pingente *Melami Horesgas*. Devolvi a outra metade para o pote e o coloquei de volta ao toco.

Nunca encontramos Flea e, às vezes, me permito a fantasia de que ele ainda esteja por lá, perambulando pela cidadezinha, ronronando, com o rabo de escova de mamadeira em pé.

Bem no outro dia, no aniversário do meu filho, me peguei pensando na última festa de aniversário de Esther antes que ela morresse. A festa foi na piscina. Havia travessas com o tema de piratas e balões amarrados à mesa de piquenique – não daqueles de hélio, mas do tipo que fica caindo, sem forças. Meu garotinho adora piratas agora, também. Todas as crianças da nossa turma tinham sido convidadas, apesar de Esther não gostar de algumas delas, porque os adultos achavam que nós não sabíamos do que gostávamos, o que era bom para nós. Esther passou a maior parte da festa comigo na água. Nós descobrimos a água juntas, como ela se comportava, tínhamos aprendido a nadar exatamente naquela piscina. Os corpos escorregadios atravessando com facilidade, o cheiro de cloro no cabelo por horas. Nós tínhamos descoberto que podíamos manter os olhos abertos debaixo d'água e, por mímica, enviar mensagens elaboradas uma para a outra. Depois, vínhamos à tona e tentávamos adivinhar o que a outra tinha dito, nossos olhos ardendo enquanto uma luz perfeita se refletia, brincalhona, na superfície e nós éramos jovens, sadias e estávamos juntas. Eu me lembro de achar que ela me havia escolhido. Eu era sua amiga. Eu batia os pés debaixo d'água, extasiada: a água que nos sustentava e nos proporcionava alguma resistência para nos impulsionar.

NÓS

Depois

Somos as crianças de uma cidadezinha que vem morrendo desde antes do que podemos nos lembrar. Não íamos querer que vocês pensem que isso nos define. Sempre haverá crianças aqui; tem de haver.

Nós lhes contamos quem fez o quê e por quê. Agora queremos saber se vocês nos dirão qual é o lugar de Esther. Deveríamos colocá-la com todas as outras garotas daquela cidadezinha? Com todas as partes de nós que estão totalmente encerradas e ficaram muito lá para trás? O que devemos à menina que não está presente?

Quando crescêssemos, contaríamos às pessoas sobre os investigadores, sobre suas visitas à nossa escola. Nós lhes falaríamos de Esther, do seu desaparecimento, com a voz abafada nos portais de festas prolongadas e ruidosas. Nós lhes contaríamos a história em banheiras quentes de hotéis. Ou tomando um café no terceiro encontro – sendo o terceiro encontro a hora de acrescentar um pouquinho de mistério a nós mesmos, o momento perfeito para nos descrevermos como as verdadeiras vítimas de alguma tragédia agora distante. Era verdade que não tivemos de suportar toda a carga, mas as pessoas que nos ouviam só precisavam saber que nós estávamos *lá*, que aquilo *aconteceu* conosco.

– A infância nunca mais foi a mesma depois daquilo – diríamos em um tom que dava a entender nossa resignação diante de uma devastação silenciosa. – Nós éramos muito amigos. No fundo, eu nunca cheguei a superar.

Não fomos amigos íntimos de Esther. Nos agarramos a nossas lembranças com força demais, prova do impacto duradouro dela, para que nosso punho fechado esconda como elas são.

Alguns de nós viam a sombra lançada pelo desaparecimento de Esther sobre nossa infância apenas como uma árvore que cresceu da noite para o dia na periferia da cidadezinha, com seus galhos frondosos bloqueando o sol que era nosso por direito.

É verdade que a vida de Esther afetou a paisagem da nossa própria vida, mas alguns de nós não mudariam nada nela. Alguns de nós sabem que basta ter vivido. Que a dor e o amor não são um jogo de soma zero. Esther fez de nós quem somos. Ela, Lewis Kennard e Ronnie Thompson. Nós todos somos quem somos por causa uns dos outros.

Às vezes, mesmo na prisão, Shelly Thompson diz a si mesma que, naquela tarde, ela simplesmente se deparou, por acaso, com um bicho morto. Para poupar a alguma outra pessoa o trabalho, porque ela era esse tipo de mulher, o tipo que dava duro, que ajudava os outros, ela levou o bicho na traseira da sua van e o enterrou em algum lugar afastado.

E uma vida inteira de honestidade era o disfarce perfeito. Ela *podia* deixar cair um volume embrulhado em plástico num buraco e seguir em frente. Voltar para casa e os filhos e nunca falar a respeito, nunca, para ninguém, nem para si mesma. Visitar a amiga e estacionar a van com a mossa da colisão com Esther escondida nos arbustos. Esperar até tarde da noite e enfiar a mochila de Esther bem fundo na lata de lixo de outra pessoa. Ela lamentaria a morte de Esther como amiga da mãe da menina. O ato do esquecimento tinha começado antes mesmo que a cova estivesse totalmente coberta. Podemos lhes dizer que Shelly nunca teria contado a ninguém, se as coisas tivessem sido diferentes. Shelly não é pior do que nenhum de nós. Isso nós sabemos: nenhum de nós consegue deixar de ser quem é quando os outros não estão olhando. Não temos como adivinhar do que somos capazes antes de ser tarde demais.

 Constance Bianchi deixou a cidadezinha depois do enterro da filha. Ela não foi para Melbourne nem para Sydney. Acabou em Cairns, trabalhando num centro turístico. Nós a vemos, na sua camisa polo azul-petróleo, com um sorriso fixo. Ninguém por lá sabe da sua vida anterior. Supõem que ela não tenha filhos. Steven Bianchi se casou novamente. Tem outro filho. Tenta se esquecer.

 Steven estava presente naquela noite na fazenda de Toni Bianchi. Ele estava na picape quando eles estacionaram com Shelly junto do Riacho de Terra. Mas ele não saiu do lugar. Ficou sentado no banco dianteiro do carona, tapando as orelhas com as mãos, tentando não ouvir os gritos de Shelly na noite. Antes de entrar no carro, ele sabia que havia alguma coisa no ar, alguma coisa que não tinha coragem de expressar em palavras. Esse era Steven quando ninguém estava olhando.

 Acabou sendo divulgado o que tinha acontecido com Shelly no Riacho de Terra. É presumível que tenha sido apresentado como parte de sua defesa no tribunal; ou talvez, simplesmente, quem havia ouvido rumores sobre o fato naquela época tivesse se lembrado. Os homens sabiam que tinham sido eles, é claro. Mas não se tinha certeza de quem teria estado envolvido, o que de certo modo era pior: toda uma geração dos homens da cidadezinha – os pais, os tios – era suspeita. Houve quem se mudasse de lá (Por quê? Eles estavam envolvidos? Mudar-se parecia praticamente confirmar isso), vendesse a propriedade por ainda menos do que seria de imaginar e se mandasse de Durton. Cidadezinha suja. Poeira e dor – é disso que outros se lembrariam a respeito da nossa cidadezinha. Mas nós nos lembramos dos amigos, das famílias: os que nos amavam quando ninguém estava olhando. Nós nos lembramos de estarmos em pé na reunião escolar, ombro a ombro, cantando a canção da escola. Todas as crianças, cantando. É onde nós morávamos, era nosso único lugar. Esther sempre será uma filha da Cidade da Poeira, como nós somos seus filhos ainda.

A verdade é que ter medo da dor a transforma em outra coisa, algo maior, pior. Você pode se atulhar de medo, como as cacatuas cor-de-rosa que se reúnem em torno dos silos de trigo, entupindo-se com grãos derramados até já não conseguirem voar. Nós nos perdoamos pelas sensações que tivemos, os atos que praticamos. Nós perdoamos a quem nos feriu e a quem nós ferimos. Aceitamos a dor, de bom grado, corremos na direção dela – com os chapéus escolares panejando ao vento criado pelo nosso próprio movimento – porque sabemos que a dor significa que estamos vivos. Nós amamos Esther, nós a amamos, nós a amamos. Nós a louvamos para incorporá-la na memória, e cada criança da Cidade da Poeira conhece seu nome.

AGRADECIMENTOS

Escrevi este livro nas terras não cedidas do povo Wodi Wodi, da nação Dharawal. Presto meus respeitos aos anciãos do passado e do presente e lhes agradeço seu permanente zelo e cuidado pelo país onde moro e escrevo.

Aprendi que o melhor aspecto de escrever livros é que se trata de um processo iterativo. É um ato de não parar. De descobrir formas de voltar à página. Às vezes, quando estava empacada, eu trabalhava no rascunho dos agradecimentos. Deve haver dezenas de versões pululando em algum lugar no meu disco rígido. Meditar sobre as pessoas e lugares que tornaram este livro possível sempre ajudou a me impulsionar para a frente. Se esses agradecimentos são longos, isso decorre de eu ter tido tanta ajuda ao longo do caminho.

Tive a sorte de receber financiamento da Create NSW bem como uma bolsa do Programa de Formação em Pesquisa do governo australiano para apoiar meu trabalho quando comecei a escrever este livro como parte de meu doutorado em Escrita Criativa. Gostaria de agradecer em especial à Dra. Shady Cosgrove por ser o melhor tipo de orientadora e por não enlouquecer quando me mudei praticamente para ser sua vizinha. Aos meus ex-colegas da University of Wollongong, um grupo de pessoas muito empenhadas e competentes no que fazem – Shady Cosgrove, Joshua Lobb, Chrissy Howe, Luke Johnson e Cath McKinnon – foi um prazer e um privilégio vê-los trabalhar. A todos os meus ex-alunos, por me deixarem pensar em voz alta sobre escrever, exatamente o que mais gosto de fazer. A Nicolas Ozolins e Ren Vettoretto – obrigada por serem meus companheiros de doutorado. De todas as mesas no prédio 19 inteiro, fico feliz com as de vocês terem estado ao lado da minha.

Quero agradecer ao Centro de Escritores Katharine Susannah Prichard na Austrália Ocidental e a Varuna, a Casa Nacional dos Escritores em Nova Gales do Sul, que, em etapas muito diferentes deste livro, me proporcionaram tempo e espaço. Sou particularmente grata pela bolsa Ray Koppe da Sociedade Australiana de Escritores/Varuna que me foi concedida. Obrigada à família Koppe por seu apoio a jovens escritores e à Sociedade Australiana de Escritores. Minha sincera gratidão a Vera Costello, Amy Sambrooke, Veechi Stuart, Carol Major e Sheila Atkinson por seu apoio substancial durante o tempo que passei em Varuna. Gostaria também de agradecer a Annabel Stafford, Jane Gibian, Helen Crampton, Ruth Starke e Greg Woodland por aquela primeira estada memorável, bem como a todos os que conheci em estadas subsequentes: é extremamente fortalecedor ser escritor numa comunidade de escritores, o que é a magia de Varuna. O Programa HARDCOPY, iniciativa da organização ACT Writers, também foi proveitoso para a criação deste livro, e eu gostaria de agradecer a Nigel Featherstone por seu apoio constante que torna a vibrante comunidade HARDCOPY o que ela é. Minha gratidão especial à agente policial que falou comigo informalmente sobre suas experiências. Nosso tempo juntas acabou influenciando este livro sob inúmeros aspectos. Não vou nomeá-la aqui, mas registro o quanto valorizei sua disposição de falar comigo. Todo e qualquer erro é exclusivamente meu.

À querida Linda Godfrey (minha vizinha, colega como atendente de festival e extraordinária companheira de diversão) e à amada Jemma Payne (que sempre consegue prever o que estou tentando dizer), obrigada por serem minhas primeiras leitoras – eu simplesmente não teria este livro sem vocês. Helena Fox, pela vulnerabilidade como força e por nossas longas conversas. Um brinde por estarmos atracadas uma ao lado da outra, cada uma em seu barquinho. Julie Keys, por ser um espírito irmão, pelas cutucadas e não pelas amenidades. Donna Waters, por ser realmente generosa e por querer vir tão longe e escrever comigo. A Jackie Bailey, por ser tão sábia e pelo conselho acerca da sargento investigadora Michaels (mesmo que eu tenha demorado para entender!). Uma menção especial à escritora e amiga Emma Darragh. Sua mente precisa já me socorreu mais de uma vez, e nunca vou me esquecer disso (e ainda lhe devo um jantar!). Eda Gunaydin e Faith Chaza: eu me apaixonei totalmente por vocês duas logo depois de nos conhecermos. A Wendy Dorrington: minha bibliotecária predileta de todos os tempos. Sua empolgação quando eu lhe disse que esse manuscrito ia se tornar um livro me ajudou a realmente sentir o que isso significava. Glenn Wanstall, obrigada por apoiar minhas iniciativas desde minhas lembranças mais remotas. A Lore White, Adara Enthaler, Sarah Rose-Cherry e a todos os demais que conheci durante o tempo em que estive no Festival de Escritores de Wollongong, agradeço seu trabalho persistente e sua paixão, o fato de serem o melhor tipo de gente. A Emily Gray, Sky Carrall, Suzanne Do e Sara Rich – obrigada por darem ouvidos às minhas tendências líricas com tanto bom humor. Mal posso esperar para ver seus textos serem publicados. Dra. Sarah Nicholson, seu trabalho no Centro de Escritores do Litoral Sul (SCWC) produz resultados muito acima do que se poderia imaginar. Um enorme agradecimento de todos os escritores que se beneficiam dos seus esforços. Minha gratidão especial ao Jardim Botânico de Wollongong, que me recebeu em Cratloe Cottage em parceria com o SCWC, quando eu estava trabalhando em revisões estruturais deste livro. Às pessoas dispersas em outros grupos de escritores a quem, de outro modo, não agradeci aqui – Bel Quinn, Chloe Higgins, Friederike Krishnabhakdi-Vasilakis, Eleanor Whitworth, Maureen Flynn e Tess

Pearson – obrigada, obrigada, obrigada. E a Sara, Rob e Cora (e, tomara, o que está a caminho) por formarem o Hayley Scrivenor Fan Club™. Vocês são a família mais legal que conheço.

    Este original foi selecionado para a lista do Prêmio Literário Penguin de 2020 e ganhou o Prêmio Kill Your Darlings para Originais Inéditos, fatos que resultaram numa mudança sísmica naquilo que parecia possível. Gostaria de agradecer especialmente a Rebecca Starford, Mathilda Imlah e Sam van Zweden. Rebecca, suas considerações sobre meu trabalho foram utilíssimas. Estremeço quando penso no que teria sido dele sem sua perspicácia. Também gostaria de agradecer a Rebecca Slater por ter tirado este original da pilha de não solicitados e ter visto seu potencial; e a Grace Heifetz, ter me enviado um e-mail tarde (tarde!) em uma noite de domingo para dizer que tinha amado o texto. Você é uma dádiva dos deuses dos agentes literários. Que sorte meu livro e eu tivemos de tê-la encontrado! A Cate Paterson da Pan Macmillan Australia, obrigada por ter me dito que você adorou o trecho com os Twisties. E obrigada pelo título. A Cate Blake, por acolher a mim e ao meu livro, de braços abertos, na sua vida. A Christine Kopprasch da Flatiron, pelo esforço para entender coisas que estavam latentes no livro desde sempre, celebrando seu aspecto *queer,* e pelas palavras de incentivo que sempre parecem chegar na hora exata. David Forrer, da InkWell, obrigada por me ajudar a levar o livro aos EUA. A Jane Finigan, minha agente no Reino Unido – estou tão feliz por finalmente ter conseguido minha mulher! E a Alex Saunders da Pan Mac UK, obrigada por seu discernimento quanto ao enredo e por anuir educadamente enquanto eu falava desvairada sobre montanhas-russas. A Ali Lavau, pela mais incrível preparação de originais. Ler suas reações ao meu trabalho foi para mim uma aula essencial. Eu adoraria que você viesse se sentar no meu escritório de agora em diante e ficasse de olho em mim. A Brianne Collins, pelos melhores tipos de e-mail; e a todos os que contribuíram para este livro de algum modo. Fico impressionada com seu profissionalismo e entusiasmo; e lhes agradeço em nome de *Cidade de poeira e dor*.

    Enquanto eu trabalhava nas revisões estruturais do livro, minha mãe foi diagnosticada com um câncer de ovário. Sou extremamente grata a todos que a ajudaram no que foi um período assombroso e desnorteante. Sistemas de cuidados nunca foram tão importantes. Essas pessoas com as quais contamos não deveriam ter de ser "heróis". Que nós as financiemos, as protejamos, as ajudemos a cumprir suas tarefas. (Para que fique registrado, considero a arte um sistema de cuidados, também – ela nos ajuda a nos recompormos.) A toda a minha família, mas, em particular, a minha mãe, Danina Scrivenor. Obrigada pelos seus sacrifícios e por me proporcionarem um excelente ponto de partida na vida. As origens de tudo o que sou e tudo o que tenho podem ser encontradas no seu amor sem limites. Amo vocês, amo vocês, amo vocês. A meu irmão, Chris – aqui está! O livro que escrevi. A meu pai, Murray, e a Alison, e às minhas irmãs, Claire e Lauren: espero que gostem!

    Obrigada, Daniel, por me amar exatamente como sou e por deixar *smoothies* discretamente na minha mesa de trabalho. Sua crença inabalável de que eu realizarei as minhas propostas me ajudou a ultrapassar a borda do penhasco da minha própria capacidade, mais do que a gravidade pareceria permitir. Como o Coiote, eu cheguei até aqui, sustentada por sua confiança em mim. A Mausgaard e à gata emprestada Tilly, por atrapalharem de um jeito tão adorável. Para ser franca, eu poderia ter terminado mais rápido sem vocês, mas não teria sido tão divertido.

Impressão e Acabamento:
BMF GRÁFICA E EDITORA